海外小説 永遠の本棚

見えない人間［上］

ラルフ・エリスン

松本昇＝訳

白水uブックス

アイダへ

作者の序文

どちらかと言うと、作品を云々することが批評家に任せておけない場合、作家が自分の作品を解説するとすれば、何が言えるだろうか？　少なくとも批評家には頁に印刷された言葉について論じるという利点があるのに対して、作家にとって創作過程を説明する仕事は、せっかく煙といっしょに姿を現した精霊に――昔から住み慣れた瓶の中にちょっと帰ってもらうことではなく、とっくに使いものにならなくなったタイプライターのリボンやキーの中へと――おとなしく退却するようにと命じることに似ている。しかも特に『見えない人間』は、この作品が思いもよらずふと心に浮かんだ当初から、勝手に形をなしていった小説であっただけに、よけいにそうだ。「プロローグ」の出だしの文句がひらめいたのは、私がまったく別の物語を前にして悪戦苦闘していた時で、私の想像の世界に入り込むや、およそ七年のあいだ私の想像力をかき立て続けたのだ。おまけに、この小説は、平和時がその風景になっているにもかかわらず、戦争小説として考えられていたものから急にほとばしり出たのである。

『見えない人間』の構想は、私が商船での兵役から療養休暇を取って滞在していたヴァーモント州ウェイスティスフィールドにある納屋で、一九四五年の夏に一気に浮かび、戦争が終結してからも、混雑した地下鉄などニューヨーク市のどこへ行っても、私の頭はそのことでいっぱいだった。一四一丁目の厩舎を改装した家、セント・ニコラス大通りにある一階のワンルームのアパート、それに、きわめて意外なことには、宝石商が住むことになっていた、五番街六〇八番地八階の続き部屋でもそうだった。寛大なベアトリスとフランシスのスティーグマラー夫妻のおかげで、それから一年間外国で暮らしたあと、私は仲間の作家の優雅なオフィスでも、ごみごみしたハーレムのアパートと同様に、執筆はむずかしいことに気づいた。しかしながら、この二つの場所には重要な相違点があって、おかげで、私のふらついていた自信が立ち直り、さらにおそらく、さまざまな要素が触発されて勝手に混ざり合い、小説を展開させていったのだろう。

続き部屋の持ち主のサムとオーガスタのマン夫妻は、私が邪魔されないで仕事ができるように取り計らい、昼食に（しばしば費用は彼ら持ちで）時間を割いてくれたし、私の努力をいちばん励ましてもくれた。夫妻のおかげで、私はいつの間にか実業家のようにかなり規則正しい生活をするようになったし、続き部屋に絶え間なく持ち込まれる美しい物に加えて、真珠だの、ダイヤモンドだの、プラチナだの、金だのといった夫妻の専門家らしい目利きが、自分の収入よりずっと上の生活感覚を与えてくれた。したがって、この八階という高さは、現実においても象徴的な意味でも、小説を書いてゆく上での最高の高さだった。だが、そこは、階下の街路と同じ高さの私たち黒人のアパートとは雲泥の差があり、もし私が小説のある登場人物に意識的に関わっていなかったならば、まごついていたことであろう。その登場人物というのは、当人にとってわけの分からない風習や、意図や、儀式が充満する社会のさまざまな領域で、なんとか生きのびようとして懸命に努力する人物である。

興味深いことに、こうした高級な建物の中にいる私の存在を不審に思ったのはエレベーター係だけだったが、結局それも、中流・上流階級地区にある建物のドアボーイが、規則どおりに私のような黒人に業務用エレベーターの場所を教える時のことだけだった。しかし、急いでつけ加えておく必要があるが、六〇八番地ではこのようなことは何も起きなかった。というのも、ひとたびエレベーター係が私の存在に慣れてしまうと、彼らはとても友好的だったからだ。この点では、私が作家だということを考えるだけで面白いと思っていた読書好きの移民たちについても、同じことが言えた。

それとは対照的に、セント・ニコラス大通りに住む隣人たちの中には、私を怪しげな人物だと思う者たちもいた。これは表向きには、しばしば家にいる時に、妻のファニーがふつうの仕事を持った人のように決まった時間に家に出入りし、私が時どきスコティッシュ・テリアを散歩させているところを見られたことがあるからだ。だが本音は、合法的なものであろうと違法なものであろうと、僕が隣人たちには馴染みある職業からはずれていたからだった。私は殺し屋でもなければナンバー賭博業者でもなかったし、麻薬密売人でも郵便局員でもなく、医者、歯医者、弁護士、仕立て屋、葬儀屋、床屋、バーテンダー、牧師でもなかった。それに、私の話しぶりからある程度の高等教育を受けた人物であることは判ったらしいが、私の職業が近所で住んだり働いたりしている人たちの職業に入っていないことも、明らかだった。したがって、私のはっきりしない職業が、特に態度や行動様式が法と秩序の命じるところからはみ出た人々のあいだで、推測の対象であり不安の種でもあった。このことは、隣人たちも私も距離をおいた、お互いに会釈する程度の関係を作り上げた。しかし、私はまだ怪しまれていた。ある雪の日の午後、私が木陰の通りを歩いて冬の陽が射すところに来た時、ひとりのアルコール依存症の女が、彼女なりのさまざまな人間のタイプと特徴に関するリストの中で、私がどこに位置するかをはっきりと教えてくれるほどだった。

私が近づいた時、女は街角のバーの正面にぼんやりともたれていたが、酔った仲間たちのあいだから私に気づくと、こう言った。「ほら、**あそこ**の黒んぼうは、きっとスウィートバックのたぐいよ。だって、奥さんがちっこい『奴隷』みたいなあいつといる時は、**あいつ**はいつだって、犬を散歩させていたり写真を撮っているだけなんだから！」

率直に言って、私は自分に対するこれほどまでの低い評価に驚いた。というのも、彼女の言う「スウィートバック」とは、女の稼ぎで暮らしていく男のことであり、通常、暇にしている様子とか、派手な服装とか、派手な個人的態度とか、紛れもないポン引きのような無情な商売とかで身元が分かるタイプの男のことを意味するからだ——私はそうしたあらゆる特徴を著しく欠いていたので、彼女は自分の挑発的なからかいを自分で笑うほかなかった。彼女の魂胆は私の反応を引き出すことにあったのだが、彼女は酔いすぎていたか自棄になっていたかしたために、不明瞭な私の存在という影にいくらかの光を投げかけられれば、それが怒りの反応であろうと、宥《なだ》めるようなものであろうと、どんな反応でもよかったのだ。それゆえ、私はまごつくというよりはむしろ、おもしろがっていた。写真の仕事で合法的に稼いだ五〇ドルを持って家に帰ろうとしていたので、私は自分の存在を黙って謎に包みこんだまま、ほほ笑む余裕すらあった。

そうは言っても、このアルコール依存症の女は私が執筆を続けることができた経済的なやりくりの核心にかなり迫ってきた。これは『見えない人間』の隠れた話の一部になっている。私の妻は、収入の面で実に貢献してくれて大いに頼りになったが、私のほうは行きあたりばったりの稼ぎしかなかった。この小説の執筆期間中は、妻はいくつもの組織の秘書として働き、最後には、あの有名な「ビルマの外科医」ゴードン・S・シーグレイヴ博士の仕事を支援する団体の、ビルマ・アメリカ医療センター長として職歴を飾ることになった。私のほうは数冊の本を書評したり、数本の記事や短編を書いたり、フリーの写真の仕事（フランシス・スティーグマラーやメアリー・マッカーシーの本の表紙を含む）をしたり、オーディオのアンプを組み立てたり、ハイファイ音響装置を取り付けたりして、収入をえた。また船での仕事で貯めたわずかな金や、ローゼンウォールド奨学金とその更新でえた金や、小さい出版社からの前借りがあった。しばらくは、私たち夫妻の友人であり美術のパトロンでもあった故J・シーザー・グッゲンハイマー夫人からもらう月々の支援もあった。

当然のことながら、隣人たちはこのことを知らなかったし、家主もそうだった。家主は、著述業は健康な若者にとって疑わしい職業だと思っていたらしく、私たちの留守のあいだに図々しくアパートに入って来て、私の書類を覗くのだった。それでも、こうした困りごとは、作家になる命懸けの苦労の一部として耐えることができた。幸い、妻は私の才能を信じてくれたし、すばらしいユーモアの感覚と思いやりのある寛大な心を持ち合わせていた。私は、毎日黒人地区から白人地区に出かけていた。たいがいは地域が変わってもやはり人種的な制限はつきまとうのだが、私の場合、その移動に見られる実に愉快な逆転を楽しんだ。黒人地区では、道で出会うだけの者たちに、私が彼らと同じ肌の色をしているのに、私が一般的な規範からどこかしら逸脱しているように見えるだけで、たいした根拠もなく疑われたが、白人地区では、私は、肌の色とあいまいな職業のおかげで見知らぬ他人扱いされ、したがって、人の関心を引くこともなかったので、かえってそうした環境が、私にとって聖域となった。振り返ってみると、不可視性について書いているうちに、まるで私が透明な、あるいは不透明な人間になって、地方的慣習のある未開の小さい村と優しい無関心に包まれた大都会のあいだを行き来しているかのようであった。それは、作家に必要なこの多様な社会の知識をえることがむずかしい状況を思うと、アメリカの作家にとって悪い訓練ではなかった。

だが、五番街時代は別として、『見えない人間』のほとんどはハーレム地区でどうにかして書かれた。この地区で、その小説の中身の大半が、私と同じ民族と文化の起源を持つ人たちの声、言いまわし、フォークロア、伝統、それに政治的関心からえられたものである。では、小説を書く上で続いた生活のやりくりや、地理的、社会的に見た私の苦労話はこれくらいにして、この小説を書きはじめた状況に戻ることにしよう。

不可視性——それは『見えない人間』に向けてのまごつきながらの一歩であることが分かったのだから、ここでは適切な表現である——についてずいぶん知ったかぶりをして話す声によって語られる或る物語は、捕虜になったアメリカのパイロットの経験に焦点を当てたものである。パイロットは気がつくとナチ捕虜収容所にいて、その中で最高位の将校だったので、戦争の慣例によって仲間の捕虜たちの代弁者に指命される。予想どおり、激しい葛藤は、彼がアメリカ人でただひとりの黒人であることから生じ、それに伴う人種間の緊張状態がドイツ人収容所長の個人的な慰みに利用される。白人の同国人と同じように民主主義的な価値を支持しながらも、パイロットは、母国人による人種差別か外国人による人種差別のいずれかを激しく拒否しなくてはならないはめになって、気力の拠り所を、個人的な尊厳や、新たに目ざめた人間の孤独という自覚の中に見い出さざるをえなくなる。彼にとって、マルローが実に雄弁に書いたような、男らしい同胞愛という戦争から生まれたヴィジョンなど望むべくもなかった。実に驚いたことに彼は、自分の同国人を戦友として扱おうとする唯一の弁明は、まさしくヘミングウェイの『武器よさらば』の主人公がカポレトーからの大混乱の退却中に実に不愉快だと感じたような、国家のスローガンや言い回しのかたちで宣言されながらも、裏切られ続けてきたあの昔からの約束の中にあるのだ。だがヘミングウェイの主人公は、どうにかして戦争を背後に残し、愛を選んだが、私の描くパイロットには、脱出の機会もなければ待っている愛人もいなかった。したがって、彼は自分を軽蔑する人々を助けることによって、超越した民主主義を肯定し自らの尊厳を保つか、あるいは自らの状況をどうしようもないまでに無意味なものとして受け入れるしかなかった。これは自らの人間性を拒否するに等しい選択である。このことの痛烈な皮肉は、敵の誰もが彼の内的葛藤に気づいていないという事実にあった。

こうしたことはすべて劇的に表現しにくいので、少し大袈裟《おおげさ》すぎるかもしれないが、それでも歴史的に見れば、アメリカの武力による戦いのほとんどが——少なくともアメリカ黒人にとって——戦いの中の戦いであってきた。こうしたことは南北戦争や、最後のインディアン戦争や、米西戦争や、第一次・第二次世界大戦についても当てはまる。黒人が市民としての義務を果たすには、彼は、しばしば自明であるべき戦う権利を求めて戦う必要があった。したがって、私の描くパイロットは、戦時下のほとんどの政府が体の丈夫な市民たちに求めるような最大の犠牲を払う覚悟だった。彼の犠牲は、同じように犠牲を払う白人たちの生命よりも、自分の生命は価値の低いものと見なされた上でのものだった。この現実が実存的な苦悩を助長した。さらにそれには、ひとたび平和の兆しが見えると、ドイツ人の収容所長は合衆国に移住し、すぐに自由を享受するが、最も英雄的な黒人の軍人にさえ自由は認められていないという彼の自覚によって、ひねりが加えられるのである。このようにして、民主主義の理想と軍人としての勇敢さとは、神秘的な雰囲気として世にはびこっている人種と肌の色によって不合理なものになってしまうのだ。

私自身は――最初の航海中にムルマンスク沖で行方不明になった詩人であった戦友と同様に――より民主的な兵役として商船に乗ることを選んだ。船員の頃ヨーロッパに上陸した私は、数多くの黒人兵士たちに出会ったが、彼らは民主的とはほど遠い状況下での戦いや労働について目で見るように説明してくれた。だが、私にはサンファン・ヒルやフィリピン諸島や中国での戦争体験のある父がいたので、こうした不満は、黒人は戦争中には対等に扱われるのに、平和な時にはどうして平等ではないのかという、当時のアメリカの典型的なジレンマから来ていることが、分かっていた。私はまた、黒人のパイロットの試練についても多少は知っていた。彼らは黒人だけの部隊で訓練を受け、その上に白人の将校や市民から虐待まで受けながらも、戦闘員としての特命飛行に参加できなかったのである。

実際、私はこうした状況を扱った短編を発表したのだが、自分の経験を小説にしようとしているうちに、その暗示された劇的な状況は、私が思ったよりずっと複雑なものであることに気づいた。私の描く黒人は、パイロットとしての高度な技術を習得することが自分の経済的地位を向上させると同時に、国に仕える威厳ある方法だと考えているが、将校たちが彼の人間性を認めないという場面を、私は想定していた。その上で私は小説を、黒人と白人の、多数派と少数派の闘いという視点から書くつもりだった。ところが、その黒人パイロットが自分を見つめることの困難さも経験していることに、私はあとで気づくようになった。これは、黒人集団のさまざまな階級の区分や、文化の多様性を前にしたパイロットの両面感情と関係があった。こうした両面感情に焦点が当てられるのは、彼が南部のプランテーションに不時着し、黒人の小作人に助けられたのが分かってからである。小作人の外観と振るまいが、パイロットの軍人としてのうすっぺらな身分と、ふたりに共通の奴隷制の出自を彼に痛いほど思い出させるのだ。二つの世界にいるパイロットは、どちらの世界でも誤解されていると思い、したがって、どちらの世界でもくつろぐことができなかった。要するに、この短編は、自己定義と個人の尊厳の揺るぎない拠り所を求めての意識的な苦闘を描写したものである。私は、彼と見えない人間とのあいだにある関係にまったく気づかなかったが、明らかに彼にはその傾向が多少あった。

同じ頃、私はさらにもう一つの短編を発表した。それは、サウス・ウェールズ地方スウォンジーの岸辺にいたアメリカ黒人の主人公の若い船乗りが、戦時の灯火管制中のストレイトというスウォンジーの通りで、黒いアザが残るほどアメリカの白人たちに殴られたあと、自分のアイデンティティの厄介なアメリカ的側面に関わる問題に取り組まざるをえなくなる、というものである。(もちろん、彼の名前はサウルではなかったし、彼はパウロのような人物にもならなかったのだ!)。だがここで、彼を助けたウェールズ人たちのほうから、彼に内省を促す心理的負担がかかってくる。彼らは彼を「黒人の米兵」として歓迎して驚かし、秘密のクラブに誘ってから、彼をたたえてアメリカの国歌を歌ったのである。この二つの短編とも一九四四年に発表されたが、一九四五年になると、今度は黒人青年のアイデンティティの探求というテーマが、こちらがさらに困惑するようなかたちで再び浮上してきたのである。

というのも、私は慣れ親しんだ経験を基にして短編を組み立ててきたし、登場人物たちとその生い立ちについて具体的なイメージを持っていたのだが、今度私の前に立ち現れたのは、実体と言えば、せいぜい、こちらをあざけるように、姿の見えないまま響いてくる声だけだったからだ。私は当時続いていた戦争を基にして、小説の構想を練っていたのだが、この声を契機にして私が注目せざるをえなくなってきた葛藤は、南北戦争以来ずっと続いてきたものである。過去の経験から、私は歴史的に見て安全な基盤の上にいるものと感じていた。もっとも、ユニークな個人が直面するような、人間の複雑な感情と思想を伝えるという文学上の問題が残ってはいたが。これはアメリカの小説にとっては面白い発想だが、駆け出しの作家にとってはむずかしい仕事だ、と私には思えてきた。それゆえ私は、たとえばブリトゥン作『戦争レクイエム』の演奏中にがなり立てるホンキートンク調のトランペットの響きと同様に、不敬とも思える皮肉な南部の声によって自分の仕事が中断されたので、非常に腹立たしかった。

その声は、私が書きたくないものの第一がSF小説であることをよく知っているように思えただけに、私はかえってよけいに癪《しゃく》に障った。実際、それは、アメリカ黒人のほとんどの問題点が私たちの「人目につきやすさ」からくるという、えせ科学的な社会学の概念を暗示して、私をからかっているように思えた。この言葉は、「あの黒人たちを走り続けさせておけ――もっとも、それも昔と同じ場所で」と解釈される最近の撞着語法的な語句の「優しい無視」や「逆差別」と同様に、裏表のある陰険な言葉だった。私の友人たちは、何年間もこの言葉をネタにして皮肉な冗談を飛ばし、こう言ったものだ。もっと色の黒い兄弟は、明らかに「抑圧され、宙ぶらりんの状態におかれている」――実際には、宙ぶらりんの状態におかれている以上に、ずっと抑圧されている――が、アメリカの良心という観点からすれば、彼はあまりにも黒く輝きすぎて人目につくので、ほとんどの白人たちは、かえって彼のおかれている苦境が見えないふりをするのだ、と。これらの白人の中に含まれていたのが、波のように遅く押し寄せてきた移民たちだった。彼らは一切の責任を南部白人のせいにしながら、黒人が二流の身分であることで自分たちも大いに利益を受けていることを認めようとはしなかったのである。

こうした社会学者たちの穏やかな主張にもかかわらず、「人目につきやすさ」は、実際には、黒人を目に見え**ない**人間にしてしまったのである――たとえ黒人が、白人優越思想による儀式的な犠牲をこうむりながら、真昼にメイシー・デパートのショーウインドーに映ろうと、燃える松明やフラッシュに照らされようともである。こうした認識に達したあとも、私は、人種差別による暴力は続いた上に、法の保護も受けられなかったので、こう自問した。私たち黒人の耐える意志を持続させるには、笑うしかほかに**ないのではないか**？　私が見すごした笑い、それもあらわな怒りよりももっと肯定的な笑いの中に依然としてひそむ、微妙な勝利があるのではないか。四苦八苦しながら仕事を続けるアメリカの黒人作家にとって、自分のヴィジョンを伝える効果的な戦略をもたらすかもしれないような、隠れた、苦労の末にえる英知があるのではないか、と。

これは驚くべき発想だったが、例の声にはブルース調の笑いの響きがまじっていて説得力があったので、私は、現在の出来事や、記憶や、人工物などが一つになって、漠然としているがおもしろい新たな展望が形づくられてゆくような気分へと、いつの間にか衝《つ》き動かされていた。

不可視性を代弁する声のことが心に浮かぶしばらく前に、私は近くのヴァーモント村で、「トム・ショー」のことを宣伝するポスターを見かけたことがあった。「トム・ショー」とは、ストウ夫人の『アンクル・トムの小屋』を黒人に扮装して演じたミンストレルショーのことで、とっくに忘れ去られた言葉である。私はこうした芝居は過去の遺物だと思っていたが、北部の閑静な村では、それはまだ生きていて、刺激的だった。イライザは気が変になったように氷の上ですべったり転んだりしながら——それも第二次世界大戦中も！——よだれを垂らした猟犬から依然として逃げようとしていたのだ……。**おお、私は丘へ登った／顔を隠すために／丘は叫んだ／隠れる場所はないと／隠れ場はない／こっちよ！**

たしかに、ふつう過去の歴史と考えられているものは、ウィリアム・フォークナーが主張したように、実際には生きた現実の一部であるがゆえに、芝居は生きているのだ。それはこっそりと、執拗に巧妙なかたちで、見物人だけではなく、目にする場面や、人工物や、習わしやその場の雰囲気を活気づけるし、誰も耳を傾けようとしなくても、語りかけてくるものなのである。

そこで私が芝居の科白に耳を澄ましていると、かつてはあいまいだったものがぴたりと納まり、理解できるようになった。奇妙なものも、意外なものも。例えばポスターは、国民の道徳的な回避が人種差別的なステレオタイプのかたちで執拗に潤色され続ける現実や、悲劇の測り知れない経験ですら黒人に扮した笑劇に変えることができることの気楽さを、私に思い起こさせた。友人や知人の生い立ちについて入手した情報でさえ、ゆっくりと現れては、意味のある一つの型に納まっていった。私たちのホストであった混血の夫婦の奥さんは南北戦争の時にヴァーモント州出身だった将軍の孫娘に当たるのだが、彼女は、ポスターというものに新たな側面をつけ加えてくれた。やがて古い写真、歌、なぞなぞ、子どもの遊戯、教会の礼拝、大学の儀式、悪ふざけ、ハーレムで戦前に見られた政治活動——これら一切のものがぴたりと納まってきた。私は、『ニューヨーク・ポスト』紙に一九四三年の暴動の記事を書いたことがあったし、その前にはアンジェロ・ハーンドン（一九三二年、労働者を組織し、反乱罪で逮捕された黒人共産主義者）とスコッツボローの青少年たち（一九三一年、婦女暴行の冤罪で裁判にかけられた九人の黒人青年）の釈放を叫んで運動していたこともあった。また一二五丁目の商店街から人種差別を廃止しようと努力するアダム・クレイトン・パウエル・ジュニア国会議員のあとについてデモ行進もしたし、スペイン内戦でドイツとイタリアの果たした役割に抗議して、群衆にまじって五番街をふさいだりもした。何もかもが私の小説に役立った。「おれをここで使え」とはっきりと叫ぶ者もあれば、不安になるくらいに謎めいている者もあった。

また私は、大学時代のある出来事をふと思い出した。当時、北部のアトリエから病弱な彫刻家志望の友人に贈られたプラスティシーン粘土の大桶の蓋を開けると、人物たちを浮き彫りにした小壁が油紙の中に包まれていた。それらの人物たちは、ボストン・コモン公園にある記念碑である、彫刻家セント・ゴーデンズの手によるロバート・グールド・ショー大佐と第五四マサチューセッツ黒人連隊の記念碑をモデルにして作られたものであった。なぜこの出来事が心に浮かんだのか、自分でも分からない。しかし、おそらくこれを契機にして私は、小説を書いている時に黒人と白人の友愛のイメージを漠然と探していたので、ヘンリー・ジェイムズの弟ウィルキーが黒人兵士たちと一緒に将校として戦ったことや、ショー大佐の死体が部下たちの死体と共に溝に投げ込まれたことを、なんとか思い出すことができたのだろう。私は、ひょっとして戦争を、その表面的な暴力よりももっと深い、もっと有意義なものとして芸術的に表現できるかもしれない……ということを思い出した。

とにかく今では、不可視性の声は、私たちのアメリカの複雑な背景の奥底から発せられているように思えた。結局私が声の持ち主の在り処《あか》を――それも、やけに長々と描写して――見捨てられた穴ぐらにするとは、何と不合理な論理であることか。もちろん、この過程は私が想像していた以上にずっと一貫性のないものだったが、小説を徹底的に思う存分に展開させる上での、内的・外的、主観的・客観的な過程でもあった……。

とは言え、私は耳をふさいで、中断していた小説を書き続けたい気持ちはまだあったが、コンラッドが述べた「破壊的な要素」に翻弄される多くの作家と同じように、私はあがいた末に、一種の感受性過多の状態に陥った。これは、作家なら創作過程で生じるような、すこぶる漠然とした観念・情緒ですら無視しにくい、と考える自暴自棄の状態である。というのも、作家はすぐに、そうした無定形の投影は適切に気づいた場合には、創作という荒れ狂う潮流に乗るのに必要な題材をまさしく与えてくれるかもしれないような、白昼夢のような瞑想からの意外な贈り物になりそうだということを知るからだ。一方、その投影は作家を波間で衰弱させ、優柔不断という砂床の中に溺れさせるかもしれない。私は人間性の劇的な研究になるような、有益な小説だと感じられるものを書こうとしたのであって、抗議小説を書くまいとしてさんざん苦労してきたので、あの声が、まさに抗議小説の方向に私を導く気がした。だが、やがてその声のあざけるような笑いに耳を傾け、どのような個人が独特な訛り《なま》で話しているのだろうかと思いめぐらしているうちに、私は、その声の持ち主がアメリカの経験という地下で鍛えられてきたが、怒りというよりもむしろ風刺的な精神をもってなんとかして出現した個人だと思った。彼は、ブルースのような響きのこもった声で自分の傷をも嗤《わら》い、自らのも含めて人間の条件を告発する人だ、と。私はこの考えが気に入り、声の持ち主を思い浮かべようとしているうちに、彼を、見捨てられた再建時代（南北戦争後の一八六五年からの約十年間。アメリカ史上、最も悲惨な時期）以来、黒人の精力を費やしてきた悲喜劇的な闘争と結びつけるようになった。そうして彼を宥《なだ》めて、もう少し正体を明らかにさせたあとで、私は、彼は紛れもなくひとりの「人物《キャラクター》」であり、しかもこの言葉の二重の意味で、そうだと結論づけた。すると、彼は若くて力はないが（これは当時の黒人指導者たちの窮境を反映している）、指導という役割——それも失敗するよう運命づけられている役割——に野心的であることが、私には分かった。私は失うものは何もなかったので、成功するにしても失敗するにしても、自分に最高の機会を与えることにして、遥かに隔たってはいたが、彼をドストエフスキーの『地下生活者』の語り手と関連づけることにした。そうすることで**私**は小説の構想を組み立てていったが、**その人物**が、小説の形式に対する私の格別な思い入れだけではなく、私の育った多元的な文学の伝統から生じる諸問題ともうまく溶け込んでいった。

それらの一つに、アメリカ黒人小説の大半の主人公たち（白人作家の小説に登場する黒人の人物については言うまでもなく）に、なぜ知的な深みがないのかという問題があった。あまりにもしばしば彼らは、最も激しい社会的な闘争に巻き込まれた人物たちで、極限状況下での人間の苦境に晒《さら》されるが、それでいて、彼らを苦しめる問題点をはっきり口に出して言えることはめったにない。それは、多くの立派な個々人が実際にはものが言えないからというわけではなく、実生活には優れた作家にモデルを提供するような例外的な人物が十分いたし、今でもいるからだ。たとえ例外的な人物が存在していなくても、彼らを作り上げることが、小説の表現力のためにも人間の可能性を秘めたモデルとしても、必要なのだろう。ヘンリー・ジェイムズは、教養のある上流社会なりのやり方で、良心と意識というアメリカの美徳を具現した意識過剰な、「超敏感な」人物群を創造することで、私たちに多くのことを教えてくれた。こうした理想的な人物は、私の住む世界には現れそうにもなかったが、わが国の社会ではとても多くのことが気づかれないまま、記録にも残っていないので、誰もそれに気づかなかった。一方、私は、アメリカの作家にとって常に存在する課題の一つが、はっきりとものを言わない人物たちや、場面や社会の営みに雄弁さをいかに付与するかという問題だ、と感じていた。というのも、作家がアメリカの芸術家として社会的な責任を果たすのは、そうした試みにおいてであるからだ。

この点に、芸術と民主主義の利害が収斂《しゅうれん》するように思われる。はっきりとものを言う判断力のある市民を育成することがこの民主主義社会での定まった目標であり、はっきりとものを言う判断力のある人物を創作することが、小説の形式を作り上げて有機的な一貫性が持てるような、創作上の響き合う中心の創造に欠かせないからだ。私たちのさまざまな経験に意味を付与することによって、作家は、行為や場面や、登場人物が生身の自己以上のものを代弁する形式を創作しようとするのである。作家が言語の性質そのものを味方につけるのは、この企てにおいてである。というのも、運命のいたずらによるものかどうかは分からないが（しかも、私たちの人種問題にもかかわらず）、人間の想像力は統合的であるからだ――同じことは、民主主義の過程に息吹きを与える遠心力についても当てはまる。小説は象徴的な行為の一形式、「まるで〜のような」の単なるゲームにすぎないが、そこには、小説の真の働きと変化をもたらす潜在力とがある。というのも、それはせいぜい政治についても当てはまるように、きわめてまじめな側面では、人間の理想に向かっての前進につながるからだ。そうして小説は、人為的な積極性という固定観念に繋がるさまざまな事柄を微妙に否定する過程を経て、この理想に近づくのである。

そういうわけで、真の政治的な平等を実現するという理想が、実際には私たちの手からすり抜けるとしても――現在も、依然としてそうなのだが――それでも、現実と理想が結びつき、私たちに現状についての表象を与えてくれるような、理想的な民主主義に関する小説による**ヴィジョン**がえられるのである。またそうした現状では、地位の高い人や地位の低い人、黒人や白人、生粋の人や移民が互いに協力して、マーク・トウェインがハックとジムを筏《いかだ》で漂流させた時に発見されたような超越的な真理と可能性を、私たちにもたらしてくれるのである。

このことから私には、小説を一つの筏として作り上げることができるように思えた。すなわち、私たちが民主主義的な理想に向かったりそれたりする国家の不安定な進路を左右する、沈み木や渦巻きを乗り切ろうと務めている時に、私たちを沈ませないでおく手助けになるかもしれないような、希望や認識や楽しみを乗せた筏としてだ。もちろん、小説にはほかの目標もいくつかある。私はこんなことを思い出した。この共和国の初期のもっと楽観的な時代には、個々の市民は大統領になれると(また、なる用意があったはずだと)考えられていたことを。民主主義は、W・H・オーデンが定義したように、個々人の集合体として考えられていただけではなく、私たち自慢の普遍的な教育と機会の自由とによって、国を統治する覚悟のある政治的手腕にたけた市民の集合体としても考えられていた。結局のところ、それは可能性としてはありそうもなかった——だが、ピーナッツ栽培の農夫や映画俳優の最近の実例が証明しているように、大統領になる可能性がまったくないわけではない。

アメリカ黒人にとってでさえ、再建時代にワシントンに黒人の国会議員がいたことで勇気づけられるようなかすかな望みがあった。私は、黒人たちが政治家になれる可能性が低いからといって、アメリカ黒人にもアメリカ社会の制限された構造の中にもあるこれらの政治的な可能性を想像の世界で扱う私の小説家としての自由に、不当な制限を加えさせておく理由が理解できなかった。(私がこの小説を書きはじめてからしばらくして、A・フィリップ・ランドルフは、黒人がわが国の軍需産業に雇われないうちに、ワシントンで行進して、フランクリン・D・ルーズヴェルト大統領に脅威を与えるしかなかった。)私の仕事はこれらの制限を越えることにあった。例えばマーク・トウェインは、小説を、政治の不安定に対する喜劇的な対策として役立てることができることをすでに証明していた。現在と同様に一九四五年に、たいていのアメリカ黒人たちは境遇との闘いに打ち負かされたのだが、彼らにはアンクル・リーマス物語に登場するウサギどんや、もっと文学的な同類、悲劇や喜劇の偉大な英雄たちと同様に、彼らを圧倒する力から意識的な認識による勝利をつかみ取ることが、なぜ許されないのかが、分からなかった。したがって、私としては、行動と思考の点で優れた語り手を創造しなければならなかった。私は、意識的な自己主張の能力を、語り手がつまずきながらも自由を探求する上で欠かせないものとして見てとったのである。

したがって、私の仕事は、黒人でありアメリカ人でもあるひとりの人物の苦境の中にひそむ人間的な普遍性を明らかにすることだったが、それは、可能性についての私の個人的な見解を伝える手段としてだけではなく、人種、宗教、階級、肌の色、地域といった障壁を越えて、意思の疎通をはかる際に生じるような、まったく修辞上の問題を扱う方法としても明るみにすることであった――これらの障壁は、黒人と白人間の友愛の現実を、多少なりとも自然と気づくことを妨げるために考案された――今でもそのようなものとしての役割を果たしている――不和に関する多くの策略から成っている。そこで私の描く人物や、その人物の経験をたまたま小説で読むかもしれない人々が共有するような、人間性を否定するこの国民的な傾向を打破するために、私は、登場人物にちょっとした世界観を持たせ、まじめで哲学的な問題を提起できるような自覚を与え、私たちにもすぐに分かる豊かな日常語が利用できるような幅広い表現能力を付与した上で、彼を社会のさまざまな所で働いている色々なタイプのアメリカ人たちと接触を持たせるプロットを組み立てねばならなかった。特に私は、人種的なステレオタイプを社会の営みの既定の事実として扱い、小説上の真理を理解する読者の能力を当てにしながら、ステレオタイプによって意図的に隠された人間の複雑さを、明らかにするほかなかったのである。

しかしながら、すべての執筆過程が実にまじめなものであるという印象を残すとすれば、それは誤解であろう。というのも、執筆中には、現に非常に多くの楽しみがあったからだ。私は、自分が小説を、文学による芸術作品を、それもアメリカ黒人のあいだでは即興の話向けの民俗用語である「ほら」を実際には話しながら、小説の真実を語る力を利用して作品を書いているのだということが分かっていた。私はこの口承芸術形式が盛んな床屋で働いたことがあったので、小説だけではなく民話の豊かな文化を利用できるということも、また自分の技法に不安だったので、変化をでたらめに星のようにちりばめて主題歌を表現するジャズ・ミュージシャンふうに、自分なりの題材を即興で作るほかないということも、分かっていた。『見えない人間』の「プロローグ」の言葉がはじまりだけではなく結末の萌芽を含んでいることに気づいた頃には、私は出来事や人物の驚くべき側面がふと心に浮かんできても、それを自由に楽しんだ。

ほかにも驚くことがあった。『見えない人間』が完成する五年前、私と最初に本の出版契約を結んだフランク・テイラーが、イギリスの雑誌『ホライズン』の編集長であるシリル・コナリーに本の第一章を見せると、それは一九四七年にアメリカの芸術を特集したこの雑誌に掲載された。これは第一章の最初の出版を印すものであったが、アメリカでは、その後しばらくしてから、今は廃刊となった『マガジン・オブ・ザ・イヤー』の一九四八年に発表された――これが、出版年が一九四七年と一九四八年の二つあるために、学者たちのあいだで混乱を招いた事情である。本が完全なかたちで実際に出版されたのは、一九五二年であった。

こうした驚きは私を勇気づけ、脅かしもした。なぜなら、成功をちょっぴり味わったあと、私は、「バトルロイヤル」の場面を含む第一章だけが『見えない人間』の面白い唯一のエピソードになりはしまいかと不安になったからだ。だが、私は頑張って書き続け、やっと編集長のアルバート・アースキンとの仕事が意味あるものになるまでこぎつけた。俗に言うように、あとは知ってのとおりである。この小説に対する私の心からの望みは、出版社が投資で損をせず、編集長が時間を浪費しなくて済むように、十分な部数が売れることである。だが、私がはじめに述べたように、これは、思いもよらずふと心に浮かんだ当初から、勝手に形をなしていった小説である。その証しは、びっくりするほどの三〇年後にここでまた、私にそのことを書かせる気にさせたということからも、裏づけることができる。

ラルフ・エリスン
一九八一年、一一月一〇日

＊『見えない人間』三十周年記念版（一九八二）序文

見えない人間（上）

「お前は助かったんだよ」とデラーノ船長は、ますます驚きと心の痛みを覚えながら叫んだ。「お前は助かったんだよ。なのに、どうしてお前の顔にはそんなに暗い影がさしているんだ」

――ハーマン・メルヴィル『ベニト・セレーノ』

ハリー「いいかい、お前らは僕を見ているのではない。お前らがニヤニヤ笑いかけている相手は僕ではないし、打ち明け話をするような顔で有罪だと言わんばかりに見ている相手も僕ではなくて、別の人間なんだ。お前らが僕だと思っている別人なんだ。死体嗜好症のお前らなんか、その別人の亡骸でも食っていればいいんだ」

――T・S・エリオット『一族再会』

プロローグ

僕は見えない人間である。かといって、エドガー・アラン・ポーにつきまとった亡霊のたぐいではないし、ハリウッド映画に出てくる心霊体《エクトプラズム》でもない。実体を備えた人間だ。筋肉もあれば骨もあるし、繊維もあれば液体もある――それに、心さえ持っていると言っていいかもしれない。僕の姿が見えないのは、単に人が僕を見ないだけのことだから、その点を分かってほしい。サーカスの余興で見かけることがある胴体のない人間の頭のように、僕は、まるで歪んで映るひどい鏡に四方からとり囲まれているみたいなものである。人は、僕の近くに来ると、僕の周囲のものや彼ら自身を、あるいは彼らの想像の産物だけを――要するに、僕以外のものだけを見るんだ。

僕の姿が人の目に映らないのは、必ずしも体の表皮に生じた生化学的な異変のせいではない。僕の言うこの不可視性は、僕が接触する相手の目の特異な性質のせいである。**内的**な眼、つまり人が肉眼で現実を見る時の目の構造がその理由である。かといって、僕は何も不平を言っているのではないし、抗議しているのでもない。自分の姿が見えないことが都合のいいこともあるが、いらだつ場合のほうがほとんどだ。それに、目の悪い人とぶつかることがしょっちゅうある。それからまた、自分は、現にこの世に存在していないのではないかと考えることもあれば、他人の心に単なる幻影としか映っていないのかもしれないと思うこともある。自分は、眠っている人が悪夢の中で必死になって消そうとしている相手のようなものではないかと。そんな時、僕は腹立ちまぎれに体を相手にぶっつけ返したくなる。白状すると、たいていの場合はそんな気持ちになる。自分は本当に現実の生活に生きていて、すべての音や苦しみを共有しているのだと自分に言い聞かせたくてたまらなくなり、拳を突き出して悪態をつき、人に自分の存在を気づかせてやると誓うことがある。だが悲しいかな、うまくいったためしはめったにない。

ある晩、僕はたまたまひとりの男にぶつかってしまった。たぶん薄暗がりだったせいもあって、男は僕に気がつくと、悪態をついてきた。僕は男に飛びかかってコートの襟《えり》をつかむと、あやまれと迫った。ブロンドの髪をした背の高い男だった。僕の顔が男の顔にくっつくくらい近づいた時、男は無礼にも青い目で僕を睨み、ののしってきた。抵抗する男の熱い息が僕の顔にかかった。西インド諸島の連中がやるように、僕は男の顎をいきなり自分の頭のてっぺんに引きおろして、頭突きを食らわせてやった。僕は、男の肉が裂けて血がほとばしるのを感じながら、「あやまれ！　あやまれよ！」と叫んだ。それでも男がもがきながら悪態をつくものだから、僕が何度も頭突きを加えると、とうとう男は、血だらけになってガックリとひざをついた。男は口を血だらけにしながらも、まだ悪態をつくものだから、僕は逆上して、奴を蹴とばした。そうとも、奴に蹴りを入れてやったのさ。そして怒りにまかせて僕は、奴の喉を切り裂いてやろうと思い、ナイフを取り出し、人気のない通りの街灯の真下で、片手で奴のコートの襟をつかみ、歯でナイフを抜いた。その時、奴は実際には僕を**見て**いなかったことに、僕は気がついた。つまり奴に関する限り、奴は歩きながら悪夢を見ているようなものだ！　ということに。僕は振り下ろしかけたナイフに空を切らせて、奴を押しのけると、奴が倒れるのにまかせた。車のライトがサッと暗がりをよぎった時、僕はじっと奴を睨んでやった。奴は舗道に横たわったまま、呻《うめ》き声を発した。幻影に殺されかけた男。そう思うと、僕は気力をなくした。不愉快でもあり恥ずかしくもあった。僕だって酔って弱った足で体がふらついているようなものだった。やがて僕は愉快になった。この男の鈍い頭の中に何かがふと浮かんで、それがこいつをさんざん殴って半殺しにしたというわけだ。そんな馬鹿げたことを思うと、僕は笑いたくなった。奴は死ぬ寸前に意識が戻ったのだろうか。それとも死神自身が意識を回復させて生かしておくために、解放したのだろうか。とにかく僕は現場にぐずぐずしてはいなかった。僕は、壊れるのではないかと思えるくらい大笑いしながら逃げた。翌朝の『デイリー・ニューズ』には、「暴漢に襲わる」という見出しで奴の写真が載っていた。見えない人間に襲われるなんて可哀そうな奴だ、目の見えない、なんと可哀そうな奴なんだ！　と思うと、僕は心から同情した。

たいてい（以前とは違って、若い頃の暴力を無視し否定するつもりはないが）、僕はこれほどおおっぴらに暴力を振るったことはない。自分が見えない人間だということを忘れないようにして、眠っている人を起こさないようそっと歩くことにしている。彼らの目を覚まさせないほうがいちばんいい時もある。この世に夢遊病者ほど危険な人間はめったにいない。だが、やがて僕は、相手に気づかれないで闘いを続けられることを学んだ。例えば、だいぶ前から電力専売会社を相手に闘いを続けてきた。僕は一銭も払わないで電力を使わせてもらっているが、会社はそのことを知らない。いや、会社は電力が流出していることにうすうす気づいてはいると思うが、その問題の場所がどこなのかが分からないでいる。会社が分かっているのは、発電所の奥の大メーターによると、大量の電力が入り組んだハーレム地区のどこかに無駄に流れ込んでいるらしいということだけだ。ところが滑稽なことに、僕はハーレムではなくて、そこの境界の地域に住んでいる。（自分の姿が見えないことが都合のいいことに気づく）数年前、僕はふつうに電力の供給を受け、法外な料金を払っていた。だけど、もう嫌になった。僕はそんなことは一切やめて今までいたアパートを引き払い、今までの生活を捨てた。これまでの暮らし方は、他人と同じように自分も見える人間だと勘違いしていたのだから。今では僕は自分の不可視性に気づいて、白人専用の賃貸ビルの中にある、一九世紀に塞《ふさ》がれて忘れ去られた地下室の一室に、ただで住んでいる。地下室を発見したのは、僕が破壊者ラスから逃げまわっていた夜だった。だがその時の話をすると、この物語のずっと先の、結末近くまで先まわりすることになる。もっとも、結末は始まりの中にあり、ずっと先のことになるのだが。

要するに、僕は家を、あるいはこう言ったほうがよければ、地下室に穴ぐらを見つけたということだ。自分の家を「穴ぐら」と呼んだからといって、そこが墓場みたいにじめじめしていて、寒いところだと勝手に決めつけないでもらいたい。寒い穴ぐらもあれば暖かい穴ぐらもある。僕の穴ぐらは暖かい。それに熊は冬のあいだ穴に引きこもり、春までそこで冬眠することを思い出してほしい。春になると、熊は殻を破る復活祭のヒヨコと同じように、そろそろと出てくる。こんなことを言うのも、僕が見えない人間で、穴ぐら生活をしているからといって、僕が死んだと誤解されたくないからだ。僕は死んではいないし、仮死状態にいるわけでもない。僕のことを熊のジャックとでも呼んでほしい。

僕は冬眠中なのだから。

僕の穴ぐらは、暖かくて光で満ちている。そう、光で**満ちあふれている**のだ。ニューヨーク中でこの穴ぐらほど明るい場所はないのではないかと思えてくる。そこにはブロードウェイも、写真家が語る素晴らしい夜景のエンパイアステート・ビルも含まれている。だが、そんなことを言うと、皆さんを欺くことになるかもしれない。この二つの場所は、わが国の文明全体――おっと失礼、わが国の**文化**全体（これには、重要な違いがあるらしい）――の中でも、最も暗い場所にある。悪ふざけか矛盾のように聞こえるかもしれないが、これが（つまり矛盾が）、世界のあり方なのである。世界は矢のようにではなく、ブーメランのように動くものだ。（歴史は**螺旋状に進む**と言う人には、気をつけたほうがいい。連中はブーメランを携帯しているのだから、鉄製のヘルメットを近くに備えておいたほうがいい）。僕は知っている。頭すれすれにブーメランをさんざん飛ばされてひどい目にあってきたので、今では僕は、光の中にある暗さが見てとれる。それに僕は光が好きだ。見えない人間が光を必要とし、光をほしがり、光を愛するなんて妙だと思われるかもしれないが、まさしくそれは、僕が見えない人間**である**からだろう。光は僕の存在を確かなものにし、僕の姿を浮き彫りにしてくれる。かつて僕はある美しい女性から、くり返し悪夢にうなされるという話を聞いたことがある。その夢の中で女性は、大きくて暗い部屋の真ん中に寝ていると、自分の顔がふくらんでいく感じがして、しまいには顔が部屋中にふくらんで形のない塊になり、その間、目は、胆汁のようなゼリー状になって煙突を昇っていくらしい。僕の場合も似たようなものだ。光がなければ僕の姿は見えないばかりか、形すらないのだから。自分の姿に気づかないのは生きた屍みたいな生活をするようなものだ。僕自身二〇年近く生活してきたが、自分の不可視性に気づくまでは本当に生きていたとは言えない。

僕が電力専売会社と闘っているのは、そのためである。つまりそのもっと深いわけは、闘うことで僕が本当に生きているという実感を味わうことができるからだ。僕はまた今まで払わされた大金を取り返そうと会社と闘うようになってから、生活のコツを覚えた。地下室の僕の穴ぐらには、正確に言うと一三六九個の電球がある。僕は天井のいたる所に電線を張りめぐらした。そして蛍光式の電球ではなく、旧式で電気を食うフィラメント式の電球をつけた。ご存知のように、これは営業妨害である。壁にも電線を張りめぐらすようにした。目のいい知り合いのくず屋が電線とソケットをくれた。嵐が来ようと洪水になろうと、光を、さらに多くの明るい光を求める僕たちの欲求が邪魔されるはずがない。真理とは光であり、光こそ真理である。四方の壁全部に電線を張り終えたら、床に取りかかろう。まさしくそれがどんな具合になるのか分からないが、僕みたいに姿が見えない状態で生きてくると、ある程度の工夫はできるようになる。もうひと工夫してみよう。たぶん、ベッドに寝ながらにしてコーヒーポットを火にかける装置を僕は発明するかもしれないし、ベッドを暖める装置だって発明するかもしれない。絵入り雑誌で見たことがあるが、体に取りつけて靴を暖める装置を発明した人みたいにね！　僕は姿が見えないけれど、偉大なアメリカの発明家の伝統を引き継いでいる。ということは、僕はフォードやエジソン、それにフランクリンの親戚に当たるわけだ。僕には理論と発想する力があるのだから、僕のことを「思想家にして発明家」と呼んでくれ。そうだ、僕も自分の靴を暖める装置を作ろう。その必要はある。靴はたいてい穴だらけなのだから。それだけでなく、もっといろんなものを作ることにしよう。

今僕の手元には蓄音機が一台ある。五台集めるつもりだ。僕の穴ぐらはある程度防音効果がある。音楽を聴く時には、僕は耳だけでなく、全身で、その振動を感じたくなる。レコードを五枚同時にかけて、ルイ・アームストロングの演奏で、「どうして、おれはこんなに黒くて、こんなにブルーなのか」と歌うのを聴きたい。ルイの演奏を聴きながら、デザートに好物のスロージン付きのバニラ・アイスクリームを食べることがある。白い塊に赤い液体をかけると、そこがキラキラ輝き、湯気が昇っていく。その間、ルイがあの軍隊的な楽器から精魂こめて、叙情的な音色を響かせてくれる。たぶん僕がルイ・アームストロングを気に入っているのは、彼が見えないものから歌詞を作るからだろう。彼自身が見えない人間であることに気づいていないからにちがいない。それに、自分の不可視性が分かっていることもあって、僕には彼の音楽が理解できる。かつておどけた奴らに煙草をねだったら、マリファナをくれたことがあったっけ。僕は家に帰って腰をおろし、マリファナに火をつけてから、蓄音機に耳を傾けていた。不思議な夕暮れ時だった。言いわけになるが、不可視性のせいで僕には人と少し違った時間の感覚があって、完全にリズムにのるというわけにはいかない。進みすぎる時もあれば、遅れすぎる時もある。気づかないほどの時間の速い流れではなくて、僕には節目が、つまり時間がぴたりと止まったり先にサッと進んだりする瞬間が分かるのだ。そのうちに時間の裂け目の中にすべり込んで、辺りを見回してしまう。ルイの音楽をぼんやりと聴いているとそんなふうになる。

かつて僕はプロボクサーと田舎者の拳闘試合を見たことがある。ボクサーは素早く動き、その技たるや見事だった。彼の体の動きは激流のようで、リズミカルであった。田舎者はさんざんパンチを食らったが、驚きのあまり呆然と両腕を構えたまま立っていた。だが田舎者はパンチの嵐をかいくぐったかと思うと、いきなり一撃を食らわし、井戸掘り人足のお尻のようにボクサーの技とスピードとフットワークを完全に止めてしまった。勝ち目のなかった田舎者が勝利をおさめたので、賭博師が賭けで大もうけしたというわけだ。田舎者は単に相手の時間の感覚に踏み込んだにすぎない。それと同じで、僕はマリファナでもうろうとしているうちに、新しい分析による音楽の聴き方に気づいた。聞きなれない音色が聞こえてくると、それぞれのメロディーのラインがばらばらに存在し、一つひとつのメロディーから際立ってせりふを言ったあと、ほかの声がでるのをじっと待った。あの晩は気がつくと、時間と空間に抱かれて音楽を聴いていた。僕は音楽の世界に入っていき、『神曲』を書いたダンテのようにその深みへと下りていった。すると、熱狂的で速いテンポの下にはゆるやかなテンポがあり、穴ぐらが一つあった。その穴ぐらに入って辺りを見回しているうちに、フラメンコのように世界苦で満ちた黒人霊歌を唄う老婆の歌声が聞こえてきた。穴ぐらのずっと下には平面があって、そこでは象牙色をした美しい女性が哀願するような声で何かを訴えていた。まるで奴隷所有者たちの前で突っ立ったまま自分の裸体が競売にかけられる時の僕の母親の声のようだった。さらにその下にも平面があり、もっと速いテンポのリズムが流れていた。やがて誰かの叫び声が聞こえてきた。

「ブラザー並びにシスターたちよ、今朝の題目は『暗黒の黒さ』についてであります」

すると会衆の声々が応えた。「あの暗黒はとても黒い。真っ黒です。ブラザー」

「はじめに……」

「そもそものはじめに……」と彼らは大声で言った。

「……暗黒がありました」

「話を続けて……」

「……そして太陽は……」

「主よ、太陽は……」

「……血のように赤かった」

「赤かった……」

「ところで暗黒は……」と説教師は叫んだ。

「血のように赤い……」

「私の言った暗黒というのは……」

「ブラザー、説教を続けて……」

「……ところが暗黒はそうではないのでありまして……」

「赤い、主よ、赤いのです。主は赤いと言われた！」

「アーメン……」

「暗黒はあなた方を苦しめるでしょう」

「そうなるでしょう……」

「いかにも、そのとおりであります……」

「……そうとばかりは言えないのでありまして……」

「そうだ、そうとばかりは言えない！」

「苦しめるのでありまして……」

「主よ、苦しめるのです……」

「……そうとは限らないのでありまして……」

「ハレルヤ……」

「……暗黒はあなた方を、おお、主よ、栄光あれ、栄光あれ、鯨の腹の中に投げ込むでしょう」

「親愛なるブラザーよ、話を続けて……」

「……しかもあなた方を誘惑します……」

「全能の神よ！……」

「ネリーおばさん！」

「暗黒はあなた方を造り上げるでしょう……」

「暗黒は……」

「……でなければ、暗黒はあなた方を滅ぼすでしょう」

「主よ、それが真実ではないのでしょうか」

トロンボーンの音色のような声が僕に叫んだのは、その時だった。「ここから出て行きな、この愚か者めが！　お前さんは裏切る気かい？」

そこで僕がしぶしぶ立ち去ろうとしていた時、黒人霊歌を唄っていた老婆が、「お前さんは、お前の神を呪って死んじまうがいい」と呻くような声で言った。

僕は立ち止まって、どうしたのかと老婆に訊いた。

「あたしゃ心からご主人様を愛していたんじゃよ、お前さん」と老婆は答えた。

「あなたはその主人を憎むべきだったんです」と僕が言った。

「あの方は息子を何人も授けて下さった」と老婆が言った。「息子たちが可愛いもんだから、あたしゃあの方を憎みながらも、あの子たちの父親を愛するようにしたのさ」

「僕も両面感情を持つことには慣れました」と僕は言った。「だから僕はここに来たんです」

「それはどういうことかい？」

「いや別に。説明できません。ところで、あなたはなぜ嘆いているのですか？」

「あたしがこんなに嘆いているのは、あの方が亡くなられたからじゃよ」と老婆は答えた。

「じゃあ、教えて下さい。上のほうで笑っているのは誰なんですか？」

「ありゃ息子たちじゃよ。喜んでいるんじゃ」

「ええ、僕にもそれは分かります」と僕は言った。

「あたしゃ嬉しくもあるし、悲しくもあるんじゃ。ご主人様はあたしたちを自由にすると約束されたのに、どうしてもその自由にはしてくれなかったんじゃよ。だども、あたしゃあの方を愛していたんじゃ……」

「あの方を愛していただって……？」

「んだ。だども、あたしゃほかのことをもっと愛していた」

「何をですか？」

「自由じゃよ」

「自由ねぇ」と僕は言った。「おそらく、自由は憎しみの中にあるのかもしれません」

「そんなこたねぇよ、お前さん。愛情の中にあるんじゃ。あたしゃあの方を愛していたからこそ、毒を盛ったんだよ。あの方は霜にやられたリンゴみてぇに、しなびて死んじまいなすった。息子たちだったら、手製のナイフであの方をズタズタに切り刻んでいただろうよ」

「何かが間違ったのですね」と僕が言った。「頭が混乱してきましたよ」

そこで僕はほかにもいろいろなことを訊きたかった。しかし上の笑い声が大きすぎて、僕には嘆き声のように聞こえてきたので、退散しようとしたが、できなかった。ちょうど立ち去ろうとした時、僕は老婆に、自由とは何なのかを訊きたくてたまらなくなり、引き返した。老婆は腰をおろして両手で頭を抱えたまま、じっと悲嘆に暮れていた。そのなめし革のような茶色い顔は悲しみに満ちていた。

「お婆さん、あなたがそんなに愛している自由とは一体何なんですか?」と僕は気になっていたことを訊いた。

すると老婆は驚き、それから物思いに耽《ふけ》り、やがて困った顔つきをした。「お前さん、忘れちまったわぁ。おかげですっかり頭が混乱してよう。愛情はこうだとも思えるし、ああだとも思えてくるしな。考えると、頭がくるくる回っちまうよ。頭に浮かんだことをどうやってしゃべっていいのか、分からんだけかもしんねぇ。だどもお前さん、こりゃあ、むずかしいことじゃよ。あんまりたくさんのことがよう、立て続けにあたしの身に起きたもんだからよう。あたしゃ熱にうなされてるみてぇだ。歩き出すたんびに頭がクラクラして、あたしゃ、倒れちまうよ。ひょっとして、こりゃ息子たちのせいかもしんねぇ。息子たちゃ笑い出すし、白人の連中を全部ぶっ殺したくてうずうずしているしな。ほんとに怒りまくっているんじゃよ。今じゃそうじゃよ……」

「それで、自由についてはどうなんですか？」

「お前さん、放っといてくれ。あたしゃ頭が痛いよ！」

僕自身もめまいを感じながら老婆の元を離れた。少し歩いたところで、身長が六フィートもある大柄の息子がどこからともなくいきなり現れて、僕にパンチを食らわせてきた。

「おい、何をするんだい？」と僕は大声で言った。

「母ちゃんを泣かしたな！」

「どうやって？」と僕は、ひょいとパンチをかわしながら訊いた。

「母ちゃんにいろんなことで質問責めにしてだよ。とっとと失せて大人しくしてろ。今度そんなに訊きたきゃ、てめえにしろ！」

男は冷たい石でもつかむかのように、僕をぐいとつかんだ。喉を手で絞めつけられたので僕は窒息するのではないかと思ったが、やっと振り払うことができた。めまいがしてふらふらしながら歩いていると、音楽が耳の中でヒステリックに鳴り響いてきた。辺りは暗かった。頭がすっきりしてくると、僕のあとを追いかけてくる足音が聞こえるような気がして、暗くて狭い通路をさまよっていった。僕は体が痛み、平静、安らぎ、静寂への強い渇望が生じたが、それは実現できそうにもなかった。一つには、トランペットが鳴り響き、そのリズムがあまりにも熱狂的だったからだ。高まる鼓動のようなドラムの音がトランペットの音をかき消し、僕の耳いっぱいに響いた。僕は水が飲みたくてたまらなくなり、手探りして前に進むうちに、指で触れた冷たい水道管の中を勢いよく流れる水の音は聞こえてきたが、背後に迫る足音のせいで、立ち止まって水を探すことなどできなかった。

「おい、ラス」と僕は大声で言った。「お前か？　破壊者の？　それともラインハートなのかい？」

返事はなく、ただ背後のリズミカルな足音だけが聞こえた。僕は道を横切ろうとしたが、勢いよく走ってきた車が僕にぶつかり、片足にかすり傷を負わせながらも、轟音を立てて疾走していった。

そのあと僕はこの音響の地底から急いで昇ってどうにか逃れると、ルイ・アームストロングの汚れのない歌声が聴こえてきた。

どうしておれはこんなに黒くて、
こんなにブルーなのか？

最初僕は怖かった。この聴き慣れた音楽が僕にできそうもない行動を求めていたからだ。あの地底にぐずついていたならば、僕は行動を起こしていただろう。とはいえ、この音楽を聴いている人は実際にはほとんどいないことが、今になって僕は知った。一三六九個の電球の一つひとつが舞台装置のアーク灯になり、その状況でラスとラインハートの拷問を受けるかのように、僕は全身が汗びっしょりになり、椅子のへりに座っていた。その状態でいるとくたくたに疲れた——まるで僕が、何日も続いた激しい飢えの果てに生じた恐ろしい静寂の中で、一時間ずっと息を止めていたかのように。だが見えない人間にとって、音響の中の沈黙を聞くことは、不思議なことに満足のいく経験になった。僕は自分自身の中に漠然とした強迫観念のようなものがひそんでいることに気づいた——たとえ僕がその促しに対して「然《しか》り」と答えられなかったとしても。だが僕は、その後マリファナを一回も吸わなかった。マリファナが違法だからというわけではなく、曲がり角を見るだけで十分だったからだ（そんなことは、見えない人間にとってめずらしいことではない）。しかし曲がり角の先のことを耳にするのはきつすぎる。そんなことをすると、僕は行動がとれなくなってしまう。しかもブラザー・ジャックとブラザーフッド協会のあの悲しい失われた時期を経験したからこそ、僕は行動以外には何も信じていない。

ここで、一つ定義をしたい。冬眠とは、もっと公然とした行動に備えてのひそかな準備期間なのである。

また、麻薬とは、人の時間の感覚を完全に麻痺させてしまうものである。そんなことにでもなれば、僕は明るい朝を避けるのを忘れ、鶏の鳴き声を聞いただけで駆け出し、オレンジ色と黄色の路面電車か、いやなバスにぶつかってしまうだろう。あるいは、いざという時が来ても、穴ぐらを去ることを忘れてしまうかもしれない。

しばらくのあいだ、僕は電力専売会社の恩恵を受けて人生を楽しむことにする。人はすぐ目の前で僕と出くわしても、僕に決して気づくことはないし、僕の存在を信じる者などほとんどいないのだから、僕が電線をビルにつないでその地下の穴ぐらに電気を引き込んでいることがバレたとしても、それは大したことではない。以前の僕は、追いつめられて暗がりの中で暮らしていたが、今はまわりを見ることができる。僕は電気を引き込んでから自分の不可視性の黒さを光で照らしてきたし、その逆もまた然りである。だから僕は自分の孤独について目に見えない音楽を奏でる。この言い方は厳密には正しくないかもしれないが、しかし的をえている。人はこの音楽をただ聴いているだけで、ミュージシャンだけがその真の音楽を聴き、見ることもできる。それゆえ、不可視性を黒と白に押さえておくこの強制は、不可視性から音楽を作りたいという衝動に駆られるのだろうか。だが僕は雄弁家だし、民衆煽動家でもある――今もそうだろうか？　かつて僕はそうだったし、これからもそうだろう。そのことは誰も知らない。全ての病が死に至るものではないし、不可視性も死に至ることはない。

「なんて恐ろしい、無責任な奴なんだ！」と君たちの言う声が僕には聞こえる。たしかに君たちは正しい。すぐに君たちの意見に同意しよう。僕は、今まで存在しなかったような無責任な人間だ。無責任は僕の不可視性からきている。どう考えても、それは本当のことである。だが僕は誰に対して責任を取る必要があるのか？　君たちが僕を見ようとはしないのに、どうして僕が責任を取らねばいけないのだろうか？　それについては僕が実に無責任な人間であることをはっきりさせるまで、待っていただきたい。責任は認識次第であるし、認識は同意の一形式である。たとえば、僕が殺しそうになったあの男の場合はどうだろう。あの殺人未遂は誰に責任があったのだろうか――僕だろうか？　僕はそうは思わないし、そんなことは遠慮したい。僕は責任をすすんで負うつもりはないし、君たちから押しつけられても困る。**あいつ**が僕にぶつかって侮辱してきたのだから。彼自身のためにも、あいつは僕のヒステリー状態に、つまり「危険な可能性」に気づくべきだったのではなかろうか？　たとえば、あいつが夢の世界に浸《ひた》っていたとする。でも、**あいつ**はその世界を支配しなかったのだろうか？――悲しいかな、それは本当のことだ――また、なぜ僕をそこから締め出さなかったのか？　あいつが大声で警官を呼んだとすれば、**僕**が加害者だと誤解されなかっただろうか？　よし、よし！　君たちの意見に同意しよう。僕は無責任だった。というのも、僕はナイフを使ってでも、社会のより高い利益を守るべきだったのだから。いつの日か、こうした愚かさが僕たちに悲劇をもたらすことになるだろう。すべての夢見る人と夢遊病者たちはその代価を払わねばならないし、目に見えない犠牲者でさえ、一切の運命に対して責任がある。だけど僕はその責任を負わなかった。僕の頭に浮かんできたさまざまな矛盾した概念のせいで、あまりにも混乱してしまった。僕は臆病者だった……。

それにしても、どうして僕はこんなにブルーなのか？　これから我慢して僕の話を聞いていただきたい。

1

あれは、ずいぶん昔の二〇年近く前にさかのぼる。それまで僕は、何かをずっと探してきた。どこを向いても、誰かがそれが何であるのかを教えようとしてくれた。彼らの答えはしばしば相反しており、自己矛盾しているのもあったが、いずれの答えも受け入れた。純朴だった。僕は自己を探求していたのであり、自分だけが答えられる質問を自分以外のみんなにしていた。ほかのみんなに生まれつき備わっているように思える判断力をえるのに長い時間がかかったし、自分が抱いた期待は痛ましいかたちでブーメランのようにはねかえってきた。それは、僕が自分以外の何者でもないという認識だった。だがその前に、僕は自分が見えない人間だということに気づくはめになったのだ！

しかし僕は生まれつき体が不自由ではないし、歴史の変種でもない。八五年前はほかのことが同じだった（あるいは、違っていた）のだから、僕は運命づけられていた。祖父母が奴隷だったことを恥じてはいない。むしろ一時期恥ずかしいと思っていた自分が恥ずかしいだけである。八五年前に祖父母たちは、お前たちは自由であり、共通の利益などすべての点でわが国の人々と結びついており、社会的なもの一切が手の指のように別々であると白人の主人たちに言われた。だから祖母たちはそのことを信じ、喜んだ。彼らは自分たちの身分にとどまって懸命に働き、同じことをするようにと、僕の父を育てた。だが僕の祖父は変わり者だった。実際、風変わりな人物だったのだが、僕はその祖父に似ているらしい。災難のもとをつくったのは祖父だった。死の床に僕の父を呼んで、こう言った。「息子よ、わしが死んでも、お前に立派な闘いを続けてもらいたい。お前にはじめて言うが、わしらの人生は闘いだった。わしは生まれてこのかたずっと裏切り者だったし、再建時代に銃を捨てて以来ずっとこの国でスパイだった。敢えて危険なことを求めて生きろ。わしはお前に、ハイ、ハイと言って連中が何も言えないようにし、ニッコリ笑いながら奴らの心を傷つけ、奴らの考えに合わせて、死と破滅へと追い込んでもらいたい。わざと呑み込まれて、連中がお前を吐き戻すか、連中の腹が張り裂けるかするようにしむけてもらいたいんじゃ」みんなはこの老人の精神に障害が起こってしまったと思った。祖父は男たちの中でいちばんおとなしい人だった。子どもたちが急いで部屋から出され、カーテンが引かれた。やがてランプの炎がとても小さくなり、その芯《しん》が祖父の息づかいのように喘《あえ》ぐような音を立てた。「今言ったことを子どもたちに教え込むんだぞ」と祖父は、かすれ声ながらも激しさを込めて言った。それから息を引きとった。

しかし僕の家族は、祖父が死んだことよりも遺言のことで驚いた。それはまるで、祖父が死ぬ気配などみじんも見せなかったかのようであり、遺言がみんなの不安を大いにかき立てた。僕は、祖父の言ったことは忘れるんだよと、みんなから力を込めて警告された。実際、祖父の遺言が他人がいるところで話されたのは、この時がはじめてだった。しかしながら、遺言は僕にものすごい影響を与えた。僕には、祖父が言おうとしたことが理解できなかった。祖父は何のもめごとも起こしたことがないおとなしい老人だったが、死の床で自分は裏切り者であり、スパイだったと告白し、自分がおとなしくしていたのは危険な活動を行っていたからだと語った。それは今でも謎であり、心の奥底ではまだ信じられなかった。物事がうまくいった時にはいつも、僕は祖父を思い出し、うしろめたさと不快感を覚えた。それはまるで、僕が思いがけず祖父の助言を実行に移しているかのようであった。さらに悪いことに、みんなはそのために僕を愛してくれた。僕は町の百合のように真っ白な人たちから誉められ、ちょうど祖父と同じように、よい行いをする模範的な人物だと思われた。僕にとっての悩みの種は、祖父がそうした行為を**裏切り**と決めつけたことだ。自分の行いを誉められると、僕は、現に白人たちの望まないことを何かしらしているような気がして、うしろめたさを感じた。もし白人たちがそのことに気づいたのなら、彼らは僕に正反対の行為をするよう望むであろうから、僕は陰気で卑劣な行為をすべきだったたし、またそのほうが、実際に彼らが望んでいたことだという気がした。たとえ彼らが馬鹿にされているのに、僕に以前と同じ行動をとってもらいたいと思ったとしても。そのために、いつの日か僕が彼らから裏切り者扱いにされ、破滅してしまうのではないかと思うと怖くなった。白人たちが少しも望んでいないような別の行動をとるのは、さらに怖かった。祖父の言葉は呪いのようなものだった。卒業式の日に僕が演説をした時、謙遜は進歩する秘訣であり、実際その真髄であることを明らかにした。(僕がそのことを信じていたわけでなく——祖父を思い出すと、どうしてそんなことができようか?——演説がうまくいくと思っていただけだ)。演説は大成功だった。僕はみんなから誉められた上に、町の有力な白人たちが集まる会で演説をしてほしいと招待された。それは黒人共同体にとって勝利だった。

会場は一流ホテルの大広間だった。会場に着くと僕は、それが男たちだけの集会であることに気づいたが、せっかく来たのだから、余興の一つとして何人かの級友たちによって行われるバトルロイヤルに参加したほうがいい、と言われた。バトルロイヤルは最初のイベントだった。

タキシード姿の町の有力者たちが勢ぞろいしていて、バイキング料理をガツガツ食べたり、ビールやウィスキーを飲んだり、黒い葉巻をふかしたりしていた。会場は天井の高い広い部屋だった。特設のリングの三つの側面には、椅子がきちんと列をなして並べてあり、残りの面には何もなく、磨かれたフロアがピカピカに輝いていた。ところで、僕はバトルロイヤルに参加することに多少の不安を抱いた。闘いが嫌いだからではなく、参加予定の級友たちのことがあまり好きではなかったからである。彼らは祖父の呪いの言葉など気にしないような体の頑丈な連中だったからだ。誰が見ても、彼らは丈夫そうな体つきをしていた。それに、バトルロイヤルで闘うことは自分の演説の威信を損うのではないかと思ったからである。自分の姿が見えていた頃、僕は自分をブッカー・T・ワシントンのような人物になれると想像していた。だが、僕のことは大して気にしていない級友たちが九人いた。僕は彼らに対して自分なりに優越感を抱いていたが、召使用のエレベーターにみんな押し込められたことが気に入らなかった。彼らも僕がいることが気に食わなかった。実際、エレベーターが暖かそうな明かりのついた階をいくつも通過する時、僕がバトルロイヤルに参加したために、級友たちのひとりがこの夜のアルバイトからはずされたことで僕たちは口論になった。

僕たちはエレベーターから降ろされ、ロココ様式の廊下を通って控え室に連れていかれると、トランクスにはき替えろと言われた。一人ひとりにグローブを渡されたあとで僕たちは、鏡のある大広間の方へ案内された。辺りを注意深く見回したり、大広間のざわめきに混じってふとした拍子に人に聞こえないように、小声で話したりしながら入っていった。大広間には、葉巻の煙がもやのように立ち込めていた。すでにウィスキーの効果が現れていた。町の有力者たちの中にはかなり酔っている人もいて、僕はショックだった。銀行家、弁護士、判事、医者、消防署長、教師、商人といった有力者たちがみんな来ていた。人気のある牧師もいた。僕たちには見えなかったが、リングサイドでは何かが行われていた。クラリネットの音色が官能的に響いていて、彼らは立ち上がってリングサイドへ意気ごんだ様子で歩いていった。僕たちはひとかたまりになって、あまりにも窮屈だったので、裸の上半身は互いに触れあい、闘う前から汗で光っていた。リングサイドの有力者たちはどういうわけか次第に興奮していったが、僕たちにはそれが何によるのかが分からなかった。突然、僕にここに来るように言った学校教育長の大きな声が聞こえてきた。「皆さん、黒人の少年たちをリングの中へ！　リングに入れてください！」

僕たちが大広間の前のほうへ急いで連れていかれた。タバコとウィスキーのさらに強烈な臭いがした。僕たちは決められた場所に押しやられた。僕は小便を洩らしそうになった。大勢の人々の顔が並び、中には敵意をむき出しにしているものもいれば、おもしろがっているものもいて、僕たちを取り囲んだ。中央には、僕たちのほうを向いた見事な金髪の女性が立っていた――しかも全裸で。辺りは静まりかえった。僕は冷たい風がさっと吹いてきたかのように感じて、身震いがした。後ずさりしようとしたが、僕のうしろやまわりには大勢の人々がいた。少年たちの中には、首をうなだれたまま震えているものもいた。僕は言いようのないうしろめたさと不安が高まるのを感じた。歯はガチガチ鳴り、鳥肌が立ち、ひざはガクガクしてきた。それでも僕は強く引きつけられ、思わず金髪の女性を見た。たとえ見たことで目が見えなくなろうとも、僕は見ただろう。女性の髪はサーカスに出てくる可愛い女の子に似た金髪で、頬紅をつけた厚化粧の顔は、どことなく仮面を思わせ、目はくぼみ、ヒヒのお尻のようなうす青い色を滲《にじ》ませていた。僕はそろりと横目で彼女の体を見た時、彼女に唾を吐きかけたくなった。彼女の胸は引き締まっていて、東南アジアの寺院の丸屋根のように丸かった。僕は彼女のすぐそばに立っていたので、色白の肌のきめと、真珠の玉を想わせる汗がピンク色の立った乳首のまわりで露のように光っているのが分かった。僕は広間から抜け出して階下に下りていきたくなったと同時に、彼女に近づいて、みんなの視線から自分の体で彼女を隠したくなった。かと思うと、彼女の柔らかい太腿に触れたり、彼女を愛撫し尽くしたり、彼女を愛して殺したりして逃げたいという欲望にかられた。もしくは下腹部の小さなアメリカの国旗の刺青のある下の、大文字のV字型になっている股の部分に一撃を加えてやりたかった。僕は、広間にいるみんなの中で、彼女が感情のない目で僕だけを見ていると思った。

やがて金髪の女は、何本もの葉巻の煙が極薄のヴェールのように彼女の体にまとわりつく中で、官能的なゆるやかな動きで踊りはじめた。彼女はヴェールに包まれた美しい鳥女《バード・ガール》みたいに、灰色の荒れた海から僕に呼びかけているようであった。僕はうっとりしていたが、クラリネットが鳴り響き、有力者たちが僕たちに大声で叫んでいることに気づいた。女を見たなと僕たちを脅すものもいれば、なんで見ないんだと脅すものもいた。僕の右にいた少年が気絶した。すると、ひとりの男がテーブルから銀色の水差しをつかんで近づき、少年に冷たい水をぶっかけて立ち上がらせ、首をうなだれ、青みがかった厚い唇から呻《うめ》き声を発している彼の体を、僕ともうひとりの少年に支えさせた。今度は別の少年が家に帰りたいと訴えはじめた。彼は僕たちの中で体がいちばん大きく、穿《は》いている濃赤色のトランクスは小さすぎて、クラリネットの思わせぶりな低い音色に応えるかのように、体から突き出た部分がはみ出していた。彼はグローブでその部分を隠そうとした。

その間ずっと金髪の女は、彼女をうっとりと見つめる有力者たちにほほ笑んだり、不安げな僕たちにほほ笑んだりして踊り続けた。僕はある商人が締まりのない口からよだれを垂らし欲望をむき出しにして、彼女のあとを追うのに気づいた。男は大柄な男であり、大きい太鼓腹のせいでふくらんだシャツの胸にダイヤモンド入りの飾りボタンを付けていた。金髪の女がふっくらしたお尻を揺さぶるたびに、男は薄い頭の髪を手で掻き上げ、両腕を上げたまま、酔ったパンダのようなぎこちない仕草でお腹をゆっくりと、みだらにくねらせた。この男は完全に魅了されていた。音楽のリズムが速まった。踊り子が表情のない顔で体を激しく動かすと、男たちは、手を伸ばして彼女の体に触りはじめた。僕には彼らの太い指が柔らかい肉体に食い込むように見えた。連中の中には彼らを止めるものもいたが、女が床の上で優美な輪を描いてクルクルと回りだすと、男たちは磨かれてツルツルになった床を滑って転んだり走ったりしながら、追いかけた。馬鹿げた状況だった。男たちが笑ったりわめいたりして女のあとを追いかける時、椅子にぶつかり、飲み物はこぼれた。ちょうど金髪の踊り子が出口に辿《たど》り着いた時、男たちは彼女をつかまえて床から持ち上げ、新入生を歓迎するかのように宙に放り上げた。彼女の赤い唇にはつくり笑いが浮かび目には恐怖と不快な表情が浮かんでいたが、それは、僕の恐怖やほかの少年たちに見てとれた恐怖に近いものであった。僕は、男たちが女を二回放り上げるのを見た。柔らかい乳房は空気に押されて平たくなったように見え、くるくる回された時、女の両足はみだらにパッと開いた。しらふの男たちの中には、彼女が逃げるのを助けようとする者もいた。僕は、ほかの少年たちと一緒にその場を離れて、控え室へ向かった。

何人かの少年たちはまだ泣きわめき、病的なまでに興奮していた。だが僕たちが逃げようとすると呼び止められ、リングに戻れと命令された。言われたとおりにするほかなかった。僕たちは一〇人ともロープをくぐってリングに上がると、幅のある白布で目隠しをされそうになった。有力者のひとりは少し同情しているらしく、ロープを背にして立っている僕たちを元気づけようとしてくれた。僕たちの中にはニッコリと笑おうとする者もいた。「そこの小僧をよく見ておけ」と有力者のひとりが言った。「ゴングが鳴ったらすぐに飛んでいって、そいつの腹のど真ん中に一発パンチを食らわせてやれ。お前らがやらなかったら、おれがお前らを殴るぞ。おれはあいつの顔が気に食わねぇ」僕たちは一人ひとりに同じことを言って聞かされた。目隠しをされた。だがその時でも、僕は演説の内容を暗誦していた。言葉の一つひとつを炎のように鮮やかに覚えていた。白布が両目にぴったり当たるのを感じたが、気を抜いたらゆるんでしまうのではないかと思って、顔を緊張させていた。

だが僕は目が見えないことの恐怖を発作的に感じた。暗がりに慣れていなかった。ふと気がつくと、有毒の沼マムシがうじゃうじゃいる暗い部屋の中にいるみたいだった。バトルロイヤルをはじめろよとしつこく叫ぶかすれた声があちこちから聞こえてきた。

「さっさとはじめろよ!」

「おれにあの太っちょの黒んぼうを殴らせろ!」

僕は、教育長の多少なじみのある声から安心するような言葉を聞きたくて、懸命に耳を澄ました。

「おれにあの黒んぼうのクソッタレどもを殴らせろ」と誰かが叫んだ。

「やめろ、ジャクソン。駄目だよ！」と別の声が叫んだ。「おい、誰か、ジャックを押さえるのを手伝ってくれ」

「あのショウガ色の黒んぼうをぶん殴りたいんだ。あいつの手足をバラバラにしてやりたいんだよ」

とさっきの声が叫んだ。

僕はロープにもたれて震えながら、立ちすくんでいた。当時の僕の肌はいわゆるショウガ色をしていたし、男の声は、カリカリのショウガ入りクッキーのように、僕をバリバリ嚙み砕くかのように聞こえたからだ。

かなりの闘いが行われていたようだ。何脚もの椅子が蹴飛ばされていたし、すさまじい奮闘を続ける時のようないくつもの呻き声が聞こえてきたからだ。僕は自分の目で見たかった。以前にもまして見たい気持ちで必死だった。だが目隠しは皮膚のちぢんだ厚いかさぶたのように、しっかりと締められていた。僕が何層にも重なった白い布をずらそうとしてグローブをつけた両手を上げた時、「おい、よせ、よせ、黒んぼう野郎！　触るんじゃねぇ！」とある声が叫んだ。

「ジャクソンが黒んぼうを殺してしまわないうちに、ゴングを鳴らせ！」と、急に生じた沈黙の中で誰かが声高に叫んだ。ゴングが鳴ったかと思うと、すり足で僕の前に進み出る足音が聞こえた。

頭をグローブでバシッと殴られた。誰かが目の前を通りすぎようとした時、僕はくるりと回ってぎこちなくそいつを打つと、片腕から肩にかけて衝撃がさざ波のように走った。すると、九人の少年たちがみんなで一斉に僕を攻撃してきたかのようだった。僕は四方八方から何度も殴られながらも、できるだけ殴り返した。さんざんパンチを浴びたので、リングの中で目隠しをされているのは自分だけで、ジャクソンという男が結局僕を殴ったのではないかと思った。

目隠しをされていた僕は、自分の動きをもうコントロールすることができなかった。自信を失ってしまった。赤ん坊か酔っぱらいのように、よろめきまわった。葉巻の煙がより濃くなり、新たにパンチを食らうたびに煙が僕の肺を焦がし、さらに呼吸困難になったのかと思った。唾液は熱くてにがいニカワのようになった。グローブが頭にくっつくほど殴られ、口は生温かい血でいっぱいになった。血がいたる所に飛び散った。体に感じるべとべとしたものが汗なのか、血であるのか、分からなかった。首すじに強烈なパンチを一発食らった。僕は倒れて、頭を床に打ちつけた。幾つもの青い光線が目隠しされたままの暗い世界に広がった。ノックアウトされたふりをしてうつ伏せになっていたが、いくつもの手につかまれて、ぐいと立たせられた。「やれよ、黒んぼう！　ガンガンやれよ！」僕の両腕は鉛のように重たく、何度もパンチを食らったせいで頭はズキズキした。なんとかしてロープまで辿り着き、ロープにしがみつきながら息をつこうとした。途端にグローブがみぞおちに当たり、僕はまた倒れてしまった。まるで葉巻の煙がはらわたに突き刺さったナイフのような感じがした。僕はすぐそばを動きまわる足にあちこちに蹴り押されながらも、体を引っぱり上げるようにしてやっと立ち上がると、汗だくのいくつもの黒い体が酔っぱらったダンサーのようにウィーヴィングして、急テンポのドラムの音に似たパンチから、煙がかった青い大気の中で体をかわしているのが見えるような気がした。

みんなはひどく興奮して闘っていた。完全に混乱状態だった。誰もが相手かまわずに殴り合った。同じ少年同士が長いあいだ殴り合うことはなかった。ふたり、三人、それから四人がひとりにパンチを浴びせたかと思うと、くるりと向きを変えて互いに殴り合い、今度は自分たちが攻撃されたようだった。平手や拳のパンチがベルトの下や腎臓に何度も当たったが、僕は片目が少し見えていたせいか、それほど恐怖心はなかった。パンチをかわしながら用心して動いた。と言っても、あまり目立たないようにして殴り合っているグループからグループへと移動したのだが。少年たちはみぞおちを防御するため前かがみの姿勢で、首を引っ込め、両腕をびくびくして前方に伸ばし、過敏なカタツムリの先の丸い角のように拳で煙だらけの大気を確かめながら、目の見えないカニが慎重に動くかのように、手探りして動いた。コーナーにいた僕には、強烈なパンチを空振りする少年がちらりと見え、彼はリングポストに片手を打ちつけてしまい、痛がって悲鳴を上げていた。すぐに彼は痛めた手をつかんで上半身を曲げたかと思うと、無防備になった頭にパンチを食らって倒れた。僕はグループ同士が殴り合いをするようにしむけ、その間に中に入ってパンチを放ってから後ろに下がったり、僕をめがけてむやみに放たれるパンチをほかの連中に受けさせて乱闘させた。煙が息苦しくなるくらいに立ちこめる中で、ラウンドもなければ三分ごとの休憩のゴングも鳴らず、疲労が和らぐことはなかった。照明や煙、それに張りつめた白人たちの顔に取り囲まれた汗だくのいくつもの体が一つの渦になって、部屋全体が僕のまわりをぐるぐると回った。鼻と口から流れ出た血が僕の胸に飛び散った。

「あいつをぶん殴れ、黒んぼう！　あいつのはらわたを叩き出せ！」と男たちは叫び続けた。

「アッパーカットだ！　あいつを殺せ！　あの大きい黒んぼうを殺しちまえ！」

僕がわざと倒れた時、まるで同じ一撃で倒されたかのようにひとりの少年が僕のそばにバタンと倒れたかと思うと、彼を殴り倒した相手のふたりが彼の体につまずき、スニーカーを履いた片足が彼の股の付け根にぶつかった。僕は激しい吐き気を感じながら、彼らの足が届かない所へ転がって逃げた。

乱闘が激しくなるにつれて、男たちはますます威嚇するようになった。だが僕は、また演説のことが気になってきた。演説はどうなるんだろう？　連中は僕の才能を認めてくれるのだろうか？　連中は褒美に何をくれるんだろう？

単調に闘っているうちに、少年たちが次々とリングから出ていくことに僕はふと気づいた。僕はまるで未知の危険な状態にひとり取り残されたと思い、驚き、うろたえてしまった。やがて事情が呑み込めた。少年たちは、密かにそうすることに決めていたのだ。リングに最後まで残ったふたりが賞金をかけて闘い抜くのが、習慣だったようだ。僕がそのことに気がついた時は、もう遅すぎた。ゴングが鳴ると、タキシード姿のふたりの男がリングの中に飛び込んできて、僕の目隠しをはずした。僕は少年たちの中でいちばん体のでかいタトロックを目の前にしていた。胃が痛くなってきた。ゴングが耳の中で鳴りやんだかと思うとすぐにまた鳴り、タトロックが僕を目がけて突進してくるのが見えた。どうしていいのか分からないうちに、僕は彼の鼻に一撃を食らわせた。彼は鼻にむっとくる汗のひどい悪臭を放ちながら、迫ってきた。顔は黒いうつろな表情をしていて、目だけがギラギラしていた——僕に対する憎しみで輝き、僕たちみんなが受けた仕打ちからくるひどい恐怖で。僕は不安になった。僕は演説をしたくてたまらなかったが、彼はそんなことは叩きつぶしてやろうとするかのように、迫ってきた。彼のパンチをさんざん受けながらも、何度も殴り返した。もう終わりにしたいという衝動にかられて彼を軽く打ち、クリンチをしながら、僕は小声で言った。「僕にノックアウトされたふりをしてくれ。そしたら、賞金は君にあげるから」

「お前の尻を叩き砕いてやるぞ」と彼はしゃがれた声でささやいた。

「連中のためにかい?」

「おれのためにだよ、クソッタレ野郎!」

有力者たちがブレイクしろと僕たちに叫んでいた時、僕の体はタトロックの一撃でくるりと半回転した。ぐらついたカメラが揺れる場面をさっと写す時のように、立ちこめる青灰色の煙の下で興奮して身を乗り出しながら、わめく数多くの赤ら顔が見えた。一瞬、世界中がぐらぐらと揺らいで溶け出し、流れ出るように感じたが、やがて頭がすうっとしたかと思うと、タトロックが僕に飛びかかってきた。目の前の影はジャブを放つ彼の左手だった。前のめりになって頭を彼の湿った肩にもたれさせた時、僕はささやいた。

「さらに五ドルやるぞ」

「地獄に堕ちやがれ!」

だが、押しの強さに彼の筋肉が少しゆるんだので、僕は「七ドルではどうだい?」とささやいた。

「お前の母ちゃんにやるんだな」と彼は言って、僕の心臓の下を打った。

彼に抱きついたまま僕は頭突きを加えてから、離れた。いつの間にか、パンチの集中砲火を浴びていたので、僕は捨て身になって抵抗した。何が何でも演説をしたくてたまらなかった。ここにいる有力者たちだけが僕の才能を本当に認めてくれるというのに、この愚か者がチャンスをふいにしようとしている。僕は慎重に闘うことにし、さっと懐に入ってパンチを食らわせると、さらにすばやく動いて離れた。幸運にもその一撃が彼の顎に当たり、ぐらつかせることができた——すると、「おれはあのでかいほうに賭けたんだぞ」と大声で叫ぶ声が聞こえてきた。

この声を聞いた僕はガードを下ろしそうになり、頭が混乱してしまっていた。あの声に逆らって、勝とうと闘うべきだろうか？　勝つことが僕の演説に不利に働くのではなかろうか？　今は謙虚と無抵抗を示す時ではないだろうか？　動き回っていた時に、ビックリ箱のように右目が飛び出すほどのパンチを頭に一発食らって、僕のジレンマは解決した。倒れる際に、広間全体が赤色に見えた。それは夢の中で倒れるようであり、体はくたくたで、倒れる場所を選んでいるうちに床のほうが待ちきれず、僕を迎えに打ち上がってきたような感じがした。しばらくすると、意識は回復してきた。催眠術を解くような声が、**ファイブ**と力強く言った。僕は床に倒れたまま、濃赤色の血のかたまりが蝶のかたちになり、きらきら輝きながら、汚れた灰色のキャンバスに染み込んでいく様子をぼんやりと見ていた。

「**テン**」を数えるゆっくりした声が聞こえた時、体を持ち上げられ、椅子へ引きずるようにして連れていかれた。もうろうとした状態で座っていた。ドクドクドクという心臓の鼓動がするたびに、片目がズキズキ痛み、腫《は》れあがった。僕は演説をすることができるのだろうかと考えていた。体からは絞ったように汗がふき出し、口からはまだ血が出ていた。僕たちは壁に沿って集められた。少年たちは僕を無視したままタトロックにおめでとうを言ったり、自分たちがもらえる金額を予想したりした。例の少年が片手をぶつけたことでめそめそ泣いていた。正面を見ると、白いジャケット姿の係員たちが特設リングをわきに移し、椅子に囲まれた何もなくなった床に小さな四角い絨毯を敷いていた。もしかしたら、僕はその絨毯の上で演説することができるかもしれない、と思った。

やがて司会者が出てきて大声で呼んだ。「君たち、こっちに来て、金をあげるから」

僕たちは有力者たちが椅子に腰かけて笑ったり話したりしている所へ走っていき、合図を待った。今は誰もが親切そうに見えた。

「ほら、金は絨毯の上にあるよ」と司会者が言った。絨毯がありとあらゆる大きさのコインと、しわくちゃになった数枚の紙幣でおおわれているのが、目に映った。だが、その中でも僕を興奮させたのは、あちこちに散らばった金貨だった。

「君たち、この金はみんな君たちのものだ」と司会者が言った。「つかめるだけつかみなさい」

「そのとおりだよ、黒んぼう」と金髪の男が僕にこっそりウインクしながら言った。

僕は興奮で体が震え、痛みを忘れていた。あの金貨と紙幣をつかむぞ、と思った。両手を使おう。体をすぐそばの少年たちにぶつけて、金貨が取られないようにしてやろう。

「さあ、絨毯のまわりにひざをつきなさい」と司会者が命じた。「私が合図するまで絨毯に誰も触っちゃ駄目だよ」

「こいつは見ものだぞ」と誰かが言う声が聞こえた。

言われたとおり、僕たちは四角い絨毯のまわりにひざまずいた。司会者がしみのある手をゆっくりと上げた時、僕たちはその手を目で追った。

「この黒んぼうどもったら、今にもお祈りするみたいな格好だな！」という声が僕には聞こえた。

その時、「ヨーイ、ドン！」と司会者が言った。

僕は絨毯の青い模様の上にある金貨めがけて突進し、それに触れた途端、まわりの連中と一緒に驚きの悲鳴を上げた。半狂乱になって片手を離そうとしたが、できなかった。熱い激しい力が体に走り、体が濡れネズミのようにぶるぶる震えた。絨毯に電気が流れていたのだ。体を震わせて離れたが、頭の毛が逆立っていた。筋肉がピクピクッと引きつり、神経がひどく痛み、キリキリした。だが、こんなことでは少年たちを止めさせることができないことが、僕には分かっていた。数人の少年たちは恐怖と困惑のあまり笑いながら、痛みをこらえてコインをすくい上げたが、せっかく手にしたコインが、苦痛で顔が歪んだほかの少年たちに叩き落とされる始末だった。僕たちが悪戦苦闘している時に、頭上の男たちは大声を張り上げていた。

「拾いやがれ、こん畜生、拾えよ！」と誰かがオウムのような低い声で言った。「さあ、つかむんだ！」

僕は床の上を急いで這《は》っていき、コインを拾い、銅貨以外の紙幣や金貨をつかむようにした。電流によるショックを笑ってごまかし、銅貨をすばやく払いのけていた時、僕は、自分の体も電気を帯びることに気づいた——驚いたことに、実際そうなんだ。やがて男たちは、僕たちを絨毯の上に押しつけはじめた。引きつった笑いをしながら、僕たちは彼らの手を何とか振りほどいて、コインを拾い続けた。僕たちはすっかり汗だくになり、床が汗でツルツルすべったので、簡単にはつかまらなかった。サーカスのアザラシみたいに体が汗で光っているひとりの少年が宙に持ち上げられ、電流の流れる絨毯の上に濡れた背中からまともに落とされるのが、僕にはふと見えた。途端に、その少年は悲鳴を上げ、文字通り仰向けのまま踊った。彼は両肘で絨毯を半狂乱になって叩き続け、筋肉は、何匹ものアブに刺された馬の筋肉のように、ピクピク引きつった。やっとのことで絨毯から転がり出た時、顔は土色になっていたが、笑い声が部屋中に響く中で逃げまどう彼を止める者は誰もいなかった。

「金を取れ」と司会者が叫んだ。「こいつはアメリカのバリバリの金だぞ！」

僕たちは引ったくってはつかみ、つかんでは引ったくった。僕は気をつけてあまり絨毯に近寄らなかったが、ウィスキー臭い熱い息がよどんだ汚い空気のように下りてくるのを感じた時、手を伸ばして椅子の脚を一本つかんだ。椅子には人が座っていたが、僕は必死にしがみついた。

「放せ、黒んぼう！　放しやがれ！」

男のでかい顔が僕のほうにゆらゆらと近づいたかと思うと、男は僕を押しのけようとした。だが、僕の体はすべりやすかったし、男は酔いすぎていた。映画館のチェーン店と「娯楽館」のオーナー、コルコード氏であった。彼がつかもうとするたびに、僕は彼の手からすり抜けた。本格的な闘いになった。僕はこの酔っぱらいよりも絨毯のほうが怖かったのでしがみついていたが、彼を絨毯の上に引き倒そうとしていることに気がつき、一瞬、自分でもびっくりした。それはすごい思いつきだったので、僕はいつの間にかそれを実行に移していた。相手に気づかれないようにして、彼の片足を引っつかんで椅子から転がり落とそうとした。その時、彼は大笑いし、完全に酔いのさめた目で見下ろしながら立ち上がって、僕の胸を憎々しげに蹴ってきた。椅子の脚は手からさっと離れ、僕はうかつにも転がってしまった。まるで熱い石炭を敷いた上を転がるかのようだった。転がりながら逃げるのにまる一世紀が過ぎたかのようであり、しかもその間に、体の芯まで焼かれて、あまりの恐怖に息をつくと、その息さえもが焼き尽くされ、熱せられて爆発しそうな感じがした。こんなことはすぐに終わるさ、と僕は転がった時に思った。こんなことはもう終わるさ。

だが、それはまだ終わることはなかった。反対側にいた男たちが、卒中にかかったようなふくらんだ赤ら顔をして、椅子から身を乗り出しながら、待ちかまえていたからだ。彼らの指が近づいてくるのが見えたので、僕は、ファンブルしたフットボールがレシーバーの指から転がり落ちるみたいにして、転がって熱い石炭のような絨毯に逃げた。幸運にも今度は絨毯をずらしたが、その時コインが床に当たって鳴る音や、コインを拾おうとしてあわてる少年たちの動き回る音や、司会者のこう叫ぶ声が聞こえた。「よし、みんな。これでおしまい。服を着て金を持っていきな」

僕は雑巾のようにくたくたに疲れていた。背中はワイヤーロープでぶたれたかのように、ズキズキ痛んだ。

僕たちが服を着終えると、司会者が控え室に入って来て、一人ひとりに五ドルずつくれた。ただタトロックは、リングに最後まで残ったので、一〇ドルもらった。それから司会者は家に帰れと僕たちに言った。もう演説をする機会はないな、と僕は悟り、絶望感に襲われ外の薄暗い路地に出ようとした時、呼び止められ、戻るように言われた。大広間に戻ると、男たちが椅子を押し戻したり、三々五々に集まって話したりしていた。

司会者が静かにするようにドンドンとテーブルを叩いた。「皆さん」と彼は言った。「プログラムで大事なことを忘れるところでした。それも皆さん、今夜のメインイベントです。この少年がここに連れてこられたのは、昨日の卒業式で行った演説をしてもらうためであります……」

「ブラボー！」

「聞くところによれば、彼はグリーンウッドでいちばん利口な少年だそうです。ポケットサイズの辞書よりももっとむずかしい言葉を知っているそうです」

たくさんの拍手喝采と笑い声がした。

「それでは皆さん、彼の話を聞いてください」

僕の口は渇き、右目がズキズキ痛みながら彼らを前にした時でも、笑い声は続いていた。僕はゆっくりと話をはじめたが、喉が引きつっていたのは明らかだった。「もっと大きい声！　もっと大きな声で！」と彼らが叫びはじめたからだ。

「僕たち若い世代は、あの偉大な指導者にして教育家の英知をたたえます」と僕は大声で言った。「あの方は英知にあふれたすばらしい言葉で最初にこう話されました。『何日間も海上を漂流していた一隻の船が、突然、助けてくれそうな船を見つけた。その不運な船のマストから、〈水を、水をくれ。私たちは喉が渇いて死にそうだ！〉という信号が送られてくるのが見えた。〈今いる所からバケツを落とせ〉と一方の船から返事が戻ってきた。難破船の船長がやっとその指示に従い、バケツを降ろすと、バケツは、アマゾン川河口の清らかなキラキラ光る水をいっぱいにして上がってきた』そこで僕はこの先人に習い、先人の言葉を借りて言いたいのです。僕と同じ民族であり、異国の地で生活条件の改善をめざしている人たち、あるいは隣人である南部の白人との友好関係を築くことの大切さを過小評価している人たちへ、こう言いたいのであります。『あなた方のいる所からバケツを降ろしなさい――僕たちのまわりのあらゆる民族の人たちとあらゆる人間的な方法で友人になりたいのであれば、バケツを降ろしなさい……』と」

僕はたんたんと、それでいて熱心に演説していたので、男たちがまだしゃべったり笑ったりしていることに気づかなかった。やがて、渇いていた口が傷口からの出血でいっぱいになり、窒息しそうになった。途中でたて長で真鍮製の砂入りの痰《たん》壺の所へ行って、血を吐き出そうと咳ばらいをしたが、数人の男たちが、とくに教育長が耳を傾けていたので、怖くなった。そこで血を唾液ごとグッと呑み込んだ。(当時の僕には、何と忍耐力が、情熱があったことか! それに何と正義感が強かったことか!) 痛みをこらえてさらに大きい声で話した。だが、彼らは、汚い耳に綿を詰めて聞かないかのように、相変わらずしゃべったり笑ったりしていた。そこで僕はもっともっと感情を込めて演説した。目をつむって血をぐっと呑み込んでいるうちに、吐き気を催してきた。演説は今までのものよりも百倍も長く感じられたが、一語も省くことができなかった。記憶した言葉の一つひとつのニュアンスを考えて表現しながら、すべてのことを話さねばならなかった。それだけではなかった。三、ないしそれ以上の音節からなる言葉を言う時には決まって、いくつかの声がもう一度言ってと叫んだ。僕が「社会的責任」という語句を用いると、彼らは叫んだ。

「小僧、お前の言うその言葉は何だい?」

「社会的責任」と僕は答えた。

「何だって?」

「社会的……」

「もっと大きい声で」

「……責任」

「もっと大きく！」

「責――」

「くり返せ！」

「――任」

部屋中にどっと笑いが起き、しまいには血を呑み込んで明らかに気が散ったせいで、僕はうっかり口をすべらせ、新聞でしばしば見かける非難された論説や、個人的に話されるのを聞いたことがある言葉を叫んでしまった。

「社会的……」

「何だって？」と彼らは叫んだ。

「……平等――」

笑い声は突然生じた沈黙の中で、葉巻の煙のように漂っていた。僕は当惑したまま目を丸くしていた。不快感を示す声で部屋中がざわめいた。司会者が前に飛び出してきた。彼らが罵声を浴びせかけたからだ。だが、僕には事情が呑み込めなかった。

前列の口ひげを生やし、とぼけた小柄の男が、大声で叫んだ。「小僧、その言葉をゆっくり言ってみろよ！」

「何をでしょうか？」

「お前がさっき言ったことだよ！」

「社会的平等です」と僕は言った。

「小僧、お前は頭がよくないなぁ」と男は言ったが、その声には思いやりがこもっていないわけではなかった。

「はい、すみません！」

「きっと、うっかりして『平等』っていう言葉を口にしたんだね？」

「ええ、そうなんです」と僕は答えた。「血を呑み込んでいたものですから」

「じゃあ、おれたちにも分かるように、もっとゆっくり話したほうがいいなあ。お前を正当に評価したいんだが、いつでも自分の立場というものをわきまえておかなくてはいけないよ。よろしい、さあ、演説を続けなさい」

僕は不安だった。この場を立ち去りたかったが、話し続けたくもあった。彼らにぐいと引きずり下ろされるのではないかと僕は心配だった。

「ありがとうございます」と僕は言って、相変わらず彼らに相手にされないながらも、中断したところから話しはじめた。

だが、演説が終わると、万雷の拍手喝采が轟《とどろ》いた。驚いたことに、教育長が白い薄い包装紙で包んだ小包を手にしながら前に出てきて、静粛にという身ぶりをして男たちに言った。「皆さん、ご存知のように、私は誉めちぎることはしません。この少年は立派な演説ができるのですから、いつの日か彼の民族を正しく導くでしょう。申し上げるまでもなく、最近ではこのことは大変重要視されてます。この少年は有能で賢い少年であります。教育委員会の名において、この少年を正しい方向に奨励するために、私は賞品を与えたいのです。それは……」

彼が話をいったんやめ、小包の薄い包装紙を取り除くと、中からキラキラ光る牛革の折りかばんが出てきた。

「……シャド・フィトモア店のこの最高級の賞品というかたちで」

「君」と彼は言って、僕のほうを向いた。「この賞品を受け取って大事にしまっておきなさい。公職の印と思って大切にしなさい。今の君のように才能を伸ばし続けなさい。そうすれば、いつの日か、このかばんは、黒人の運命の形成に役立つ重要書類でいっぱいになるだろう」

感激のあまり、僕は感謝の気持ちをほとんど言い表すことができなかった。血の混じった一つなぎの唾液が、未発見の大陸のようなかたちになって牛革の表面に垂れたので、僕は急いで拭き取った。僕は夢にも見なかったような事の大切さをかみしめた。

「開けて中身を見てごらん」と僕は言われた。

言われたとおり、震える指で真新しい牛革の匂いを嗅ぎながら開けると、中には正式な文書らしきものが入っていた。それは黒人州立大学の奨学金の文書だった。目には涙があふれてきて、僕は気まずくなって、その場から走り去った。

僕はうれしくてたまらなかった。先を争って手に入れた金貨が、ある車の発売を宣伝する真鍮の小さいメダルであることに気がついたとしても、気にならなかった。

家に帰ると、家族全員が興奮した。翌日、近所の人たちがお祝いを言いにやって来てくれた。いつもなら僕の勝ち誇った気分は祖父の死に際の呪いの言葉によって台なしにされるのだが、今の僕はあの祖父に対してでさえ平気な感じがした。僕は、折りかばんを片手にして祖父の遺影の下に立ち、何の興味も示さない黒人の小作人の顔に向かって得意満面にほほ笑んだ。祖父の顔は魅力的な顔だった。目は僕の動きをすべて追っているようだった。

その夜、祖父と一緒にサーカスを見に行った夢を見たのだが、夢の中で祖父は、道化師がどんな仕草をしても、決して笑わなかったのだ。あとで祖父は、折りかばんを開けて中に入っているものを読むように僕に言った。言われたとおりに開けてみると、州の印が押してある正式な封筒が一通入っていた。その中から別の封筒が次々に、しかも無数の封筒が見つかり、僕は疲れきって倒れるのではないかと思った。「こいつを読むには何年もかかるな」と祖父が言った。「そいつを開けてみろ」封を切ると、中には印刷された文書が入っており、金文字の短いメッセージが添えられてあった。「それを読んでみい」と祖父が言った。「大きい声で！」

「関係各位」と僕は抑揚をつけて読んだ。「**この黒人少年をずっと走らせよ**」

老人の笑い声が耳に響いたかと思うと、僕は目が覚めた（僕はこの夢を覚えていて、その後何年も経ってからふたたび見ることになった。だが、当時の僕には夢の意味が分からなかった。何よりも先ず、僕は大学に入学しなければならなかった）。

2

それはもう美しい大学だった。建物は古く、蔦《つた》でおおわれており、道路は優美な曲線を描き、道路沿いの生け垣と野バラは夏の陽射しを浴びて、目にまぶしかった。スイカズラ、木々から重く垂れさがった紫色の藤の花、それにマグノリアの白い花の入り混じったほのかな香りが、蜂の羽音が聞こえる大気の中に漂っていた。この穴ぐらで、僕は大学の光景をしばしば思い出した。春には芝生が緑色になり、モノマネドリが尾羽を羽ばたかせてさえずり、月光が建物に降り注ぎ、チャペルの塔にある鐘の音が貴重ではかない時を告げ、明るい色の夏服姿の女子学生たちが緑色の芝生を散歩するその光景を。夜になると、僕は、目を閉じて、曲がりくねった禁断の道路を歩いていた頃の自分の姿を何度も思い描いた。その道路は女子寮の前を通り、チャペルの塔に時計があり窓が暖かそうに輝いているホールの前へ続き、さらに下り坂を下りて、小さくて白い建物が月明かりでいっそう白く見える家政学実習所の前へと伸びている。そこからカーブのある下り坂を下り、暗がりの中でエンジンが地面を揺さぶるようなブーンという音を立て、窓が火炉の炎で赤く輝いている黒い建物の発電所の横を過ぎ、さらに歩くと、やがて、低木にしがみつくような蔦が絡みあうように生えた、乾いた川床の上に架かる橋の所へ達する。丸太でできた橋は恋人同士のデートスポットとして作られたが、誰も足を踏み入れたことがなく、試しに利用されたこともない。坂道を登って、都会風に言えば半ブロック程の長さにわたって南向きのベランダが続くいくつかの建物の前を通りすぎると、急に道路が分岐し、建物も草もなく、鳥たちもいない不毛の大地へと通じる。そこから道路はそれて、精神病院へと続いている。

ここまで来ると、僕はいつも目を開ける。この魔法が解けたあとで、またあの兎《うさぎ》たちを思い浮かべる。兎たちは、狩られたことがなく人に馴れていたので、生け垣の中や道路沿いで遊んでいた。それからガラスの破片と日で熱せられた石のあいだに生えているアザミの紫と銀白色や、一列になってせっせと進むアリを想像する。ここから僕はくるりと向きを変えて引き返し、曲がりくねった道路へ戻り、病院の前を通りすぎる。夜になるとある病棟では、陽気な実習看護生たちが、市販の丸薬よりもはるかに貴重なものを、内情に通じた幸運な男子学生に調合してやったものだ。僕はチャペルの前で立ち止まる。すると、季節は一瞬にして冬に変わる。月は遥か上空にあり、チャペルの尖塔に取りつけられた鐘の音が鳴り響き、トロンボーンの朗々とした音色がクリスマス・キャロルを奏でる。世界中が孤独であるかのように、辺り一面が静寂と心の痛みに包まれる。僕は、遠くの空の月の下にたたずんで、『わが神こそ力強い砦』を聴く。四つのトロンボーン、それとオルガンから流れる音色は荘厳なまでに美しい。夜のように澄んだ、流れるようで清らかな、淋しい音色は辺り一面に漂う。僕は返事を待つかのようにたたずんで、赤土の道の向こうの何もないいくつかの畑に囲まれた小屋を、或る道路の向こうにある、水がゆるやかに流れ、淀《よど》んだ川面が緑というよりも黄色い藻《も》でおおわれた川を思い浮かべる。さらにいくつもの畑を過ぎ、線路の踏切近くの、陽射しに照りつけられてしぼんだような小屋に想いを馳せるのだった。その小屋へ、時には脚や太腿のない傷痍《しょうい》軍人たちが松葉杖や杖をついて、仲間の赤い車椅子を押しながら、線路沿いによろよろ歩いて、娼婦を買いに来る。僕は、あの鐘の音がここまで届くかどうか耳を澄まして聴くことがあったが、酔った娼婦たちの実に悲しげな笑い声しか思い出せない。やがて僕は、三つの道路が銅像の近くで合流する円形広場にたたずむ。日曜日になると僕たちは、磨いた靴にアイロンのかかった制服姿で気を引き締めて、そこの滑らかなアスファルトの上を四列縦隊で行進し、くるりと向きを変えてはチャペルに入って行ったものだ。低い白塗りの閲兵《えっぺい》台に立つ参観者や教職員たちに、ロボットのように見る気もない目を向けて。

もうずいぶん昔の遠く離れた土地のことなので、自分の姿が見えないまま穴ぐらにいると、一体なぜあんなことが起きたのだろうか、と僕には不思議に思えてくる。すると僕の心には、大学の創設者の銅像が浮かぶ。それは冷たい感じの神の象徴でもあり、両手を伸ばし、ひざまずく奴隷の顔から、ひだ状にひらめく硬い金属質のヴェールをはずそうとする、息を呑むような身ぶりを表現している。僕は、ヴェールが実際にはずされようとしているのか、元の位置にしっかりと降ろされようとしているのか、あるいは自分が啓示の瞬間を目撃しているのか、より効果的な目隠しを見ているのかが分からなくて、困惑したまま立ちつくしている。銅像を見つめていると、ムクドリの群れが羽音を立てて、目の前を飛び立っていくのが見える。ふたたび銅像を見ると、うつろな目で僕が見たこともないような世界を眺めるブロンズの顔には、白い液体が流れていて、それがもう一つの疑問を生み出し、暗中模索する僕の心を悩ませる。きれいな銅像よりも鳥の糞で汚れた銅像のほうが、なぜ威厳があるのだろうか、と。

ああ、長く続く緑のキャンパス。ああ、夕暮れの穏やかな歌声。ああ、チャペルの尖塔に口づけをし、香《かぐわ》しい夜に満ちあふれる月の光。ああ、朝になると鳴り響くラッパの音。ああ、夜に軍隊のように僕たちを行進へと駆り立てるドラムの音——現実的なもの、実在感のあるもの、楽しい暇つぶしの夢以上のものは、一体何なのだろうか。というのも、今の僕が見えない人間であるとすれば、過去の出来事が現実にあったようには思えないからだ。仮にあったにしても、あの緑のオアシスの中に、壊れて錆びた、水のない噴水だけしか僕には思い出せないのは、なぜだろう？　回想する時には決まって雨が降らず、雨音は僕の記憶になく、最近の過去という乾いた堅い殻の中に雨水がしみ込んでこないのは、なぜなんだろう？　僕が思い出すのは、春にはじける草木の種の匂いではなく、芝生の枯れ草の上に広がる貯水池の黄色い水だけなのだろうか？　なぜだろう？　どうしてだろう？

春の季節が来るたびに草が伸び、木々が緑の葉をつけ、並木道を木陰でしっかりとおおった。同様に春の独立記念日ともなると、大金持ちたちが北部から毎年やって来た。それも連中のやって来る様子といったら！　押しかけてきては、笑顔を振りまいたりジロジロ見たり、励ましたり小声で会話を交わしたりして、熱心に耳を傾ける黒い顔や黄色い顔の僕ら黒人たちに演説までする——そして立ち去る時には、かなりの額の小切手を残していく。春が訪れるのは不思議な魔法のせいであり、月光の錬金術によるものであったと、僕は確信している。大学のキャンパスでは花々が散りばめられ、石は沈んで見えなくなり、乾いた風は消え、迷子のコオロギが黄色い蝶に向かって鳴くのだから。

おお、おお、あの大金持ちたちよ！

彼らみんなはすでに消滅した僕のもう一つの人生に属していたので、僕は彼ら全員を思い出せるわけではない（僕と同様に時間は実在していたのだが、今となっては、時間も「僕」ももはや存在しない）。だが、あの男だけは覚えている。僕が三年生の終わり頃、彼がキャンパスに滞在していた週に、僕は彼のために車を運転した。サンタクロースのようなピンク色の顔、頭のてっぺんにある絹のように白い、もじゃもじゃの髪。僕に対してでさえ気さくな、形式ばらない態度。ボストン出身、葉巻の愛好者、上品な黒人民話の語り手、やり手の銀行家、老練な科学者、重役、博愛主義者、四〇年前からの白人の重荷の担い手、そして六〇年前からの大学の偉大な伝統の象徴、あの男は。

僕たちは車を走らせていた。強力なエンジン音が鳴り、僕は誇りと不安でいっぱいの気持ちだった。車の中ではハッカと葉巻の煙の匂いがした。僕たちがゆっくりと学生たちの前を通りすぎる時、彼らは顔を向けて、笑顔で会釈した。僕は昼食を終えたばかりで、ゲップをこらえようとして前かがみになった瞬間に、たまたまハンドルのボタンを押してしまい、ゲップの代わりにクラクションの大きい衝撃的な音が鳴り響いた。通行人たちは振り向いて、僕たちを睨んだ。

「どうも大変失礼しました」と僕は、学長のブレドソー博士に告げ口されるのではないかと心配になって言った。そんなことになれば、学長は僕に車の運転を二度とさせてくれないだろう。

「大丈夫、大丈夫」

「どこに行きましょうか？」

「そうだなぁ……」

僕には、彼がウエハース菓子のように薄い時計をじっと見て、チェックのチョッキのポケットにしまい込むのが、バックミラーで見えた。ワイシャツは柔らかいシルクの生地で、青と白の水玉模様の蝶ネクタイによって引き立って見えた。彼の態度は貴族のようであり、きびきびした動作の中に優しさがあった。

「次の会議までにはまだ時間があるなぁ」と彼は言った。「君の行きたい所へ行ってはどうかい。どこでもいいよ」

「キャンパスをすべてご覧になったことはありますか?」

「ああ、おそらくね。あのな、わしは創設者のひとりなんだよ」

「そうなんですか! それは知りませんでした。じゃあ、僕も道路をいくつか走ってみなくてはいけませんね」

もちろん僕には、彼が創設者であることは分かっていたが、金持ちの白人にお世辞を言うのは得になることも分かっていた。ひょっとしたらチップをはずむかもしれないし、洋服か来年の奨学金をもらえるかもしれないのだから。

「キャンパス以外の所ならどこでも。キャンパスはわしの人生の一部だし、わしの人生のことはかなりよく知っておるからのう」

「かしこまりました」

彼はまだほほ笑んでいた。

蔦でおおわれたいくつもの建物が並ぶ緑のキャンパスは、一瞬にして背後に遠ざかった。車は跳ねあがりながら道路を疾走した。どうしてキャンパスが彼の人生の一部なのだろう。自分の人生を「よく知っている」とはどういうことだろう、と僕は不思議に思った。

「君、君は素晴らしい大学に入ったね。大きな夢がかなったんだなぁ……」

「そのとおりです」と僕は答えた。

「わしは、君みたいに大学に関わりがあるのだから、たしかに幸運だと思うなぁ。今はキャンパス中が美しいが、何年も前に来た頃は、ここは不毛の大地だった。木もなければ花々もないし、肥沃な農地もなかったんだよ。それは、君が生まれる何年も前のことで……」

僕は彼の話にじっと耳を傾け、ハイウェイを分離する白線にくっついたように目を向けながら、彼の言う時代にさっと思いを馳せた。

「君のご両親だって若かったんだよ。奴隷制はそれほど遠くない昔のことなんだ。黒人たちはどっちの方向を向けばいいのか分からなかったし、白状すると、白人たちの多くもどっちの方向を向けばいいのか分からなかったんだ。しかし、君の大学の偉大な創設者には分かっていた。彼は友人だったから、わしは彼のヴィジョンを信じていた。大いに信じていたから、そのヴィジョンが彼のものなのかわしのものなのか、自分でも判断できない時があるんだよ……」

彼は目尻にしわを寄せて、低い声でクスクス笑った。

「しかし、もちろん、あれは彼のヴィジョンだった。わしは手伝っただけなんだよ。彼と一緒にこの不毛の大地を視察に来て、できる限りの手助けをした。春になると毎年戻ってきて、歳月が作り上げた変化を見るのは、わしに課せられた楽しい運命なんだ。わしにしてみれば、仕事よりも楽しかったし、満足のいくものだった。実に楽しい運命だよ」

彼の声は柔らかい声で、僕には測りがたい意味を含んでいた。車を走らせていると、図書館に展示してある大学の昔の、色あせたセピア色の何枚もの写真が僕の心に浮かび、ふと断片的に甦ってきた――ラバや牛にひかれた荷車に乗り、黒い、埃《ほこり》まみれの服を着た男や女たち、人格すらなさそうに見える人たち、うつろな顔をして待っているように見える黒人の暴徒、その中に必ずいたのが白人の男女で、彼らは、目立つ優美な自信ありげな態度で、目鼻立ちのくっきりした顔に微笑を浮かべていた。その中に学長のブレドソー博士らしき人がいることは気づいていたが、これまでの僕には、この写真の人物たちは現に実在していたようには思えず、辞書の最後の頁にあるたぐいの記号か、象徴であるかのように思っていた……。しかし、今の僕には、偉大な仕事を共有している感じがしたし、アクセルを踏む足の下でゆったりと跳ねる車のせいで、後部座席で追想に耽《ふけ》る金持ちの男との一体感を覚えた……。

「楽しい運命だな」と彼はくり返して言った。「君の運命も楽しいものであってほしいね」

「はい、ありがとうございます」と僕は言った。彼が僕に何か楽しいことがあればいいと願ってくれているので、うれしかった。

しかし同時に、僕は困惑してしまった。どうして誰かの運命が楽しいものになりうるのだろうか？　僕は、運命は辛いものだといつも考えていた。僕の知り合いで、運命を楽しいものだと語った者は誰もいなかった――僕たちにギリシャ悲劇を読ませたウッドリッジ先生でさえ、そうだった。

もう僕たちは、大学所有の土地の最も遠いはずれを通り過ぎていたが、ふと僕は、ハイウェイからそれて、なじみのない道路を下っていくことにした。辺りには木々はなく、光り輝く大気に包まれていた。道路をずっと下っていくと、陽射しは、納屋に打ちつけられたブリキの看板に残酷なまでにギラギラと照りつけていた。丘の斜面の畑を鍬《くわ》で耕していたひとりの農夫が、疲れたように腰を伸ばし、手を振った。すると、地平線を背景にして実物よりも大きい人影ができた。

「どこら辺まで来たのかね？」という声が、僕の肩越しに聞こえた。

「ちょうど一マイルです」

「この一帯は覚えがないなぁ」と彼は言った。

僕は答えなかった。僕の目の前で運命らしきことをはじめて口にした祖父のことを考えていたからだ。運命にまつわることで楽しいことは何もなかったので、僕は以前はそれを忘れようとしていた。今、自ら称して自分の運命を大いに楽しむこの白人と一緒に、馬力の強い車に乗っていると、僕は恐怖感を覚えた。祖父だったら運命は裏切りだと言ったかもしれないが、その正確な意味が、僕には分からなかった。この白人も祖父と同じことを考えたかもしれないと思うと、ふと僕の心に罪悪感が募ってきた。この白人はどう思ったのだろうか？　大学が創立される直前の時代に、祖父みたいな黒人が解放されたという事実を、彼は知っていたのだろうか？

わき道までやって来た時、一組の牛が壊れた荷車につながれ、ぼろ着姿の農夫がこんもりとした木陰の荷車の座席でうたた寝しているのが、僕の目にとまった。

「あれをご覧になりましたか？」と僕は肩越しに訊いた。

「何だったんだい？」

「あの一組の牛です」

「ああ！　いや。木があって見えなかった」と彼は振り返って答えた。「立派な木だなぁ」

「すみません。引き返しましょうか？」

「いや、別にいいよ。先に行きたまえ」と彼は言った。

僕は運転を続けながら、さっきのうたた寝している男のひもじそうなやせ細った顔を思い浮かべた。この白人は、僕が恐れるたぐいの白人だった。茶色の畑が地平線まで広がっていた。鳥の群れが見えない糸に結ばれているかのように、さっと下降して円を描いたかと思うと、勢いよく上昇して飛んでいった。熱波が車のボンネットの上でゆらめいていた。タイヤはブーンという音を立てて、ハイウェイを走った。やっと僕は物おじしないで彼に訊ねた。

「あのう、あなたはどうして大学に興味を持たれるようになったのですか？」

「そうだねぇ」と彼は考え込み、声を高めて答えた。「若い頃もそうだったんだが、どういうわけか君たち黒人がわしの運命と密接な関係があると感じたからなんだな。君、言ってることが分かるかい？」

「いいえ、よく分かりません」と僕は、認めたくなくてそう答えた。

「君はエマソンを勉強したことがあるかね？」

「エマソンですか？」

「ラルフ・ウォルドー・エマソンだよ」

僕は勉強したことがなかったので、気まずかった。「いいえ、まだです。講義はまだその人のところまで進んでいません」

「そうかい?」と彼は驚いた様子で言った。「まあ気にしなさんな。わしはエマソンと同じニューインググランド出身なんだ。彼のことを学ばねばいけないよ。なぜなら、彼は黒人にとって重要な人物だったのだから。彼は君の民族の運命に関与していた。そう、わしが言いたいのは、そのことかもしれない。わしは、どういうわけか君の民族はわしの運命と関わりがあるように感じたんだ。君たちの身に起きたことは、わしの身に起きたことと関わりがある、とね……」

僕は事情を知ろうとして車の速度をゆるめた。バックミラーを見ると、彼は、手入れをした細い指に軽くはさんでいる葉巻の長い灰を見つめていた。

「そう、若いの、君はわしの運命なんだ。その本当の意味をわしに言ってくれるのは、君しかいない。分かるかな?」

「分かると思います」

「つまり、わしが年月を費やして君の大学を援助してきた成果は、君にかかっているんだ。銀行業とか調査研究とかじゃなくて、それがわしのライフワークだし、わしが直接手がけた人生設計なんだ」

今は彼はフロントシートに身を乗り出し、以前にはなかったほどの熱意を込めて話しているのが見てとれた。ハイウェイから目をそらして彼のほうを向くのは、容易ではなかった。

「もう一つの理由があるんだな。もっと重要で、もっと情熱的な理由が。そう、ほかの理由よりもずっと神聖な理由がね」と彼は言ったが、もう僕を見ているようには思えず、独り言を言っているようだった。「そう、ほかの一切の理由よりずっと神聖な理由が。女の子、わしの娘のことなんだ。娘は詩人のどんな奔放な夢よりももっと素晴らしく、もっと美しく、もっと純粋で、もっと完璧で、もっと繊細な娘だった。わしは、娘がわしの血と肉を分けているとは信じられなかったよ。娘の美しさといったら、それはもう最も純粋な命の水が湧く泉だったし、娘を眺めるのは命の水を何度も飲むようなものだった……。娘はたぐいまれな存在で完璧な創造物、最も純粋な芸術作品だった。月の澄んだ光の中で咲く繊細な花。この世の者ではなく、聖書に出てくる処女みたいに優美で、王女みたいな性質。信じにくかったよ、娘がわしの……」

突然、彼がチョッキのポケットをまさぐり、座席の背もたれの上から何かを突き出したので、僕は驚いた。

「ほら、若いの。君が幸運にも立派な大学に入学できたのは、娘のお陰だと思うよ」

僕は、彫りのある白金の額縁に入った色つきの小さい写真を眺めた。それをもう少しで落としそうになった。優美で夢見るような顔立ちの若い女性が、僕を見上げていた。もの凄い美人だなぁ、とその時思った。あまりにも美しかったので、僕は、感じたままの賞賛の言葉を言ったほうがいいのか、それとも上品に振るまったほうがいいのか、分からなかった。以前、彼女に、それとも彼女に似た女性に会ったような気がした。今になって分かるが、僕が強い印象を受けたのは、柔らかく薄い生地の、ゆったりとした服のせいだった。最近の女性雑誌で見かける、スマートで、仕立てがよく、角張っていて独創性がなく、それでいて流線形で既製の、涼しい現代風の服を彼女が着ると、加工された高価な宝石と同じく平凡に見え、まさしく生気のない女性に見えるだろう。だが、僕にも彼の熱意が多少伝わってきた。

「娘は生涯にわたって純粋すぎたんだなぁ」と彼は悲しげに言った。「あまりにも純粋すぎて、あまりにも立派で、あまりにも美しすぎた。わしと娘だけで世界を旅行していた時のことだが、娘がイタリアで病気になってしまってね。わしはその時はそれほど気にかけないで、娘と一緒にアルプス山脈を横断し続けた。ミュンヘンに着いた頃には、娘はもう衰弱していた。領事館主催のパーティーに出席した時、娘は倒れてしまったんだ。世界で最高の医者でさえ、娘の命を救うことができなかった。それはもう淋しい帰国だった、辛い航海だったなぁ。わしは立ち直れなかったし、自分を許すことができなかった。娘が死んでからわしがしてきたことはすべて、娘への供養だったんだ」

彼は黙りこみ、陽射しを浴びて広がる畑の遥かかなたを青い目で見ていた。僕はその写真を返し、一体どうして彼は打ち明けたのだろうか、と不思議に思った。僕は人に打ち明けるようなことはしてこなかった。危険だからだ。第一、危険なのは、何かを打ち明けたい気分になった場合、それを取り返すことはできないし、何かが、あるいは誰かが奪い去るからだ。それに、誰も自分のことを理解してくれないし、笑われ、こいつはどうかしていると思われるだけなのだから。

「いいかね、若いの。君は以前にわしに会ったことがないが、わしの人生にかなり密接に関わっているんだよ。大きな夢と美しい娘の思い出に結びつけられているんだ。立派な農夫になっても、コック長になっても、説教師になっても、医者になっても、歌手になっても、機械工になっても——どんな職業についても、たとえ失敗したとしても、君はわしの運命なんだ。だからわしに手紙を書いて、結果を知らせなくてはいけないよ」

僕は、彼がほほ笑んでいるのをミラー越しに見て、安心した。複雑な心境だった。彼は僕のことをからかっているのだろうか？　本に出てくる人みたいに、彼は話しかけてきて、僕の反応を見ているだけなのだろうか？　ひょっとして、この金持ちの男は少し頭がおかしいのだろうか？　どうして彼の運命と僕が関係あるのか？　彼が頭を上げた時、ミラーの中で僕と、目と目が一瞬合った。僕は、ハイウェイを分けるまばゆい白線に視線を落とした。

道路沿いの高い木々は茂っていた。僕たちはカーブを曲がった。ウズラの群れが褐色の畑から飛び立ち、どこまでも続く褐色の畑の上を飛び、舞い降りたかと思うと、畑の色に溶け込んだ。

「わしの運命を知らせる約束をしてくれるかい？」と彼は言った。

「本気ですか？」

「お願いだから」

「今すぐにですか？」

「それは君次第だよ。できれば、今」

僕は黙っていた。彼の声は、真剣味がこもっていてきつい感じがしたが、僕は返事を思いつかなかった。車のエンジンは低い音を立てていた。一匹の虫がフロントガラスにぶつかり、黄色い粘液質のシミをつけた。

「今は僕には分かりません。今年、三年生になったばかりで……」

「では、分かったら教えてくれるかね？」

「努力してみます」

「よろしい」

僕がミラーをちらりと覗くと、彼はふたたびほほ笑んでいた。僕は、富と名声をえた上に、大学の礎《いしずえ》を築く援助をしただけで十分ではないのか、と訊きたかったが、怖かった。

「若いの、わしの考えをどう思うかい?」と彼が訊いた。

「分かりません。あなたがお求めのものはすでに持っていらっしゃるとしか、考えようがありません。だって、僕が失敗しようと退学しようと、それがあなたのせいだとは思えません、今日の大学の礎を築く援助をされたのですから」

「じゃあ、君はそれで十分だと思うかい?」

「はい、そう思います。それについては学長がよくおっしゃることです。今のあなたは自分の力でそうなられたのです。僕たちも生活の向上を図らねばなりません」

「しかし、若いの、それだけではないんだよ。わしには富と名声があるし、威信もある――それはみんな本当のことだ。だが、君の偉大な創設者はそれ以上のものを持っていた、彼の理念と行動を当てにする何万人もの人生を抱えていたんだよ。彼の偉業が君の民族全体に影響を与えたんだ。ある意味で王のような権力があったし、またある意味で神のような力があった。それがわしの仕事より価値があると信じるようになったのは、もっと大事なことが君にかかっているからなんだ。君が大切な人であるのは、君が失敗したら、わしもひとりの人間、つまり欠陥品の歯車の歯によって失敗することになるからなんだ。以前はそんなにたいしたことではなかったが、年をとった今のわしには、それがとても重要になってきて……」

だけど、僕の名前など知らないくせにと、僕は、彼の言う意味がさっぱり分からずに、思った。

「……君には、君とわしとの関係が理解しにくいだろう。しかし、君が大人になっても、わしがわしの運命を知るのは君次第だということを、忘れてはいけないよ。君や君の大学の友だちを通してわしは、たとえば三百人分の教員にもなるし、七百人分の熟練工にもなるし、腕ききの八百人分の農夫などにもなるんだ。こんなふうにしてわしは、費やした金や時間や希望の成果を生きている人間に置きかえて見てとれるんだ。また、娘への供養にもなる。分かるかい？　わしは、偉大な創設者が不毛の土から肥沃な土に変えた大地でとれた成果を見ることができる」

彼の声がやむと、**より糸**のような薄青い煙がミラーの前を漂ってよぎるのが見え、電気ライターがコードに引っぱられ、座席の背後の元の場所に戻るカチッという音がした。

「今はあなたのことがもっと理解できるような気がします」と僕が言った。

「若いの、非常によろしい」

「こっちの方向にこのまま行きましょうか？」

「ぜひ、そうしてくれたまえ」と彼は田舎の風景を見ながら言った。「ここら辺は見たことがないなあ。ここにははじめて来たよ」

僕は、道路の白線を半ば意識しながら運転し、彼の言ったことを考えていた。やがて丘にさしかかった時、僕たちは焼けつくような熱波に見舞われ、まるで砂漠に近づいていくようだった。僕は息苦しくなり、身を乗り出してファンのスイッチを入れると、突然ヒューーッという音がした。

「ありがとう」そよ風が車内を満たした時、彼はそう言った。

僕たちは、今は、風雨にさらされてひずみ、白っぽくなっている奴隷小屋の集落にさしかかった。

屋根板は、何枚もの濡れたトランプを広げて乾かすかのように、屋根の上で陽射しに照りつけられていた。家々は二つの真四角な部屋から成っていて、共有の床と屋根でつながり、中間にポーチがあった。僕たちが通り過ぎる時、そのうしろに畑が見えた。あわてた様子の彼の指図にしたがって、僕は集落から離れた一軒の家の前で車を停めた。

「あれが奴隷小屋なのかい?」

それは、すき間をチョーク色の粘土でふさぎ、明るい色の新しいこけら板で屋根をつぎはぎした、古びた小屋だった。僕は、うっかりこの一帯に来てしまったことを、ふと後悔した。ごわごわの真新しいつなぎの服を着た子どもたちが倒れそうな垣根のそばで遊んでいるのを見かけたとたんに、気づいた。

「そうです。あれが丸太小屋ですね」と僕は答えた。

それは、黒人共同体に不名誉をもたらした小作人、ジム・トゥルーブラッドの小屋だった。数ヶ月前に大学をカンカンに怒らせたので、今では、彼の名前は大きな声では話されなくなった。以前からキャンパスにめったに近づかなかったが、家族を立派に養っていく働き者であり、しかも古い物語をユーモアを交え、絵で見るように魅力的に語るので、大学のみんなの評判はよかった。また彼はうまいテノールの歌い手であった。大切な白人の参観者が大学を訪れると、地元のカルテットのメンバーと一緒に連れてこられて、教職員たちの言う「彼らの原始的な黒人霊歌」を歌うことがあった。日曜日の夕方になると僕たちもチャペルに集まり、その歌を聴いた。僕たちは、彼らの歌う原始的なハーモニーに気まずい思いをしたが、参観者たちがかしこまっていたので、ジム・トゥルーブラッドがカルテットのリード・ボーカルとして歌う、粗野で甲高く哀れなまでに動物的な歌声にも、笑わないようにした。しかし、このことは、彼の不面目な行為とともに、今ではすっかり過去のものになってしまった。大学の教職員たちがとった軽蔑の態度は、寛大さも手伝って表には出さなかったが、今では憎しみの込もったひどい軽蔑へと変わった。見えない人間になる前の当時の僕には、教職員たちの憎しみが、恐怖で満ちていたことが分からなかった。大学生の僕たちみんなは、当時、黒人地帯の「小作人たち」をどれほど憎んでいたことか！　彼らを向上させようと努力していたのに、トゥルーブラッドみたいに彼らは、あらゆる手を使って僕たちを引きずり落としているように思えた。

「ずいぶん古い小屋だなぁ」とノートン氏が、むき出しの硬い土の庭を見ながら言った。中庭では、新しい青と白のギンガムチェックの服を着たふたりの女が、鉄鍋の中の衣類を洗っていた。鍋はすすけて黒く、まわりをなめている弱い火が、薄いピンク色をしていて、喪中のたき火のように黒で縁どられていた。ふたりの女は、出産間近の突き出たお腹をしてだるそうに動いていた。

「そうです」と僕は言った。「あの小屋と、ほかの二軒の小屋は奴隷制時代に建てられたんです」

「驚いたなぁ！　あの小屋がそんなに長持ちするなんて、わしには信じられないよ。奴隷制時代からだからなぁ！」

「そのとおりです。しかも、かつて大農園だったこの土地を所有していた白人の家族が、まだ町に住んでいるんです」

「ほう」と彼は言った。「旧家の多くがいまだに生き長らえていることは、わしも知っている。また人々もそうだ、人間の家系というのは、たとえ落ちぶれても、続くんだなぁ。それにしても、あんな小屋が！」彼は驚き、当惑したようだった。

「君は、あのふたりの女が、あの小屋が建てられた時代と歴史のことを何か知っていると思うかね？　年上の女のほうは、知っていそうな様子なんだが」

「どうですかねぇ。あのふたりは――どっちの女もそんなに頭がよさそうには見えませんけど」

「頭がいいって？」と彼は、葉巻を口からはなして訊いた。「つまり、ふたりともわしと話をしない、っていうことかね？」と彼は怪訝《けげん》そうに尋ねた。

「そうです。そのとおりです」

「どうしてかね？」

説明したくなかった。お陰で恥ずかしい思いをしたが、彼は、僕が何かを知っていることに感づいたらしく、僕に迫った。

「あんまり礼儀にかなったことではないのですが、ふたりとも僕たちと話をするとは思いません」

「わしらが大学の者だと説明したっていいんだよ。そうしたら、きっと、ふたりは口をきいてくれるさ。わしの名前を教えてもいい」

「分かりました」と僕は言った。「ですが、連中は僕たち大学関係者を憎んでいます。大学に来たこともないですし……」

「何だって！」

「本当なんです」

「じゃあ、あそこの垣根のそばで遊んでいる子どもたちは、どうかね？」

「子どもたちだって同じです」

「しかし、なぜだい？」

「本当のことは分かりません。ですが、ここら辺のかなりの連中は来ません。あまりに無知だからでしょう。連中は大学には興味がないんです」

「しかし、信じられないなぁ」

子どもたちは遊ぶのをやめ、両腕を背中に回し、だぶだぶのつなぎの服を妊娠しているかのような小さい太鼓腹の上にきつく引き上げた格好で、静かに車を見ていた。

「亭主たちはどうなんだい？」

僕は本当のことを言うのをためらった。なぜノートン氏はこのことをそんなに不思議に思うのだろう？

「あの男は僕たちを憎んでいます」と僕は言った。

「君は**あの男**って言ったけど、ふたりの女は結婚していないのかい？」

僕は息をのんだ。うっかり口をすべらせてしまった。「年上の女は結婚しています」としぶしぶ答えた。

「若い女のほうの亭主はどうしたのかね？」

「あの女にはいません――つまり……僕は――」

「若いの、それはどういうこと？　君はあの人たちのことを知っているのかい？」

「ほんのちょっぴりですけど。しばらく前に、キャンパスであの人たちの噂が少し立ったんです」

「どんな噂が?」

「あのですね、若い女は年輩のほうの女の娘でして……」

「それで?」

「あのですね。噂によると……ご存知のとおり……つまり、あの娘には亭主がいないらしいんです」

「そう、なるほど。だが、そんなことはそんなに不思議なことじゃない。分かっているよ、君の民族が——。気にすることはない! 君の言いたいことは、それだけかい?」

「まあ、そうですね……」

「そう。ほかに何か?」

「娘の父親が妊娠させたらしいんです」

「何だって!」

「はい、そうなんです……父親がはらませた、と」

小さい風船が急にしぼむように、僕には、彼が息をいきなり吐き出す音が聞こえた。彼の顔が赤らんだ。僕はふたりの女に対する気の毒な思いと、言いすぎて彼の感情を害したのではないかという不安で頭がいっぱいになり、困惑してしまった。

「それで、大学の者はこのことを調べたのかい?」と彼は訊いた。

「はい」と僕は答えた。

「何か分かったのかね?」

「噂によりますと、本当のことだったと」

「しかし、あの男は自分の行いを、そ、そ、そんなひどいことをどう言いわけするんだろう?」

ノートン氏は車の中で座り直して、両ひざをぎゅっとつかんだが、彼の指のつけ根からは血の気が失せていた。僕は目をそらして、熱くてまぶしいコンクリートのハイウェイを見た。反対側の車線にまわって、緑の芝生が広がる閑静なキャンパスにまっすぐ戻りたかった。

「あの男が自分の妻だけじゃなく、娘とも関係を持ったと言われているのかい?」

「はい、そうです」

「それじゃあ、**ふたり**の子どもの父親もあの男なのかい?」

「はい、そうなんです」

「そ、そんな、とんでもない!」

彼は苦痛に苛《さいな》まれているような声を出した。僕は心配して彼を見た。どうしたんだろう? 僕がまずいことを言ったのだろうか?

「そんなこと駄目だ! いかん……」彼の声には恐怖じみた驚きがこもっていた。

男が小屋の近くに姿を現したが、その新しい青色のつなぎの服には、太陽の光がギラギラと照りつけていた。黄褐色の新品の靴で、彼は熱い土の上を楽々と歩いていた。小柄な男は、真っ暗闇の中でもしっかりと歩けるくらいに知りつくした様子で、庭を歩いていた。男は青いバンダナのハンカチで顔をあおぎながら女たちに近づくと、何か話しかけた。だが、女たちはむっつりした顔つきをした様子で、ほとんど話さず、振り向きもしなかった。

「あれが例の男なのかい?」とノートン氏が訊いた。

「はい、そうです。そうだと思います」

「降ろしてくれ！」と彼は大声で言った。「あいつと話をする」

僕は動けなかった。彼がトゥルーブラッドと女たちに言いそうなことを考えると、驚きと恐怖を感じると同時に、腹が立ってきた。彼はこう訊くだろう、なぜ君は彼女たちをそっとしておかないのか、と。

「急いで！」

僕は車から下りて、後ろのドアを開けた。車から下りると、彼は、僕には分からない緊急事態にせき立てられるかのように、急ぎ足で道路を横切って庭のほうへ向かった。すると突然、ふたりの女が向きを変えて、ドタドタとぎこちない様子であわてて家のうしろへ逃げた。彼のあとを急いで追いかけていくと、彼は男と子どもたちのいる所まできて立ち止まった。彼らは顔をくもらせて黙りこみ、顔つきは穏やかな中にも陰湿な顔つきになり、目つきは柔和な中にも不審な目つきになった。彼らは内心ではおどおどして、ノートン氏が話すのを待っていた――気がつくと、僕も心の中で震えていた。男のそばに近づくと、僕には車から見えなかったものが見えた。男の右頬には、ハンマーで叩かれたような傷跡があった。傷跡は赤むけて湿っており、時たま彼は、ハンカチを上げてブヨを追い払った。

「わー、わ、わ――」とノートン氏は興奮でどもりながら言った。「わしはあんたと話がしたい！」

「ようがすとも」とジム・トゥルーブラッドは平然と言って、待った。

「あれは本当のことなのかい……あんたがやったって？」

「あのう」とトゥルーブラッドが彼に言った時、僕はそっぽを向いた。

「あんたはぬけぬけと生きているな」とノートン氏はだしぬけに言った。「それにしても、あのことは、本当なのかい……？」

「あのう」と農夫は、額にしわを寄せ、当惑して言った。

「すみません」と僕が口をはさんだ。「この農夫には、あなたの言いたいことが分かっているとは思えません」

ノートン氏は僕を無視して、僕には気づかない表情を読みとろうとするかのように、トゥルーブラッドの顔をじっと覗きこんだ。

「君はあんなことをしでかしておきながら、よく平気でいられるな！」と彼は叫び、青い目に羨望と憤りのようなものを浮かべて、黒い顔を睨みつけた。トゥルーブラッドはどうしたらいいのか分からないで僕を見たが、僕は目をそらした。彼と同じく、僕もノートン氏が言った意味が分からなかったからだ。

「お前はとんでもないことをしたというのに、よく平気でいられるな！」

「そうです！　おらは大丈夫です」

「大丈夫だと？　お前は負い目を感じていないし、その罪つくりの目をえぐり出す必要も感じないのか？」

「あのう」

「答えろ！」

「おら、大丈夫です」とトゥルーブラッドは不安げに言った。「目も大丈夫です。それにお腹の具合が悪い時だって、ソーダ水をちょこっと飲めば、治っちまいます」

「違う、違う、そうじゃない！　日陰へ行こう」とノートン氏は言うと、興奮して辺りを見まわしながら、ポーチが小さい日陰をつくっている所へ急いで行った。僕と農夫は彼のあとについて行った。農夫は僕の肩に片手をおいたが、僕は何も説明できないことが分かっていたので、振り払った。僕たちは、ポーチの折りたたみ椅子に、農夫と金持ちが僕をはさむ格好で半円を描いて座った。ポーチのまわりの土は硬く、ずっと以前から洗い水を捨てていたせいで白っぽくなっていた。

「今の暮らしぶりはどうかね？」とノートン氏が訊いた。「援助はできるんだけど」

「おらたち、そんなに悪くはないです。ここに来るみんながおらたちの様子を聞く前はよう、だぁれも助けてくんなかった。今じゃ、たくさんの人たちが興味をもって、わざわざ手伝いに来てくれる。丘の上の大学の偉い人だって手伝ってくれるでよう。もっとも、それには落とし穴があったんでさぁ！　連中はおらたちをここからすっかり追い払うつもりでよう、運賃でも何でも払ってやるし、移住先に落ち着く費用として百ドルやるって、言うんだわ。だども、ここが好きなもんで、おらは断った。したら、連中は体のでかい男をひとり寄こしてよう。そいつが言うことにゃ、おらが出ていかないと、白人たちにおらたちを追い出してもらうんだと。そんで、おらは腹が立ったし、おっかなくもあった。大学の連中は白人たちのお気に入りだもんで、おらは怖くてよう。連中が最初に来た時におらは思った、連中は、ずっと昔に作物の栽培方法のコツを知ろうと、大学に本を探しに行った時と違う、って。あれは、おらが自分の土地を手に入れた時だった。そんで思ったんだぁ、連中がおらを助けようとしているのは、おらに、ほとんど同じ時期に出産を控えているおっ母《かあ》と娘がいるからなんだと。

　だども、おらたちのことを恥さらしだと言って、連中がおらたちを追い出そうとしていることが分かった時にゃ、おらぁ、腹が立ってよう。そりゃもう、本当に腹が煮えくり返りました。そんで、親方のブキャナンとこさ行って、そのことを話しました。するってぇと、親方は保安官宛てのメモをくれて、それを保安官に持っていくよう言いなさった。おら、言われたとおりにした。刑務所さ行ってバーバー保安官にメモを渡したら、保安官が事情を説明してくれと言いなさるもんだから、おら訳を話しやした。そしたら保安官はほかの人たちを何人も連れてきて、おらにまたその話をさせました。あの人たちときたら、何十回も娘のことを聞きたかったらしく、食べ物はくれるわ、飲み物はくれるわ、タバコはくれるわ。おらぁ、おっかなかったし、なんか違うなぁと思ったもんで、びっくらこいてよう。まあ、おらみてぇに白人と長い時間話した黒人は、この郡にゃいないでしょ。そんで、やっと保安官たちは、心配しなくてもええ、おらが今いる所に留まることになると大学に伝えておくから、と言ってくれやした。おかげで、黒人のお偉い方も、嫌なことを言わなくなりやした。黒んぼうがどんなに偉くなったって、白人たちにいつも頭が上がらないことの証拠みたいなもんです。白人たちはおらに味方してくれやした。おらたちに会いに来て、話を聞いてくれた。中には、ずっと遠くの大きい大学から来た偉い白人もおりやした。暮らしぶりについてのおらの考えやら、民族のことや、子どもたちのことやら何回も聞いて、ノートに全部書き留めてよう。だども、いちばんいいことは、おらが前よりもうんと仕事にありつけたことでさぁ……」

　農夫は、何のためらいも恥じらいもなく、満足した様子ですすんで話をしていた。老人は、火のついていない葉巻を上品に指にはさんだまま、困った表情を浮かべて聞いていた。

「今の暮らしぶりはけっこういいです」と農夫は言った。「以前のひどく寒くて、辛い生活を過ごしていた時のことを思いだすたんびに、おら、身震いがするでよう」

農夫が嚙みタバコを嚙むのが、僕の目にとまった。何かがポーチに当たってカランカランと鳴り、僕はそれを拾いあげて、時々見つめた。ブリキで作った硬くて赤いリンゴだった。

「それがまたぁ、以前は寒くて、火があんまりなくてよう。薪しかなくて、石炭もなかったんでさぁ。おら、助けを求めたんだけど、誰も助けてくんなかったし、おまけに仕事も何もめっけられんかった。ひでぇ寒くてよう、おらたち、一緒に寝ないといけんかった。おらとおっ母と娘がな。これが事のはじまりでやした」

農夫は目を丸くして咳ばらいをしたが、彼の声は同じ話を何十回もしたらしく、呪文のように太くて低かった。何匹ものハエと小さな白いブヨが彼の傷口に群がっていた。

「あれは、こんなふうにして起きやした」と彼が言った。「おらが片側に、おっ母が反対側に、娘を真ん中にして寝てよう。暗かった、真っ暗だった。タールの入ったバケツの中みてぇに暗かった。子どもたちゃ、部屋の隅のベッドで一緒に寝ていやした。おらが最後に眠ったにちげぇねぇ。だって、明日の食い物をどうやって手に入れようかとか、娘のこととか、娘のまわりをうろつき出した若造のことを考えていたからよう。おら、若造のことが嫌いだった。あいつのことが頭にちらちら浮かんできたもんで、娘に近づくんじゃねぇぞ、と警告してやろうと心に決めやした。あの晩は真っ暗で子どものひとりが夢を見てすすり泣く声や、ストーブの燃え残りの薪がパチッと割れて崩れる音が聞こえやした。ちょうど糖蜜の入った皿の中で冷たくなって固まる肉の脂肪みてぇな匂いが、まだ宙に漂ってるようでやした。娘と若造のことを考えてると、すぐそばの娘の両腕に触るのを感じたと思ったら、反対側のおっ母の、嘆いてるみてぇな、呻《うめ》いてるみてぇないびき声が聞こえてきやした。おら、家族のことや、これからの生活のことなんかを心配しながら、部屋の隅で眠っている子どもたちみてぇにちっこかった頃の娘のことを思い出したり、娘がおっ母よりおらのほうが気に入ってた様子を思い出したりしててよう。おらたちは、真っ暗な中で一緒に寝ていやした。家族のことは知り尽くしているんで、家族の顔を思い浮かべることができたんでさぁ。家族のみんなを、一人ひとり思い浮かべやした。娘ったら、おらがはじめて会った若かった頃のおっ母にそっくりでよう、ただ娘のほうがべっぴんで。それがまたぁ、おらたちの民族は、だんだんべっぴんになっていきやすからなぁ……。

とにかく、みんなの寝息が聞こえてきやして、お陰で、おら、眠れなくてよう。そん時、寝ていた娘の、『あんた』って呼ぶ穏やかな低い声が聞こえてきたもんで、おら、まだ目を覚ましているのかどうか確かめようと、娘を見やした。だども、おらにゃ、娘の匂いを嗅ぐことと、触ろうとして伸ばした手に娘の息づかいを感じることしかできやせん。娘がすげえ穏やかな声で言ったもんだから、おら、何か聞いてきたのかどうか分からんで、ただ横になって耳を澄ましていやした。ウィルを打てと聞こえるようなヨタカの鳴き声がしたみたいで、おらは、あっちいけ、お前を見っけたら鳴けなくしてやるぞ、って心の中でつぶやきやした。そん時、大学の大時計が四つ、淋しそうに鳴ったんでさぁ。

それからおらは、ずっと昔に農場を去ってモービルという土地で住むようになった時のことや、その頃いたおらの女のことを思い出しやした。あの頃おらは若かったんでよう――ここら辺の若いもんみてぇに。おらと女は川沿いの二階建ての家で暮らしていてよう、夏の夜になると、ベッドで横になってよく話をしたもんですよ。女が寝てしまってから、おらは起きたまま、川の明かりを見たり、往来する船の音に耳を澄ませたりしたもんでさぁ。船には音楽隊を乗せてて、船が近づいてくると、時々おらは女を起こして、音楽を聴きやした。ベッドに横たわっていると、辺りは静かでよう、音楽がずっと遠くのほうから聞こえてきやした。ウズラ猟に行った時みてぇに。辺りがだんだん暗くなってくると、ウズラのボスがひな鳥たちを集めようとして鳴くんでさぁ。ウズラのボスがおらのほうにゆっくり近づいていて近づいてくると、低い隠やかな声で鳴くんでさぁ。おらが近くで銃を構えていることに気づいていているんだけどよう。そんでも、ウズラのボスはひな鳥たちを呼び集めなきゃなんねぇもんだから、しょうがなく近づいて来やす。ウズラのボスはたいした人間みてぇです。やんなきゃいけねぇことはちゃんとやるんだから。

それはそうと、船の音はこんなふうに聞こえやした。その音は遠くから近づいてくるんでさぁ。最初はおらがうとうとしてる時に近づいてくるんでやんすが、でっけえピカピカのつるはしで、誰かがゆっくり掘るみてぇに聞こえるんでさぁ。そのうちに、つるはしの先がおらをめがけてまっすぐに、ゆっくりと迫ってくるのが目に見えるみてぇだけんど、ひょいと身をかわすことができなくてよう。おらに当たりそうになってはじめて、そいつは全然つるはしじゃなくて、誰かが遠くでいろんな形の小瓶を割ってる音だったことに気づいたんでさぁ。その音が、おらに近づいてくるんです。じわじわと迫ってくるんでやす。そんで、間近に聞こえてくるんでさぁ。ちょうど二階の窓から西瓜《すいか》をいっぱい積んだ馬車を見下ろしてると、食べて下さいとばかりに、縞《しま》の入ったたくさんの緑色の西瓜で、汁っけたっぷりの若い西瓜が一つ、冷えて甘そうにパカッと割れてんのが見えて、それがまた赤く熟して、汁っけたっぷりな西瓜の中身や、キラキラ光る黒い種なんかが目に浮かんできた時みてぇによう。そのうちに、誰も起こしたくないみたいに、船の外輪が立てるパシャッ、パシャッという音が聞こえてくるんでさぁ。おらと女が金持ちになった気分で横になってると、船の若い男たちが、桃の上等のブランデーワインみたいに甘い曲を演奏するんです。そんで、船は通りすぎていき、窓から見える明かりが消え、音楽も消えていくんでやす。それは、赤いドレスにつば広の赤い麦わら帽子姿の若い女が、両側に樹木の生えた道に沿って、目の前を通りすぎるのを見てる時とちょっくら似てますだ。ふっくらした艶っぽい女は、自分が見られてることに気づいてるしよう、おらも女が気づいてることが**分かっている**もんだから、お尻をくりくり動かすんでさぁ。道に突っ立って見てると、やがて女の赤い帽子の先しか見えなくなって、しまいにそれさえ見えなくなるんです。女は丘を越えた所で転んじまったんでさぁ——おら、そんな女を一度見かけたことがあります。そんで、おらに聞こえる音と言えば、モービルという土地の女——名前はマーガレットでやした——おらのそばにいる女の寝言だけでやした。たぶん、女は『あんた、まだ起きてんのかい?』と言ったんでしょ。そんで、おらは『いやぁ』と答えて寝入るんでさぁ。だんな方、おら、モービルにいた頃が懐かしくてよう。

ところで、娘のマッティ・ルーから『あんた』と言う声がした時にゃ、マーガレットみてぇなふうでやしたが、その言い方からすると、娘は夢を見ていたにちげえねぇと思ったです。ひょっとして例の若造のことじゃないかなぁと思うと、おら、腹が立ってよう。娘が若造の名前を呼ぶんではねぇかと、ちょこっとのあいだ娘がもぐもぐ言うのを聞いてやしたが、娘は名前を口にしなかったです。おら、寝言を言ってる人の手をぬるま湯につけたら、すっかりしゃべっちまうという言い伝えを思い出したんですが、水は冷えきっているし、とにかくおらはそんなこたぁしやせんでした。だども、娘はもう立派な女になったと思っていやした。そん時に、娘が寝返りを打って、身をくねらせて来たうえに、布団がずれて寒かったおらの首に腕をかけてきたんです。娘は、男をからかって喜ばす女みたいに、おらには分かんねぇことを何か言いやした。そん時おらは、娘が大人になったことを知って、こんなことを何回やったんだろう、相手はあのクソッタレの若造じゃねぇかと思いやした。その柔らかい手をどかしたんだけど、娘は起きやせんでした。そんで、名前を呼んだけど、そん時も起きやせんでした。おらは娘に背を向けて離れようとしたんですが、何せ狭くてよう。そんでも娘はおらの体に触って、迫ってきたんでやす。それからおらは夢を見たにちげぇねぇ。だんな方にその夢のことを話しておかなくちゃなんねぇかな」

僕は今が帰る潮時だと思い、ノートン氏を見て立ち上がった。しかし彼は、僕を無視して熱心にトゥルーブラッドの話に耳を傾けていた。そこで僕は、声にならない声で、お前の夢のことなんかクソッ食らえだ！　と農夫をののしり、座り直した。

「その夢はほとんど覚えていねぇけど、おらが肉の脂身を探していたことだけは覚えています。おらがダウンタウンにいる白人たちの所に行くと、ブロードナクスさんに会って、脂身を分けてもらうように、って言われやした。そんで、ブロードナクスさんは丘の上に住んでるもんだから、おら、彼に会おうと丘を登って行きやした。その丘は、この世でいちばん高い丘みたいでよう。登れば登るほど、ブロードナクスさんの家は遠ざかるみてぇでやした。だども、やっとその家についたです。おら、ブロードナクスさんの所に行くにはくたくたに疲れてやした。そわそわしてたもんで、玄関から入りやした！　それが悪いこたぁ分かっていたけど、どうしようもなかったです。おら、でかい部屋に入って突っ立っていやした。部屋にゃ、明かりのついたローソクやピカピカの家具がいっぱいあってよう、壁にゃ絵がいっぱい掛かっていたし、床にゃ柔らかい物が敷いてありやした。だども、人は誰もいやせんでした。そんで、おらがブロードナクスさんの名前を呼んだけど、誰も出てこないし、何の返事もないんでさぁ。ドアがあったもんで、おら、そこを通ってでかくて白い寝室に入ったです。おらがちっこい頃、母ちゃんに連れられてでかい家に行った時に一度見たみてぇな寝室でよう。部屋にある色んなものが白くてよう、おら、その部屋にゃ用がねぇことは承知で立っていたけど、とにかくいたんです。おまけに女の人の部屋でさぁ。おら、出て行こうとしたんだけど、ドアがめっけられなくてよう、部屋中に女の人の匂いがして、その匂いはだんだん強くなっていったんでさぁ。そのうちに部屋の片隅を見ると振り子つきの大時計があって、時計の鳴る音が聞こえ、そのガラスのドアが開きかかって、女の人がそこから出ようとしてるんです。女の人は柔らかくて白い絹のガウンだけを身にまとい、ほかにゃ何も着てなくて、おらをじっと見るんです。おら、どうしていいのか分かんなくてよう。逃げたかったけど、目についたドアは、中に女の人が立っている時計のドアだけでやした――とにかく、おらは動けんかったし、時計はボンボン鳴り続けてるし、時計の音はだんだん速く鳴り出してよう。おら、何か言おうとしたんだけど、できなかったです。そのうちに女の人が悲鳴を上げ、おらはてっきり口がきけなくなったと思ったです。だって、女の人の口がパクパク開いてるのは見えたんだけど、何にも**聞こえねぇ**んだから。そんでも、時計の音はまだ聞こえていたもんで、おらはブロードナクスさんを探していただけだって言おうとしたんだけど、女の人にゃ、おらの言うことは聞こえないんでさぁ。そん代わり、女の人は駈けよっておらの首をぎゅっとつかみ、時計に近づけないようにするんでさぁ。そん時どうしていいのか分かんなくなってよう、まったく。女の人にわけを話して逃げようとしました。だけんど、女の人はおらをつかんでいるし、相手が白人なもんだから、体に触れるのが怖くてよう。そんうち、すっごく怖くなってきたもんで、女の人をベッドに投げて体を引き離そうとしやした。ベッドがあんまりふわふわしてたもんで、女の人は、そん中に沈んで見えなくなったようでやした。すげぇ沈んだもんだから、ふたりとも、窒息してしまうんじゃねぇかと思ったです。そん時ビューッて！　ちっこい白いガチョゥの群れがいきなりベッドから飛び出してきやしてねぇ。埋めてある金を掘りに行ったら、ガチョウが飛び出してきたって、話にもあるみてえにおったまげたことにゃ、ガチョウが飛んでいったかと思うと、ドアの開く音がして、『そいつら、ただの黒んぼうなんだから、好きなようにさせておけ』って言うブロードナクスさんの声が聞こえたです」

黒人たちはみんなそんなことをしでかすと白人が言いふらすことくらい、自分でも分かっているのに、どうしてこの男は、この話を白人にするんだろう、と僕は思った。僕は苦悩の赤い霧で目の前がかすんだ感じで、床を見た。

「そんでも、おらは止められなかったです——何かまずいような気がしたけど。もう女の人から体を引き離し、大時計めがけて逃げてやした。最初は大時計のドアが開かなくてよう、ドアの表面は細い網みてえに、チリチリになってたです。だけんど、ドアを開けて中に入ったら、熱いうえに暗くてよう。おら、例の騒音と熱気を生み出している機械の近くまで、暗いトンネルを上がって行きやした。そこは、大学に取りつけてある動力室みたいでよう。家が火事に見舞われたみてぇに、すげぇ熱いんで、外に出ようとしたんでさぁ。どんどん走っていくと、しまいにゃ疲れるはずだけど、そんなこたぁなくて、走ってるうちにだんだん気分が楽になってきやしてね。飛んでるみてぇに元気よく走れたんでさぁ。町の上空を飛んだり浮かんだりしているみたいでやした。そんでも、また**トンネル**の中にいるんでさぁ。すると、ずっと前の方に、墓地の狐火みてぇな、明るい光が見えやした。光はだんだん明るくなってよう、おらはそいつに追いつかなきゃなんねぇと思いやした。するてぇと、いきなり光のすぐそばまで来てしまい、そいつは、でっけぇ電球みたいで、おらの目の中で爆発し、おらは全身が火傷したかと思いやした。結局、火傷しなかったけど、水面が熱くて、水の中がしびれるくらいに冷てぇ流れのある湖で溺れてるようでやした。そんうちに、いきなりそこを通りぬけ、また涼しい陽の当たる外に出れて、ほっとしました。

目が覚めると、おら、おっ母におかしな夢のことを話すつもりでいやした。夜明けになっていやして、辺りはだんだん明るくなってきやした。おら、布団で横になったまま、マッティ・ルーの顔をじっと見てたら、マッティったら、発作でも起きたみてぇに、おらを叩いたり、引っ掻いたり、ぶるぶる震えたり、泣いたりしてよう。おら、ぶったまげて動けなかったです。もう娘は、『父ちゃん、父ちゃん、ああ、父ちゃんたら』と泣きわめいてるもんでよう。すると急に、おっ母のことを思い出しやした。おっ母はすぐそばでいびきをかいて寝てやしたが、おら、動けなくてよう。だって、おらが動いたら罪になる、って思いやしたから。おらが寝てる時に起こったことだから、動かねぇと罪になんねぇかもしんねぇ、とも思いやした——男っつうのは、可愛いおさげの女の子を見ると、娼婦を想像することがあるかもしんねぇけんどよう——だんな方、この意味が分かりやすか？　とにかく、おらが動かないでいりゃ、おっ母に見られてしまうことぐらい、気づいていやした。そんなことになってほしくなかったです。そんなことになりゃ、罪よりもっとひどいことになるでよう。おら、おとなしくさせるつもりでマッティ・ルーにささやきながら、罪にならないでこの窮地からどうやって脱出できるか、考えてやした。もう少しで娘の首を絞めそうになりやしたよ。

だけんど、人間なんて者はこんなふうに窮地に追いこまれたら、たいしたことはできません。もう本人の力じゃ、どうすることもできません。実際、おらがそうで、懸命に逃げようとしたんです。そんでも、動かねぇで、でも動かなきゃなんねぇ。おらは飛ぶみてぇに簡単に入ってこれたけど、歩いて出て行かにゃなんねぇ。動かねぇで、でも動かなきゃなんねぇですよ。おら、あとでもそのことでうんと考えやした。しこたま考えてみたら、いつだってそんなふうでやしたよ。おらの人生は全くそうでやした。おらにゃ、逃げだす方法は一つしか思いつかなかったでよう。それはナイフで自分を去勢することでやした。だけんど、ナイフは持っちゃいねぇし、それに、秋に若い雄豚を去勢するとこを見なすったらお分かりでしょうが、あそこまでして罪を犯さないようにするにゃ、犠牲が大きすぎるんじゃねぇかと思いやしたよ。喧嘩が始まったみたいに、おらの心の中じゃ、いろんなことがごちゃごちゃ起きやしてね。そのうちに、おらの陥ってる窮地を考えて、去勢しようと心に決めやした。

決心したのはよかったんですが、ところが、マッティ・ルーったら、もう我慢できないで動きだしやしてね。最初、娘はおらを押しのけようとしてたし、おらのほうは、罪を犯さないように娘を押さえようとしてたんです。そのうちに、おらはうしろに下がって、おっ母を起こしちゃいけねぇと思って、静かにしろと娘に合図を送っていたんですが、そん時に娘が、おらの体をつかんで、ぎゅっと抱きつくじゃありませんか。娘はおらに離れてもらいたかなかったし――正直なところ思ったんだけど、おらも離れたかなかったです。たぶん、そん時のおらの心境は――あとでずっと悔やんだけど――ちょうどバーミングハムのあの男みてぇだったんでしょ。そいつ、家に立てこもって警官に発砲したもんだから、とうとう警官は家に火をつけて、そいつを焼き殺したんでさぁ。おら、途方に暮れたでよう。おらたち、離れようとして体をくねらせたりよじらせたりすればするほど、だんだんそのままでいたくなってきたんでさぁ。でも、おらはとどまったんですが、あの男みてぇに最後まで闘いぬくしかなかったです。あの男は死んだかもしれんけど、うんと満足して死んでいったんでしょ。おらが経験したことほどのものはほかにはないってことは、自分では**分かって**いやすが、どうやって話していいのか分かんねぇです。それは、酒をしこたま飲んだ男が酔っぱらった時みてぇだし、清らかで、えらく信心深い女がさっと服を脱ぎ捨てるくらい興奮した時みてぇだし、あるいは、ひどく賭けごとの好きな男が負けても賭け続ける時みてぇでよう。そういう時にゃ、止めたくても止められねぇです」

「ノートンさん」と僕は、喉が詰まったような声で言った。「そろそろ大学に戻る時間です。お約束の時間に遅れますので……」

彼は僕を見ることもなく、「**待ちたまえ**」とうるさそうに手で払いながら、言った。

トゥルーブラッドは、白人から僕に目を向けた時、目の奥でほほ笑んでいるようであり、さらに話を続けた。

「おら、おっ母のケイトの悲鳴を聞いた時にゃ、離れることもできやせんでした。そりゃあもう、血が凍るみてぇな悲鳴でした。自分の幼子があばれ馬に突き倒されるのを目の当たりにして、動けなくなった母親みてぇな悲鳴でやした。ケイトの髪は幽霊でも見たみてぇに逆立っているし、寝巻きははだけているし、首筋んとこの血管は破裂しそうでよう。それにおっ母の目！ ああ、あの目。おら、マッティ・ルーとわらぶとんに横たわったままおっ母を見上げてたけんど、力が抜けて動けやせんでした。おっ母の奴、悲鳴を上げて、手当たり次第に物をつかんで、投げつけるもんでよう。おらに当たりそこなったものもありやしたし、当たったものもありやした。小さい物やら大きい物やら。なんか冷たくてすんごく臭い物がおらの頭に当たって、濡れちまうしよう。何かが大砲みてぇに――ドーン！ と――壁にぶつかったもんで、おら、頭をかばおうとしやした。ケイトの奴、気がふれた女みてぇにわけの分からんことをしゃべっていやした。

『ちょっと、待ってくんな、ケイト。やめろ！』とおらは言いやした。

そんで、ちょっと手を休めたと思ったらよう、おっ母が床を走る音が聞こえたもんで、おらは体をよじって見やしたら、ギョッとしやした。おっ母の奴、おらの二連式散弾銃を手にしてるじゃねぇですか！

そんで、おっ母は口に泡を溜め、銃の打ち金を起こしたまんま、しゃべりやした。

『起きろ！ 起きやがれ！』とおっ母が言いやした。

『**おい！ やめろ！ ケイト**』とおらは言いやした。

『あんたを地獄に落としてやる！ 娘から離れろ！』

『あのなぁ、ケイト、聞いてくれ……』

『しゃべるんじゃねぇ、**どけ！**』

『そいつを下ろせ、ケイト！』

『いいや下ろさねぇ、**立て！**』

『そいつにゃ、弾が詰まってんだぞ、おまえ、弾が！』

『ああ、そうだよ！』

『そいつを下ろせと言ってんだぞ！』

『あんたを地獄に吹っ飛ばしてやる！』

『マッティ・ルーに当たっちまうぞ！』

『マッティ・ルーじゃねぇ――**あんた**にだ！』

『ケイト、弾が散らばっちまうよう。おい、マッティ・ルー！』

おっ母の奴、おらに狙いを定めながら動き回るんです。

『覚悟しな、ジム……』

『ケイト、こりゃあ夢だったんだ、おらの話を聞いてくれや……』

『聞くのはあんただろが――**そこから起きやがれ！**』

おっ母が銃をぐいと動かしたもんで、おらは目を閉じやした。だけんど、雷みてぇな銃声じゃなくて、耳元でマッティ・ルーの悲鳴が聞こえるじゃねぇですか。

『……母ちゃん、わあっ、**母ちゃん！**』

そん時、おらがごろんと仰向《あおむ》けになりそうにしたもんで、ケイトはためらいやした。おっ母は銃を見てからおらたちを見て、熱が出たみてぇにちょこっと震えていやした。するてぇと、おっ母はいきなり銃を下ろしたかと思うと、**キョロッ！**と猫みてぇにすばやく振り向いて、コンロから何かをつかみやした。それが、尖った鋤《すき》でおらの横っ腹を何度も突くみてぇに、おらに当たりやしたもんで、息ができなくてよう。おっ母の奴、物は投げるわ、怒鳴りはするわ。

……そんで見上げると、お、おっ！　おっ母の奴、手にアイロンを握ってるじゃねぇですか！

『ケイト、やめろ、血が流れるじゃねぇか。死んじまうぞ！』とおらは叫びやした。

『この下劣な犬め。汚ねぇことをするくらいなら、血を流したほうがましだよ！』

『やめろ、ケイト。これにゃわけがあんだから。単なる夢ん中の罪のせいで、流血沙汰の罪を犯すんじゃねぇぞ！』

『黙れ、黒んぼう、**汚ねぇ**まねしやがって！』

だけんど、そん時にゃ、おっ母を説得しようとしても無駄だってことが分かりやした。おっ母の気がすむことなら、なんでも受けようと決めたんでさぁ。おらにできることは、罰を受けることだけみてぇに思えたもんで。おら、自分に言い聞かせやした、お前が罰を受けるのが、いちばんいいことかもしんねぇ。お前がケイトに殴られるのは当たり前かもしれん。お前にゃ罪はないけど、おっ母はそうは思ってねぇ。お前はおっ母にぶたれたかねぇけど、おっ母はお前をぶたないと気がすまねぇ。お前は起きたいんだけど、力が抜けてよう。力が抜けすぎて動けやしねぇ、とね。

おら、本当に力が抜けてよう。冬にポンプの柄に唇をぶつけちまった子どもみてぇでした。おらは、まるでスズメバチに刺されて体がしびれちまったカケスみてぇなもんでした――だけんど、まだ目はしびれてねぇもんだから、スズメバチに胴体を刺されるのを見ながら、カケスは死んでいくんでさぁ。

おらはカケスみてぇに意識が遠ざかっていくみてぇだったが、目は、嵐の時に防風林から離れられないように、おっ母から離しませんでした。前のほうを見ると、ケイトの奴、何かを引きずって駆けよってくるじゃねぇですか。おらは興味があったもんで、それが何なのか確かめようとしたら、おっ母の寝巻きがストーブに引っかかり、何かをつかんだ片手が見えやした。ありゃ何かの柄だ、とおらは心ん中で思ったです。何の柄なんだろ？ するてぇと、おっ母はおらの真上近くに立っていやした、でけえ図体をしてね。男が一〇ポンドのハンマーを振り上げるみてぇに、おっ母は両腕を振り上げていたんですが、片手の握りこぶしのかすり傷から血が出ていやした。何かを持った手が寝巻きに引っかかっちまって寝巻きがめくれ上がり、おっ母の太腿は見えるし、その太腿は寒さのせいで肌はさびついたみてぇな灰色になっちまってるしよう。おっ母が体を曲げてからまっすぐに背を伸ばしたと思ったら、呻き声が聞こえるし、腕を振り上げたかと思ったら、汗の臭いはする始末でさぁ。おっ母がおらに何を投げつけようとしているのか、つやつや光る柄の格好で分かりやした。おお！ 今度はそいつがキルトの掛け布団に引っかかっちまって、キルトを持ち上げたとたんに、そいつが床に落ちてくるじゃありませんか。そん時、斧がおっ母の手から離れたのが分かりやした！ おらが二、三日前に研《と》いでいたもんだから、斧はピカピカに光っていたんでさぁ。意識の奥にいる、例の防風林のうしろに隠れているほうのおらは、言いやした。

『やめろぉ！ ケイト――わあっ、ケイト、**やめてくれ！』**

トゥルーブラッドの声が急に甲高い声になったので、僕は驚いて目を上げた。彼は、どんよりした目のノートン氏の心を見すかすかのように、じっと見ているようであった。子どもたちは悪戯でもしていたように遊びをやめて、父親のほうに目をやっていた。

「おら、まるで突進してくる機関車に嘆願するみてぇでした」と彼は話を続けた。「斧が振り下ろされるのを目の当たりにしやした。刃に光が当たってきらめきやした。ケイトのまっこと嫌な顔が見えたもんで、おら、両肩に力を入れて、首っこをこわばらせて待ったんでさぁ——辛い一千年のあいだ、待ってたみてぇに思えてよう。あんまり長いこと待ったもんで、おらは今までしでかしてきたことを全部思い出しやしてな。本当に長いこと待ったもんで、おらは目を開けては目を閉じ、また目を開けると、斧が落ちてくるのが見えるんです。六フィートもある牛の糞がドサッと落ちるみてぇに、斧が勢いよく落ちてくるじゃありませんか。斧が落ちてくる時、おらん中の何かが止まっちまったように感じやしたが、すぐに流れてくのが分かりやした。ほんとに斧が見えるんですよ！　おらは、首を横にひねって、そいつを見てたんです。ケイトの狙いは確かなもんだったんで、おらの体は勝手に動いちまったんです。首をひねるしかないです。じっとしてるつもりだったんだけど、つい体が反応しちまうじゃねぇですか！　イエス・キリスト以外は、誰だって動いたでしょ。おら、顔の片側全部がすっかり削りとられたみてぇに感じやした。すんげぇ焼けた鉛でぶん殴られたみてぇに、火傷するというよりしびれちまってよう。おらは床に横たわっていたんだけど、心ん中じゃ、背骨の折れた犬みてぇにくるくる回り、尻尾を両脚のあいだに引っこめたまま動けなくなりやした。もう顔の皮膚はなくて、あるのはむき出しの骨だけっていう感じでよう。だけんど、この点が分かんねぇだ。つまりそのう、おらは痛みやしびれ以上に、罰を受けられたというホッとした気持ちになった点です。しかもその感じやらをもう少し味わいたくて、おら、防風林のうしろから駆け出したみてぇに、斧を握って立ってるケイトににじり寄って、目を開けたまま待っていやした。こりゃあ本当です。おら、もうちょっとホッとした気持ちを覚えたくて待ち構えていやした。おっ母がおらを見下ろしながら斧を振り上げ、下ろそうとしているのが見えたもんで、息を止めたんでさぁ。すると、誰かが屋根から手を伸ばして斧をつかんだみてぇに、斧が、ぴたりと止まったかと思うと、おっ母の顔がひきつるのが見え、ついで、斧が今度はおっ母のうしろに落ちるのが見え、床に当たりやした。おっ母がへどを吐いたもんで、おらは目をつぶって待ちやした。すると、おっ母が呻き声を上げ、よろめきながら戸口を出て、ポーチから庭に落ちる音がしたんです。それから内臓全部をごっそり吐き出すみてぇに、おっ母がへどを吐く音がしやした。そのうちに、おらが目を下に落とすと、マッティ・ルーの体中に血が飛び散っているじゃねぇですか。そりゃ、おらの血で、顔から血が流れ落ちていたんです。それを見たら、おら、動く気になってよう。起きてよろめきながら外に出てケイトを探すと、ケイトの奴、ハコヤナギの木の下でひざまずいて、嘆いていやした。

『神さま、あたい、何てことをしたんだ！　何ていうことをしちまったんだ！』

おっ母の奴、ドル札みてぇな色のよだれを垂らし、へどを吐きだしてたもんで、おらが近寄っておっ母に触ろうとしたら、もっとゲーゲー吐くじゃありませんか。おら、突っ立ったまま顔に手を当てて、血が流れるのを止めようとしてるあいだも、一体どういうことになるんだかと思っていやした。朝の太陽を見上げて、どういうわけか雷が鳴ればいいのにと思ったです。だけんど、空はもう明るく晴れていて、太陽は昇り、鳥たちはチッチッと鳴いてたんですが、おら、雷に打たれた時よりも怖くなりやしてなぁ。『神さま、ご慈悲を！　神さま、ご慈悲をおねげぇします！』とおらは叫んで、待ちやした。そんでも、澄んだ明るい朝日のほかには何の印もありゃせんでよう。

だけんど、何事も起こらんかったんですが、何か聞いたこともねぇような悪いことが待ち構えていることが、そん時に分かりやした。おら、三〇分ものあいだ硬い石みてぇにそこに立っていたにちげぇねぇ。ケイトが立ち上がって家ん中に戻った時も、まだじっと立っていやした。血が服のいたる所に流れ、ハエがたかってくるもんで、おらは血止めをしようと家ん中に入ったです。

マッティ・ルーが手足を伸ばして横たわってんのを見た時にゃ、死んじまったと、てっきり思いやしたよ。なんせ顔色を失っていたし、ほとんど息はしていなくてよう。青白い顔をしてたもんで。おら、娘を助けようとしたんですが、役立つことは何もできんかったし、それにケイトはおらに話しかけねぇし、見ようともしやせんでした。おっ母の奴、おらをまた殺そうと企んでるな、と思いやしたが、そうじゃなかったです。おら、ぼうっとしちまってよう。おっ母が子どもたちに服を着せてウィル・ニコルズんちへ連れて行く時も、ずっと座っていやした。見てるだけで、何もできなかったです。

おっ母が看護する女たちを連れてマッティ・ルーの様子を見に戻ってきた時も、おらはまだ座っていやした。まるでおらが新しい綿つみ機であるみてぇに見るだけで、話しかける者は誰もいやせんでした。おら、気まずくてよう。夢ん中で起きた様子を女たちに話したんですが、軽蔑されやした。たまんなくて、家を出やしたよ。牧師さんに会いに行きやしたが、牧師さんだって信じちゃくれんでよう。おまけに、家から出ていけ、お前は見たこともねぇような邪《よこしま》な人間だ、罪をざんげして神様の許しを乞うがいい、てなことを言われる始末でさぁ。おらはそこを出て、祈ろうとしたんだけんど、できねぇでよう。おらに罪があんのか、それとも罪がないのかと考えに考えたあげく、しまいにゃ、頭が爆発しそうになりやした。何も食わず、何も飲まず、夜も眠れなかったです。とうとう、ある晩の明け方近く、おらは星を見上げて歌い出しやした。歌うつもりはなかったし、歌うなんて考えたこともなかったんだけんどよう。何の歌だか知らんかったんですが、ひょっとして、何か宗教歌みてぇな歌だったかもしんねぇ。覚えてることは、最後にブルースを歌ったことだけ。その晩は、今まで歌ったこともねぇブルースをいくつか歌いやしてな。ブルースを歌ってるうちに、おらは腹をくくりました。おらはおら以外の誰でもねぇし、なるようになるしかならねぇ、ってね。おらは家に戻って、ケイトの面《つら》を見よう、ようし、マッティ・ルーの顔も見よう、と心に決めたんでさぁ。

家に着くと、みんなは、おらがてっきり逃げたもんと思ってやした。ケイトのそばにゃ大勢の女たちがいやしたが、おらは女たちを追い出してよう。女たちをとっとと追い出してから、子どもたちを外で遊ぶように出して、戸口に鍵をかけると、夢のことや、ほんとにすまない気持ちでいっぱいだったと、起こったことは仕方がねぇって、ケイトとマッティ・ルーに言いやした。

『そのまま出て行って、あたいたちを見捨ててくれたらよかったのに。あたいと娘を酷い目にあわせといて、まだ足りないのかい?』っていうのが、おっ母がしょっぱなに言ったことでした。

『そんなこたできねぇよ。おらは家の主《あるじ》だし、主ってえのは家族を見捨てることはしねぇ』とおらは言いやした。

するとおっ母の奴、『いいや、あんたは主じゃねぇ。主なら、あんたがしでかしたようなことはしねぇよ』って、言い返すんでさぁ。

『おらはまだ主だ』とおらは言いやした。

『まずいことになったら、あんた、どうすんのさ?』とケイトが言いやした。

『まずいことって何だ?』

『忌まわしい黒い子が生まれて、その子が神さまの前であんたの邪な罪をわめいた時だよ!』(おっ母は、牧師さんからこの言葉を習ったにちげぇねぇ)

『生まれるって? 誰が生むんだ?』とおらは言いやした。

『あたしたちふたりともだよ。あたしが生んで、マッティ・ルーが生むんだ。ふたりとも生むんだよ、このどすけべ野郎!』

これにゃたまげやした。なんでマッティ・ルーがおらを見ようとはしねぇし、誰とも口をきかないのかが、そん時分かったです。『あんたが行かないなら、あたしがクローおばさんを連れてくる』ってケイトが言いやした。『あたし、これからずっとみんなにジロジロ見られるみてぇな罪な子を生むつもりはねぇし、マッティ・ルーにも生ませるつもりはねぇ』ってね。

あのですなぁ、クローおばさんは産婆さんでやして、おらはさっき聞いたことで気が抜けてたけど、あのおばさんにおらんちの女たちの体をいじくりまわしてもらいたかねぇと思いやしてな。そんなことになりゃあ、それこそ罪の上塗りじゃねぇですか。そんで、おらはケイトに駄目だ、クローおばさんがこの家に近づいたら、たとえ年寄りだろうと、殺してやる、って言ったんでさぁ。ほんとにおらは殺る気だったです。だども、おらの気持ちは落ち着きやした。おらは家を出て、おっ母たちを勝手に泣かせたままにしときやした。またひとりで逃げ出したかったけど、こんなことから逃げても、無駄でした。どこに行っても、ついてまわることでよう。それに正直言って、おらには行ける所がどこにもなかったもんでよう。一銭もなかったです！　すぐにいろんなことが起きやした。大学の黒んぼうどもがおらを追い出しに来たもんで、おら、頭にきてよう。そんで白人たちに会いに行きやしたら、連中は助けてくれやした。そこんとこが、おらには分かんねぇです。おらは、亭主が家庭でやるいちばんひでぇことをやらかしたのに、白人の連中ときたら、たとえどんなに善良な黒んぼうであっても、ほかの黒んぼうが受けたことがねぇような援助の手をおらに差し伸べてくれるじゃねぇですか。おっ母と娘が話しかけてくれねぇのを除けば、おらの暮らしぶりは以前よりよくなりやした。それにケイトのほうだって、話はしねぇけど、おらが町から買ってきた新しい服を受けとるでよう。今じゃずっと前から欲しがっていた眼鏡を作ってもらっているんで。だけど、おらに分かんねぇのは、亭主が家庭でやらかさねぇようなひでぇことをしでかしたのに、いろんなことが悪くはならんで、よくなっていったことです。大学の黒んぼうどもはおらのことを嫌ってるけど、白人の連中はよくしてくれるでよう」

トゥルーブラッドはたいした農夫だった。話を聞いている時、僕は屈辱感と恍惚感の狭間で心をかき乱されていたので、恥ずかしい気持ちを和らげるために、彼の熱心な顔に注意を向け続けた。このようにしていると、ノートン氏を見なくてもよかった。しかし、トゥルーブラッドの話が終わると、僕は座ったまま、ノートン氏の足元に視線を落とした。庭にいた女が、しわがれた低い声で賛美歌を歌った。子どもたちは高い声で陽気におしゃべりをした。僕は、暑い陽射しの中で燃える薪の、鼻につんとくる乾いた匂いを嗅ぎながら、かがみこみ、目の前の二足の靴をじっと見つめていた。ノートン氏の靴は白い靴で、黒いふち飾りがついていた。それはあつらえの靴で、農夫の安っぽい黄褐色の丈夫な靴がそばにあると、優美ですらりとしていて、素敵な手袋のように上品に見えた。そのうちに、ふたりのうちのどちらかが咳払いをしたので、目を上げると、ノートン氏がジム・トゥルーブラッドの目をじっと見つめていた。僕ははっとした。彼の顔からは血の気が失せていたからだ。明るい色の目でトゥルーブラッドの黒い顔を食い入るように見つめたまま、彼は幽霊のような青白い顔をしていた。トゥルーブラッドは、いぶかしげに僕を見た。

「子どもたちったら、『ロンドン橋、落ちた』で遊んでるよ」と彼はきまり悪そうに言った。

僕には分からなかったが、どこか具合が悪そうだった。僕はノートン氏を連れ出すほかなかった。

「大丈夫ですか?」と僕は聞いた。

彼はうつろな目で僕を見た。「大丈夫だと?」と彼は言った。

「はい、そろそろ午後の会議の時間だと思いますんで」と僕はせきたてた。

彼はぼんやりと僕を見た。

僕は彼ににじり寄った。「本当に大丈夫なんですか?」

「暑さのせいかもしんねぇ。ここの生まれじゃねぇと、こんな暑さにゃ我慢できねぇです」とトゥルーブラッドは言った。

「たぶん、暑さのせいだろう。帰ったほうがよさそうだな」とノートン氏が言った。

彼は、トゥルーブラッドをまだじっと見つめながら、ふらふらと立ち上がった。やがて彼は、モロッコ革製の赤い財布をコートのポケットから取り出した。プラチナの額に入った小さい写真が一緒に出てきたが、彼は今度はそれを見なかった。

「ほら」と彼は、一枚の紙幣を差し出しながら言った。「これをあげるよ、わしのかわりに子どもたちにおもちゃを買ってやりな」

トゥルーブラッドは、口をポカーンと開け、うるんだ目を丸くしたまま、震える指で紙幣を受けとった。百ドル札だった。

「君、用意はできたよ」とノートン氏は小声で言った。

僕は彼より先に車の所へ行き、ドアを開けた。車に乗る時に彼が少しよろめいたので、僕は腕を差し出した。顔はまだチョークのように青白かった。

「車を出してくれ」と彼は、いきなり興奮して言った。「さあ、行って!」

「分かりました」

僕が車のギアを入れた時、ジム・トゥルーブラッドが手を振っているのが見えた。「あの野郎」と僕は小声で言った。「あのろくでなし野郎が! お前は百ドル札をもらいやがって!」

僕が車をターンさせて発進させた時にも、彼は依然として同じ場所に立っていた。

突然、ノートン氏は僕の肩に触った。「君、わしは酒を飲みたい。ちょこっとウィスキーを」

「分かりました。お体、大丈夫ですか?」

「少しめまいがしたんだ。酒を……」

彼の声は次第に弱まっていった。僕は、心の中が何か寒々としてきた。もし彼の身に何かが起きたら、僕はブレドソー博士に非難されるだろう。僕は、どこでウィスキーを手に入れたらいいのだろうと思いながら、アクセルを踏んだ。町へ行っていたのでは駄目だ、時間がかかりすぎる。あそこの一軒しかない。〈ゴールデン・デイ（黄金の日）〉だ。

「しばらくお待ち下さい」と僕は言った。

「できるだけ早くな」と彼は言った。

3

僕が彼らを目にしたのは、鉄道線路と〈ゴールデン・デイ〉のあいだにある短い道路に近づいた時だった。最初のうちは気づかなかった。彼らは、日に焼けたコンクリートの石板に接する干からびた雑草から白線までをふさぐようにして、ゆるやかな一団となってハイウェイをだらだらと歩いていた。僕は、クソッタレ野郎と心の中でののしった。ノートン氏はあえぎながら息をしているのに、彼らが道いっぱいに歩いていたからだ。彼らは、カーブを描いてキラリと光るラジエーターの前方にいて、道路工事に向かう一つの鎖につながれた囚人たちのように見えた。しかし、本当の鎖につながれた囚人たちなら一列に進むし、馬に乗った看守も見かけなかった。僕がだんだん近づいていくと、彼らはだぶだぶの灰色のシャツとズボン姿の帰還兵たちであることが分かった。

「ちょっと酒を」という声が僕の背後から聞こえた。

「しばらくお待ちを」

前方に、もったいぶって先頭を行く軍楽隊長気取りの人が、僕の目にとまった。彼は、頭上にかかげた杖をまるで音楽に合わせて調子をとっているかのように上げ下げし、腰を振って大股で元気よく動きながら、指示していた。僕が車の速度をゆるめると、彼は男たちのほうを向き、杖を胸の高さに保って歩幅を狭めた。男たちは彼を無視してひとかたまりになって歩き続けたが、中には三、四人で話をする者もいれば、身ぶりまじりでおしゃべりをする者もいた。

突然、軍楽隊長が車に気づき、杖を僕のほうに向けた。僕がクラクションを鳴らすと、男たちはわきによけ、そのあいだに車をゆっくり前進させた。隊長が両脚を踏んばり、両手を腰に当てて立ちはだかったので、僕は、彼にぶつからないようにガクンとブレーキを踏んだ。

軍楽隊長は男たちの前を通って、僕たちの車のほうへ突進してきた。彼が車に急いで駆け寄ると、杖で車のボンネットをバーンと叩く音がした。

「兵隊を轢《ひ》き殺そうとするとは、一体貴様は何者だ？　合い言葉を言え。この軍隊を誰が指揮していると思ってるんだ？　車を運転する野郎はいつだって生意気だ。わしに合い言葉を言ってみろ！」

「これはパーシング将軍の車であります」と僕は、このような男には戦時中の参謀長の名前を出すと効果があると聞いたことがあるのを思い出して、答えた。突然、彼の目からは怒りの表情が消え、彼はあとずさりして、きちっと敬礼をした。それから、後部座席を疑わしそうに覗き込み、大声で言った。

「将軍はどこにおられるんだ？」

「そこです」と僕は答えてうしろを振り向くと、ノートン氏が、青白い顔をして弱った体を座席から持ち上げようとしているのが見えた。

「どうした？　なぜ止まった？」

「この軍曹に止められたんです……」

「軍曹？　軍曹って、何のことだね？」と言って、彼は起き上がった。

「将軍、あなたでしたか？」と男は言って、敬礼した。「今日、あなたが前線を視察されるとは知りませんでした。大変申しわけありませんでした」

「何の……？」とノートン氏が訊いた。

「将軍は急いでおられます」と僕はすばやく言った。

「分かりました」とその帰還兵は言った。「視察される所が多いでしょう。規律が乱れています。砲兵隊はひどい打撃を受けています」すると彼は、道路を歩いていく男たちに向かって叫んだ。「将軍のお通りだ、道を開けろ。パーシング将軍がお通りになるぞ。パーシング将軍のために道を開けろ！」

彼がわきによけたので、僕は男たちの邪魔にならないように車をさっと動かして中央の白線を越え、そのまま、〈ゴールデン・デイ〉へ向かった。

「あの男は誰なんだね？」とノートン氏は後部座席から息を切らしながら訊いた。

「元兵士です。帰還兵です。みんな帰還兵ですが、少し戦争神経症にかかっていますね」

「しかし、付き添いはどこにいるのかい？」

「ひとりも見かけません。ですが、害のない連中ですから」

「しかし、付き添いはつけるべきじゃよ」

僕は、連中があそこに着かないうちに、ノートン氏を連れていって、さっさと引き上げねばならなかった。今日は連中が女たちに会いに行く日であり、〈ゴールデン・デイ〉はかなりいかがわしい所なのだから。僕は、ほかの連中はどこに行ったのだろうと思った。五〇人近くはいたはずだ。それはそうと、僕は急いで〈ゴールデン・デイ〉に入ってウィスキーを買ってから、帰ることにしよう。それにしてもノートン氏はどうしたんだろう？　トゥルーブラッドのことで、なぜあんなに動揺したんだろうか？　僕は恥ずかしい思いをしたし、何度も笑いたくなったが、トゥルーブラッドのせいで彼は気分が悪くなった。たぶん、彼は医者に診てもらう必要があるかもしれない。なのに彼は、医者にかかろうとはしなかった。あのトゥルーブラッドのクソッタレ野郎め。

急いで中に入ってウィスキーの瓶を手に入れたら、出ていこう、と僕は思った。そうすれば、ノートン氏は〈ゴールデン・デイ〉を見なくてもいい。新入りの女たちがニューオーリンズから来たという噂が流れて、何人かの友人たちと連れだってあそこに行く以外、僕がひとりで出かけることはめったになかった。大学側は〈ゴールデン・デイ〉を上品な店にしようとしたが、地元の白人たちがどういうわけか関係していて、何の効果もあがらなかった。せいぜい大学側ができることといえば、夢中になって通う学生のためにその店を刺激的な場所にしておくことだった。

僕が車を下りて〈ゴールデン・デイ〉に駆けこんだ時、彼は、眠った人のように座席に横になっていた。金を彼からもらいたかったが、自分の金を使うことにした。入口のところで、僕は立ち止まった。入口はすでにいっぱいの人だかりで、だぶだぶの灰色のシャツにズボン姿の帰還兵たちや、短くてぴったりの、糊《のり》のきいたギンガムチェックのエプロン姿の女たちでごったがえしていたからだ。気の抜けたビールの匂いが客たちのざわめきやジュークボックスの音楽に入りまじって、棍棒で殴られたかのように鼻をついた。ちょうど僕がドアの内側に入ろうとした時、無表情な顔をした男が僕の腕をギュッとつかみ、じっと目を覗きこんだ。

「あれは五時半にはじまるよ」と男は、僕を射るように見つめながら言った。

「何がですか？」

「あのすばらしい包括的、全面的な休戦、世界の終結がだよ！」と男は答えた。

僕が答えないうちに、小柄のふっくらした女が僕の顔にほほ笑みながら、男を引きはなした。

「あんたの番よ、ドクター」と女は言った。「あんたとあたいが二階に上がるまで、そんなこと起こらないようにね。どうしてあたいは、いつだってあんたを連れに来なくちゃいけないの？」

「それもそうだな」と男は答えた。「今朝、パリから私に無線が入ったもんだから」

「じゃあ、ベイビー、あたいとあんたは急いだほうがいいね。そんなことが起きないうちに、あたいはここで金を稼ぐんだから。あんた、そのことはちょっと黙っててくれるわね？」

女は、人ごみの中を男の手を引いて階段のほうへ連れて行く時、僕にウインクした。僕は人ごみの中を押しわけ、イライラしながらカウンターへと向かった。

客たちの多くは、以前は医者や弁護士、教師や公務員だった人たちだ。ほかに何人ものコックや牧師、政治家、それに芸術家もいた。かなり頭がおかしいのが精神科医だった奴だ。連中を見ると、僕はいつも不愉快な気分になった。彼らは世間では知的職業人だと考えられており、僕は、そうした職業に漠然とした憧れの念を抱くことがあった。僕のことなど眼中にはないように思えたが、彼らが本当に精神病患者だとは信じられなかった。まるで彼らは、僕や大学の連中を相手にして、大規模かつ複雑なゲームをやっているかのように時々思えた。そのゲームの目的は笑うことであり、ルールや細かい点など僕には見当がつかないものだった。

ふたりの男が僕のすぐ目の前に立っていて、ひとりがひどく熱心にしゃべっていた。「……するとジョンソンが、左下側の門歯から四五度の角度でジェフリーズを殴りつけ、あいつの視床全体に即時閉塞をもたらしたんだ。その部分を冷蔵庫の冷凍装置みたいに凍らせ、そうしてあいつの自律神経組織を駄目にし、筋肉の超けいれん的な震動で、でかいレンガ積み状のシュークリームみたいな脳みそに揺さぶりをかけたんだ。それで、あいつはぶっ倒れて、尾てい骨の先っぽを打ったんだな。今度はそれが原因で、肛門付近の神経と筋肉にトラウマ的な激しい反応が起きちまってね。それで君、あいつをさっと起こして体に生石灰をまいてから、手押し車で運び去ったというわけさ。当然、考えられる治療はほかにはなかったんだから」

「失礼します」と僕は言って、ふたりの男を押し分けて進んだ。

ビッグ・ハリーはカウンターのうしろにいて、汗だくのシャツから黒い肌が透けて見えた。

「何か用事かい、学生さん?」

「ウィスキーをダブルでもらいたいんだけど、ハリー。持っていくからこぼれないように、底の深い器に入れてくれ。外にいる人に飲ませるんだから」

ハリーは口をとがらせた。「いやだね!」

「どうして?」と僕は、彼の甲状腺異常の目に浮かんだ怒りの表情を見て、驚きながら訊いた。

「君はまだ大学に通っているよな?」

「そうだよ」

「あのな、あそこの野郎どもは、またおれの店を閉鎖しようとしてやがる、だからだよ。ここじゃ顔が青白くなるまで飲んでもいいけど、持ち出すんだったら、吐いた唾くらいの量のウィスキーだって売らないよ」

「だけど、車の中に病人がいるんだ」

「何の車だい？　君は車を持っていないくせに」

「白人の車だよ。僕が代わりに運転しているんだ」

「君は学生じゃないの？」

「その人は学校の人なんだ」

「じゃあ、病人は誰なんだい？」

「その人がだよ」

「その人は立派すぎて中に入れない、っていうわけかい？　ここじゃ誰も差別しない、って言ってやりな」

「だけど、その人は病気なんだよ」

「死んだって構うもんか！」

「ハリー、あの人は偉いんだよ、理事なんだ。金持ちで病気なんだから、あの人の身に何かあったら、僕は、荷作りして家に帰されるよ」

「無理だな、学生さんよ。中に連れてきなよ、そしたら泳げるくらいにたっぷり買えるさ。その人はおれのボトルだって飲むことができるんだ」

彼は象牙のヘラでビールの白い泡を切って、二つのグラスをカウンターの上に押しやった。僕は気分が悪くなった。ノートン氏は店の中に入りたがらないだろう。容態がひどすぎた。それに、患者たちや女たちを彼に見せたくなかった。僕が外に出て行こうとした時には、店内はますます気違いじみた状況になっていた。いつもなら男たちをおとなしくさせておく白い制服姿の付き添い役のスーパーカーゴが、どこにも見つからなかった。これは好ましいことではなかった。というのも、スーパーカーゴが二階にいる時には、彼らは完全に無秩序状態におかれるからだ。僕は外に出て車のほうへ行った。ノートン氏にどう言えばいいのだろう？　車のドアを開けると、彼はまだじっと座席に横たわっていた。

「ノートンさん、持ち帰り用のウィスキーを売ってくれないんですよ」

彼はじっと横になっていた。

「ノートンさん」

彼はチョークでできた人形のように横たわっていた。僕は彼の体をそっと揺すったが、内心では怖かった。ほとんど息をしていなかったからだ。体を激しく揺すると、頭が異様な揺れ方をした。彼の唇は開いて青白い色をしていて、一列に並んだ長くて細い、驚くほど動物みたいな歯がのぞいていた。

「**あのう！**」

僕はあわてて〈ゴールデン・デイ〉に駆け込み、まるで見えない壁を通り抜けるかのように、ざわめきを突き破りながら進んだ。

「ハリー！　助けてくれ、あの人は死にそうなんだ！」

僕は人ごみの中を通り抜けようとしたが、僕の声を聞いたものは誰もいないようだった。両方から行く手をさえぎられてしまった。人だかりでスシ詰め状態になっていたからだ。

「ハリー！」

ふたりの患者が振り向き、目を僕の鼻に二インチ近くまで寄せて、顔をじっと見た。

「この紳士、どうしたんだい、シルヴェスター？」と背の高いほうが訊いた。

「外で人が死にかけているんだ！」と僕が言った。

「いつだって誰かが死にかけているさ」ともうひとりの男が言った。

「たしかに大空という神さまの天幕の下で死ぬのは、いいことだな」

「あの人にウィスキーを飲ませたいんだ！」

「なんだ、それじゃ話は別だ」とひとりが言うと、ふたりがかりで人ごみの中を押し分けて、カウンターのほうへ進み出してくれた。「苦しみを抑える最後の明るい飲み物が必要なんだ。どいてくれ！」

「学生さんよ、もう戻ってきたのかい？」とハリーが言った。

「僕にウィスキーをくれ。あの人が死にそうなんだ！」

「学生さんよ、言っただろう、その人をここに連れて来いって。その人が死んだって構わないが、おれにはまだ借金があるんでね」

「お願いだ、僕は刑務所に入れられちまうよ」

「お前は大学に行ってんだろう。考えてもみなよ」と彼が言った。

「その紳士を中に連れてきたほうがいいよ」とシルヴェスターという男が言った。「さあ、おれたちが一緒に手伝ってあげるから」

僕たちは、人ごみの中からどうにか抜け出した。ノートン氏の様子は、先ほどとまったく同じだった。

「見て、シルヴェスター、この人はあの有名なトーマス・ジェファソンだよ！」

「ずっと以前からあなたとお話がしたかったんです、って、言いたいよ」

僕はあきれて何も言えずふたりを見た。ふたりとも気が変だったのだ。それとも、ふざけているのだろうか？

「手を貸して」と僕が言った。

「喜んで」

僕は彼の体を揺すった。「ノートンさん！」

「この方が飲み物を飲みたいんであれば、急いだほうがいいな」とひとりの男が思案ありげに言った。

僕たちはノートン氏を抱え上げた。体は、僕たちに抱えられ、古着を入れた袋のように揺れた。

「早く！」

ノートン氏を〈ゴールデン・デイ〉のほうへ運んでいく時、男のひとりがいきなり立ち止まったせいで、彼の頭がだらりと垂れ下がり、白髪に土埃がついた。

「みんな、この人は私の祖父だよ！」

「だけど彼は白人で、ノートンという名前だよ」

「当然、自分の祖父ぐらい知ってるさ！　この人はトーマス・ジェファソンで、私はその孫なんだ――野良仕事の黒人のほうのね」と背の高い男が言った。

「シルヴェスター、君の考えは正しいと私は本当に思うよ。たしかに間違いないね」と彼はノートン氏を見つめながら言った。「この顔立ちを見てごらん。君の顔立ちにそっくりだよ――輪郭が同じ作りだね。ひょっとして君は、この人から、ちゃんと服を着たままで地上に吐き出されたんじゃないのかい？」

「いや、いや。この人は私の父親だった」と男は真顔で答えた。

そうして男は、店の戸口へ向かう途中で自分の父親だと思っているノートン氏にひどい悪態をつきはじめた。ハリーが戸口で待っていた。とにかく彼はみんなをおとなしくさせ、店内の中央にスペースを作っていた。客たちは近寄ってノートン氏を見た。

「誰か椅子を持ってきてくれ」

「そうだよ、エディさんを座らせてあげな」

「おい、この人はエディさんなんかじゃないぞ。この人は有名なジョン・D・ロックフェラーさんなんだから」と誰かが言った。

「ほら、救世主のために椅子を持ってきたぞ」

「みんな、うしろにさがれ」とハリーが命じた。「場所を空けてくれ」

元医者のバーンサイドが飛び出してきて、ノートン氏の脈をみた。

「強弱がないぞ！　この人の脈には**強弱**がない！　鼓動しているというより、**振動している**。これは重態だ。非常に」

誰かが元医者をノートン氏から引き離した。ハリーがボトルとグラスを持ってきた。「ほら、誰か彼の頭を傾けて」

すると僕が動かないうちに、背の低いあばた面の男が現れ、両手でノートン氏の頭を支えて腕を伸ばして傾けてから、床屋がカミソリを当てて、てきぱきと指先を動かそうとするかのように、顎をそっとつまんだ。

「**バチーン！**」

ノートン氏の頭が、ジャブを受けたパンチバッグのようにびくっと動いた。ついで、五本のピンク色の手形が白い頬に現れ、半透明の石の下の炎のように輝いた。僕は自分の目が信じられなかった。

走り出したかった。女がくすくす笑った。何人もの男たちがドアめがけて走るのが見えた。

「やめろ、馬鹿者が！」

「ヒステリー症状だ」とあばた面の男がそっと言った。

「道を空けろ」とハリーが言った。「誰か二階からあのスパイの付き添いを連れてこい。ここに呼んでこいよ、早く！」

「軽いヒステリー症状だよ」とあばた面の男は、押しのけられながらまた言った。

「急いで飲み物を、ハリー！」

「ほらよ、学生さん、グラスを持って。このブランデーは、おれが自分用にとっておいた代物だぜ」誰かが抑揚のない声で僕の耳元でささやいた。「あのな、五時半にあれがあるって言っただろう。すでに創造主がおみえになった」とさっきの無表情な顔つきの男が言った。

僕はハリーがボトルを傾け、油のような琥珀《こはく》色のブランデーをグラスにドボドボとつぐのを見ていた。そのあとで僕が、ノートン氏の頭をのけぞらせ、グラスを彼の唇に当ててワインを飲ませた。口元から細い琥珀色の液体が、きゃしゃな顎をつたって流れた。部屋中が急に静かになった。子どもがひとしきり泣きわめいた後ですすり泣く時の胸のように、僕は、手に触れてかすかに動くものを感じた。細い血管が浮かんで見えるまぶたがピクピク震えた。彼は咳をした。僕は、彼に血の気がじわじわと戻り、首から顔中にみるみる広がっていくのを見た。

「そいつを鼻の下に持っていきな、学生さん。そいつの匂いを嗅がせてやりな」

僕はノートン氏の鼻の下でグラスを揺すった。すると、彼は薄青い目を開けた。顔中が紅潮した今、目はうるんでいるようだった。彼は顎に当てた右手をぶるぶる震わせながら、起き上がろうとした。丸くした目で男たちの顔をキョロキョロと見た。やがて僕の顔に向けられたうるんだ目は、僕に気づいて焦点が合った。

「あなたは意識がなかったんですよ」と僕が言った。

「君、ここはどこかね?」と彼はだるそうに聞いた。

「ここは〈ゴールデン・デイ〉です」

「何だって?」

「〈ゴールデン・デイ〉です。ここは賭博場みたいな所です」と僕はしぶしぶつけ加えた。

「さあ、もう一杯、ブランデーを飲ませな」とハリーが言った。

僕はブランデーを注いで、ノートン氏に渡した。すると彼はブランデーの匂いを嗅ぎ、戸惑いながら目を閉じてから、飲んだ。頰が小さい**ふいご**のようにふくらんだ。そのうちに彼は口をゆすいでいた。

「ありがとう」と今は彼は少し元気になって言った。

「ここは何なのかね？」

「〈ゴールデン・デイ〉だよ」と数人の患者たちが一斉に言った。

彼は辺りをゆっくりと見回し、それから、うずまき模様の彫刻を施した階上の木製のバルコニーに目をやった。大きな旗が床の上にひょろ長く垂れていた。彼はしかめっ面をした。

「この建物は、昔は何に使われていたのかい？」と彼が聞いた。

「ここは教会でした。それから銀行、そして今ではレストラン兼豪華な賭博場になったんです。今は**おれたち**が所有していますがね」とハリーが説明した。「誰かの話じゃ、刑務所にもなったみたいですよ」

「おれたちは、週に一度少しばか騒ぎするために、ここに連れて来てもらうんです」と誰かが言った。

「持ち帰り用の飲み物が買えなかったので、あなたをここに連れてくるしかなかったんです」と僕はびくびくしながら説明した。

ノートン氏は辺りを見回した。僕は彼の視線をたどっていくうちに、黙って見返す時の患者たちの顔に浮かんださまざまな表情を見て、驚いた。敵対的な者もいれば、しりごみする者もいたし、おびえた者もいた。かつてはいちばん狂暴そうだったが、今では子どものように従順そうに見える者もいた。それに、不思議とおもしろがっているような者もいた。

「君たちは、みんな患者なのかい？」とノートン氏が訊いた。

「おれ、おれはこの酒場を経営しているだけです」とハリーが言った。「ほかの連中が……」

「私たちは治療のためにここに連れてこられたんです」とずんぐりした、非常に聡明そうな男が言った。「ですが、治療が失敗に終わるのを見届けに、一種の監察官として付き添いがついて来たんです」と、彼はほほ笑みながら言った。

「君らはクレイジーだよ。だけど、私自身エネルギーの発電機みたいなもので、ここにはバッテリーを充電しに来たのさ」と帰還兵のひとりがしつこく言った。

「僕は歴史の研究家なんです」ともうひとりの男が、芝居がかった身振りをまじえて言った。「世界は、ルーレットみたいに円を描いて動いています。最初は黒がトップにいて、次に白が優位を占めていたんですが、しまいにはエチオピアが高貴な翼をひろげますよ！　そしたら黒に金を賭けてくださ い」彼の声は感激で震えていた。「その時になると、太陽は熱を放たないので、地球はその中心まで凍るでしょう。あと二年もすれば、僕は混血の母親を風呂に入れてもよい年になります、半分白人の雌犬をね！」と彼は言いそえて、どんよりした目に怒りの表情を浮かべて、ぴょんぴょん跳んだ。

ノートン氏は目をまばたきさせ、背すじを伸ばした。

「私は医者なんだが、あなたの脈をとってもいいかな？」とバーンサイドが、ノートン氏の手首を握って言った。

「旦那、こいつに構わないでください。こいつは十年前から医者じゃないんですから。血を金に変えようとしているところを見つかって捕まったんですよ」

「本当に変えたんだぞ！」とバーンサイドは叫んだ。「私がその処方を発見したんだけど、ジョン・D・ロックフェラーに盗まれちまってね」

「君は、ロックフェラー氏って言ったのかい？」とノートン氏が聞いた。「きっと勘違いしていると思うよ」

「**そんな所で何してんだ？**」とバルコニーから叫ぶ声がした。みんな振り返った。僕は、白い短パン一枚しかはいていない大男の黒人が、階段で体を揺すっているのを見た。付き添いのスーパーカーゴだった。糊のきいた制服を着ていなかったので、僕は彼にもう少しで気づかないところだった。いつもなら彼は、腕にかけた拘束衣で患者たちに脅しをかけながら歩き回ったし、いつもなら彼の目の前では、彼らはおとなしくて従順だった。しかし今は、彼らは彼のことに気づいていない様子で、大声で悪態をつきはじめた。

「あんたが酔っぱらったんでは、どうやって静かにさせるんだい？」とハリーが叫んだ。「シャーリーン！　シャーリーン！」

「何？」とバルコニーのそばの部屋から、女が、びっくりするくらいに響く声で不機嫌そうに返事をした。

「お前に、スパイで興醒めのふぬけ野郎の酔いを醒ましてほしいんだ。それから、そいつに白い服を着せて、こいつらを静かにさせるために下に連れてくるんだ。店にゃ白人の方が見えているんだから」

女がウールのピンク色の長い服をたくし上げながら、バルコニーに現れた。「ねぇ、聞いてよ、ハリー」と女はものうげに言った。「あたいは女だよ。あの人に服を着てもらいたかったら、あんただってできるじゃない。服を着せてあげる相手は、あたいにはひとりしかいないんだから。ニューオーリンズにいる人だけどさぁ」

「そんなこと気にすんな。あのスパイ野郎の酔いを醒ましてくれや！」

「下は静かにしろ」とスーパーカーゴが声高に言った。「それに白人が見えてるんだったら、いっそうおとなしくしてくれないとな」

突然、カウンターの奥近くにいた男たちから怒号が鳴り響いたかと思うと、彼らは急いで階段を駆け上った。

「あいつをつかまえろ！」

「あいつこそおとなしくさせろ！」

「どきやがれ」

五人の男たちが階段めがけて突進した。僕には、大男のスーパーカーゴが体を曲げて、階段のいちばん上の柱を両手でつかみ、身構えるのが見えた。白い短パン一枚の彼の裸の肉体は輝いていた。ノートン氏を平手で叩いたさっきの小柄な男が、男たちの先頭に立っていた。彼が長い階段を跳ぶように駆け上がると、大男は身構えて蹴りつけ、上に登りつめたばかりの彼の胸ぐらを強くつかんで、うしろにいた男たちの真ん中にカーブを描いて放り投げた。それから思いっきり蹴ろうとして片足をうしろに振り上げた。狭い階段だったので、一度にひとりしか登れなかった。彼らはできるだけ急いで駆け上がったが、蹴り返された。大男は片足を勢いよく振り上げ、ノックをするバッターが次々にフライを打ち上げるように、蹴り倒した。大男を見ているうちに、僕はノートン氏のことを忘れてしまった。〈ゴールデン・デイ〉は大騒ぎになった。服を着終わっていない女たちが、バルコニーのそばのいくつもの部屋から現れた。男たちはフットボールの試合の時のように、ホーホーとやじったり叫んだりした。

「静かにせんか!」と大男のスーパーカーゴは、階段にひとりの男を放り投げながら言った。

「あの人たち、ウィスキーの瓶を何本も投げつけているよ!」とある女が叫んだ。**「本物のウィスキーをよ!」**

「そりゃあ、あいつが望んでることじゃないな」と誰かが言った。

ボトルとグラスがウィスキーを飛びちらしながら、バルコニーに雨のようにぶち当たった。スーパーカーゴがいきなり直立して、自分の額をつかむのが、僕の目にとまった。顔はウィスキーでずぶ濡れだった。「エイヤーーーッ!」と彼は叫んだ。「トゥーーーッ!」すると彼は、ちょうどくるぶしから頭のてっぺんにいたるまで、こわばった体を揺さぶった。一瞬、階段にいた男たちは動きを止め、彼を見つめた。それから男たちは前に跳び出した。

スーパーカーゴは彼らに足をつかまれ、引きずり下ろされかけたが、必死に手すりにしがみついた。

彼の頭が踏み段にぶつかって銃声の連続音のような音を立てると、彼らは、ホースを持って逃げる自警消防士のように、彼のくるぶしを引っ張りながら逃げた。客たちはどっと前に押し寄せた。ハリーが僕の耳元で叫んだ。大男が部屋の中央へ引きずられていくのが見えた。

「この野郎をおとなしくさせろ！」

「ほら、おれは四五歳だけど、まるでこいつは親父みたいな態度をおれにとってきたんだぞ！」

「それじゃ、おまえは蹴りたいんだろう、ええっ？」と背の高い男がスーパーカーゴの頭に足で狙いをつけて言った。彼の右目の上の部分が、まるでふくらませたかのように急に盛り上がった。すると、僕のそばにいたノートン氏が叫ぶのが聞こえた。「駄目だよ、駄目！　相手は倒れているんだから！」

「白人の言うことを聞きな」と誰かが言った。

「この人は白人の男なんだから！」

今や男たちは両足でスーパーカーゴの体に飛び乗ったが、僕も仲間に加わりたいほどの興奮を覚えた。女たちでさえ叫んでいた。「そいつに思いっきり蹴りを入れてよ！」「あいつはあたいに金を払ったためしがないんだから！」「殺《や》っちまいなよ！」

「お前ら、ここではやめてくれ！　おれの店の中じゃ駄目だよ！」

「あいつがちゃんと働いている時にゃ、文句を言えないくせに！」

「絶対に、そんなこたねぇよ！」

どういうわけか僕はノートン氏の所から押しのけられて、いつの間にかシルヴェスターという男のそばにいた。

「見てみな、学生さん」と彼は言った。「こいつのあばら骨の所から血が出てるの、見えるかい？」

僕はうなずいた。

「ほれ、目をそらすんじゃないぞ」

僕が思わずつり込まれるかのように、あばら骨と座骨のあいだの部分に注目していると、シルヴェスターは爪先で慎重に狙いを定め、フットボールでも蹴るかのように蹴りをいれた。するとスーパーカーゴは、怪我をした馬のような呻《うめ》き声を上げた。

「学生さんよ、やってみな。気分がスカッとするぜ。最高だぜ」とシルヴェスターが言った。「こいつがおっかなくてよう、こいつがおれの頭ん中にいると思うことがあるほどだ。ほらよ！」と彼は言って、スーパーカーゴをもう一発蹴った。

僕が見ていると、ひとりの男が両足でスーパーカーゴの胸に飛び乗ったので、彼は気絶した。男たちが冷たいビールをかけはじめて正気づいたが、結局、蹴られてまた意識を失った。やがて彼は、血とビールでずぶ濡れになった。

「この野郎、完全に気絶しちまいやがった」

「そいつを外に放り出せ」

「駄目だ、ちょっと待てよ。誰か手を貸してくれ」

彼らはスーパーカーゴをカウンターの上に放り上げると、彼の両足を伸ばし、死体のように胸の上で腕を組ませた。

「さあ、みんな、一杯やろうぜ！」

ハリーがカウンターのうしろに戻るのにぐずぐずしていたので、今度は彼らが悪態をついた。

「さっさと戻って、おれたちに注いでくれ、大袋のおでぶさんよ！」

「おいらにウィスキーをくれ！」

「こっちだよ、ふぬけ野郎！」

「しまりのない尻をぶるぶる震わせてみろ！」

「分かった、分かった、落ち着け」とハリーは言って、急いで酒を注いだ。「文句は言わずに、ちゃんと金を払ってくれよな」

スーパーカーゴを手も足も出ない状態でカウンターの上に横たえたまま、男たちは熱狂してグルグル動き回った。この騒ぎのせいで、微妙に精神の均衡を保っていた人たちも、均衡を崩してしまったようだった。彼らの中には、病院や国、それに世界に対して敵意をむき出しにし、声を張り上げて演説をぶつ者もいた。作曲家と称するある男は、拳や肘で鍵盤を叩いたり、もがき苦しむ熊の呻き声のような低音で別の音響効果を出したりしながら、調子はずれのピアノで覚えたかに見える唯一の狂気じみた曲をバンバン演奏していた。いちばん教育がありそうな男が僕の腕に触った。彼は元化学者で、姿を現す時にはいつも、胸にピカピカ光る成績優秀学生友愛会のバッジをつけていた。

「連中は自制心を失くしちまったな」と彼は凄い騒音の中で言った。「君は帰ったほうがいいと思うよ」

「ノートンさんの所に行ければすぐに、そうしようと思っているんですが」と僕は言った。

ノートン氏は、最初に僕と一緒にいた所から姿を消していた。僕は彼の名前を呼びながら、うるさい男たちの間をぬうようにしてあちこち走り回った。

僕が見つけた時には、彼は階段の下にいた。どうやら、あわてて動き回ったりよろよろ歩いたりする男たちによってそこまで押しやられ、古い人形のように椅子に手足を伸ばして座っていた。薄暗い明かりの中で、顔がくっきりと白く浮かんで見え、閉じた目は、目鼻立ちのいい顔の中ではっきりした線を見せていた。僕は男たちのわめき声に負けじと大声で彼の名前を呼んだが、返事がなかった。彼はまた意識を失っていたのだ。僕は体をそっと揺すり、それから荒々しく揺すったが、しわの寄ったまぶたはピクリともしなかった。そのうちに僕は、動き回っていた男たちの数人に彼のほうへ押され、突然、僕の目から約五センチの所に、白いかたまりが迫っていた。それは彼の顔にすぎなかったが、僕は、言いようのない恐怖を感じてゾッとした。今までに白人にこれほど近づいたことがなかった。あわてて何とか離れようとした。彼の閉じた目は、開いている時よりも脅威を与えるように見えた。彼はいきなり僕の目の前に現れた、形のない白い死神、それも、いつもつきまとっていて、〈ゴールデン・デイ〉の狂乱状態の中で姿を現した死神のようだった。

「金切り声を上げるのはやめな！」と命じる声がしたかと思うと、僕はノートン氏から引き離されていた。引き離したのは、あのずんぐりした男だった。

僕は、今の金切り声が自分の喉の奥から出たことにはじめて気づいて、きゅっと口を閉めた。僕は、男の顔がゆるんで、苦笑いを浮かべているのを見た。

「このほうがいいや」と男は耳元で叫んだ。「この人だってふつうの人間だよ。覚えておきな。ただの人間じゃないか！」

　僕はその男に、ノートン氏ははるかにそれ以上の存在であり、金持ちの白人で僕が世話をしていると言いたかったが、彼のことでは自分に責任があるという思いそのものが強すぎて、口に出して言えなかった。

「ふたりでこの人をバルコニーに連れていこう」と言うと、男は僕をノートン氏の足元のほうに押した。僕は反射的に動いて白人のノートン氏の細い足首をつかみ、男は彼の体をわきの下近くに手を入れて抱え上げ、階段の下からあとずさりした。ノートン氏の頭はその男の胸の所にだらりと垂れた。まるで酔っぱらいか死人のようだった。

　そのずんぐりした男は、依然としてほほ笑みながら、うしろ向きに階段を一段ずつ上っていった。僕は、男がほかの連中のように酔っているのではないかと心配だった。その時、手すりにもたれて一階のどんちゃん騒ぎをながめていた三人の女が、ノートン氏を一緒に運び上げようとして階段を下りてくるのが見えた。

「おじさんたちだけじゃ、無理みたいね」とひとりの女が大声で言った。

「この人、すごく酔っ払っているわ」

「そうよ。あのねぇ、ハリーが仕入れる酒は強すぎて、白人には飲めないのよ」

「酔ってんじゃないよ、病気なんだ！」とずんぐりした男が言った。「この人がちょっと休めるような空いてるベッドを、探してくれ」

「あいよ、おじさん。何かほかに手伝えることない？」

「それで十分だよ」と男は答えた。

ひとりの女が先に立って駆け上がった。「あたいのベッドはシーツを替えたばかりよ。その人をこっちに連れてきて」と女が言った。

しばらくすると、ノートン氏は小さめのベッドに横たわっていて、かすかに息をしていた。僕は、ずんぐりした男がいかにも専門家らしく、彼の上に身をかがめ、脈をとるのを見ていた。

「あんた、医者なの？」と女が訊いた。

「今は違う。私も患者だよ。だけど、私にはある程度の知識がある」

こいつもかと思って、僕は急いで彼を押しのけた。「この方は大丈夫です。意識を回復させて、連れ出しますから」

「心配しなくていい、私は下の連中とは違うよ、若いの」とずんぐりした男は言った。「私は本当に医者だったんだよ。悪いようにはしないさ。この人は軽いショックを受けただけなんだから」

僕と女たちは、男がまたノートン氏の上にかがんで、脈をとったりまぶたを裏返したりするのを見ていた。

「軽いショックを受けてるな」と男はくり返した。

「この〈ゴールデン・デイ〉には、誰だってほんとにショックを受けるのよ」と女が、なめらかで官能的な、ふっくらとしたおなかの上のエプロンを伸ばしながら、言った。

もうひとりの女が、額にかかったノートン氏の白髪を手で払いのけ、ぼんやりとほほ笑みながら撫でた。「この人、ちょっと可愛いね」と女は言った。「白人の小っちゃな赤ん坊みたい」

「年とった赤ん坊って、どういう赤ん坊なの？」と小柄のやせこけた女が訊いた。

「この人みたいなのよ、**年とった**赤ん坊は」

「あんたは白人のことが好きなだけよ、エドナ。それだけのことだわ」とやせこけた女が言った。

エドナは首を横に振り、ひとりでおもしろがっているように笑みを浮かべた。「たしかに、そうよねえ。あたい、白人が大好きなの。で、この人は、年は取っているけど、いつだって、あたいのベッドの下に靴をおいてやってもいいわ」

「フン、あたしだったら、こんな爺さんは殺してしまうわ」

「殺すなんて、とんでもないわ」とエドナが言った。「ねえ、こんな金持ちの白人の爺さんには、猿の生殖腺と雄ヤギみたいなきんたまがついてること、あんた、知らないの？　こういう爺さんたちは決して満足しないのよ。世界中を自分のものにしたいんだわ」

ずんぐりした男は僕を見て、ほほ笑んだ。「なあ、君は今、内分泌学についていろいろと学んでいるよ」と彼は言った。「さっき私が、この人はふつうの人間にすぎんといったのは、間違っていたよ。今じゃこの人は、一部はヤギで、一部は猿のようだ。たぶん、両方かもしれん」

「それ、本当のことだわ」とエドナが言った。「以前あたいには、そういう客がひとりいたのよ、シカゴにいた時なんだけど――」

「嘘、あんたはシカゴなんか行ったことがないくせに」と別の女が話をさえぎって言った。

「どうして分かるのよ？　二年前に……フン、あんたは何も知らないくせして。この白人の爺さんには、雄ロバみたいなきんたまが二個ついてるかもしれないじゃない！」

ずんぐりした男はすぐにニヤリと笑って、立ち上がった。「化学者としても医者としても言わせてもらうと、その話は割り引いて考えざるをえないな」と男は言った。「そういう手術を成功させなくちゃいかんな」そう言うと彼は、女たちをうまく部屋から追い出した。

「ひょっとしてこの人の意識が戻って、話を聞いていればなぁ」と男は言った。「それだけで、また意識を失うよ。おまけに、女たちは、科学的な好奇心にかられて、この人に本当に猿みたいな生殖腺があるのか調べるかもしれん。そいつは、ちょっとけしからんことになるな」

「この方を大学に連れていかなくてはいけないんです」と僕は言った。

「分かった」と男は言った。「私もできるだけの手伝いはするよ。氷を探してくれ。心配するな」

僕はバルコニーへ出ると、一階にいる男たちの頭のてっぺんを見た。男たちは、まだ動き回っていて、ジュークボックスの曲をガンガンかけたり、ピアノの鍵盤をバンバン叩いたりしていた。部屋の奥のほうでは、スーパーカーゴがビールでびしょ濡れになったまま、カウンターの上に疲れきった馬のように横たわっていた。

階段を下りかけた時、僕は、飲みかけて放り出してある残りの飲み物の中に大きな氷のかたまりがあるのに気づき、暖かい手でその冷たいかたまりをとると、急いで部屋へ戻った。

ずんぐりした男はノートン氏を見つめながら座っており、今はノートン氏は、かすかに不規則ながら息をしていた。

「ずいぶん早いな」と言うと、男は立ち上がって氷に手を伸ばした。「心配のあまりの早さか」と彼は独り言のように言いそえた。「そのきれいなタオルをくれ――そこの洗面器のそばにあるやつ」

僕はタオルを手渡し、男が氷をその中にくるんでノートン氏の顔に当てがうのを見ていた。

「この方、大丈夫ですか？」と僕は訊いた。

「なあに二、三分もすればよくなるだろう。この人、どうしたのかね？」

「僕がドライブに連れていったんです」と僕は答えた。

「何か事故にでもあったのかい？」

「いいえ」と僕は答えた。「百姓と話をされて、暑さに参っただけです……それから僕たちは一階の騒ぎに巻き込まれたんです」

「この人、何歳かね？」

「分かりませんが、この方は理事のひとりでして……」

「たぶん、いちばん最初の理事だろう」と男は言って、青い血管が浮き出た目にタオルを当てた。

「意識の理事というわけか」

「それ、どういう意味ですか？」と僕は訊いた。

「別に……ほら、そろそろ意識が回復しそうだよ」

僕は部屋から逃げ出したい衝動に駆られた。ノートン氏に何と言われるか、彼の目に浮かぶ表情が怖かった。それなのに、立ち去ることも怖かった。まぶたをピクピクさせている彼の顔から目をそらすことができなかった。電球の淡い光の中で、頭は、僕には聞きとれない声でしつこく否定しているかのように、左右に動いた。それからまぶたが開き、プールのような薄青いどんよりとした目が現れ、ついにその目は焦点が合ってきて、ニコリともしないで見下ろしているこの元医者にじっと向けられた。

僕たちのような者はノートン氏のような人をそんなふうに見たことがなかったので、僕はあわてて前に進み出た。

「この人は本物の医者です」と僕は言った。

「私が説明しよう」と元医者は言った。「コップに水を持ってきてくれ」

僕はためらった。彼は僕をしっかりと見た。「水を持ってきて」と言うと彼は、振り向いてノートン氏が起き上がるのを手伝った。

部屋の外で僕がコップ一杯の水をエドナに頼むと、彼女は、僕の先に立って下のホールの小さな台所へ行き、緑色の旧式の冷蔵庫から水を取り出してくれた。

「もしあの人にお酒を飲ませたいんだったら、あたい、上等の酒を持ってるよ、あんた」と彼女は言った。

「これで十分だよ」と僕は言った。僕の両手が震えていたので、水がこぼれた。戻ると、ノートン氏は自分の力で起き上がっていて、元医者と話をしていた。

「水をお持ちしました」と言って、僕はグラスを差し出した。

ノートン氏はそれを受けとった。「ありがとう」と彼は言った。

「あんまり飲んじゃいけないよ」と元医者は注意した。

「あなたの診断はわしの主治医のとぴったり同じですな」とノートン氏が言った。「何人ものいい医者にかかったところ、ひとりの医者がそう診断してくれました。あなたはどうやって分かったんですか?」

「私も専門医でした」と元医者は言った。

「それにしても、どうして？　全国でもそんな知識がある医者は、ほんの数人しかいないのだけど――」

「じゃあ、そのうちのひとりが精神病院の入院患者でして」と元医者は言った。「だけど、不思議なことは何もありません。私はしばらく逃げていましたから――陸軍の医療部隊と一緒にフランスへ行って、休戦後も残って研究と業務を続けました」

「へえ、そうですか。それでフランスにはどれくらい滞在したんですか?」とノートン氏が訊いた。

「かなり長い年月でした」と彼は言った。「かなり長かったもんで、忘れちゃいけない基本的なことを忘れちゃいました」

「どんな基本的なこと?」とノートン氏が訊いた。「それ、どういう意味ですか?」

元医者はほほ笑みながら、小首をかしげた。「人生についてのさまざまなこと。たいていの百姓や民衆なら、経験を通じていつも知っているようなことです。頭だけではめったに分からないことですよ」

「あのう、すみません」と僕はノートン氏に言った。「具合がよくなられたのですから、帰ったほうがいいのでは?」

「待ってくれ」と彼は言った。それから元医者に向かって、「わしは大いに興味があるなぁ。あなたに何があったんですか?」片方の眉毛についた水の一滴が、ダイヤモンドのかけらのようにキラキラ輝いていた。僕は椅子の所に行って座った。この元医者のクソッタレが！

「ほんとに話を聞きたいのですか？」と元医者が訊ねた。

「そりゃあ、もちろん」

「じゃあ、できたらこの若い人は一階に行って待ってもらったほうが……」

僕がドアを開けると、男たちの叫び声や物が壊れる音が下から湧き上がってきた。

「いや、君もここにいてくれ」とずんぐりした男は言った。「ひょっとして、これからあんたに話すことはいくらか耳にされたかもしれんが、私が丘の上の学生の頃は、今みたいな病人ではなかったんです」

「君、座りなさい」とノートン氏は僕に命じた。「じゃあ、あなたは大学生だったんだ」と彼は元医者に言った。

僕はブレドソー博士のことが気になりながら、また座った。その間ずんぐりした男はノートン氏に、大学に入学してから医者になり、世界大戦の時にフランスへ行ったことを話していた。

「あなたは医者として成功したんですか？」とノートン氏は訊いた。

「かなり成功しました。私は脳外科手術を二、三成功させたもんで、ちょっと注目されました」

「それでは、なぜ戻ってきたんですか？」

「郷愁ですよ」と元医者は答えた。

「それじゃ、一体何をしているのですか、ここで……？」とノートン氏は訊いた。「才能があるのに……」

「腫瘍にかかったんです」とその元医者は答えた。

「それは大変残念なことですね。なぜ腫瘍のせいで、仕事をやめなくてはいけないんですか？」

「実際にはそのせいではないですが、腫瘍に加えて、自分の仕事が自分自身に何の威厳ももたらしてくれないことが、分かったからです」と元医者は答えた。

「それは辛いですね」とノートン氏が言った。ちょうどその時、部屋のドアがパッと開いた。

褐色の肌をした赤毛の女が中を覗き込んだ。「白人さんの具合はどう？」と女は言うと、よろめきながら中に入ってきた。「あんた、気がついたのね。お酒飲まない？」

「今は駄目だよ、ヘスター」と元医者は言った。「この人はまだ弱ってるんだから」

「たしかにそうみたいね。だから、お酒がいるんでしょ。血液の中に鉄分を入れなさいよ」

「ほら、ほら、ヘスター」

「分かった、分かったわよ……でも、あんたら、どうしてお通夜みたいな顔しているの？　ここが〈ゴールデン・デイ〉ってこと、知らないの？」女は、上品にゲップをし、よろめきながら、僕のほうに近づいてきた。「みんな、お互いの顔を見てごらん。この学生さんは死ぬほど怖そうな顔してるよ。それに、白人さんだって、見知らぬ同志のプードルみたいな振るまいじゃないの。みんな楽しくやろうよ！　あたい、下に行ってハリーにお酒を持ってこさせるから」女は、通りすぎる際にノートン氏の頬を軽く叩くと、彼は顔を真っ赤に赤らめた。「白人さん、楽しくやろうよ」

「アッ、ハッ、ハッ！」と元医者は笑った。「あんた、顔が紅潮してますよ。元気になった証拠だな。まごつかないで下さい。ヘスターはすばらしい人道主義者であり、寛大な心と見事な技を持ったセラピストであり、癒しの手の持ち主なんですから。彼女のカタルシスたるや、絶大なものですぞ――ハッ、ハッ、ハッ！」

「たしかに、顔色がよくなりましたね」と僕は、この場から出たくてたまらなくて言った。僕には、元医者が言っている言葉は分かったが、伝えようとする意味が理解できなかった。ノートン氏も不愉快な顔つきをした。一つだけ、僕に分からなかったのは、元医者は白人に対して遠慮なく振るまっていたが、それが結局もめごとを引き起こすのではないか、という点である。僕はノートン氏に、この男は気が変ですよと言いたかったが、それでもこの男が白人に話しているのを聞いて、もの凄く満足した。さっきの女の場合は別だ。ふつう、女というものは、男には決してできないことができるのだから。

僕は心配のあまり冷汗をかいていたが、元医者は、僕が話をさえぎったことなど気にもとめないで、話し続けた。

「休んで、休んで」と彼は言って、ノートン氏にじっと目を向けた。「下の階では時計がすべて巻き戻されて、凄まじい破壊力で荒れ狂っています。彼らは、あなたの正体にすぐに気づくでしょう。そうなると、あなたの命は無効になった株券一枚の値打ちもないでしょう。あなたは取り消され、穴をあけられ、無効にされ、ゆるんだネジを引きつけるのにふさわしい磁石になるでしょう。そうなったら、どうしますか？　あんな連中は金のことは超越しているし、スーパーカーゴが倒された牛みたいにのびてしまったんでは、価値というものを知らないんですから。あなたは、ある者にとっちゃ偉大な白人の父親だし、またある者にとっちゃ魂の処刑者ですが、しかしみんなにしてみれば、〈ゴールデン・デイ〉に侵入し、混乱を巻き起こした張本人ですよ、あなたは」

「何のことを話しているんですか？」と僕は言って、処刑者だと？　と心の中で思った。男は下の連中よりももっと手に負えなくなっていった。僕はノートン氏を見る勇気がなかったが、彼は異議を唱えた。

元医者は顔をしかめた。「これは、私が回避することによってしか対処できないことなんです。まったく馬鹿げたことですが、丹精こめて訓練し、外科用のメスの技術をきわめたこの手が、今は銃の引き金を引きたがっているんです。私は人の命を救うために帰国したのに、拒否されました」と彼は言った。「真夜中に、覆面をつけた一〇人の男たちに車で町から連れ出され、人の命を救ったと言って鞭でぶたれたんです。そこで、どん底まで堕ちるほかなかったんです。私には熟練した手と、知識は自分に威信と——富ではなくて威信だけ——他人に健康をもたらすという信念とがあったのですから！」

それから突然、彼は僕にじっと目を向けた。「そこで、君は分かるかい？」

「何をですか？」と僕は訊いた。

「今、君が聞いてた話だよ！」

「分かりません」

「どうしてだい？」

「本当に帰る時間なんです」と僕は言った。

「ほらね」と彼は言って、ノートン氏のほうを向いた。「この青年には、目と耳とアフリカ的なしし鼻があるけど、人生のいちばん単純なことだって理解していません。**理解する**。理解するだって？

これはもっと厄介なことです。彼は五感に覚えさせるけど、肝《きも》に銘じることはない。何の意味もありません、理解するという言葉を鵜呑みにはするけど、消化していないのです。ありの魂に祝福あれ！ 見よ！――歩くゾンビなんです！ すでに自分の感情だけでなく人間性も抑圧することを学んでいる。彼は見えない人間であり、否定の生きた権化であり、あんたの夢の最高の完成品なんですよ！ 機械的な人間なんですよ！」

ノートン氏はびっくりした様子であった。

「教えてください」と元医者は、いきなり穏やかな声になって訊いた。「どうしてあんたは、大学に興味があったのですか、ノートンさん？」

「自分の運命的な役割への自覚によってですね」とノートン氏は体を震わせて、言った。「あなたの民族は大事な点でわしの運命と結びついていると、わしは確信したし、今でもそう感じています」

「どういう意味ですか、運命っていうのは？」と元医者は訊いた。

「そりゃあ、もちろん、わしの仕事の成功という意味ですよ」

「なるほど。じゃあ、あなたは成功を自分の目で見たら、実感するわけですか？」

「そりゃあ、もちろん、当たり前だ」とノートン氏は怒って言った。「わしは毎年キャンパスを訪れるたびに、その成長を見守ってきたのだから」

「キャンパスって？ どうしてキャンパスなんですか？」

「わしの運命が形成されていくのは、そこだからね」

元医者はどっと笑い出した。「キャンパスだと、何ていう運命なんだ！」彼は立ち上がり、笑いながら狭い部屋を歩き回った。そのうちに、歩き出した時と同じように、いきなり立ち止まった。

「お気づきではないでしょうが、あんたがこの青年と一緒に〈ゴールデン・デイ〉に来られたのは、実にふさわしいことです」と彼は言った。

「わしは病気のせいで来たんだ――いや、むしろ、この青年が連れてきたんだよ」とノートン氏は言った。

「もちろん、そうだけど、来たことは事実ですし、それはふさわしいことだったんですな」

「どういう意味だね？」とノートン氏はいらいらして訊いた。

「幼児といえども彼らを導かん」と元医者はほほ笑みながら言った。「しかし、まじめな話、あんたらは目で見る真実を見ることができないし、聞くことも嗅ぐこともできやしない――なのに、あんたらは運命を見出そうとしているのだから！　傑作だな！　そしてこの青年、この機械は地元の土そのものでできていながら、あんたより見えない。可哀そうなつまずき野郎だ、あんたらは互いに相手がちゃんと見えないんだから。あんたらにとっちゃ、この青年はあなたの成功のスコアボードの点数だし、人間ではなく物、子どもか、あるいははるかにそれ以下――形のない黒い物ですよ。それにあなたは、実力者でありながら、彼にとっては人間ではなく、神であり、力であり――」

ノートン氏はいきなり立ち上がった。「君、帰ろう」と彼は怒って言った。

「待ってよ、聞いてくださいよ。この青年は、心臓の鼓動と同じくらいにあんたを信じてる。奴隷や実用主義者が教わったあの大間違いの知識を、白人は正しいということを信じている。彼の運命について言いましょう。この青年はあんたの命令を実行するだろうが、そのために盲目性が大きな強みになっている。彼はあんたの部下であり、友だちなんだ。あんたの部下であり、あんたの運命なんだ。さあ、ふたりとも、階段を下りて混沌の中へ、ここからとっとと出ていけ。あんたらの憐れで不愉快な話なんかうんざりだよ。あんたらの頭に恩恵を浴びせてやる前に、さっさと出ていけ！」

僕は、元医者が洗面台の上にある大きな白い水差しのほうへ動くのを見て、彼とノートン氏の間に割り込み、ノートン氏を急いでドアから連れ出した。振り返ると、元医者は壁にもたれて、笑いと涙まじりの声を出していた。

「急げ、あいつはほかの連中と同じでクレイジーだよ」とノートン氏は言った。

「分かりました」と僕は、彼の語気に変化が見られたことに気づきながら、答えた。

今やバルコニーは、一階と同じく騒然としていた。女たちや酔っぱらいの帰還兵たちが、手に酒を持って、よろめきながら動き回っていたからだ。ちょうど僕たちが開いているドアの前を通りかかった時、エドナが僕たちに気づき、僕の腕をつかんだ。

「白人さんをどこに連れてくの？」と彼女は詰問した。

「大学へ戻るんだ」と僕は言って、彼女の腕を振り払った。

「白人さんは大学に戻りたくないよね」と彼女は言った。僕は彼女を押しのけて行こうとした。「嘘じゃないわ。あたい、この道にかけちゃ最高の女よ」

「分かったよ、でも、放っといてくれ」と僕は嘆願した。「あんたも、また僕をもめごとに巻き込むんだろう」

僕たちが階段を下りて動き回る男たちの中へ入ろうとした時、彼女が叫んだ。「じゃあ、金を払ってよ！　その白人が、あたいには立派すぎて相手ができないんだったら、その人に金を払わせてよ！」

するると、僕が女を止めないうちに、ノートン氏は女に突き飛ばされてしまい、僕たちはたちまち階段から転がるように落ちた。僕はひとりの男にぶつかって止まったが、その男は酔っぱらい特有のあいまいな親しみの表情を浮かべて僕を見ると、激しく押しのけた。僕はさらに人ごみの奥へ沈んでいきながら、ノートン氏が転がっていくのを目にした。どこからか女の叫び声が聞こえ、「おい！　おい！　おい！　今だ！」とハリーが叫ぶ声が聞こえてきた。やがて僕は新鮮な空気に気づいて、自分が入口の近くに来ていたので、人ごみを押しのけて進んで解放されたことが分かると、またノートン氏のほうへ飛び込む覚悟で息を切らしながら、立っていた――その時、「みんな、道を空けろ！」と叫ぶハリーの声がしたかと思うと、彼がノートン氏を入口のほうへ先導してくるのが見えた。

「へえッ！」とハリーは言うと、白人を放し、大きな頭を左右に振った。

「ありがとう、ハリー」と僕は言ったが、そのあとの言葉が出なかった。

僕の目の前で、また青白い顔をし、白い背広をしわくちゃにされたノートン氏が、よろめいて倒れ、頭を入口の網戸にぶつけてすりむいてしまった。

「またかよ！」

僕は入口のドアを開けて、彼を起き上がらせた。

「チェッ、また気絶しちまいやがった」とハリーは言った。「どうしてこんな白人を連れてきたんだい、学生さんよ?」

「死にましたか?」

「**死んだ**、だって!」と彼は言うと、激怒しながらうしろにさがった。「この人が死ぬ**わけないだろが!**」

「どうしたらいい、ハリー?」

「おれの店じゃ駄目だよ、死んだら困るぜ」と彼は言って、ひざまずいた。

ノートン氏が見上げた。「誰も死んではいないし、死にかけてもいないよ」と彼は辛辣に言った。

「手を放せ!」

ハリーは驚いて、腰を抜かした。「びっくりしたなぁ、あんた、ほんとに大丈夫かい? 今度ばかりは、死んだとほんとに思ったよ」

「頼む、静かにしてくれよ!」と僕はいらいらして怒鳴った。「この方が大丈夫なことを喜んでくれたっていいじゃないか」

ノートン氏は額をすりむき、今は明らかに怒っていたので、僕は、先に立って車へと急いだ。彼はひとりで車に乗り、僕が運転席に座ると、暑さで熱せられたミントと葉巻の匂いがした。僕が車を走らせても、彼は黙っていた。

4

僕は、手にしっくりとこないハンドルを両手で握りながら、ハイウェイの白線を辿《たど》って運転した。夕方近く、真夜中の大気の中を遠くから聞こえてくるラッパの音のように、陽炎が、ハイウェイの灰色のコンクリートからゆらゆらと立ち昇っていた。ノートン氏が何もない畑をぼんやりと眺めているのが、ミラーを通して見えた。彼の口は険しい表情で、白い額は、先ほど〈ゴールデン・デイ〉の網戸ですりむいた部分が青黒くなっていた。彼を見ていると、僕は、心の中で冷たく固まっていた恐怖が次第に広がっていくのを感じた。これからどうなるんだろう？　大学の教職員たちに何と言われるだろうか？　ノートン氏を見ていると、心の中でブレドソー博士の顔を思い描いた。僕が退学させられたら、郷里にいるある人々がどんなにか大喜びすることだろう、と思った。バトルロイヤルで優勝したあの、ニヤニヤ笑うタトロックの顔が心に浮かんだ。僕を大学にやった白人たちは、どんな反応を示すだろう？　ノートン氏は僕のことを怒っているのだろうか？　〈ゴールデン・デイ〉での彼は、誰よりも好奇心が旺盛なように思われた――もっともそれは、あの帰還兵が滅茶苦茶な話をする前までだが。トゥルーブラッドのクソッタレめが。あいつのせいだ。日なたであんなに長いあいだ座っていなかったならば、ノートン氏はウィスキーはいらなかったし、僕も〈ゴールデン・デイ〉まで行かなかったのに。それに、白人が店に来ていたのに、なぜ帰還兵たちはあんな振るまいをしたのだろう。

　鳥肌が立つような不安な気持ちで、赤レンガ造りのキャンパスの門を車で走り抜けた。今や、整然と建ち並ぶ寄宿舎が僕を脅かすかのようであり、中央に白線のあるハイウェイと同じく、起伏した芝生も敵意に満ちているように見えた。低く伸びたひさしのあるチャペルの前を通りすぎる時、車は、衝動に駆られたかのように、速度をゆるめた。太陽の光は並木道に涼しげに射し込み、カーブした車道に光と影のまだら模様をつくっていた。学生たちは木陰をぶらつき、やわらかい芝生の丘を下り、赤レンガを敷きつめたテニスコートのほうへ歩いていった。そのずっと向こうでは、白いテニス服を着た選手たちの姿が、芝生に囲まれたコートの赤い色にくっきりと映えて、陽射しを浴びた楽しげな光景であった。しばらくして、歓声がわき起こった。今の苦境がナイフの一刺しのように心に刺さった。車の操縦ができない感じがして、道路の中央で急にブレーキを踏み、謝ってから車を走らせ続けた。この静かな緑地の中に、僕ははじめての身元をおいていたが、今やそれを失いかけていた。車で走ったこの短い時間に、僕は、芝生や建物、自分の希望や夢とのあいだに関係があることに気がついた。車を停めてノートン氏と話をして、彼をひどい目にあわせたことの許しを乞い、嘆願しながら、子どもが両親の前で平気で流すような涙を見せ、自分たちが見聞きした事柄を非難したかった。また、自分たちが会った連中とは違って、僕はあいつらが**大嫌い**であること、自分は大学の創設者の根本方針を全身全霊を込めて信じていること、しかも僕たちの貧しくして無知な民族を泥沼と暗闇から引き上げようとして、助けの慈悲深い手を差し伸べてくださったことに対する善意と親切を信じていると、ノートン氏に確信させたかった。ノートン氏の命令を実行し、彼のお望みどおりに生活を向上させることを彼らに教え、倹約してまともな、正直な市民になるように教えよう。そして、万人の福祉に貢献し、彼と創設者が切り開いてくれた、まっすぐな狭い道をひたすら邁進《まいしん》しよう。もし彼が僕に怒ってさえいなければ！　もう一度だけ僕にチャンスを与えてくれたらいいのに！

目に涙があふれ、一瞬、歩道と建物がもやに包まれキラキラ輝きながら、流れ出して凍った。それは冬に、芝生や木の葉に降った雨が凍り、氷の結晶の重みで木々や低木がたわみ、キャンパスが一面の白い世界になった時のようだった。それから、まばたきすると、その光景は消え、辺りの熱気と緑地が甦った。自分にとっての大学の意味を、ノートン氏に理解させることができたらいいのだが。

「あなたの部屋の前で停まりましょうか？　それとも管理棟へ行かれますか？　ブレドソー博士が心配なさってるかもしれないですから」

「わしの部屋へ行って、それからブレドソー博士をわしの所に連れてきてくれたまえ」と彼はきびきびと答えた。

「分かりました」

彼がしわの寄ったハンカチを額に用心深く当てがう様子が、ミラーに映っていた。「校医も呼んできてくれたまえ」と彼は言った。

プランテーションの古い邸宅にあるような白い柱石のある小さい建物の前に車を停めると、車から降りてドアを開けた。

「ノートンさん、どうか……申しわけありません……僕は——」

彼は目を細めてきびしい表情で僕を見たが、何も言わなかった。

「知らなかったんです……どうか……」

「ブレドソー博士を呼んできなさい」と言うと、彼は顔をそむけ、体を揺すって建物に通じる砂利道を歩いていった。

車に戻り、管理棟のほうへゆっくりと運転していった。僕が通りすぎる時に、片手にスミレの花束を持った女子学生が陽気に手を振った。黒い背広姿のふたりの教師が、壊れた噴水のそばで上品そうに話を交わしていた。

管理棟は静まりかえっていた。僕は階段を上りながら、大きい丸顔をしたブレドソー博士の姿を思い描いた。その顔は、空気が丸い気球の内壁に圧力を加えて形と浮力ができるように、内側から脂肪に押されているような顔だった。学生たちの中には、「バケツ頭の爺さん」と呼ぶ者もいたが、僕は決してそんな言い方はしなかった。彼は僕に対して最初から親切だったが、おそらくそれは、入学前に、学校教育長が送っていた手紙のおかげだったのかもしれない。だがそれ以上に、彼は僕が望んでいたすべての模範であった。国中の裕福な人たちに影響力があり、人種問題について相談を受ける黒人民族の指導者にして、優しくて器量よしだった。また、クリーム色の顔をした妻がいて、一台ではなく二台のキャデラックを持つ高額所得者でもあった。さらに、黒人だとか禿《はげ》だとか白人にからかわれながらも、権力と権威のある実力者であり、色が黒くて頭にしわがあったが、たいていの南部白人たちより、世界でもっと重要な人物でもあった。彼らは彼を見て笑うかもしれないが、無視するわけにはいかなかった……。

「ブレドソー博士があなたをずっとお探しでしたよ」と受付の女性が言った。

部屋に入ると、彼は受話器から顔を上げ、「もういいよ。あの青年は今来たから」と言って電話を切った。「ノートンさんはどこにいる？　あの方、大丈夫かい？」と彼は興奮して訊いた。

「はい、大丈夫のようです。あの方はご自分の部屋にいらっしゃいます。先生をお迎えに来ました。先生に会いたがっていらっしゃいます」

僕はためらった。

「どこか具合でも悪いのかい？」と言うと、彼はあわてて立ち上がり、机を回って近づいてきた。

「やっぱり、そうなんだ！」

僕は心臓がドキドキして、目までかすんできた。

「今は違います」

「今はって、どういうことだい？」

「あのう、少しめまいがされたみたいで」

「ああ、何てこった！　調子が悪かったことは知っていたんだ。どうして私に連絡しなかったんだい？」彼は山高帽を手に持つと、ドアのほうへ急いだ。「来なさい！」

僕は彼のあとについて行きながら、事情を説明した。「今はすっかり回復されています。遠くまで行きすぎて、お電話を差し上げることができなかったんです……」

「なぜそんな遠くにあの方をお連れしたんだい？」と彼は、やたらとあわただしく動きながら、訊いた。

「お言葉ですが、僕はあの方が望まれたからお連れしていったのです」

「そこはどこだ？」

「奴隷地区です」と僕はこわごわと答えた。

「奴隷地区だと！　君、馬鹿か？　理事をあんな所に連れていくなんて、馬鹿者が」

「あの方に頼まれたのです」

春の大気の中、歩道を下っていた時、彼は、まるで僕が黒を白といきなり言ったかのように、立ち止まり、腹立ちまぎれに睨みつけた。

「**あの方**がそんなことを望むもんか」と彼は車の助手席に乗り込みながら、言った。「君には、神様が犬にお与えになったくらいの分別もなかったのかい？　私たちは、行ってほしい所へ白人を連れていくし、見てほしいものを見せるんだ。そんなことも分からんのか？　少しは分別があると思っていたよ」

ラブ・ホールに到着すると、僕は車を停めたが、当惑のあまり気落ちしていた。

「そんな所に座っていないで、一緒に来い！」と彼は言った。

建物の中に入ったとたんに、僕はまたショックを受けた。鏡の前に近づくと、ブレドソー博士は、立ち止まって彫刻家のように怒った顔でポーズを決め、穏やかな顔という仮面をつけてから、僕が以前にはほんの一瞬しかかいま見たことのないような表情を輝く目に浮かべた。彼は落ち着いた様子で自分の姿を一瞬見た。そのあと僕たちはひっそりしたホールを静かに歩き、階段を上っていった。

ひとりの女子学生が、雑誌の積まれたテーブルのそばの椅子に座っていた。大きな窓の前には、さまざまな色の小石や、封建時代の城の小さな複製や、そのまわりに金魚の入った大型の水槽がおかれてあった。金魚は優美なヒレをひらひらさせながらも、じっとしたままであり、動きがあっても、時間が一瞬止まったかに思えた。

「ノートンさんは部屋にいらっしゃる?」と彼はさっきの女子学生に訊いた。

「はい、ブレドソー博士。あなたがお見えになったら、部屋に入って頂くようにとのことでした」

僕がドアの前で立ち止まっている時、彼は咳払いをしてから、ドアの鏡板をこぶしで軽く叩いた。

「ノートンさん?」と彼は言ったが、すでに唇からは笑みがこぼれていた。ノートン氏の返事に応えて、僕も部屋に入った。

そこは、広くて明るかった。ノートン氏は、背広の上着を脱いで大きな肘かけ椅子に腰をかけていた。着替えの衣類が涼しげなベッドカバーの上においてあった。広い暖炉の上のほうでは創設者の油絵の肖像画が、優しそうで悲しげな顔をして、一瞬ひどく幻滅した顔つきになって、僕をよそよそしく見下ろしていた。それから、ヴェールが垂れたような感じがした。

「あなたのことを心配していました。午後の会議でお会いできると思ってたのですが……」とブレドソー博士は言った。

いよいよ、はじまるぞと僕は思った。今から——。

すると、突然、博士が前に飛びだした。「ノートンさん、あなたの額が!」と彼は初めて聞く祖母のように心配そうな声で叫んだ。「どうなさったんですか?」

「これは何でもありません。ほんのかすり傷で」ノートン氏の顔つきは変わらなかった。

ブレドソー博士は、顔に怒りの表情をあらわにして、動き回った。「医者を呼んできなさい。ノートンさんが怪我なさったって、どうして連絡しなかったんだ?」と博士は言った。

「もう怪我の手当ては済みました」と僕は、彼がくるりとうしろを向くのを見計って、答えた。

「ノートンさん、ノートンさん! 本当に申しわけありません」と博士は感傷的につぶやいた。「あなたに、慎重で分別のある青年をつけたと思ったんですが! ほんとに、以前には事故は一度も起きてなかったんです。七五年間で一度たりとも。必ずこの青年を懲戒処分に、きびしい懲戒処分にしますから!」

「しかし、自動車事故はなかったんです」とノートン氏は優しく言った。「それに、この学生のせいでもなかったんですから。帰らせていいですよ。もういいでしょう」

ふと、僕の目は涙でいっぱいになった。彼の言葉を聞いて、感謝の気持ちが込み上げてきた。

「そんなに気を遣わないでください」とブレドソー博士は言った。「こんな連中に優しくしては駄目ですよ。甘やかしはいけません。学生が世話している時に本学の来賓に起きた事故は、明らかにその学生の責任なんですから。これは、私たちのいちばん厳しいルールですぞ」それから僕のほうを向いて、「寄宿舎に戻って、追って連絡があるまで謹慎していなさい!」

「ですが、あれは僕の手には負えなかったんです」と僕は言った。「さっきノートンさんが言われたように……」

「君、わしが説明しよう」とノートン氏はわずかにほほ笑んで言った。「すべてははっきりするさ」

「ありがとうございます」と僕は、表情の変わらないブレドソー博士に見つめられながら、言った。

「では、こうしよう。今日の夕方、君、チャペルに来てくれ。分かったか?」

「はい、分かりました」

僕が冷たい手でドアを開けると、さっき入室した際にテーブルに着いていた女子学生に会った。

「あんたも大変ね。バケツ頭の爺さんを少し怒らせたようね」と彼女は言った。

彼女は僕のそばを何かを期待しながら歩いたが、僕は何も言わなかった。僕が寮に帰りかけた時、赤い太陽の光がキャンパスを照らしていた。

「私のボーイフレンドに言っといてくれる?」と彼女は言った。

「誰に?」と僕は緊張と不安を懸命に隠しながら言った。

「ジャック・マストンよ」と彼女は答えた。

「分かった、あいつは僕の隣の部屋だから」

「よかったわ」と彼女はニッコリほほ笑んで言った。「午後に、学部長に仕事を言いつけられて、彼に会えなかったの。芝生は緑色だと私が言ってたって、伝えてくれるだけでいいから」

「何それ?」

「芝生は緑色。これ、私たちの暗号よ、彼には分かるから」

「芝生は緑色」と僕は言った。

「それだけよ。ありがとう、あんた」と彼女は言った。

かかとの低い靴で歩道の砂利をザクザク踏みながら、急いで建物の中に戻っていく彼女を見ているうちに、僕は悪態をつきたくなった。今後の運命が決定されるまさしくその瞬間だというのに、こんな所であの女は、馬鹿げた暗号をもて遊んでいたのだから。緑の芝生の上でふたりは会って、愛し合い、そのうちに彼女は妊娠して家に帰されるのだろう。だが、それにしても、僕の場合より不名誉なことではない……ノートン氏とブレドソー博士が僕のことをどう言っているのか、それが分かりさえすれば……ふと僕はある考えを思いつき、彼女を追いかけて建物の中へ入り、階段を上った。

廊下は、彼女が急いで通りすぎたことで細かい埃《ほこり》が舞い上がり、一すじの光を受けてきらめいていた。しかし、彼女の姿は見えなかった。ドアの所でブレドソー博士らの話を盗み聞きして話の内容を教えてくれるように、頼んでおけばよかった。僕はそれを諦めた。もし彼女が盗み聞きしているところを見つかりでもしたら、僕はそのことで気がとがめるかもしれないのだから。おまけに、自分の苦境を誰かに知られることが恥ずかしかったし、信じてもらうにはあまりにもばかばかしいことだった。長く続く広い廊下の向こうから、姿の見えない誰かが、歌いながら階段を跳ぶように下りてくる足音が聞こえてきた。それは女の子の甘美な、希望に満ちた歌声だった。僕はその場をそっと立ち去り、自分の寮へと急いだ。

自分の部屋で横になって目を閉じたまま、考えごとをした。緊張したせいで、内臓がぎゅっと締めつけられる感じがした。やがて誰かが廊下を近づいてくる足音がしたので、体をこわばらせた。ブレドソー博士は僕をもう呼びに誰かを寄こしたのだろうか？　近くのドアが開いてから閉じる音がしたが、緊張したままだった。誰に助けを求めればいいのだろうか？　誰も思い出せなかった。〈ゴールデン・デイ〉での出来事を打ち明けられる相手さえ思いつかなかった。心の中は、すべてが混乱していた。しかもノートン氏に対するブレドソー博士の態度は、いちばん分からない。学校に残れる機会が少なくなるといけないので、僕は、博士が言ったことを蒸し返す勇気がなかった。本当のことではないが、誤解をしていたようだ。彼が言ったと僕は一瞬思ったが、そんなことを言うはずがない。とはいえ、彼が片手に帽子を持って白人の参観者に近づき、腰を低くして丁重にお辞儀するところを、しょっちゅう見ていたではないか？　彼は、大学の白人の来賓たちと一緒に食堂で食事をしないで、彼らが食べ終わってからはじめて食堂へ入った。そして立ったまま帽子を片手に、雄弁に彼らに話しかけ、腰を低くしながらお辞儀をして、立ち去ったではないか？　たしかに、そうだった。僕は、食堂と台所の間のドアから覗き込んで、しょっちゅう彼を見かけた。自分のこの目で見たのだ。ああ、そうだ、彼のお気に入りの黒人霊歌は『つつましく生きて』ではなかったのか？　しかも日曜日の夕方になると、チャペルの演壇から、自らの身分に満足して生きよと、数多くの明確な言葉で、いつも僕たちに説教をするのだった。事実そうだったし、僕は彼のことを信じていた。創設者の道を歩むことから生じる美徳の実例を明らかに信じていた。それによって僕は人生を肯定することになったのだから、自分のしていないことで退学させられるわけがない。ブレドソー博士らに、そんなことができるはずがないのだ。それにしても、あの帰還兵め！　あいつは、正常な人たちを堕落させるくらいにクレイジーだったのだ。世界を大混乱に陥れようとしていた、あのクソッタレ野郎！　あいつはノートン氏を怒らせてしまった。あいつにゃ、白人と話をする資格なんかないし、僕に罰を受けさせる権利などない……。

誰かに体を揺すぶられたので、僕は汗で湿った足を震わせ、ぎくりとした。ルームメイトだった。

「どうした、相棒？　飯食いに行こうぜ」と彼は言った。

僕は自信たっぷりの彼の顔を見た。将来彼は百姓になるつもりでいた。

「食欲がないんだ」と言って僕は溜め息をついた。

「分かった、からかうのはいいけど、おれが起こさなかったなんて言うなよ」

「ああ」と僕は言った。

「誰に会いたいんだい、ボールベアリングみたいなケツをしたでか尻の姉ちゃんにかい？」

「いや」と僕は答えた。

「そんなことやめたほうがいいよ、相棒」と彼はニヤニヤ笑いながら言った。「病気になっちまうし、馬鹿になるよ。女の子を連れてって、創設者の墓の緑の芝生の上に月が昇るところでも、見せてやればいいじゃないか、おい……」

「うるせぇよ」と僕は言った。

ルームメイトは、笑いながらドアを開け、廊下の大勢の足音のほうへと去っていった。夕食の時間だ。遠ざかっていく寮生たちの声。僕の人生は、幾分そうした声とともに、薄暗い遠い所へじわじわと後退していくように思えた。そのうちに、ドアをノックする音がしたので、僕は緊張してパッと立ち上がった。

新入生用の帽子をかぶった小柄な学生が、ドアの間から首を突き出して叫んだ。「ブレドソー博士がラブ・ホールで先輩に会いたいそうですよ」そう言うと学生は、僕に質問もさせずに姿を消し、廊下にバタバタという足音を響かせながら、閉店のベルが鳴らないうちに食堂へと急いだ。

ノートン氏の部屋のドアの前で、僕は把手《とって》を片手で握ったまま立ち止まり、祈りの言葉をぶつぶつ唱えた。

「君、入りたまえ」と彼はノックする音に応えて言った。彼は新品の麻布の服を着ており、光が絹綿のような白髪に降り注いでいた。額には小さいガーゼがはってあった。部屋には、彼ひとりだった。

「申しわけありませんが、ブレドソー博士がここで僕に会いたがっていらっしゃると聞いたもので……」と僕は言った。

「そのとおり」と彼は言った。「しかしブレドソー博士はお出かけになるようなのでねぇ。あの方はチャペルで礼拝が終わったら、オフィスにいるだろう」

「ありがとうございます」と言うと、僕は振り返って立ち去ろうとした。うしろから彼の咳払いが聞こえた。「君……」

僕は期待して振り向いた。

「君、君のせいじゃないって、ブレドソー博士に説明しておいたからね。あの方も事情が分かったと思うよ」

僕はホッとした。涙でかすんだ目には、まゆ綿のような薄い髪をした、白い背広姿のサンタクロースと見紛うほどの彼の姿が映った。

「本当にありがとうございました」と僕はようやく言えた。

彼は目を少し細めて、僕をじっと見つめた。

「今晩はほかに何かご用がありますか?」と僕は訊いた。

「いや、自動車は要らないだろう。仕事で思ったより早く出かけなきゃいけなくなってねぇ。今晩遅くに発つよ」

「駅まで車でお送りしてもいいですけど」と僕は期待に胸をふくらませて言った。

「ありがたいが、ブレドソー博士がもう手配してくれてね」

「ああ」と僕はがっかりして言った。僕は、今週まで彼に仕えて、評価を取り戻したいと思っていた。今となっては、もうその機会がない。

「それでは、旅行を楽しんでください」と僕は言った。

「ありがとう」と彼はいきなりほほ笑んで言った。

「たぶん、今度お出かけになる時には、今日の午後に訊ねられた質問にいくらか答えられると思います」

「質問だって?」彼は目を細めた。

「はい、あのう……あなたの運命についてです」と僕は答えた。

「ああ、そう、そう」と彼は言った。

「エマソンも読むつもりです……」

「非常によろしい。自恃は大いに価値のある美徳だからね。わしの運命への君の貢献を知るようになることを、わしは最大の関心をもって期待しているよ」彼はドアのほうへ行くように、僕に身ぶりで合図した。「それから、ブレドソー博士に会うのを忘れないでくれたまえ」

僕はその場を離れる時、幾分ほっとしたが、完全にではなかった。まだブレドソー博士と会わなければならなかった。しかも礼拝に出席する必要があった。

5

チャペルの鐘の音を聞くと、僕は、美しい夕暮れの中を低い声で話しゆっくりと歩く大勢の学生たちにまじって、キャンパスを横切っていった。ライラックや、スイカズラや、ビジョザクラの香りと、春の新緑の感じでやけに落ち着かない黄昏《たそがれ》の中をゆっくりと歩いていく時、頭上に木々の葉や枝が伸びている砂利道や歩道の上に、つや消しガラスでできた丸い電灯の黄色い灯りが、レースのような影絵を描いていたことを、僕は今でも覚えている。それからアルペッジョ調の笑い声が——陽気さが込み上げるような、遠くまで漂う、よどみない、のびのびした、鈴の音に似た女性の笑い声が——やわらかい草の上に鳴り響いたかと思うと、突然おし殺されてしまったことも、僕は今でも覚えている。それは、まるで夕暮れ時にチャペルの陰気な鐘の音で震える静かで荘厳な大気の中で、すばやく、どうしようもないくらいにかき消されたかのようだった。ゴーン！　ゴーン！　ゴ——ン！　鐘の音は、僕のまわりをとりすまして歩く人たちの足音や、遠くまで建ち並ぶいくつもの建物のベランダを出て、歩道のほうへ、その先の漆喰《しっくい》を塗った石で縁どられたアスファルトの車道へ向かう人たちの足音よりも、ひときわ甲高く鳴り響いていた。そして、来賓たちの待ちうけているほうへ静かに歩いている男や女たち、少年や少女たちに、あの謎めいた言葉を伝えていた。僕たちは礼拝に行く気分ではなく、神の審判をうける気持ちで動いていた。まるで、この漏れて差し込んでくる夕暮れの薄明かりの中にも、輪を描いて飛ぶアマツバメや飛び交う蛾で満ちた、この濃い藍色の空の下でも、夜は忍び寄ってきていた。落日のように血の色の赤さを帯びて、チャペルの背後から現れる月にまだ照らし出されていないこの時刻でも、月は、コウモリが鳴き声を発して飛び交う夕暮れや、コオロギや、ヨタカのいるかなたの夜に光を注ぐのではなく、僕たちの集まる場所だけを間近から集中的に照らしているようだった。まるで暗がりの中で晒《さら》し者にされ、月が白人の血走った目であるかのように、僕たちは、手足をこわばらせ、黙ったまま、ぎこちなく流れるように動いていった。

そして僕は、審判を意識して、みんなよりもっとぎこちない足どりで歩いていく。チャペルの鐘の振動で心の動揺を奥底から掻き回されて、運命を感じながら、その中心へ近づいていく。また僕は、長く低く伸びたひさしがあり、まるで昇る月のように、大地から出てきたかのような、血のように赤いチャペルを思い出す。人間から飛び出たというより大地からパッと飛び出してきたような、蔦《つた》におおわれ、赤い大地の色をしたチャペルの姿を。僕の心は、春の夕暮れや花々の香りから逃れ、磔刑《たっけい》の時の光景から逃れて、救いをもとめてキリストの誕生の時の気分のほうへと躍る。春の夕暮れや晩禱から、高くて澄んだ、明るい冬の月や、ちぢこまった松の木の上できらめいている雪のほうへ。そこでは、鐘の音のかわりに、オルガンとトロンボーンの聖歌隊が、雪の降る中を遠くまでクリスマスキャロルを漂うように響かせ、夜の大気を水晶のような水の海に変え、音色が届く限りの遠くまで、果てしない距離にわたって、まどろむ陸地に波のかたちで音色を送り、〈ゴールデン・デイ〉や精神病院の中にでも神の施しをもたらす。ここの黄昏の中で、僕は昇る月の下、運命のような鐘のほうへと歩いていった。

いくつものドアを通って柔らかい光の中へ入ると、僕は、幾列にも並ぶまっすぐで拷問のような、清教徒的なベンチの前を黙って通りすぎ、自分に割り当てられたベンチを見つけ、その苦悩の中に体を曲げる。祭壇と磨き上げた真鍮の手すりのある演壇の奥には、学生聖歌隊の多くの頭が積み上げられたように、ピラミッド状に並んでいて、黒と白の制服の上から覗かせた顔は、落ち着き無表情であった。そして彼らの上の方にはパイプオルガンが、鈍い色の金メッキでできたゴシック風の階層を成して、天井まで伸びている。

僕のまわりでは、学生たちが、顔を厳粛な仮面のようにこわばらせて動く。僕には声を機械的に高めて歌う、来賓の人たちに愛された歌声がすでに聞こえてくるようだ。(愛されたって？ 要求されて歌うだけではないのか？ 受け入れられ、儀式化された最後通牒。それによってもたらされる平和のために暗唱され、おそらくそれゆえに愛された、忠誠の誓いである。敗北者が征服者の象徴を愛するようになるのと同じ愛し方で。受け入れのジェスチャーだ。定められ、しぶしぶ認められた条件の)。緊張してここに座っていると、僕は、広い演壇の前で、畏怖と喜びの念を、もっと正確に言えば、畏怖に対する喜びの念を抱いて過ごした夕べを思い出す。祭壇から聞こえる抑揚のきいた、短い形式的な説教は、生まれ故郷の町ではたいていの人たちが知っていて、とても恥ずかしく思える野暮な説教師たちの興奮した感情とは違って、上品に、しかも穏やかな中にも確信をもって、よどみなくはっきりと語られた。それは、秩序ある時代の明晰さだけを追求する、しっかりとした整った様式を押しつけられるような論理的な訴えであり、多音節の言葉の動きで僕たちを感動させ慰めもする子守唄のようだった。それからまた、僕たちが「とてつもなく大きい」正式の儀式に参加していることがいかに幸運なことであるか、無知と暗闇の中で途方に暮れる者たちから離れて、このチャペルに属していることがいかに幸せなことであるかを非常に熱心に説く来賓の人たちの演説も、僕は今でも覚えている。

この壇上という舞台の上では、成功物語を書いたホレイショ・アルジャー流の黒人の儀式が、神の台本に基づいて執り行われ、億万長者たちも自分たちを演じるためにやって来る。彼らは、善意、富、成功、権力、博愛、権威といった神話を段ボールの仮面をつけて演じきるだけではなく、彼ら自身がそうした美徳を具現化するのだ！　聖餅とワインではなく、震える生きた血と肉であり、たとえ腰が曲がり、老いぼれてしなびたとしても、うち震える血と肉なのだ。（だから、このようなものを目の前にすると、誰が信じないでおられるだろうか？　疑うことすらできないではないか？）

それからまた僕は、僕らがあのほかの人たちに対面した時の様子を覚えている。僕をこのエデンの園に入れてくれた人たち。僕らは面識はなかったが知っているような気がした、親しみやすさの中に親しみにくさを秘めた人たち。血と暴力とあざけりと、まだるっこしいほほ笑みを浮かべながらも、控えめな態度で僕らにだらだらと話す人たち。無邪気な言葉で訓戒したり、脅かしたり怖がらせたりして、僕らの生活の限界や、僕らの切望が途方もなく大胆であることとや、生活をはるかに向上させたいと渇望していることが、とんでもない愚行であることを教えた人たち。彼らの話を聞いていると、いつもくっつけている煙草の茶色い唾液のように、彼らの顎に血の泡が光っていたり、一千万人の黒人奴隷の乳母たちのしぼんだ乳房を吸って、乳のかたまりを彼らの唇にくっつけていたり、僕らの存在についてあやふやでコロコロ変わる知識をもち、僕らの養分を吸収したかと思うと、今度は僕らにへどを吐きかけたりするようなひそかな幻影を、僕の心の中に呼び起こさせてくれたりする人たち。彼らは僕らの世界を描いてみせてこう言った。これがお前たちの世界だ。これがお前たちの地平線であり大地であり、その季節であり気候であり、春であり夏であり秋だ。だが収穫は、誰も知らない一千年くらい先になるぞ、と。また、これらが洪水でありサイクロンではあるが、お前たちの雷と稲妻はこの私たちだ、と。僕らはこれを受け入れ、愛するほかないし、仮に愛さなくとも、受け入れなければならないのだ。僕らは受け入れるほかない――たとえ彼らがいなかったとしても、またその代わりに、鉄道や船や石造りの建物を建設した本人たちが僕らの目の前にいたとしても。その人たちが、彼らとは違ったことを話し、それと分かる危険があまり感じられず、僕らの歌についても心から喜びを表し、僕らの幸福に対しては非個人的で無関心な態度ではありながらも、優しく敬意を払ってくれたとしても、そうなのだ。しかし、僕らの目の前にいない者たちの言葉は博愛的なドルの力よりも強く、油田や金鉱捜しの立て坑よりも深く、科学研究所で行われる奇蹟よりもはるかに畏敬の念を起こさせる。というのも、彼らの無邪気きわまりない言葉さえもが、言葉の暴力だったたし、キャンパス内の僕らはそうした暴力行為に我慢していないわけではないが、神経過敏になっていたのだから。

ところで、僕は、この演壇に上がって演説したことがある。学生委員として、僕の言葉をいちばん高い梁《はり》やいちばん遠くの垂木《たるき》に向け、梁や垂木を鳴り響かせ、強弱のある断続的な言葉を棟木《むなぎ》に向かって投げつけ、荒野の木か灰色の水でいっぱいの井戸に投げつけられた言葉のように、リンリンという音を反響させながら。今思うと、あれは意味のある言葉というより音であり、建物の反響のせいであり、耳という名の寺院への襲撃でもあった。

ほら！　最後列にいる寮母さん。ほら、ミス・スージー、男子学生にほほ笑みかけているあの女子学生を見ていらっしゃるミス・スージー・グレシャムったら――僕の話を聞いてください。トランペットとトロンボーンの音色をまねて、サックスみたいに、主題の変奏曲を演奏する言葉のへぼなラッパ手の。ほら！　声色や伝える意味をもたない声や、便りを運んでいない風の老鑑定士さん、僕の母音や陶器がひび割れる時の音みたいな歯音に、空しい苦悩の低い耳ざわりな喉頭音に耳を傾けてください。もっともそれは、今となっては昔バプテスト教会で聞いた牧師の説教のリズムにのってはいても、そのイメージのかけらすら喚起させないのですが。血を流す太陽や、涙を流す月や、復活祭の朝に聖食を食べないで、地中で踊るミミズといったイメージもありません。さあ！　成就を歌い、さあ！　成功を高らかに宣伝し、さあ！　受容を唱え、さあ！　音響の川を溺れ死んだ情熱で満たしてください。さあ！　成就しがたい野心と失敗した反乱の残骸を浮かべ、彼らの耳を押し流し、さあ！　僕の前で体をこわばらせて並び、首を伸ばし耳を澄ましている彼らを一掃してください。さあ！　天井にしぶきをかけ、垂木のうしろの黒ずんだ木を、何千もの声という窯《かま》の中でやわらかくした、拷問を受けたような木の乾いた腕木を太鼓のように叩き、木琴でも奏でるみたいに叩き、勝利は望めなくても勝ち誇った音響を鳴り響かせながら、学生の楽隊よろしく行進し、キャンパスを往復するこの言葉に、耳を傾けてください。ねえ、ミス・スージー！　言葉にならない言葉の響きや、未完の成就を歌ういつわりの調べを、僕の声という名の翼にのせてあなたに送ります。お年を召した寮母さん、あなたは創設者の声の響きを知っておられるし、また創設者が約束について演説された時の口調と反響も知っておられる。僕が、色鮮やかなボールを噴水に投げ込むように、この言葉の響きを自分の息や肺や泉の中に投げ入れる時、あなたは、その老いた頭をまわりの若者たちと一緒に傾け、目を閉じ、恍惚とした顔つきをされる——年老いた寮母さん、僕の話を聞いてください。肯定の印のあなたの懐かしい、老人らしいうなずきと、承認の印の目を閉じたままのほほ笑みと会釈で合図を送って、今はこの言葉の響きを正しいと認めてください。あなたは、言葉の単なる内容や僕の言葉に騙《だま》されることなど決してないし、また約束が語られる際の雑音まじりの反響を聞いただけで恍惚と震えるあなたのまぶたではありますが、そのまぶたをなでるうぶ毛のある羽根みたいな言葉にも騙されることはありません。それにあなたは、合唱と外への行進のあとで、僕の手を握り、「青年よ、いつの日かあなたは創設者が自慢になさるような人物になれますよ」と震える大きい声で言ってくださる。ほら！　スージー・グレシャム、マザー・グレシャム、自分たちの心のもやであなたのヨルダン川の水を見られなかった、清教徒的なベンチに座っている熱心な若い女たちの保護者よ、あなたは、キャンパスの連中が愛してはいるものの、理解しなかった奴隷制の生きた遺物みたいな人であります。年老いた奴隷制の生き残りではありますが、暖かみがあり生き生きとしていて、すべてに耐える力を備え、あの恥辱の島の中でも僕たちが恥と思わなかったものの持ち主なのです——僕は、最後列のあなたに向かって声を張り上げていたのだし、儀式がはじまるのを待つ時でも、屈辱と後悔の念を抱いて、あなたのことを考えていたのです。

来賓たちは、肥ったボーイ長のような丁重な物腰のブレドソー博士に案内されて、彫刻を施した、高い椅子のほうへ壇上を静かに歩いていった。博士は何人かの来賓たちと同様に、縞のズボンに、襟に黒の刺繍飾りのある燕尾服、高価なアスコットタイの服装であった。それはこうした儀式には彼のお決まりの服装だったが、その優雅さにもかかわらず、彼は何とかして自分をみすぼらしい格好に見せようとした。どういうわけか、ズボンのひざの部分は決まってふくらんでいたし、服は両肩が下がっていた。僕は、彼が来賓たち――ひとりを除いてすべて白人たち――に、ひとりずつほほ笑みかけるのを見つめていた。彼は、彼らの腕に片手をおいたり背中を触ったりしていたが、背の高い骨ばった顔のひとりの理事に小声で話しかけた。すると、今度はその理事が博士の腕に親しそうに触れた時、僕はゾッとした。今日は僕も白人に触った。そんなことをすればひどい目にあうと思ったが、おそらく、床屋や家政婦を除けば、白人に何事もなく触ることができるのは、僕の知る限り彼だけだと、その時になって気づいた。僕はまた、白人の来賓たちが壇上に上がる時には必ず、彼はまるで強力な魔法を行うかのように、彼らの体に手をかけることを思い出した。白人の手を握る時に彼の歯がきらりと光るのが、僕の目にとまった。やがて、みんなが着席すると、彼は椅子の列のはしにある自分の席のほうへ向かった。

その上のほうには、数段にわたって学生たちの顔が並び、パイプオルガンの奏者は、演奏台の輝きで目を光らせ、肩ごしにうしろを向いて待ち構えていた。すると、聴衆のほうに目を向けていたブレドソー博士が、振り向かないで突然うなずくのが見えた。まるで彼が、見えない指揮棒を振り下ろしたかのようだった。奏者は振り返って肩を丸めた。高い滝から流れ落ちるような音がパイプオルガンからふつふつと噴き出し、チャペルに厚くまといつくように広がったかと思うと、ゆっくりと大波となっていった。奏者は腰かけの上で体をよじったり振り向いたりし、足は、パイプオルガンの優雅な轟きとは全く無縁のリズムに合わせて踊っているかのように、跳ね躍った。

ブレドソー博士は、気分を心の中で集中させているような優しい笑みを浮かべて、座っていた。だが彼は、目を最初は幾列もの席に座っている学生たちのほうへ、そして教員たちの指定席のほうへとさっと向けたが、彼のすばやいまなざしは、みんなにとって脅威だった。というのも、こうした儀式には全員出席するべきだ、というのが彼の主張だったからだ。すこぶる大胆なレトリックを用いて大学の方針が発表されるのは、このような席上だった。僕には、彼が僕の座っている場所をさっと見回した時には、彼の落ち着かない視線が僕の顔に向けられたような感じがした。僕は壇上の来賓たちを見た。彼らは、僕らが上に向けた目にいつも接する時の、あの油断のない落ち着いた態度で座っていた。僕は、彼らの誰に、僕とブレドソー博士の仲裁をしてもらえばいいのだろうかと思ったが、誰もいないと内心諦めた。

そばに重要人物たちがずらりと並び、ほかの人たちよりも小柄な体格に見せる（彼の体は肉体的には大きかったが）謙遜したおとなしい態度であったにもかかわらず、ブレドソー博士の存在は、僕らにずっと大きな影響力を及ぼしていた。僕は、彼が大学へやって来た当時の伝説的な話を思い出した。それは、少年時代の彼は教育に熱心なあまり、ぼろ着の束を抱え、二つの州を素足でとぼとぼと歩いてきたとか、豚に残飯をやる仕事を与えられたが、大学の歴史始まって以来の最高の残飯係になり、それに感激した学長が彼を大学事務の給仕にした、といった話だった。彼が長年の勤務の末に学長職にまで昇りつめたことは、僕らの誰もが知っていたし、彼が大学へ歩いてやって来たり手押し車を押したり、あるいは何かほかの決意と犠牲の精神に満ちた行動を実行したりしたのは、知識欲を証明するためであったらいいのに、と誰もが思ったことがあった。僕は、彼がキャンパス中のみんなに賞賛と恐怖の念を起こさせたことを思い出した。黒人の新聞に、ライフルの弾が爆発したかのような活字で「**教育者**」という見出しつきの彼の写真が載ったのだが、顔はいかにも自信たっぷりの表情で正面から読者を見すえていた。僕らにとって、彼は学生以上の存在だった。指導者であり、上層部に、時にはホワイトハウスにさえ僕ら黒人の問題を持っていく「政治家」でもあり、かつては大統領本人をキャンパスを案内して回ったことがあった。彼は、多額の寄付金を集め、奨学金を豊かにし、マスコミを通じて世間を動かす、僕らの指導者にして魔術師だった。僕らにとっては怖い、石炭のように真っ黒な父親のような存在だった。

パイプオルガンの音がやむと、聖歌隊の上段の列にいた、痩せた褐色の肌の少女が、モダンダンスの踊り子のようなきびきびした身のこなしで立ち上がり、アカペラで歌い出した。彼女は、心の奥底に秘めた感情を自分のために歌うかのように、そっと歌い出し、その歌声は会衆に向けられたものではなく、彼女の意志に反して耳を澄まして聴くしかないくらいに小さかった。次第に少女は音量を高めていき、しまいには声は、肉体から分離した力となって、彼女の体に入って侵し、彼女をリズミカルに揺さぶっているかに思えてきた。まるでそれは、彼女自身が作った優美な織物というよりむしろ、彼女の力の源になったかのようだった。

壇上の来賓たちがうしろを振り返って見ると、オルガンのパイプを背景にして高い所に聖歌隊用のローブ姿で立っている痩せた褐色の少女は、僕らの目の前で歌う際に、顔を薄くて平たい顔に変形し、思い通りに自らの苦悩を抑制し、昇華させた一本のパイプになっていくようであった。僕には歌詞の意味は分からなかったが、悲しみに満ちた、どことなくこの世のものでないような歌の雰囲気だけは理解できた。歌声は郷愁と悲嘆と悔恨の念をたたえて震え、僕の胸にぐっと込み上げてくるものがあったが、その時少女はゆっくりと座った。座るというより、抑制をきかせて崩れ落ちるといった感じだった。まるで彼女が、心臓の血の繊細なリズムによって、あるいは涙をこらえて上を向いた目を通して、彼女の存在を音色に神秘的なまでに集中させることによって、ふつふつと沸き上がる残響を調律し、室内に一様に保たれているかのようだった。

拍手喝采はなく、ただその真価を認める深い沈黙だけがあった。白人の来賓たちは評価の印の笑みを互いに交わした。僕はベンチに腰かけたまま、こうした一切のものを捨てて退学するしかないと思うと怖くなり、郷里に帰って両親に叱りつけられる場面を想像した。今では目の前の光景を絶望の淵から眺め、望遠鏡を逆にしたようにして壇上と役者たちを見ていた。人形みたいに小さい人物たちが無意味な儀式を執り行っていた。目の前に並んだ干からびた苔《こけ》を想わせる髪の頭や、ポマードをなでつけた頭越しに見える壇上で、誰かが、薄暗い明かりの灯った聖書台の前で何かを読んでいた。もうひとりの人物が立ち上がって、祈りの先導役をつとめた。誰かが口火を切った。すると、まわりの全員が、**我を導きたまえ、我よりも高い岩の上に導きたまえ**、と歌い出した。歌声には、生きた筋肉の結合組織を思わせる目の前の光景よりも強い力がこもっているかのように、僕はすぐに現実に引き戻された。

　来賓のひとりが立ち上がって演説しはじめた。ひどい醜男で、でぶで、短い首に弾丸のように丸い顔をちょこんとのせ、顔のわりには鼻が広がりすぎで、サングラスをかけていた。男はブレドソー博士の隣に座らせられていたが、僕は博士のことが心配なあまり、実際にはその男のことなど眼中になかった。白人たちと博士だけを集中的に見ていた。だから、その男が立ち上がって演壇の中央へゆっくりと歩いていった時、博士の体の一部が立ち上がって進み出て、残りの部分は椅子の中でほほ笑んでるのではないかと、思えたほどだ。

　男は僕らの前にくつろいだ様子で立っていた。彼の白いワイシャツの襟は、黒い顔と黒い服の間でバンドのように輝き、頭と胴体を分け、黒くて小さい仏陀《ぶつだ》を思わせる太鼓腹の前で短い腕を組んでいた。一瞬、彼は考えごとでもするかのように、丸い頭を仰向けにした。それから、幾多の歳月のあとで大学をもう一度訪れることができたことの喜びを、朗々とした響きのある声で語った。北部の都市で説教を続けていた彼は、創設者の晩年、ブレドソー博士が「副学長」だった時、大学を見学したことがあったと言う。「当時はすばらしい時代でした。有意義な日々で、毎日が驚きに満ちていたのです」と彼はものうげに語った。

　男は、演説の最中に指先を合わせて籠《かご》の形をつくり、ついで短い足同士をくっつけると、ゆっくりとリズミカルに体を揺すりはじめた。倒れるくらいにつま先に重心をかけて前に傾きそうになったかと思うと、今度はかかとに重心をかけてうしろに傾いた。明かりがサングラスに当たって、しまいには頭が胴体から離れて浮きそうになり、白い襟だけでやっと胴体にくっついているように思えた。彼が演説の際に体を揺すっているうちに、一つのリズムができていた。

そのうちに男は、僕らの心に夢を蘇らせようとしていた。

「……奴隷解放後のこの不毛の大地」と彼は抑揚をつけて語った。「暗闇と悲しみ、無知と退廃に満ちたこの土地では、兄が弟に手を上げ、父親が息子に手を上げ、息子が父親に逆らい、主人が奴隷に手を上げ、奴隷が主人に反逆していました。いさかいと暗闇だらけの、心の疼《うず》く土地でありました。やがてこの土地に、ナザレの身分の卑しい大工と同じく身分の卑しい預言者が、奴隷であり、奴隷の息子であり、自分の母親しか知らない預言者が現れたのです。将来大学の創設者になられるあの方は生まれながらの奴隷ではありましたが、最初から高い知性と王のような人格が際立っていました。あの方はこの不毛の、戦争の傷跡が残った土地でもいちばん荒れた地域にお生まれになったのですが、ご自分が通られる時にはいつでも、何らかの光を投げかけられたのであります。きっと皆さんは、彼の危険に満ちた幼年時代の話をお聞きになったことがあるでしょう。精神に異常のあるいとこに洗濯用の灰汁をかけられ、生殖器がしぼんであの方の貴重な生命が滅ぼされそうになったとか、まだほんの赤ん坊だった彼が死んだように昏睡状態に陥り、九日間床に臥《ふ》したあと、突然、奇跡的に回復した、といった話を。それはまるで、あの方が死から甦って復活したと言えるかもしれません。

おお、私の若き友人たちよ」と男はほほ笑みかけながら叫んだ。「私の若き友人たちよ、これは実に美しい話であります。きっとあなた方は、この話を幾度となく聞いたことでしょう。思い起こしてください。あの方が白人の主人に決して疑われることなく、その子どもたちに抜け目なく質問することで最初の勉強の機会に恵まれたこととか、あの方がアルファベットを学んで言葉の神秘を独学で読み解くようになり、はじめての知識をえようと、偉大な英知を秘めた聖書を本能的に手にされたことなどを。それにご承知でしょうが、あの方は奴隷の身から逃れて、山や谷を越えてあの学問の場所に行かれ、老人が口にするように『大学の壁に頭をこすりつける』という勉強の機会を求めて、昼も夜も朝も働き続けてこられたのです。あの方の輝かしい経歴や、あの方がすでに人を感動させる雄弁家であることや、それからあの方が一文無しで卒業されたことや、幾多の歳月のあと、この地方に帰ってこられたことも、ご存知かと思います。

そこからあの方の大変な努力がはじまったのです。私の若き友人たちよ、こんな光景を思い描いてください。暗黒の雲がこの土地一面をおおい、恐怖と憎しみでいっぱいの黒人と白人たちは前に進みたいけど、お互いに相手のことを怖がっています。地方全体が恐ろしい緊張感に包まれていて、みんなは、姿を隠した悪魔みたいに、この土地中に潜んでいる恐怖と憎しみを解消するには、どうしたらいいのかという問題で悩んでいます。そこにあの方がやって来られて、彼らにその道を示されたのです。ええ、そうなんです、友よ。きっと幾度となくお聞きになったことでしょう。この神にも等しいような人間の労苦や、あの方のすばらしく謙虚な態度や、衰えることのない見識を。今の皆さんは、その成果を享受しているのです。奴隷制の荒廃と暗黒の中で考え出されたあの方の夢は、今皆さんが呼吸している空気や、皆さんの入り混じった声のハーモニーの中でさえ叶えられているのだし、皆さんの一人ひとりが――娘さんや孫娘、息子さんや孫息子――あなた方全員が明るい、設備のいい教室でともにする知識の中にも息づいているのです。皆さんは、この奴隷にして黒いアリストテレスが、優しい忍耐力をもって、それも単なる人間の忍耐力だけではなく、神から授かった信仰に裏づけられた忍耐力をもって、ゆっくりと進んでいくのを見届けなくてはなりません——彼が、ありとあらゆる障害を乗り越えながら、ゆっくりと前進していくのを見るべきなのです。たしかにシーザーのものはシーザーに返せとは言いながらも、皆さんが今享受しているあの地平線を、皆さんのために一歩一歩求めながら……。

　こうした話はすべて」と彼は自分の前で下に向けた手のひらを広げながら、言った。「生まれは卑しいが急速に、向上しつつある人民を触発しながら、この国中で語られ、語り直されてきました。皆さんは耳にされたことがあるでしょう——それは、含蓄豊かなこの実話であり、証明された栄光と、謙虚な中にも滲《にじ》み出た気品の生きた寓話であります。それが、皆さんを自由にしてきたのです。この殿堂に来て一学期しかたっていない皆さんでさえ、この話はご存知だと思います。皆さんはあの方のお名前をご両親からお聞きになったことでしょう。というのも、ご両親に進むべき道を示し、偉大な船長のように彼らを導いたのは、あの方だったのですから。それは、自分の人民を率いて、血のように赤い海の底を無事に渡ったあの大昔の偉大な先導者を彷彿とさせるものでした。そして、皆さんのご両親は、この素晴らしい人物のあとについて行き、いざという時には**わが人民を解放せよ！**　と叫び、小声がいちばん賢明な時にはそうささやきながら、偏見という名の黒い海を渡り、恐怖と怒りの嵐の中をくぐり抜け、無事に無知の大地を脱出されたのです。やがて、そのようにしてあの方の名声は知れ渡ったのであります」

　僕は硬いベンチに背をもたせかけ、呆然として聴いていたが、自分の感情は織機の中にでも織り込まれるかのように、彼の言葉に吸い込まれていった。

「そこで思い出してください」と男は言った。「あの方が綿の収穫時にある州に入られた時、敵があの方の殺害を企てていたことを。ところが、あの方は旅の途中で、あばた面のせいで黒人なのか白人なのかさっぱり分からない、見知らぬ男に引き止められたのです……。その男はギリシャ人だと言う者もいたし、モンゴル人だと言う者もいたし混血児だと言う者もいて——さらに、信心深い純粋な白人だという者もいました。いろんな人が何と言おうと、私たちは、その男が天上からの直接の使者であるという可能性も無視するわけにはいきません——そうなんです！——あの方と馬がびっくりするくらい突然、男が目の前に現れ、馬と馬車を道においてすぐに小屋へ逃げろとあの方に警告したかと思うと、スーッと姿をくらましたのです。私の若き友人たちよ、あまりにもそっとだったものですから、創設者には、あの男が果たして実在していたのかどうか疑わしかったほどです。ご存知のように、あの偉大な方は、戸惑いながらも決意をかためて、夕暮れになっても旅を続けられ、町に近づきました。あの方は、物思いに耽《ふけ》っておられたのです。すると、最初にライフルの銃声が一発聞こえ、それから頭が縮み上がるほどの凄まじい一斉射撃がはじまり——可哀そうに！——あの方は気絶されて倒れられ、見たところ死んだようでした。

私はあの方から直接お聞きしたのですが、連中があの方の持ち物を調べている時にあの方は意識が回復したのですが、彼らに気づかれて、フランス人が言う**とどめの一撃**で息の根を止められるといけないので、息を押し殺して、横たわっておられたそうです。ああ！　きっと皆さんも、一人ひとりがあの方の逃走を体験されたかと思います」と彼は言って、僕の涙ぐんだ目をまっすぐ見たようだった。「あの方が意識を取り戻した時に皆さんも意識が回復し、連中がさらに危害を加えずに立ち去るのを見て、あの方が喜ばれた時に、皆さんも喜び、あの方が立たれた時に、皆さんも立ち上がることでしょう。また皆さんは、連中のうろつき回る時の足跡や、あの方が倒れていた跡に埃にまみれて落ちていた薬莢を目にされ、それからまた致命的な出血ではなかったが、冷たくなって埃のこびりついたあの方の血も目にされたことと思います。そのあと皆さんは、実に変だなと思いながらも、例の見知らぬ男に指示された小屋へあの方といっしょに急いで行き、そこで、あの方は、あの、見るからにおかしい黒人にお会いになったのです……。皆さんも、町の広場で子どもたちにからかわれていたあの老人を覚えているでしょう、老いておどけた顔をして、ずる賢そうな綿毛頭の。創設者の傷口とともに皆さんの傷口を包帯で縛ったのは、あの老人だったのです。この老人は奴隷だったのですが、このような事柄について驚くほどの知識を示し――細菌学とか瘡蓋学とかと、何とまあ！　そんな専門用語も使って――しかも、実に若々しい手先の器用さを見せたのです！　というのも、それもそのはずで、その老人は、私たちの頭を剃り、傷口を消毒し、疑うことを知らない暴徒の首領の家から気づかれずに盗んだ包帯を、そこにしっかりと巻いてくれたほどの人だったのですから。それから、皆さんが、創設者にして指導者でもあったあの方とともに、奴隷制時代にそのコツを身につけていたあの一見正常に見えない老人に最初は導かれて、実際には手ほどきをうけて、逃亡術にどっぷりはまったことを、皆さんも覚えておいでのことでしょう。皆さんは夜の暗闇にまぎれて、そっと小屋を出ていかれた。そのことは私も知っています。あなた方は、静かに川底を急がれたのです。それも蚊に刺されたり、フクロウの鳴き声やコウモリの羽音にびくついたり、岩の間で音を立てる蛇に脅かされたり、ぬかるみと熱病に悩まされたりして、暗闇とその吐息の中を。その翌日、あなた方は、一三人泊まれる三つの小さい部屋のある小屋に隠れていた。日が暮れるまで、煤《すす》と灰だらけの暖炉の煙突の中に突っ立っていたのです――ハッハッハッ！――火のない暖炉のそばでうたた寝している老婆に守られて。真っ黒になったあなた方が、暗闇の中に立っておられた時に、連中が吠える猟犬どもを連れてやってきたのですが、連中が老婆を見て、こいつは呆《ぼ》けていると思ったのです。だが老婆は呆けているふりをしていた、なんと、ふりをしていたのですよ！　老婆は火のことを知っていたのです！　暖炉の火を知り尽くしていたのですよ！　老婆は尽きることなく燃える火を知っていたのですよ！　おお、神さま、うまくいきました！」

「おお、神さま、うまくいきました」と会衆のひとりの女性がそれに応えたので、僕の心の幻影が強まった。

「そして次の日の朝、あなた方は、荷馬車に積んだ羊毛みたいな綿花の真ん中に隠れて、あの方とともにその小屋を抜け出されたのです。綿花の中で、緊急用の散弾銃の銃身から熱い空気を呼吸し、同時に、手を広げた指の間には、ありがたいことに使わなくてもよかったが、まさかの時に備えて薬莢を持ちながら。やがてあなた方が、あの方とともにこの町に着くと、最初の晩は親切な貴族が、次の晩は、憎しみを抱いていない白人の鍛冶屋があなた方をかくまってくれました――これは、地下運動の歴史に著しく矛盾することです。そうです！　あなた方を知っている人たちや、知らない人たちに助けられての逃亡だったのであります。ある者にとっては、あの方にお目にかかるだけで十分だったのだし、またある者にとっては、黒人であろうと白人であろうと、あの方にお目にかかれなくとも助けてくれたのですから。ですが、たいていの場合、助けてくれたのは私たちの同胞でした。あなた方は私たちの同胞であり、私たちは私たちの同胞をいつも助けてきたのですから。だから、若き友人たちよ、私のシスターならびにブラザーたちよ、あなた方は小屋から小屋へ、夜にも早朝にも、沼地を通り丘を越えてあの方とともに先を急がれたのです。あなた方は黒人の手から黒人の手へ、時には白人の手へと次々に渡されてゆき、あらゆる人々の手が、さまざまな声で感動的な歌を形づくっていくように、創設者の自由と私たち自身の自由をつくっていったのです。そしてあなた方は、あなた方の一人ひとりがあの方とともにおられたのです。ああ、あなた方もそのことは百も承知のことです。あなた方というのも、自由へ向かって逃れられたのは、現にあなた方だったのですから。ああ、それにこの物語もご存知でしょう」

今は男は休息し、チャペルのほうへほほ笑みかけながら、丸い頭を標識塔のようにその隅々にまで向けていた。僕が感情をこらえている時でも、彼の声の響きはまだ残っていた。創設者の思い出話にはじめて僕は悲しくなり、キャンパスが目の前からさっと通りすぎ、まどろみから覚めかけた時の夢がうすれるように、急速に遠ざかっていくかに思えた。僕の隣の学生は、目にゆがんだ滝を想わせる涙をたたえ、心の中で苦闘しているかのように顔をこわばらせていた。あのずんぐりした男は何のそぶりも見せずに、会衆の心をもて遊んでいた。彼はサングラスに目を隠して落ち着きはらった様子だったが、ただ表情豊かな顔立ちが声によるドラマを伝えていた。僕は隣の学生のわきの下を肘で突ついた。

「あの男は誰なんだい?」と僕はささやいた。

その学生は、今にも怒りそうな当惑げな顔つきで僕を見た。「シカゴのホーマー・A・バービー尊師だよ」と彼は答えた。

今度は尊師は、聖書台に片手をおき、ブレドソー博士のほうを向いた。

「あなた方は、この美しい物語の輝かしいはじまりはお聞きのことでしょう。だが、この物語は悲しい結末が、たぶんいろいろな意味でもっと豊かな側面があるのです。それは、この朝日の輝かしい息子の落日であります」

彼はブレドソー博士のほうを向いた。「あれは致命的な日でしたねぇ、ブレドソー博士。私たちはあそこに居合わせたのですから、今さら私があなたに思い起こさせることでもないでしょう。ああ、そうなんです、私の若き友人たちよ」と彼らは僕らに向き直り、悲しげな、それでいて誇りに満ちた笑みを浮かべながら言った。「私はあの方をよく存じ上げていたし、愛してもいました。その私があの方のそばにいたのです。

私たちはいくつもの州を旅し、あの方は行く先々でお告げを伝えていらっしゃいました。人々はこの預言者のお告げを聞こうとやって来ました。大勢の人々が私たちの呼びかけに応じて、来てくれたのです。古風な人々、エプロン姿の女たち、更紗のホームウェアを着た女たち、ギンガムチェックのホームウェア姿の女たち、作業着姿の男たち、アルパカ毛織の継ぎのある服を着た男たち、古ぼけてつぶれた麦わら帽や、ぐにゃぐにゃの日よけ帽の下から覗いて、上を向いたいぶかし気な無数の顔。彼らは牛やラバにひかせた荷車でやって来たり、遠方からはるばる歩いてきたりしました。あれは九月の、いつになく寒い日でした。あの方は安らぎと自信についての、彼らの悩める魂にしみる演説をして彼らの前に希望の星をかかげたあとも、私たちを連れてほかのいろんな場所に移動し、やはりお告げを伝えられたのです。

　ああ、休みなく続いたあの旅の時代、あの若かりし頃の日々、あの春の季節、豊かで花盛りの、太陽で満ちあふれた約束の日々。ああ、そうです、あの言語に絶するほどの輝かしい日々に、あの創設者は、当時は不毛だったこの土地だけではなく、地方のあちこちに夢を築き、人々の心にその夢を育ませていました。自己を犠牲にし、黒い顔と白い顔両方の敵と――ああ、そうそう、あの方には黒人にも白人にも敵がいました――闘い、彼らを許しながら、休閑地の種まきのようにお告げをばらまいておられたのです。だが、お告げの大切さと献身的な使命感を胸にたたえて道を歩まれる熱心さのあまり、おそらく死に至る自尊心のせいで、あの方は主治医の助言を無視されたのです。私は今でも、あのぎっしり詰まった講堂の最後の光景が目に浮かんできます。創設者は雄弁という名の優しい手で会衆の心をつかみ、揺すぶり、彼らをなだめ、教え諭《さと》しておいでだったのです。そして演壇の下には、白熱ですでにサクランボ色になっただるまストーブの熱のせいで赤らんだ、うっとりした大勢の顔。そう、お告げの重大な真理に魅了された人々の幾多の列。そして私にはふたたび、あの方の声が力強い演説の終わりに達した時の、静かなざわめきが聞こえてきます。すると、会衆のひとりで雪のような白髪の男がさっと立ち上がって、叫びました。『私たちが何をしたらいいのか教えてください！お願いですから教えてください！　先週私から奪い去られた息子の名において、どうかお教えください！』そのうちに部屋中から人々の嘆願する声が湧き起こりました。『教えてください、どうか教えてください！』と。突然、創設者は涙にむせて口がきけなくなります」

　バービー尊師は声を鳴り響かせ、感情のこもったぎこちない動作で今の自分の言葉を演じた。僕は、物語の一部は知っていたが、心のどこかでその悲しい避けがたい結果に抵抗しながら、病的なくらいにうっとりして見ていた。

「やがて創設者は少し間をおいてから、目にあふれんばかりの大きな感動をたたえて前に進まれました。片手を上げて答え始めると、よろめかれました。途端に、会場全体が騒然とし、私たちはあわててそばに寄り、あの方を壇上から連れ出しました。

聴衆は仰天してぱっと立ち上がりました。会場全体が恐怖、動揺、呻き声、溜め息の渦と化しました。やがて私には、希望の歌を歌うブレドソー博士の声が睨みのきく鞭の音のように、雷鳴の如く響きわたるのが、聞こえてきました。私たちが創設者を休ませている時に、博士は、ほかに人のいない演壇で足を力強く踏みならして拍子をとりながら、言葉ではなく、あの素晴らしい感動的な低音で指揮をされていたではありませんか――おお、博士は歌手ではなかったのですか？　今でもそうですよ――人々は立って落ち着きをとり戻すと、自分たちも巨人のよろめきに負けじと歌い出す。血と肉から成る長くて暗い歌を、大声で歌う。

抱こうよ、**希望を！**
苦難と痛みに耐えて
抱こうよ、**信仰を！**
貧しさと不条理に耐えて
持とうよ、**忍耐を！**

暗黒の絶え間なき闘いに耐えて
勝利を……

何と！」バービー尊師は手を叩いて、叫んだ。「何と！　歌詞が次々に歌われるうちに、あの指導者が元気になられたではありませんか！（パチ、パチという手を叩く音）

そして聴衆に話しかけられ——

（パチッ！）おお、神よ、おお神よ！

聴衆を安心させられたのです——（パチッ！）

こう言って——（パチッ！）

自分は不断の努力に疲れただけだ、と」（パチッ！）「それから聴衆を解散させ、喜びを与えて家路におつかせになったのであります。聴衆一人ひとりと仲間としての別れの握手をして……」

バービー尊師が、唇をかみしめ、感動のあまり顔をひきつらせ、手を合わせるが音を立てずに、半円の形に動くのが僕の目にとまった。

「ああ、あの方が不毛の地を力強く耕されたあの頃、作物が根づいて育つのを見守られていたあの日々、あの若かりし頃の、夏の太陽が輝いていた頃……」

バービー尊師の声は、溜め息となって郷愁の中に消えていった。彼が深い溜め息をついた時、チャペルの聴衆は息がつけないほどだった。そのうちに彼は雪のように白いハンカチを取り出し、サングラスをはずして涙を拭いた。孤独感が次第にうすれていく僕の目に、うっとりとしてゆっくり首を横に振る来賓席の人たちの姿が映った。やがて、今度は魂が抜けたようなバービー尊師の声が聞こえてきたが、それはまるで、彼が一度も間をおかなかったかのようであり、僕らの心の中で鳴り響いていた彼の言葉が、その泉が一瞬途切れはしたものの、リズミカルに流れ続けていたかのようだった。

「ああ、そうです、私の若き友たちよ、ああ、そうなんです」と彼はとても悲しげに話し続けた。「人間の希望は紫色の絵を描くことができるし、空を舞う禿鷲を気高い鷲とか悲しげな鳩とかに変えることもできます。ああ、そうなんです！　ですが、私には**分かっていました**」と彼が叫んだので、僕はハッとした。「**私の心のあの大きな、苦しみに満ちた希望**にもかかわらず、**私は知っていました――気づいていたのです**。あの偉大な魂が衰えつつあり、淋しい冬に近づいていることを。あの偉大な太陽が沈みゆくことを。というのも、人間には、それらのことを知る感覚が備わっていることがあるからです……。私はそうした知覚の恐ろしい重荷のせいでよろめき、その感性をもつ自分を呪いました。だが、創設者の熱意たるや大変なものだったので――ああ、そうなんです！――あの輝かしい小春日和に、私たちが地方の町を駆け足で次々に回っているうちに、私はまもなく忘れてしまったのです。それから……。それから……。やがて……」

僕は、ささやき声のように低くなっていく彼の声に耳を傾けた。まるで彼は、オーケストラを指揮して音程を深みのある最後の漸次弱音にもっていくかのように、両腕を広げていた。やがて、彼の声はふたたびきびきびした、事務的と言っていいくらいの早口の調子で高まっていった。

「私は汽車が発車した時の様子を覚えています。汽車が山の険しい坂道を登りはじめた時に、呻き声みたいな音を出しましたね。あれは寒い日のことでした。窓の縁には、霜の結晶ができていました。

そして汽笛は長く引いたような淋しげな音で、山奥から洩れた吐息のようでした。

前方の客車の、鉄道会社の社長がじきじきに用意してくれた特別寝台車には、わが指導者が苦しみながら横たわっておられました。あの方は突然、原因不明の病気にかかられたのです。そして私は、あの太陽が沈んでいくのを、心の中で悩みながらも悟ったのです。なぜなら、神さまが直接そのことをお示しになったのですから。汽車は勢いよく走り、車輪はレールの上で軋《きし》んでいました。今でも覚えていますが、私が霜のついた窓ガラス越しに外を眺めると、ぼんやり見えていた大きな北極星が、夜空が目を閉じたかのようにその姿を消してしまったのです。汽車は、ガタンゴトンと車輪の音を立てて勢いよく走っていました。汽車は山沿いにカーブして走り、その機関車はいちばんうしろの傾きながら走る車両と平行になり、青白い蒸気を吐いて巨大な黒い猟犬のように疾走するにつれて、私たちはずっと高い所へ運ばれていきました。すると間もなく、夜空は真っ暗くなりました、月もなく……」

「つ――き――」という声がチャペルに反響した時、彼は、ワイシャツの白い襟が消え、調和のとれた完全に真っ黒な姿になるくらいに顎を引いた。そして息を吸い込んだが、僕にはその時のかすれた音が聞こえた。

「それはまるで、星座そのものが私たちの差し迫った悲しみを知っているかのようでした」と朗々とした声で言うと、彼は頬をふくらませて天井を見上げた。「というのも、漆黒のあの大きい――広大な――広がりの中に、宝石を想わせる星が一つ、パッと現れたかと思うと、きらめき、その光を弱めてから、ひとしずくの可憐で淋しげな涙の如く、あの石炭のように黒い夜空の頬をつたって落ちるのが、見えたからです……」

バービー尊師は感動のあまり頭を横に振り、まるでその姿がよく見えないかのようにブレドソー博士のほうを向きながら、唇をすぼめて「ウム……」と唸《うな》った。「あのゆゆしき瞬間に……ウム……私はあなた方の偉大な学長のそばに座っていました……ウ——ム！　私たちが医者の言葉を待つあいだ学長は深く瞑想されていたのですが、私にあの流れ星のことを言われました。

『バービー、君、あれを見たかね？』

『はい、博士、見ました』と私は答えました。

その時にはすでに、私たちは喉元から込み上げてくるような冷たい悲しみを感じていました。そこで、私は『祈りましょう』と博士に言ったのです。汽車の揺れる床にひざまずいたのですが、私たちの言葉は祈りの言葉というよりむしろ、無言のもの凄い悲しみの声に近いものでした。私たちが医者が近づいてくるのを見たのは、その時だったのです。疾走する汽車の揺れのせいでよろめきながら、体を引っ張り上げるようにして立ち上がった時でした。私たちは医者のひどくうつろな顔を息を殺して覗き込んで、『あなたは希望を伝えに来たのですか、それとも不幸をですか？』と全神経を集中させて訊きました。するとすぐに、彼は、あの指導者が寿命に近づきつつあると教えてくれたのです……

私たちは残酷な一撃を食らって呆然としていたのですが、創設者はしばらくは私たちと一緒に、しかも指示しながら、生きておられたのです。そして、旅の一行のうちから、あなたがたの前に座ってらっしゃる博士と、牧師の私をお呼びになりました。ですが、あの方が主に望まれたのは、真夜中の相談相手であり、苦難の歳月にわたって多くの闘いをともにし、敗北にも勝利にも動じなかった同志でありました。

今でも私には、ぼんやりとした明かりの灯った薄暗い通路や、目の前を揺れながら行かれるブレドソー博士の姿が目に浮かびます。ドアの所でボーイと車掌が、黒人と南部白人が立っていて泣いていました。ふたりとも泣いていましたよ。私たちが中に入ると、あの方は私たちを見上げられたのですが、その大きな目は諦めの表情を浮かべながらも、枕の白さに映えてまだ高貴さと勇気で輝いていました。あの方は、友のほうに目を向けてほほ笑まれました。あの方の古き運動家にして忠実な闘士、補佐にして古い歌のすばらしい歌い手でもあった博士の顔を見て、暖かくほほ笑みかけられたのです。博士は、悲痛と落胆の時にあの方を元気づけられたり、懐かしい聞き慣れた歌を歌って、大勢の人たちの疑念と不安を和らげたり、無知な人たちや恐れと疑いを抱く人たち、奴隷制時代のぼろ着をいまだ身にまとった人たちを勇気づけたりしてこられた方です。博士は、そこにお座りになっている皆さんの指導者は、嵐の中の子らを落ち着かせてこられたのであります。さて、創設者は友を見上げると、ほほ笑みかけられました。そして、私が今あなた方に手を差し伸べているように友に手を伸ばされて、『もっと近くに、そばに来て』と言われたのです。博士が寝台のそばまで近づいてから、あの方の傍らでひざまずかれた時、博士の肩に明かりが当たりました。差し伸べた手で博士の体にそっと触れると、あの方は、『これからは君が重荷を背負わなくてはいけない。彼らを導いて残りの道を歩んでくれたまえ』と言われたのです。だが、ああ、汽車の叫びにも似た音と、涙を流すにはあまりにも大きな苦痛！

汽車が山頂に着いた時には、あの方はもう私たちと一緒ではありませんでした。汽車が下り坂を落ちるように下る頃には、あの方はすでに息をひきとっておられたのです。

あれは、紛れもなく悲しみの汽車でした。今そこにおいでのブレドソー博士は、精神的に疲れ果て、自分はどうしたらいいのだろうかとふさぎ込んでおられました。あの指導者が亡くなり、博士は、騎兵が戦闘で倒れた将軍の軍馬の鞍に放り上げられ、それも気の荒い、あまり馴らされていない軍馬に乗せられたように、いきなり軍隊の指揮官に就かせられたのです。ああ！　戦闘の騒音で目が白く濁り、すでに喪失感で顔をひきつらせる、あの偉大で黒い、高貴な獣。自分はどんな指揮をとればいいと言うのか？　すでに最新の電報がこの悲しい知らせをパッと伝え、読み上げられ、騒然としている故郷へ、重荷を背負って帰るべきか？　それとも、引き返して倒れた指揮官を背負い、冷たい見知らぬ山沿いに下ってあの故郷の谷へ戻るべきなのか？　あの懐かしい目は光を失い、しっかりした手は動かず、すばらしい声は沈黙したままの、冷たくなった指導者と一緒に帰るべきか？　あの暖かい谷へ、もはや自分の考えられる限りの理想でも光を当てられない緑の大地へ帰還すべきだろうか？　指導者が亡くなられた今でも、自分はあの方の理想に従うべきだろうか？

ああ、あなた方は、こういう話はもちろんご存知でしょう。博士が見知らぬ都市へ遺体を搬送されたことや、指導者の遺体が厳かに安置された時に博士が告別の辞を述べられたことや、悲しい知らせが広まると、その都市が一日喪に服すことを発表したことも。ああ、金持ちや貧乏人も、黒人や白人も、強者も弱者も、あらゆる人々がやって来て哀悼の意を表しました――指導者が亡くなられてはじめて、多くの人たちはあの方の立派さと自分たちの多大な損失に気づいたのです。任務を果たすと、ブレドソー博士はみすぼらしい手荷物車の中で悲しい通夜を続けながら、故郷へ帰られたのです。故郷の途中、多くの駅には人々が哀悼の意を表そうと集まっているではありませんか……。ゆっくりと走る汽車。悲しみの汽車。そして山や谷の路線に沿ってずっと、レールが宿命的な進路を辿る所ではどこでも、人々は一体となって共通の喪に服し、冷たい鋼鉄のレールのように、悲しみに釘づけにされたのです。おお、何と悲しい別れ！

そしてはるかに悲しい到着。私と一緒に心に思い描いてください、わが若き友人たちよ。私と一緒に聞いてください。あの方と苦労をともにした人たちの、嘆き悲しむ声やすすり泣く声を。優しい指導者は、死んで鉄のように動かず、岩のように冷たくなって、彼らのもとに帰って来られたのです。元気よく出発され、まだ男盛りで、彼らの火と光明の創設者であったあの方は、冷たくなって、すでに銅像となって彼らのもとに帰還されたのであります。おお、皆さん、何という絶望。黒い人民の暗黒の絶望！　私は今でも彼らの姿を見る思いがします。レンガの一つひとつに、鳥の一羽一羽に、草の葉の一枚一枚に大切な思い出が残っているこのグラウンドをあてもなく歩き回っていた彼らの姿が。彼らにしてみれば、思い出の一つひとつが悲しみの大釘を打ち込むハンマーの一撃だったのです。ああ、そうです、彼らのうちの何人かはあなた方に混じってここに同席されている白髪を召した方々で、いまだにあの方の理想に献身的で、いまだにぶどう園で働いていらっしゃいます。だが、あの時には、厳かに安置され、黒い帷子《かたびら》でおおわれた棺を囲んでいると——今さら彼らに思い出させるまでもないのですが——彼らは、奴隷制の暗い夜のとばりがまた降りてくるのを感じたのです。彼らは、ほの白い死の腐臭よりもひどい、あの昔の忌まわしい悪臭を、あのかつての奴隷制の悪臭を嗅いだのです。

彼らのやさしい光は黒い帷子に包まれた棺の中に封じ込められ、彼らの荘厳な太陽は雲にかき消されてしまったのです。

ああ、そしてラッパの悲しみに満ちた響き！　私は今でもそれが聞こえてくる思いがします。キャンパスの四隅におかれたラッパは、あの倒れた創設者のために葬送曲を吹き鳴らしていました。悲報をくり返し知らせ、静まりかえった大気の中で悲しい掲示をお互いにくり返し告げ、まるでラッパそのものがそれを信じることができないし、理解することも受け入れることもできないかのようでした。やさしい女たちの家族が愛する人の死を嘆くように、ラッパの音は鳴り響いていました。そして人々がやって来て古い歌を歌い、彼らの言葉にならない悲しみを表したのです。黒、黒、黒！　自分たちの肌の色よりも黒い喪服をつけ、裸の心に黒い喪章をつけた黒い人々。自分たちの黒い民衆の悲しみの歌を恥も外聞もなく歌う人々。悲しみに打ちひしがれて動く人々。曲がった歩道からあふれ出た人々。うなだれた木の下で嘆き悲しむ人々。荒野の中の風のうなる音を想わせる彼らの低いささやき声。やがて最後に、彼らは丘の斜面に集まり、涙でうるんだ目で見渡すかぎり遠くまで、立って頭を垂れたまま、歌を歌っていました。

それから沈黙。目にしみる花々が並べられた淋しい墓穴。絹のロープを持ち、緊張して待つ白い手袋をした十二の手。あの恐ろしい沈黙。最後の言葉が述べられる。お別れに投げられた一本の野バラがゆっくりと散り、花弁がしぶしぶと下ろされる棺の上で雪のようにゆらゆらと揺れる。やがて大地の中へ、太古の昔の塵《ちり》へと戻り、ふたたび冷たく黒い土……私たちみんなの母のもとへ」

バービー尊師が言葉を詰まらせると、会場が静まりかえったので、僕には、ずっと向こうのキャンパスにある発電機が、興奮した心臓の鼓動のような夜の中に脈打っている音が聞こえるほどであった。会場のどこかで、老婆の悲しげな泣き声がした。それは、悲しい、形のない歌が誕生したが、流産してすすり泣きになった感じだった。

バービー尊師は、頭をのけぞり、両脇で腕をこわばらせ、必死になって自制しているかのように拳を握りしめたまま、立っていた。ブレドソー博士は両手で顔をおおって座っていた。僕の近くの誰かが鼻をかんだ。バービー尊師はよろめきながら一歩前に出た。

「ああ、そう、そう」と彼は言った。「ああ、そうです。これも輝かしい物語の一部です。だが、それを死としてではなく誕生として考えていただきたい。一粒の大きな種が蒔《ま》かれたのですが、その種は、季節になると、まるで偉大な創設者が復活されたかのように、実をちゃんと結んだのです。というのも、ある意味であの方は、肉体のかたちではないにせよ、魂のかたちで生きているのですから。またある意味では、肉体のかたちをとって生きている。あなた方の現在の指導者があの方の代理人、あの方の肉体的存在になられたのではないでしょうか？　お疑いのようなら、あなた方のまわりを見回してみてください。わが若き友人たち、親愛なる若き友人たちよ！　あなた方を指導されていることの方のことを、どう話したらいいのでしょうか？　その方が創設者の約束をちゃんと守り、執事役を誠実に果たされてきたことを、どうやってあなた方に伝えたらいいのでしょうか？

先ず、あなた方は、当時の大学の実状を見ていかねばなりません。たしかにもうすばらしい機関になっていますが、当時の建物は八棟で、今は一二棟になっています。当時の教職員数は五〇人で、現在は二百人です。学生数は数百人だったのが、今では三千人に増えています。そして現在、乗り物用の道路はアスファルトになっていますが、当時の道路は牛やラバや馬車用の砂利道だったのです。私は、何十年ぶりかにこの緑豊かな木々のあいだを、実り多い農地や香しいキャンパスを動き回りたくて、どれほど胸をふくらませてこのすばらしい機関に戻ってきたことか、あなた方に伝える言葉が見つかりません。ああ！　多くの町よりも広大な地域にパワーを供給している工場であることか――それも、すべて黒人の手で管理されて。したがって、わが若き友人たちよ、創設者の火はいまでも燃えているんですよ。あなたの指導者はあの方との約束を一千倍も守られてきたのです。私は、当然受ける権利として博士をたたえます。なぜなら、博士はすばらしい高貴な実験の共同開発者なのですから。博士は偉大な友の立派な後継者なのですから、博士がすぐれた知的な指導力によって黒人の一流の政治家になられたのも、何ら偶然ではありません。彼は、あなた方が模倣するにふさわしいすぐれた器なのです。博士を見習いなさい、と私はあなた方に言いたい。あなた方の一人ひとりが、いつの日にか博士の志を継ぐよう大志を抱いてください。果たされるべき偉業は今なおあります。わたしたちは急速に向上しつつあるとはいえ、まだ若い人民なのですから。これからも伝説を作り上げていかねばなりません。あなた方の指導者の重荷を恐れることなく背負ってください。そうすれば、創設者の仕事はいつも花開く栄光の一つになるでしょうし、また民族の歴史は大きな勝利の物語になっていくでしょう」

バービー尊師は今は両腕を広げ、仏陀を想わせる体を縞めのうの丸石のようにじっとしたまま、聴衆にほほ笑みかけながら立っていた。チャペル中にすすり泣くような声がした。感嘆してつぶやく声がして、僕は今まで以上に途方に暮れた。僕は、しばらくのあいだ年老いたバービー尊師のおかげであの理想を心に思い描いたが、キャンパスを離れることは肉体の死のようなものだと、今になって分かった。彼が今は両腕を下ろし、まるで遠く音楽に聴き入っているかのように頭を上向きにして、ゆっくりと自分の席に戻るのが見えた。僕がうつむいて涙を拭いていた時、はっとして息を呑む声が上がった。

顔をあげると、ふたりの白人の理事が演壇を急いで横切って、ブレドソー博士の足にぶつかってもがくバービー尊師の所へ駆け寄っていくのが見えた。ふたりの白人が老人の腕をつかんだ時、老人は四つん這《ば》いで這い出していた。やがて彼が立ち上がると、ひとりの白人が床に手を伸ばして何かを拾い、それを老人の手におくのが見えた。僕がそれを目にしたのは彼が頭をもたげた時だった。ほんの一瞬、その身ぶりとサングラスのにぶい光とのあいだから、僕は視力のない目のまばたきを垣間見た。ホーマー・A・バービー尊師は盲目だった。

ブレドソー博士はお詫びを言ってから、彼を席につかせた。それから、老人がほほ笑みを浮かべて椅子に座り直すと、博士は演壇のはしのほうへ歩いていって、両腕を上げた。僕は目を閉じていたが、彼から洩れる深い呻き声が次第に強まっていった。今度はそれは、来賓たちのためにではなく、自分たちのために表現された心からの感動的な音楽であり、希望と賛美の歌であった。僕はこの建物から逃げ出したかったが、その勇気がなかった。固いベンチに支えられ、それを希望の一つとして頼りにしながら、体をこわばらせたまま座っていた。

僕は、今はブレドソー博士の顔を見ることができなかった。年老いたバービー尊師のせいで、罪悪感を覚え、それを受け入れたからだ。というのも、僕にはそのつもりはないにせよ、理想を危うくするすべての行為が反逆行為だったからだ。

僕は次の弁士の話は聞いていなかった。この背の高い白人は目にハンカチを当ててばかりいて、自分の言葉を感情的ではっきり分からない口調でくり返し続けたからだ。その次に、オーケストラが、ドボルザークの『新世界交響曲』から抜粋した曲を演奏したが、僕はその主題の中に、反響する『スウィング・ロウ・スウィート・チャリオット』を聴いていた——これは、僕の母親と祖父が気に入った曲だ。それは僕には耐えがたいものであった。やがて三番目の弁士の演説がはじまらないうちに、僕は、教員たちや寮母たちの非難の目にさらされながら、急いで夜の中へ出た。

一羽のモノマネドリが、月の光に照らされた創設者の銅像の手にとまって、永遠にひざまずいている奴隷の頭上で尾羽を狂おしく震わせながら、さえずっていた。僕は、その鳴き声を背後に聞きながら、暗い車道を登っていった。外灯の明かりはキャンパスの月光に照らされた夢の中でキラキラと輝き、一つひとつの明かりは、その影の檻のなかで静かに輝いていた。

僕は、礼拝が終わるまで待っていたほうがよかったのかもしれない。というのも、遠くまでいかないうちに、行進曲を演奏するオーケストラの明るい音色がかすかに聞こえてきたのに続いて、列をなして夜の中に出てくる学生たちの声が、いきなり聞こえてきたからだ。僕は恐怖心を抱きながら管理棟へ向かい、そこに着くと、暗い玄関にたたずんだ。下の方の草の生えた土手に影を投げかけている外灯に群がる蛾のように、僕の心は揺れていた。今度こそブレドソー博士に本気で会ってみようと思うと、僕はバービー尊師の演説を腹立たしく思い出した。あのような言葉が博士の記憶に新しいので、彼は、僕の口実にきっと同情してくれるはずがなかった。僕は暗い玄関にたたずんで、退学にでもなった場合の自分の将来を見きわめようとした。退学処分になったら、僕はどこに行けばいいのだろう？　どうすればいいのだろう？　どうやって故郷に帰ればいいのだろうか？

6

下のゆるやかな芝生の上を男子学生たちが、寮のほうへ下っていたが、何らかの落ち度があって、有益で刺激的な一切のものとは無縁の暗がりの中に隠れた今の僕には、彼らは僕から遠ざかって疎遠になっていくようであり、しかもそれぞれの人影がはるかに優位な立場にあるように思えた。僕は、ひとかたまりの学生たちが通りすぎる時にハーモニーをつけて低い声で歌っていた歌に耳を傾けた。パン工房からできたてのパンの匂いが漂ってきた。朝食用のおいしい白いパン。実家から送ってきた野生のブラックベリー・ジャムをつけて、あとで部屋でかじりつこうとしょっちゅうポケットに入れたあの、黄色いバターがしたたり落ちるロールパンだ。

見えない手で見境なく投げられた光る種がパッとはじけるように、女子寮に明かりがつきはじめた。何台もの車が滑るように通りすぎた。町に住んでいるひとかたまりの老婆たちが、近づいてくるのが見えた。杖をついたある老婆は、その杖で盲人のように歩道を時おり叩いて歩いていて、それが、うつろに響いた。会話の断片が聞こえてきたが、老婆たちはバービー尊師の演説を震える声で興奮して語り合い、その話に尾ひれをつけては、在りし日の創設者の思い出話をしていた。やがて、下の長い並木道を走る見なれたあのキャデラックが近づいてくるのが見えたので、見つからないように僕はあわてて建物の中へ隠れた。二歩と行かないうちにくるりと向きを変え、ふたたび夜の中へ急いで出た。今すぐにブレドソー博士に会うのは、耐えられなかったからだ。車道を上がってくる学生たちのうしろに回った時には、僕はかなり震えていた。彼らは何かの問題を熱っぽく議論していたが、動揺していた僕は話を聞くこともなく、ただ外灯の明かりで彼らの磨かれた靴が鈍く光るのを目にしながら、彼らの影について行っただけだった。僕が博士に言いたいことを頭の中でまとめようとしているうちに、学生たちは向きを変えてそれぞれの建物の中へ入っていったにちがいない。というのも、僕は、いつの間にかキャンパスの門を出て、ハイウェイを下っている自分にふと気づいたからだ。僕は向きを変え、さっきの建物のほうへ走って戻った。

僕が部屋の中に入ると、ブレドソー博士は青い縁のあるハンカチで首を拭っていた。彼が握り締めた拳を前方の明かりの中へ思いきり伸ばすと、眼鏡のレンズを光らせていた傘つきのスタンドは、彼の大きい顔の半分に影をつくった。入口近くの所にためらいがちに立っていた時、僕は、古くて重そうな調度品や、創設者の時代からの記念品や、学長、実業家、有力者といった額縁入りの肖像写真や浮き彫り模様の飾り板があることにふと気づいた——それらは、トロフィーとか紋章とかのように、壁に飾り付けられていた。

「こっちへ」と彼は半ば影の所から言った。それから彼が体を動かして頭を前に突き出し、目を輝かせているのが見えた。

彼が穏やかに、まるで静かに冗談を言っているかのように話しはじめたので、僕は面食らった。

「君」と彼が言った。「君はノートン氏を連れて奴隷地区へ行ったばかりか、しまいには掃き溜めのあの〈ゴールデン・デイ〉にも行ったみたいだね」

それは質問ではなく、事実の確認であった。僕は何も言わなかったが、彼は相変わらず穏やかなまなざしで僕を見つめていた。ノートン氏が彼の心を和らげるのに、バービー尊師にも協力してもらったのだろうか？

「いかんなぁ」と彼が言った。「あの方を奴隷地区へ連れていくだけでは飽きたらず、君は完璧な観光をして精いっぱいのもてなしをしないではおれなかった。そうだな？」

「いいえ、そんなつもりは……。あの方は気分が悪くなられたんです」と僕は答えた。「あの方はウィスキーを飲まざるをえなかったんです……」

「それで、君が知ってて行ける場所は、あそこしかなかった。だから君は行った、あの方の介抱をしていたからな……」

「はい、そうです……」

「しかも、それだけじゃない」と彼は、あざけりと驚きの入りまじった声で言った。「君はあの方を連れ出し、柱廊とかポーチとか回廊とかに座らせて——最近、どんな呼び方をするのか知らんが——下層社会の人に引き合わせたな！」

「下層社会の人？」僕は顔をしかめた。「ええ——ですが、あの方がぜひ立ち寄るように言われたんです。僕としましては、そうするほかなかったんです……」

「もちろん」と彼は言った。「もちろんだよ」

「あの方は奴隷小屋に興味をお持ちでした。まだ建っていたんで、びっくりされました」

「それで、当然、君は立ち寄ったというわけだ」と彼は、頭を垂れて言った。

「そうなんです」

「そう、それじゃ奴隷小屋が心を開いて、あの方にその生活史と選りすぐりの噂話をしたとでも言うのかい？」

僕は事情を説明したかった。

「君！」と彼は怒りを爆発させた。「君は本気でそんなこと言っているのか？　どうして最初にあの道を通った？　君が運転してたんじゃなかったのか？」

「はい、運転してました……」

「わしらが、まともな家と自動車道を造るために、何度も頭を下げたり、足を棒にしたり、お願いしたり、嘘をついたりしてきたのは、君があの方を案内するだけのためか？　白人が千マイルも旅をして是非来たかったとでも、思っているのか——君に奴隷地区を案内してもらうためにだけ、わざわざニューヨークやボストンやフィラデルフィアから？　突っ立ってばかりいないで、何とか言え！」

「ですが、僕はあの方を乗せて運転していただけなんです。あの方に命令されて、あそこに立ち寄っただけなんですから……」

「君に命令しただと？」と彼が言った。「あの方が本当に命令したんだな。チッ、白人はいつだって命令するんだから。白人の悪い癖だよ。なんでごまかさなかったんだ？　住人は天然痘みたいな病気にかかっているとか、別の小屋に引っ越したとか言ったらよかったのに。よりによってあのトゥルーブラッドの家だと？　君は黒人で、しかも南部に住んでいるのに――嘘のつき方も忘れたのか？」

「嘘をですか？　あの方に嘘をつけと言われるんですか？　理事に？　この僕が？」

彼は悩ましげに頭を横に振った。「わしは頭のいい青年を選んだつもりだったんだが」と彼は言った。「大学の存亡を危くすることが分からなかったのか？」

「ですが、ただ、あの方を喜ばせようとしていただけなんです……」

「あの方を喜ばせるだと？　君はこの大学の三年生だろが！　ああ、黒人が白人を喜ばせる方法は嘘をつくことだけだってことくらい、綿花畑の大馬鹿野郎でも知ってるぞ！　ここで君はどんな教育を受けているんだ？　本当は誰かに言われたんだろ？　あの方をあそこに連れていけって」と彼が言った。

「あの方に言われました。ほかには誰も」

「わしにまで嘘つくのか！」

「でも、事実なんです」

「嘘つけ、本当は誰に言われたんだ？」

「嘘なんか絶対に言ってません。誰からも言われてません」

「黒んぼう、この期に及んで、嘘をつくんじゃない。わしは白人とは違うんだぞ。いいから、ほんとのこと言ってみろ！」

その言葉を聞いて、僕は彼に殴られたようだった。僕は机越しに彼をじっと見つめて、そんなふうに彼から呼ばれたことを考えた……。

「おい、答えろ！」

あんな言い方で、と僕は彼の眉間に浮き上がって見える血管がピクピク脈打っているのに気づきながら、思った。**この人は僕をあんなふうに呼んだ。**

「僕は嘘はつきません」

「それじゃ、君が話をしたあの患者は誰だったんだ？」

「以前には会ったことはありません」

「そいつは何て言ってた？」

「全部は思い出せないんですが」と僕はつぶやいた。「あの男はわめいていました」

「もっと大きい声で。そいつは何て言ったんだ？」

「フランスに住んだことがあって、自分では名医だと思ってるみたいで……」

「それから」

「白人は正しいと僕が信じ込んでいるって、言ってました」と僕は言った。

「何？」突然、彼の顔が引きつり、暗い川面にさざ波ができるようにしわが寄った。「じゃあ、君はそう信じているんだな。やっぱり、そうか？」とブレドソー博士は、意地悪そうな笑いをこらえて言った。

僕は返事をしないで、心の中で思った。**そういうお前は、お前だって……。**

「そいつは誰なんだ？　前にも見かけたことがあるのか？」

「いいえ、会ってません」

「そいつは北部出身だったのか、南部出身だったのか?」

「知りません」

博士は机を叩いた。「君、ここは黒人の大学なんだぞ! 建設に五〇年以上かかった大学を半時間で台無しにしてしまうことも、知らんのか? そいつは北部出身みたいに**話した**のか、それとも南部出身みたいに**話した**のか?」

「あの男は白人みたいに話してました」と僕は答えた。「ただ彼の話し方には南部訛《なま》りがありました。僕たちの誰かみたいに……」

「そいつの身元を調査しなくてはいかんな。そんな黒人は刑務所にぶち込んでおくべきなんだ」

キャンパスの向こうから一五分を知らせる大時計の音が聞こえてきたが、僕の心の中の何かがその音を消したように思えた。僕は絶望的になって彼のほうを向いた。「ブレドソー博士、本当に申しわけありません。あそこに行くつもりはなかったんですが、僕にはとても手に負えなかったんです。ノートン氏は事情を理解してくださっています……」

「君、いいかい」と彼は大声で言った。「ノートン氏とわしは違うんだ。あの方は納得されたように見えるが、実際はそうじゃないことぐらい、わしには分かってるぞ! 君のまずい判断がこの大学に測りしれない損害をもたらしたんだよ。人種を向上させるどころか、引きずり下ろしやがって」

彼は、想像もつかない極悪な犯罪者でも見るかのように、僕を見た。「わしがこんなことに我慢できないことぐらい、分からんのか? わしは君に、とびきりすばらしい白人の友人に仕える機会を与えてやった、君の運命を左右することもできる白人にな。だがそのお返しに、君は民族全体を泥沼の中に引きずり込んだんだぞ！」

突然、彼は、書類の山の下に手を伸ばして、何かをとった。それは、彼が誇らしげに「わしらの進歩の象徴」と呼んでいた、奴隷制時代の古びた足かせだ。

「おい、君は懲罰を受けないとなぁ。言いわけなんかするなよ」

「ですが、ノートン氏と約束されたんでは……」

「そんな所に突っ立っていないで、何か言ってみろ。わしがどう言ったにせよ、わしはこの大学の長として、この件を見過ごすわけにはいかんのだよ。君は停学だ！」

僕の堪忍袋の緒が切れたのは、あの金属がガチャンと机にぶつかった時にちがいない。僕は彼のほうに身を乗り出し、怒りを込めて叫んだ。

「あの方に言いつけてやる」と僕は言った。「ノートン氏に会って言いつけてやるぞ。あんたは僕らふたりに嘘をついたんだからな……」

「何だと！」と彼は言った。「生意気にもわしを脅す気か……しかも、わしのオフィスで？」

「あの方にばらしてやる」と僕は金切り声で言った。「みんなにばらしてやるぞ。あんたと闘ってやる。絶対に闘うぞ！」

「フン」と彼は言って、椅子の中でふんぞり返った。「フン、そんなことさせんぞ！」

彼はしばらく僕を舐めるように見てから、頭を影の中に引っ込めたかと思うと、怒りの叫びに似た高くて、それでいて、どことなく自信のない声を発した。それから顔を前に突き出して、笑った。一瞬、僕は睨みつけた。それから僕がくるりと向きを変えて戸口のほうへ歩き出した時、背後から「待て、待て」と早口で呼び止める彼の声がした。

振り返ると、彼は両手で大きい頭を抱えて、息苦しそうにあえいでいた。涙が彼の頬をつたって落ちていた。

「来い、いいから来たまえ」と言うと、彼は眼鏡をはずして涙を拭いた。「君、おいで」おもしろがっているような、なだめるような声だった。それは、まるで友愛会の儀式を受けているかのようであり、僕は思わず引き返していた。彼は依然として苦笑いを浮かべながら、僕を見つめた。僕の目は怒りに燃えていた。

「君、馬鹿だねぇ」と彼は言った。「白人は何にも教えてはくれないし、君には世間の常識というものが分かっていない。一体、君ら若い黒人たちはどうしたのかね？　ここの現状が分かっていると思ったのに。だが、現実と理想の違いすら知っちゃいないんだから。まったく」と彼は喘《あえ》ぎながら言った。「黒人民族はどうなるんだろう？　まあ、君の言い分もあるかもしれない――座りたまえ……さあ、座って！」

僕は、怒りと興味に心を引き裂かれながらしぶしぶ座ったが、彼の言いつけに従った自分がいやになった。

「勝手にみんなに言いつけてもいいんだよ」と彼は言った。「構わない。君を引き止めるようなことはしないよ。わしは他人にこれっぽちも借りはないんだから。黒人にだって。黒人はこの大学を管理してはいないし、よそでもたいしたことはやってはいないんだからね――君はそんなことも知らなかったのかね？　そうなんだよ、黒人はこの大学を経営してはいないし、白人だってそうだよ。たしかに黒人は支援してくれるが、この大学の経営者はわしだ。わしは大物で、しかも黒人だが、場合によっては黒んぼうみたいに大きい声で、『はい、かしこまりました』とも言うんだよ。だが、ここの王様は今でもわしだ。逆に見られようが、わしはちっとも構わないね。権力を見せびらかす必要はない。権力は自信に満ちた自己満足であり、自己に始まり自己を終わらせ、自己を励まし正当化するものなんだ。権力を握ったら、君も分かるよ。黒人や貧乏白人には笑わせておけ！　君、これが現実なんだ。わしが喜ばせる気になる相手は、大物の白人だけだが、その連中でさえ、わしを支配している以上に、わしから支配されているんだよ。君、これが権力機構であって、私は体制側の人間なんだ。そのことも考えてごらん。君がわしに反逆することは、権力に、金持ちの白人の権力や国家権力に反逆することにほかならない――要するに、政府の権力にね！」

彼が権力を自分の体にしみ込ませるかのように話を中断したので、僕は、激しい憤りを覚えながら、呆然として待った。

「あのな、社会学の先生が言いたがらないことを教えてあげよう」と彼は言った。「もしこんな大学を経営するわしみたいな人間がいなかったら、南部は存在しないだろう。北部もな。しかも国もないだろう――現在のような国じゃないよ。君、そのことを考えてごらん」と彼は笑った。「演説と勉強ぶりからして、君は多少物分かりがいいと思ったよ。なのに君という奴は……よろしい、やりなさい。ノートンさんに会ってごらん。あの方も君の懲罰を望んでいらっしゃることが分かるから。あの方は自分ではお気づきではないけど、本当は君を懲らしめたいと思っていらっしゃる。あの方のために何が最善であるか、わしが知っていることをご存知だからね。君は教育を受けた黒人だけど、馬鹿者だよ。白人たちには新聞や雑誌やラジオがあるし、彼らの考えを伝えてもらう代弁者もいる。世間に嘘を伝えたい場合、本当と思えるくらい見事なまでに広めるんだ。君が嘘をついているとわしが連中に言ったら、たとえ君が本当のことを証明しようとしても、連中はわしの言ったとおりに伝えるさ。そうした嘘こそ、彼らが聞きたがっていることなんだから……」

またもや僕は、甲高い、どことなく自信のない笑い声を聞いた。「君はどうでもいい人間なんだよ。君は存在していないいんだ──そのことが分からないかい？　白人はあらゆる人間に、どう考えるべきかを言う──わしみたいな人間には別だけどね。わしのほうが**彼ら**に教えてやるのさ。それがわしの生活なんだ。自分の知っている情報を白人に教えてやるのがね。驚いたかね？　まあ、それが現実なんだ。きたない密約だし、わしだって必ずしも気に入っているわけではない。あのなぁ、わしがその密約を決めたわけではないし、それを変えられないことは自分でも分かっておる。だが、わしはその中で自分の地位を築いてきたのだから、今の地位にとどまるためには、この国のあらゆる黒人たちを、朝までに木の枝に吊ることだってするよ」

今まで彼は僕の顔を見つめていたが、その声には、まるで告白でもしているかのように、緊張して誠実味が込もっていた。要するに、信じることも否定することもできない、変わった打ち明け話だった。汗の冷たいしずくが、氷河のような速度で僕の背筋をつたって落ちた……。

「君、わしは本気で言ってるんだよ」と彼は言った。「わしは、今の地位につくためには、意志を逞《たくま》しく、強く持たねばならなかった。いろいろと計画し、動き回らねばならなかった……そう、わしは黒んぼうを演じる必要があったんだ！」と彼は言い、「そうなんだ！」と燃えるような言葉を言い添えた。

「それだけの価値があったと言い張るつもりはないが、今はこの地位にいるんだから、これからもとどまるつもりだよ――君も勝負に勝って賞品をもらえば、それを大切に持ち続けるだろ。そうするしかないのだから」彼は肩をすくめた。「君、人間というのは、地位を勝ちとりながら年をとっていくもんだよ。だから、君も自分の話をしてごらん。君の真実で、わしの真実に対抗してごらん。わしが言ったことは真実だし、しかももっと広い真実なんだから。やってみなさい、ためしてごらん……わしも世の中に出た頃は、若かった……」

しかし、僕はもう聞いていなかったし、今では彼の言葉という胸くそ悪い海に浮いているかに見える彼の眼鏡の、金属質のような円形の表面にゆらめく光以外は、何も見てもいなかった。真実、真実だと、何が真実だ？　僕の知り合いは誰も、こんなことを話しても信じてくれないだろうし、母親も本気にしないだろう。明日になれば、僕だってそうかもしれない、と僕は思った……。僕は机の木目を絶望的な気持ちで見つめ、彼の頭ごしに、椅子のうしろにある銀の大杯のケースをじっと見た。ケースの上方では、創設者の肖像画が、どっちの味方をすることもなく見下ろしていた。

「イッヒッヒッ……！」とブレドソーが笑った。「君、君の腕はわしを殴るにはちと短すぎるな。わしは、何年も前から若い黒人をぶん殴る必要はなくなったんだ」と彼は立ち上がりながら言った。

「昔とは違って、彼らは生意気じゃないからね」

今度は僕がほとんど動けなかった。胃が締めつけられ、腎臓が痛んだ。足はゴムのようだった。三年前から僕は、自分のことを大人だと思ってきたが、今は数語言われただけで、幼児みたいに手も足も出ない状態だった。僕は体を引き上げるようにして立った……。

「待て、ちょっと待ちたまえ」そう言うと彼は、コインでも投げるような格好で僕を見た。「君、君の心意気が気に入った。君は闘士だから、その点はいい。ただ判断力に欠けるな。判断力がないと、身を滅ぼすことにもなりかねないよ。だから、わしは君を罰しなければならない。君の気持ちはわしにもよく分かる。君は、屈辱を受けるために、故郷に帰りたくないよな。それは分かるさ。君は威厳というものについて漠然とした考えを持っているのだから。わしの努力にもかかわらず、そうした考えは、見かけ倒しの教員や、北部で訓練をうけた観念論者にしみついているんだ。君には、うしろ立てになってくれる人がいるんだから、そうした白人に顔を合わせたくないだろう。黒人にとって、白人から辱しめを受けるほどひどいことはないんだから。わしもそのことはちゃんと知っている。ある老いぼれ教師なんかは、白人に叱りつけられたり、責め立てられたりして、いろんな辱しめを受けてきた。わしはチャペルではそのことを話さないが、知ってはいる。だが、君ならそうしたことは乗り越えられるだろう。そんなことは愚かなことだし、高くつくし、ずいぶん心の重荷になるからね。誇りや威厳を気にするのは白人に任せとけばいい──君は今の自分の立場を知り、力や影響力を身につけ、有力者たちとのコネをつくるんだ──そして表には出ないで、それを利用するんだ！」

自分はここに突っ立ったまま、どれくらい彼に笑いものにされればいいんだろう、と僕は、椅子の背をつかみながら思った。どれくらい？

「君、君は、勇気のあるちょっとした闘士だ」と彼は言った。「それに、わしの民族は有能で利口で、幻想を持たない闘士を必要としている。だから、君に手を貸してあげよう──たぶん君は、わしが右手で殴ったあとで左手を差し伸べようとしている、と思うかもしれん。だけど、わしが右手を先に出すような人間だと思ったら、それは絶対に違う。だが、そう思っても思わなくても、そんなことはどうだっていい。君はこの夏ニューヨークへ行って、面目を守ったらいい――それに、お金も貯めるんだね。あそこへ行って、来年の授業料を稼ぎなさい。分かった?」

僕は、彼と取り引きをし、彼が言ったことと今言っていることとの辻褄を合わせようとして、頭がひどくクラクラしていたので、口もきけず、うなずいた……。

「仕事が見つかるよう、大学の友人の数人に宛てた紹介状を書いてあげよう」と彼は言った。「だが今度は判断力を働かせ、十分に注意して、世の中の状況を理解するんだよ! その時にはたぶん、うまくいったら……うむ、たぶん……それも君次第だがね」

彼は話をやめ、立ち上がった。背が高く、円板のような目をした、でかい黒い体をしていた。

「君、話はそれだけだ」と彼は、急に事務的な口調で言った。「身辺の整理をするのに二日間やろう」

「二日間ですって?」

「二日間だ!」と彼は言った。

僕は吐き気を覚えながら、階段を下り、暗い小道を登りかけた。なんとか我慢していたが、建物から出たとたんに、僕は、ロープみたいな蔦《つた》で樹木から垂れ下がった藤の花の下で、体を折り曲げた。腸が全部飛び出してしまいそうなくらい吐き、吐き気がおさまった時、頭上を見上げると、高い所に涼しげなアーチを描いた木々を通して、月がくるくる回り、二重に見えた。目の焦点が合っていなかった。僕は、小道に突き出た木々の枝や外灯にぶつからないように、片手で目をおおって、自分の部屋のほうへ歩き出した。胆汁のにがい味を口に感じ、夜なのでこんなぶざまな姿を誰にも見られなくてよかったと思いながら、歩き続けた。胃がチクチク痛んだ。大学の静寂をついて、どこからか、調子はずれのピアノで弾くギター用の古いブルースの調べが、ものうげなチラチラ光る波のように、こだまする汽車の淋しげな汽笛のように、漂ってきた。またしても頭がクラクラし、今度は木に吐きかけ、花をつけた蔦がバシャッと音を立てた。

動けるようになった時、僕の頭がくるくる回りはじめた。今日の出来事が流れるように過ぎた。トゥルーブラッドのことやノートン氏のこと、ブレドソー博士のことや〈ゴールデン・デイ〉のことが、荒れ狂う現実離れしたような渦となって、僕の頭の中をさっと通りすぎていった。僕は片目をおおったまま歩道にたたずんで、今日の日を忘れようとしたが、そのたびに僕は、ブレドソー博士のことで悩んだ。博士の言葉はまだ僕の頭の中で反響していたが、それは現実にあったことであり、決定的なことだった。すでに起きてしまったことに対して僕にどんな責任があるにせよ、自分が償《つぐな》いをすることになることは知っていたし、停学になることも知っていたので、まさしくその自覚が、ナイフのようにふたたび突き刺さった。結末を想像して、僕の成功を羨んでいた人たちが喜ぶ様子や、両親が恥ずかしい思いをして落胆している様子を思い浮かべると、僕は月明かりの歩道で立ちすくんでしまった。僕はいつまでもこの屈辱を忘れない。白人の友人たちは僕に愛想をつかすだろう。そんな僕は、有力な白人の保護のないあらゆる人たちにつきまとう不安な気持ちを思い出した。

どうして僕はこんなふうになってしまったんだろう？　僕は目の前に造られた人生の道をそれるこ

となく歩み続けてきたし、まさしく期待どおりの人間になろうとして、期待どおりの行動をそのまま取ってきた——それなのに、期待どおりに報われるどころか、僕は、ゆがんだ視力のせいで道にはみ出した見慣れた物体に頭をぶつけないよう、片目を必死に押さえながら、よろよろと歩いているようなものだった。しかも、僕を狂気に駆り立てようとして、祖父が僕の頭上に停まり、暗がりから勝ち誇ってニヤニヤ笑っていると、僕はふと感じた。そんなことにとても耐えられるものではなかった。というのも、苦悩し、怒っていたにもかかわらず、僕はほかの生き方も、自分みたいなものにでも進める成功への道もほかに知らなかったからだ。僕はそういう存在の一部に完全になりきってしまったので、結局、自分と折り合いをつけるほかなかった。今の僕には、そうするか、祖父の言葉が道理にかなっていたことを認めるかの、いずれかであった。だが、後者はありえないことだった。自分に落ち度はなかったとまだ信じていたとはいえ、トゥルーブラッドや〈ゴールデン・デイ〉の世界をいつまでも直視していくことの代案は、起きてしまった出来事への責任を受け入れるほかないことが、分かっていたからだ。どうやら社会の掟を破ってしまったので、自分は罰を受けねばならないのだと、僕はしぶしぶ納得した。ブレドソー博士は正しい、間違ってなんかいないと、僕は自分に言い聞かせた。大学と大学が象徴するものは守らねばならないのだ。ほかに方法はないのだし、僕がどれほど苦しもうと、できるだけ早く自分の借りは返して、ふたたび経歴を積むことにしよう……。

部屋へ戻って貯金を数えたら、五〇ドル近くあったので、僕はできるだけ早くニューヨークへ出発しようと決めた。ブレドソー博士の気が変わらずに僕に仕事を見つけてやる手助けをしてくれるのであれば、この金で男子寮の部屋代と食事代は十分払えるだろう。男子寮のことは、夏休みにそこに住んだことのある仲間から聞いて知っていた。朝になったら、出かけよう。

そこで、ルームメイトが眠ってニヤニヤ笑ったり寝言を言ったりしているあいだに、僕はバッグに荷物を詰めた。

翌朝、僕は起床ラッパが鳴らないうちに起きて、ブレドソー博士の離れのオフィスにあるベンチに腰かけていると、彼が姿を現した。彼が足音を立てずに僕のほうへやって来た時、青のサージの上着は開けっぴろげになっていて、チョッキの両ポケットのあいだにつないだ重そうな金の鎖が覗いていた。彼は僕に気づかない様子で、前を通りすぎた。だがオフィスの戸口に着くと、彼は言った。「君のことでは、わしの気持ちは変わっていないよ。それに変えるつもりもないぞ！」

「はい、僕はそのことでお伺いしたのではありません」と僕が言うと、彼はさっと振り向き、いぶかしげな目で見下ろした。

「そのことを分かってくれれば、非常によろしい。中に入って君の用件とやらを聞こうか。わしには、片づけねばならない仕事があるんでね」

僕は、彼が山高帽を柱型外套掛けに掛けるのを見つめながら、机の前で待った。すると彼は、僕の前に座り、指で籠《かご》のかたちをつくり、話をはじめるようにうなずいた。

僕の目は燃えていて、声はわざとらしく響いた。「今朝、発ちたいのですが」と僕は言った。

彼の目にひるんだ表情が浮かんだ。「どうして今朝なんだね？」と彼が訊いた。「君には明日までの準備期間を与えたよ。なんでまた、そんなに急に？」

「急いではいません。ですが、出発しなければならないんだったら、そろそろ出かけたいんです。明日までいても、状況は変わらないでしょうから……」

「そりゃあ、そうだよ」と彼は言った。「それが良識というものだよ。いいだろう。それで、ほかに何か?」

「それだけです。ただ、自分のしでかしたことで申しわけないということと、何ら悪い感情は抱いていないことを言いたいと思いまして。自分のしでかしたことは意図的ではなかったのですが、罰を受けることについては納得しています」

彼は顔色を変えないまま、太い指と指を上品に合わせた。「そいつはいさぎよい態度だな」と彼は言った。「ということは、君は恨みを抱くつもりはないということだね?」

「はい、そのとおりです」

「よろしい、次第に物分かりがよくなってきているね。そいつはいいや。わしらの民族に必要なのは二つあって、それは自分たちの行動に対する責任を受け入れることと、恨みを抱かないことなんだ」彼の声は、確信に満ちたチャペルでの演説の時のように、高くなった。「君、恨みを抱かないのであれば、君の成功の障害となるものは何もないねぇ。そのことを忘れないことだね」

「はい、忘れません」と僕は答えた。すると、感激のあまり喉が詰まってしまった。彼のほうから仕事の件を持ち出してくればいいのに、と僕は思った。

だが、彼は僕をじれったそうに見て、言った。「じゃあ、わしには片づける仕事があるんだ。許可は与えたよ」

「あのう、博士にお願いがあるんですが……」

「お願いって」と彼は鋭い口調で言った。「じゃあ、それは別の件なんだ。どんなお願いかね？」

「たいしたことではありません。僕に仕事を見つけてくれる理事の方たちに紹介してくださる、と言われたもんで。僕、どんなことでもやります」

「あ、そう、そう。そうだったなぁ」と彼は言った。

彼は机の上の物をじっと見つめたまま、しばらく考え込んだ様子だった。それから、人差指で足かせにそっと触りながら、言った。「よろしい。何時に発つつもりなんだい？」

「できれば、始発のバスでと思ってます」

「荷作りは済んだのかな？」

「はい」

「非常によろしい。荷物を取りに行って、三〇分後にここに戻ってきたまえ。わしの秘書に大学の数人の友人宛ての手紙をあずけておくから。そのうちの誰かが君の力になってくれるだろう」

「ありがとうございます。本当にありがとうございます」と僕は、立ち上がった彼に言った。

「いいんだよ」と彼は言った。「大学という所は自分の学生の面倒はみるよ。それに、もう一つだけ。それらの手紙は封印されてある。手助けしてもらいたいのであれば、封を切ってはいけないよ。白人はそんなことにうるさいんだ。手紙の文面は、君の紹介と、職探しの手伝いの依頼だよ。わしは君のために最善をつくすから、開封してはいけない。分かるかい？」

「はい、僕は手紙を開けようなんて思ってません」と僕は言った。

「非常によろしい。君が戻ってきたら、秘書が君に渡すから。ご両親はどうかな、もう知らせたのかい？」

「いいえ、僕が停学になったことを知らせたら、両親はひどく落胆するのではないかと思ったものですから。ですから僕がニューヨークに到着して仕事についてから、手紙を書くつもりなんです……」

「なるほど。そうだね、それがいちばんいいだろう」

「では、失礼します」と言って、僕は手を差し伸べた。

「さよなら」と彼は言った。彼の手は大きく、妙にぐにゃぐにゃしていた。

僕が立ち去ろうとして振り向いた時、彼はブザーを押した。秘書は、戸口を出ようとした僕の前をさっと通りすぎていった。

僕が戻った時には、手紙が用意されていた。印象的な名前の人たち宛ての七通の手紙だ。僕はノートン氏宛ての手紙を探したが、それらの中には入っていなかった。手紙を内側のポケットに慎重に入れると、僕はバッグをつかみ、バスの発着所のほうへと急いだ。

7

バスの発着所には人の気配はなかったが、切符売り場は開いていて、灰色の作業服姿のポーターがひとりモップをかけていた。僕は切符を買うと、バスに乗り込んだ。赤とニッケル色を施した車内の後部座席には乗客がふたりしかいなくて、ふと夢でも見ているような感じがした。僕を見てほほ笑みかけたのは、〈ゴールデン・デイ〉にいたあの帰還兵だった。そばには、付き添いが座っていた。

「おはよう、若いの」と帰還兵が言った。「クレンショーさんよう、よかったなぁ」と彼は付き添いに言った。「おれたちにゃ、旅の道連れができたね！」

「おはよう」と僕はしぶしぶ言った。ふたりから離れた席はないものかと見回したが、バスにはほとんど乗客がいないものの、僕ら黒人が座れるのは後部座席に限られていたので、ふたりのいる所へ行くほかなかった。僕はそれが気に食わなかった。帰還兵は、僕がすでに意識から拭い去ろうとしていた経験の一部をあまりにも形づくっていた。ノートン氏に対する彼の話しぶりは僕の不幸の前兆であった――ちょうど僕が感じていたように。もう罰を受けることにしたので、僕は、トゥルーブラッドや〈ゴールデン・デイ〉に関係することは何も思い出したくなかった。

スーパーカーゴよりもずいぶん小柄なクレンショーは黙っていた。彼はいつもであれば凶暴な患者の付き添いとして送り出されるような人ではなかったが、この帰還兵の凶暴な点は彼の舌だけであることを思い出して、僕はホッとした。彼の口はすでに僕を厄介なことに巻き込んでいたので、その矛先を運転手に向けないでほしいと思った――**それこそ**、僕らが死なないとも限らなかったからだ。いずれにしても、どうして彼はバスに乗り込んでいるのだろうか？　あれっ、そう言えば、どうしてブレドソー博士はあんな朝早くから仕事をしていたのだろうか？　僕はずんぐりした体の帰還兵をじっと見た。

「君の友人のノートンさんはよくなったのかい？」

「あの方は大丈夫ですよ」と僕は答えた。

「もう気絶することはないのかい？」

「ええ」

「あの一件で怒鳴りつけられたかい？」

「別に非難めいたことは言われませんでした」

「よろしい。〈ゴールデン・デイ〉で見たことよりも、おれがノートンさんにショックを与えたんじゃないかと思ってさ。君を厄介なことに巻き込まねばいいと思ったんだけど。大学はまだ休暇じゃないよな？」

「まだだけど、働こうと思って、朝早く発つんです」

「そいつはすばらしい！　仕事は故郷でかい？」

「いいえ、ニューヨークのほうが金もうけできるんじゃないかと思いまして」

「ニューヨークだって！」と彼は言った。「あそこはただの都市じゃない、夢の都市だよ。おれが君の年頃の時にゃ、シカゴがそうだった。今じゃ、黒人の青年たちはみんな、ニューヨークへ逃げちまう。炎の中から坩堝《るつぼ》へね。ニューヨークで三ヶ月暮らしたあとの君の姿が、おれには見えるよ。君の言葉は変わるだろうし、『大学』について大いに語るだろうし、男子寮にいていろんな話を聞くだろうしね……。白人とだって知り合いになるかもしれないよ。で、ほら」そう言うと彼は、身を乗り出してささやいた。「白人の姉ちゃんとダンスだってするかもしれないじゃないか！」

「仕事でニューヨークへ行くんですから、そんな暇なんかありませんよ」と僕は辺りを見回しながら言った。

「だけど、そうなるさ」と彼はからかった。「内心じゃ君は、耳にした北部の自由のことを考えているんだから、一度はやってみな。聞いたことが本当なのかどうか確かめるためだけでもね」

「白人のくずみたいな女と遊ぶこと以外に、自由はほかにもいろいろあるさ」とクレンショーが言った。「ショーを観たり、大きなレストランで食事をしたくなるだろう」

帰還兵はニヤリと笑った。「もちろんそうだけど、クレンショーさんよう、覚えておきな、この青年はニューヨークには数ヶ月しかいないんだぜ。ほとんどが働いているんだから、自由のほとんどが名ばかりのものになるさ。どんな人間にだって、手っとり早く味わった気分になる自由は何だと思う？　そりゃ、もちろん女だよ。仕事で忙しすぎるもんだから、すぐに彼は女と遊んで、二〇分間で自由を味わった気分になるさ。まあ、見ててみな」

僕は話題を変えようとした。「あなたはどこへ行くんですか？」と僕は訊いた。

「ワシントンＤ・Ｃ・だよ」と彼は答えた。

「それじゃ、あなたは治ったんですか？」

「治ったたって？　それはないな――」

「移送中なんだよ」とクレンショーが言った。

「そうとも、おれは聖エリザベス精神病院へ回されるところなんだ」と帰還兵が言った。「偉い人のやり方はまったく分からないなぁ。一年前からおれは病院を移りたかったんだけど、今朝になっていきなり荷作りしろって言われてよう。どうやら、君の友人のノートンさんとのくだらない話が関係しているようだなぁ」

「あの方とどうして関係があるんですか？」と僕は、ブレドソー博士の脅しを思い出しながら訊いた。

帰還兵は目くばせをした。目が輝いた。「分かった。おれが今言ったことは忘れちまいな。だけど、後生だから、物事の真相を見るようにしなよ」と彼は言った。「君、霧の中から出るんだね。それに、君が成功するためには、どうしようもない馬鹿者にならなくてもいいってこと、忘れちゃいけないよ。世間を相手にゲームをしてもいいけど、のめり込んじゃいけない――それだけは君自身の義務だよ。たとえ、その結果、拘束衣を着せられるはめになっても、病院の独房に押し込められるはめになってもだ。ゲームはしてもいいけど、自分の流儀でやりな――少なくともいくらかはね。ゲームをしてもいいけど、賭け金を上げるんだよ。ゲームの成り行きがどういうふうになるか、君がどういうふうに行動すべきかを勉強しな――その少しだけでも教えてやる時間があればいいんだが。けど、おれたち黒人はめっぽう遅れた民族だよなぁ。君はゲームに勝つことだってできるかもしれないぜ。本当はひどく大まかなゲームなんだから。実際、ルネサンス期以前のもので――このゲームは分析され、本に書かれてきてはいる。けど、ここの連中は本の利用の仕方を忘れちまっているから、そこにこそ、機会があるさ。人前にいても、ちゃんと隠れていられるんだよ――そのことに気づきさえすればの話だがね。連中は君の姿を見ようともしないだろう。だって、連中は君なんかに社会に貢献してもらうことなどはなから期待していないし、自分たちが社会をつくってきたと信じているんだから……」

「おい、お前がしょっちゅう口にするその**連中**とは、誰のことなんだい?」とクレンショーが訊いた。

帰還兵は困った様子だった。「連中ってかい?」と彼は言った。「連中ねぇ。おれたちがいつも使う意味での**連中**だよ――白人とか権威とか、神々とか運命とか、それに境遇とか――もういやだと言うまで人間を陰で操る力さ。表には姿を現さないが、たしかにいると思われる大物さ」

クレンショーはしかめっ面をした。「おい、お前はしゃべりすぎだ。ひと区切り話したら、もう黙ってろ」

「おお、話したいことが山ほどあるんだ、クレンショーさんよう。たいていの人間が感じていることを言葉で表現するのさ、ほんの少しでも感じていればね。たしかにおれは話さずにはおられないような、いい加減な人間だけど、本当は馬鹿者というよりむしろ、道化師なんだよ。けどクレンショーさんよう」と彼は、ひざの上においてあった新聞を杖のようにくるくる丸めながら、言った。「あんたは、これから先どうなるか気づいていないだろう。われらの若き友ははじめて北部へ行くんだぜ！　はじめてなんだよね？」

「そのとおりです」と僕は答えた。

「そりゃそうさ。クレンショーさんよう、あんたは以前に北部へ行ったことはあんのかい？」

「私は国中のいろんな所に行ったことがある」とクレンショーが答えた。「連中がどこで行動しようと、私には連中の手口が分かる。だから、対処の仕方もわきまえているさ。それはそうと、お前は北部へ向かっていないんだよ、実際の北部にはね。ワシントンＤ・Ｃ・へ向かっているんだよ。あそこはまさしく南部のもう一つの町さ」

「ああ、おれだって知ってるよ」と帰還兵は言った。「けど、この青年にとっちゃ、北部へ行くことがどんな意味があるのか、考えてみな。彼は真っ昼間にひとりで、自由を求めて旅しているんだぜ。彼みたいな若者たちが罪を犯すか訴えられるかして、こんなふうに旅をしたことは、以前見かけたことはあったけどよう。そういう若者たちは朝早く出かけないで、夜に暗くなってから発ったものさ。しかも、バスがえらくのろのろ運転だと感じながらよう——そうじゃないかい、クレンショー？」

クレンショーは棒状の菓子の包み紙を開けるのを途中でやめ、細めた鋭い目つきで帰還兵を見た。

「そんなこと知らないよ」と彼は言った。

「ごめんよ、クレンショー。そんなことは経験があると思って……」

「あのな、そんな経験はないさ。私が北部へ行ったのは、自分からだよ」

「けど、あんたはそういうケースを耳にしたことはないかい？」

「耳にすることと経験することとは違うさ」とクレンショーが言った。

「そりゃ、そうさ。けど、自由の中にゃ、犯罪の要素はいつだってあるんだぜ――」

「私は罪を犯したことはないよ！」

「何もそんなことは言ってないさ」と帰還兵が言った。「謝るよ。忘れちまいな」

クレンショーは怒って菓子をひとかじりすると、もぐもぐ食べながら言った。「お前がさっさと鬱《うつ》になればいいんだけど。そしたら、たぶん、べらべらとはしゃべらなくなるのに」

「はい、ドクター」と帰還兵はからかって言った。「すぐに鬱になるさ。けど、あんたが菓子を食べているあいだは、しゃべらせてくれ。しゃべることにも、意味があるんだから」

「ほら、能書きを並べるのはやめな」とクレンショーが言った。「お前は私みたいに、人種差別のせいで後部座席に座ってるじゃないか。おまけに、お前は気が変だしさ」

バスのエンジンがかかり出してからも、帰還兵は僕に目くばせし、流れるように話し続けた。バスがやっと走り出し、大学の周囲を通っているハイウェイを勢いよく走っている時、僕は最後に名残惜しい感じで外を見た。振り返ると、大学が遠ざかっていくのが、うしろの窓から見えた。太陽は木々の梢《こずえ》を照らし、低い建物や整然とした構内に、陽射しをあふれんばかりに降り注いでいた。やがて大学は見えなくなった。五分もしないうちに、考えられる限り最高の世界と見なしてきた場所が背後に遠ざかり、未墾の荒涼とした風景の中に消えていった。さっと何かが動く気配がしたのでハイウェイのわきに目を向けると、一匹の沼マムシが灰色のコンクリート沿いに体をくねらせてすばやく動き、路端に横たわっている鉄パイプの中に姿をくらました。綿花畑や奴隷小屋がまたたく間に遠ざかっていくのを見ながら、僕は、見知らぬ土地へ向かっているんだと感じた。

帰還兵とクレンショーは、次の停留所でバスを乗り換える準備をしていた。別れ際に、帰還兵は僕の肩に片手をおき、優しいまなざしで僕を見て、いつものようにほほ笑みかけた。

「今こそ父親らしい助言をする時だな」と帰還兵は言った。「けど、そいつはやめておくほかないね――おれは自分以外には誰の父親にもなれそうもないからね。たぶん、これは君にできる助言だね。つまり、君自身が自分の父親になれってことだよ。それに、君が気づきさえすれば、世界は可能性に満ちているってこと、忘れちゃいけないぞ。それから、ノートンさんをそっとしておくんだな。おれの言っていることが分からないなら、考えてみることだね。さいなら」

僕は、帰還兵がクレンショーのあとから、待っている乗客たちのあいだを通り抜け、背の低いおどけた姿で振り向いて手を振ったかと思うと、赤レンガ造りの停留所の戸口の中に姿を消すのを、見ていた。ホッと溜め息をついて座席に座り直したが、ひとたび乗客が乗ってきてバスが動きだすと、まったくのひとりぼっちになって悲しかった。

バスがニュージャージー州の田舎を走りすぎた時に、僕はやっと元気が出てきた。それから自信と楽天的な気持ちが戻ってきたので、北部での計画を立てようとした。一生懸命に働いて、雇い主が好意的な手紙をブレドソー博士にどっさり書くくらいに、立派に仕えることにしよう。それから金を貯めて、ニューヨークの文化をいっぱい吸収して秋になったら戻ろう。僕がキャンパスで指導力のある学生になることは、はっきりしている。ラジオで聞いたことのある町民大会にたぶん出席するだろう。

一流の弁士に不可欠な演壇の場での秘訣を身につけよう。しかも有力な知人を最大限に利用してやる。紹介状にその宛名が書いてあるお偉方に会ったら、おとなしく振るまおう。上品な口調で穏やかに話し、愛想よくほほ笑み、できる限り礼儀正しくしておこう。もし彼が（「彼」というのは有力な紳士たちの誰か、という意味なのだが）、僕の知らない話題を話しはじめたら、ほほ笑みながら相づちを打とう。靴はピカピカに磨き、服にはアイロンをかけ、髪を手入れして（あまりポマードをつけすぎないで）、右側から七三分けにし、爪は清潔にして、わきの下には臭い消しをたっぷりつけておこう——この臭い消しについては、気をつけねばならなかった。僕ら黒人たちはみんな悪臭がすると、有力者に思わせてはならないからだ。これから彼らに会うのだと思っただけでも、僕は、洗練され世慣れした人物になったような気がし、ポケットの七通の大切な手紙を指で触っているうちに、ウキウキした開放的な気分になった。

風景をぼんやりと眺めながら夢想していたが、やがて顔を上げると、赤帽が眉をひそめているのが、目にとまった。「おい、お前はここで降りるのかい?」と彼は訊いた。「もしそうなら、そろそろ降りたほうがいいぜ」

「ええ、そうです。そうですが、ハーレムへはどうやって行くんですか?」と僕は動きながら、訊いた。

「そんなことは簡単さ。ずっと北のほうに行きな」と彼は答えた。

僕がバッグと、バトルロイヤルの夜と同じように、まだピカピカに輝いている賞品の折りかばんを降ろしているあいだに、赤帽に地下鉄の乗り方を教えてもらった。それから群集の中をもがくようにして進んでいった。

　地下鉄の駅に入ると、僕は動き回る白人や黒人の人込みに押されているうちに、スーパーカーゴと同じくらいの背格好の、逞しい体をした青い制服姿の係員に背中をつかまれたまま、手荷物もろとも、電車の中にぎゅうぎゅうに押し込められてしまった。中の込み具合は大変だったので、乗客は誰もが、頭をのけぞらせ目を丸くしたまま、危険な音を聞いて身動きできなくなった鶏のように、立ちすくんでいるようだった。すると地下鉄のドアがバタンと閉まり、僕は喪服を着た大柄な女性のほうに押されたた。女性は頭を横に振って笑みを浮かべていたが、そのあいだ僕は、雨に濡れた平原に現れた黒い山のように、油ぎった彼女の白い皮膚から浮き上がった大きなほくろを、こわごわと見つめていた。しかも、自分の体に押しつけられてくる彼女の肉体のゴムのような柔らかさをずっと感じていた。横を向くこともうしろを向くこともできず、手荷物を下におくことさえできなかった。うなずいただけで唇が彼女の唇に触れそうなくらいの近さなので、身動きがとれなかった。必死に両手を上げて、それは故意にやっているのではないと、彼女に言いたかった。女性が悲鳴を上げはしないかとずっと思っていたが、ようやく電車が傾いた拍子に、左手が自由になった。僕は目を閉じたまま、自分の服の襟《えり》を左手で必死につかんでいた。轟音を立てて走る電車は揺れ、そのたびに僕は、彼女の体に強く押しつけられたが、辺りをこっそり見わたしても、どの乗客も僕のことなど少しも気にしていないようだった。しかもその女ですら、物思いに耽《ふけ》っているようだった。電車は今は下り坂を突進しているようだったが、ようやく駅で停まると、怒った鯨の腹の中から吐き出されるように、僕をプラットホームに勢いよく吐き出した。手荷物を持ってもがくようにして、僕は群衆とともに前に進み、階段を上がって暑い通りへと出た。今、自分がどこにいるのか、気にならなかった。これからの道は歩いていくことにしよう。

しばらくはショーウインドーの前でガラスに映った自分の姿を見つめながら、あの女に体をくっつけて電車に乗っていた時の心の乱れを落ち着けようとした。疲れ果て、服は汗でびっしょりになっていた。「けど、お前は北へ向かっているんだぞ。北へ」と僕は自分に言い聞かせた。それにしても、もしあの時にあの女が悲鳴を上げたならば……。今度地下鉄を利用する時には、必ず服の襟を両手で握ったまま乗り、降りるまで握り締めておこう。だって、あんなことで暴動がしょっちゅう起きているにちがいないのだから。どうして僕は、そうした記事を読まなかったのだろう？

僕は、レンガ造りの建物やネオンサイン、板ガラスや轟音を立てて走る乗り物を背後にして行き交う、これほど多くの黒人たちを見たことがなかった――弁論チームと一緒にニューオーリンズやダラス、バーミングハムへ旅した時でも、見なかった。いたる所に黒人たちがいた。非常に多くの黒人たちがやたらと緊張し、騒々しく動いていたので、祭日を祝っているのか通りの喧嘩に加わっているのか、僕には分からなかった。安物雑貨店のカウンターのうしろにさえ黒人の女たちがいた。それから交差点に来ると、黒人の警官が交通を整理しているのを見て衝撃を受けた――しかも、車を運転する白人たちは、すこぶる当然のことであるかのように、その警官の出す合図に従っていたのだ。たしかに噂では聞いたことがあったが、これは現実の出来事だった。僕は勇気がふたたび湧いてきた。ここは本当にハーレムであり、今や都市の中の都市について聞いていたあらゆる話が、僕の心に生き生きと甦ってきた。あの帰還兵が言ったことは正しかった。ここは単なる現実の都市ではなく、夢の都市だった。おそらくそれは、自分の生涯が南部に限られていると思っていたからだろう。だが人々の列のあいだを何とかして通り抜けていると、可能性に満ちた新世界が、都市の騒音にかき消されないで、かろうじて聞こえてくる小さな人の声のように、かすかに僕の心に浮かんできた。僕は目を丸くして動き、さまざまな印象の衝撃を受け入れようとした。やがて、じっと立ち尽くしてしまった。

前方で腹立たしそうな金切り声がした。その声を聞いたとたんに、僕は子どもの頃に父親の声に驚いた時のように、ショックと不安を感じた。僕の胸に空しさが広がっていった。前方の人だかりが歩道をほとんどふさいでおり、彼らの頭上では、小柄のずんぐりした男が、小さいアメリカの国旗をいっぱいつけた脚立に上がって、怒って叫んでいた。

「あいつらを追い出してやるぞ。見てろ!」とその男が大声で言った。

「おい、ラス、そのことをあいつらに言えよ」と言う声がした。

そのずんぐりした男は、仰向けになった顔の上方で怒りの拳を振り、強弱のある西インド諸島らしき訛《なま》りで何やら叫んでいて、それに対して、群衆は脅迫するように叫んでいた。それは、誰に対してなのか分からなかったが、暴動がいつ起こってもおかしくない状況だった。僕は、男の声が及ぼす影響と、群衆のあらわな怒りに戸惑った。今までこれほど多くの黒人たちが人前で怒っているのを見たことがなかったが、ほかの人たちは、ちらりと見るでもなく通りすぎていった。おまけに、僕が人だかりの横まで来た時、ふたりの警官がそっとお互いに話しているのが見え、背中を向けて、何か冗談を言いながら笑っていた。ワイシャツ姿の人だかりが、ずんぐりした男の言った言葉に腹立たしそうにうなずいて叫んだ時ですら、警官たちは何の注意も払わなかった。僕はギョッとした。手荷物を歩道の中央において、ふたりの警官をぽかんと見ていると、ひとりの警官がやっと僕に気づき、ガムのかたまりをだるそうに噛んでいた相棒を肘で突いた。

「どうしたんだい、君?」と警官は訊いた。

「ただ不思議に思って……」と僕は、うっかり言いかけてやめた。

「そうかい?」

「男子寮にはどうやって行けばいいいんだろうか、と思っていただけです」と僕は言った。

「それだけかい?」

「はい、そ、そうです」と僕はどもって言った。

「ほんとにかい?」

「はい、そうです」

「この青年は他所者《よそ》だよ」ともうひとりの警官が言った。「君、ただ町へ来ただけなのかい?」

「はい、そのとおりです。地下鉄から降りてきたばかりなんです」と僕は答えた。

「へえ、そうだったのかい? じゃあ、気をつけるんだね」

「ええ、そうします」

「それがいい。ちゃんと気をつけるんだよ」と警官は言って、男子寮へ行く道を教えてくれた。

僕はふたりの警官にお礼を言って、先を急いだ。脚立に上がっている男は、以前よりも激しい口調で、政府を批判していた。ほかの通りの穏やかさと情熱的な声のあいだにあるズレが、その場に不思議と場違いな雰囲気を与えていたが、僕は暴動が起きるのを見たくなかったので、振り向かないように注意した。

僕は、汗だくになりながら男子寮に着いて手続きを済ませると、すぐに部屋へ向かった。ハーレムを少しずつ分かっていくしかないだろう。

8

ベッドに濃いオレンジ色のベッドカバーがかけられた、清潔な小さい部屋だった。椅子と鏡台は楓《かえで》材でできており、小さいテーブルの上にはギデオン教会寄贈の聖書がおいてあった。僕はバッグを下ろしてベッドに腰かけた。下の通りから、地下鉄より大きい車の音や、さまざまな人々の低い声が聞こえてきた。部屋にひとりでいると、自分が故郷から遥か遠い所にいることが信じられなかったが、まわりの見慣れたものは聖書のほかに何もなかった。僕は聖書を手に取ってベッドに座り直し、縁が血のように赤いページを親指でぱらぱらとめくった。日曜日の夜、ブレドソー博士が講演で学生たちに向かって聖書の一節を引用する様子が、思い出された。僕は創世記を開いたが、読めなかった。家庭のこと、父親が家庭での祈りを習慣づけようと努力していたことが甦ってきたからだ。食事時にストーブのまわりに集まり、ひざまずき、椅子の座部に頭を垂れた僕らに向かって、父は、教会の言葉づかいで満ちた震える声で、文字どおり謙譲をこめて祈ったものだ。しかし、その時の光景を思い出して、僕はホームシックになり、聖書をわきにおいた。ここはニューヨークだ。働いて金を稼がねばならない。

僕はコートと帽子を脱いで、手紙の束を手荷物の中から取り出し、ベッドに仰向けになったまま、そのお偉方の名前を読んで自分が偉くなったような気分を味わった。手紙はどういう内容だろうか？気づかれないで手紙を開けることができるだろうか？　手紙はきちんと封印されていた。手紙の封は湯気で開くと何かで読んだことがあったが、部屋には湯気が見当たらなかった。僕は諦めた。実際、手紙の中身を知る必要はなかったし、ブレドソー博士の手紙を勝手に開封することは正しいことではないし、安全なことでもなかった。これらの手紙には僕に関わることが書かれており、国中で最も重要な人物たち宛てにしたためられたものであることは、とっくに分かっていた。それで十分だった。たしかに、だれか自分の重要性を正しく見てくれる人に手紙を見せたくなったが、思いとどまった。やがて鏡の前へ行くと、お気に入りの笑みを浮かべ、点数の高いトランプの持ち札のように手紙を鏡台の上に並べた。

それから翌日の作戦を立てはじめた。先ず、シャワーを浴びよう。次に朝食をとろう。それも早朝に。あれほどの偉い人たちに対しては、時間をきちんと守らねばなるまい。彼らのひとりと会う約束をした場合、黒人特有のゆっくりした時間の感覚を持ち込んではならない。そうだ、腕時計を持つ必要がある。慎重に計画を立てよう。ブレドソー博士のチョッキの両ポケットのあいだにぶら下がっていた重そうな金の鎖と、博士が唇をすぼめ、顎が何重にもなるくらいに顎を引き、額にしわを寄せて、懐中時計の蓋をパチンと開いて時計を見る時の様子とが思い出された。それから博士は咳払いをし、まるでそれぞれの音節がとても重要な意味を含んでいるかのように、抑揚のある低い声で指図するのだった。僕は、停学になったことを思い出したとたんにカッとなったが、すぐに怒りを抑えようとした。しかし今はうまく抑えることができず、怒りの表情が顔の端ばしに滲《にじ》み出て、いやな気分になった。たぶん、こうするほかなかったのかもしれない、と僕はふと思った。もし停学になっていなかったならば、こんなお偉方と差し向かいで会う機会などなかったのだから。懐中時計を覗くブレドソー博士の姿を心に思い浮かべたが、今度は彼の姿は別のもっと若い人物と重なった。それは頭が切れ、もの柔らかな態度をして、（博士の流行遅れの服に似た）地味な服ではなく、雑誌の広告で見かける、たとえば『エスクワイア』誌の若い経営者タイプの服のように、高価な布地で当世風仕立ての、粋な服を着た自分の姿だった。僕は、演説していて、聴衆をうっとりさせるほどの雄弁をひとしきり発揮した時に、印象的なポーズをフラッシュ付きのカメラにとられる自分を想像した。野暮ったくなく、見るからに洗練された若い博士だ。僕はほとんどささやくようにしか話さず、いつも――そう、ほかに形容する言葉が見つからないが――**魅力的**でいよう。映画俳優のロナルド・コールマンみたいに。彼はなんてすばらしい声の持ち主なんだろう！　白人が嫌うから、南部では、もちろんあんなふうに話せないし、それに、お前は「気どっている」などと黒人たちから言われるかもしれない。しかし今いる北部では、南部の話し方をやめよう。南部と北部ではそれぞれ違った話し方をしてやる。南部の黒人たちが望んでいた話し方をしてやるぞ。ブレドソー博士にできるのであれば、僕にだってできるはずだ。その晩、床につく前に、折りかばんをきれいなタオルで拭き、手紙の束を注意深くその中に入れた。

次の日の朝早く、僕は早朝の地下鉄でウォール街へ行き、ベイツ氏のオフィスを探しているうちにマンハッタン島のはずれ近くまで来た。そびえ立つ建物や狭い通りのせいで、辺りは暗かった。番地を探していると、油断のない警備員の乗った現金輸送車が通りすぎていった。通りは急ぎ足の人々でいっぱいで、彼らはまるでネジを巻かれ、見えない制御装置によって指示されているかのように、歩いていた。その多くはアタッシェケースや折りかばんを持っており、僕も偉くなった気分で自分の折りかばんを手にしていた。皮製のポーチの紐を手首にかけて、急ぎ足で歩く黒人たちをあちこちに見かけた。彼らを見ると、足かせをつけたまま、鎖につながれた一団から逃げる囚人たちを一瞬思い出した。だが彼らはどことなく偉そうな様子をしていて、僕は誰かを止めて、どうしてポーチにつながれているのかと訊きたかった。たぶん、そのせいで十分な給料をもらっているのかもしれないし、金に縛られているのかもしれない。かかとのすり減った靴を履いて僕の前を行く黒人も、ひょっとして百万ドルの金に縛りつけられているのかもしれない！

僕は、銃を抜いてあとをつける警官か判事がいるのではないかと辺りを見回したが、誰もいなかった。仮にいたとしても、彼らは急ぎ足で歩く群衆の中に隠れているのかもしれない。僕は群衆の中のひとりのあとをついて行き、その男がどこに向かっているのかを調べたかった。どうしてひとりの人間にそんな大金を任せられるのだろうか？　金を持ち逃げでもしたら、どうなるんだろう？　しかし、もちろん誰もそんなに馬鹿ではない。ここはウォール街だ。郵便局は警備されていると聞いたことがあったが、おそらくこの地区は、見張り役が天井や壁の覗き穴から見下ろし、不審な動きがないかといつも待機しているのだろう。おそらく今でも、警戒の目が僕をとらえ、あらゆる動きを見張っているのかもしれない。たぶん、向こうの通りの灰色の建物に取り付けられたあの大時計の文字盤に、二つの鋭い目が隠れているのかもしれない。僕は目当ての番地へ急いでいくと、正面に青銅の彫刻を施した白い建物のそびえ立つ高さに圧倒された。男や女たちが急ぎ足で中に入っていった。僕は一瞬見ていたが、あとについてエレベーターに乗ると、奥に押された。エレベーターがロケットのように急上昇したので、体の大切な部分がロビーに取り残されたかのような感じを股間に覚えた。

最上階でエレベーターを降り、大理石の廊下を歩いていくと、大学の理事の名前がついたドアが見つかった。だが部屋に入ろうとした時に僕は気おくれがして、うしろへ下がった。廊下を見ると、そこには人がいなかった。白人には妙なところがある。ベイツ氏は、朝いちばんに黒人には会いたくないのかもしれない。僕は引き返して廊下を歩いていき、窓から外の景色を眺めた。少し待つことにしよう。

眼下にはサウス・フェリー船着き場があり、一隻の船と二隻のはしけが川に出かかっていた。右手のずっと向こうに自由の女神像が見えたが、女神の持つ松明は霧の中にほとんど隠れていた。裏手の岸辺沿いには何羽ものカモメがドックの上方のもやの中を舞い、目がくらむばかりの遥か下には、人々の群れが動いていた。ふたたび自由の女神像に目を戻すと、一隻のフェリーが湾内に曲線の航跡を残しながらその前を通りかかっていて、その背後で三羽のカモメが急降下していた。

うしろのエレベーターからは人々が降りていて、話をしながら廊下を歩いていく女たちの陽気な声が聞こえてきた。やがてベイツ氏のオフィスに入らねばと思うと、不安が募り、自分の服装が気になった。彼には、僕の背広や髪型を気に入ってもらえないかもしれない。そうだとすると、僕は就職の機会を失ってしまう。封筒にタイプできれいに打たれた彼の名前を見ながら、彼はどうやって金を稼いでいるのだろうかと思った。億万長者であることは僕も知っている。ずっと以前から億万長者だったかもしれないし、たぶん生まれた時からそうだったのだろう。僕はお金に取り囲まれているような感じがしたが、以前には金に興味がなかった。おそらく僕はここで職に就き、数年後には信頼のおけるメッセンジャーとして、何百万ドルも入ったバッグの紐を腕に縛りつけて通りのあちこちに行っていることだろう。それから大学長として南部に派遣されるだろう――ちょうど市長の家のコックが、手足が不自由になって料理用レンジの前に立てなくなったあと、校長の座についたように。ただ僕は、そんなに長くは北部にいたくない。僕が必要とされる前に、あの……。だが、今はベイツに会う時だ。

オフィスに入ると、目の前に若い秘書がいた。彼女が机から目を上げた時、僕は、大きくて明るい部屋や快適そうなソファーや、金縁で革の装丁の本が並ぶ天井まである本棚にサッと目をやり、それからいくつもの肖像画を見たあとで視線を戻すと、何か訊きたそうな彼女の視線と合った。彼女がひとりだったので、まあ、少なくとも早く来すぎたことはなかったんだ……と僕は思った。

「おはようございます」と彼女は、僕が想像していたような敵意を見せることなく、言った。

「おはようございます」と僕は前に進みながら答えた。話をどういうふうに切り出したらいいのだろう?

「何か?」

「ここはベイツさんのオフィスですか?」と僕は訊いた。

「はい、そうですけど。予約はありますか?」と彼女が尋ねた。

「いいえ、奥様」と言ったとたんに、とても若い白人女性に、それも北部で「奥様」と言った自分がいやになった。僕は折りかばんから手紙を取り出したが、説明しないうちに、彼女が訊いた。

「それ見せてもらえますか?」

僕はためらった。ベイツ氏以外の人には手紙を渡したくなかったが、差し伸べられた手には命令するようなところがあったので、手渡した。てっきり開封するものと思って渡したが、彼女は封筒を見てから立ち上がると、一言も言わずにパネル張りのドアのうしろに消えた。

僕が入ってきたドア近くの広い絨毯の上には、数脚の椅子がおいてあることに気づいたが、そこへ行ったものかどうか決めかねていた。立って帽子を手にしたまま、辺りを見回していた。ある壁が僕の目にとまった。そこにはウイングカラーをつけた威厳のある三人の老紳士の肖像画がかかっていて、彼らは、白人たちや、数人のいかにもたちの悪そうなカミソリ傷のある黒人を除くと、見たこともないような自信たっぷりの尊大な態度で額縁の中から見下ろしていた。何も言わずに見回しただけで、教員たちを震えあがらせるブレドソー博士ですら、それほどの自信は持っていなかった。こうした人たちが彼の背後にいるのだろう。彼らは南部の白人や、奨学金をくれた有力者たちと、どのようにしてうまくやっているんだろうか? 迫力と神秘に魅せられてじっと見つめていると、秘書が戻ってきた。

彼女は妙な顔をして、ほほ笑んだ。「大変申しわけありませんが」と彼女は言った。「ベイツさんは多忙につき、今朝は会えないので、あなたの名前と住所をメモに残しておくようにとのことです。手紙で返事すると思います」

僕はがっかりして、黙ったまま立っていた。「ここに書いてください」と言うと、彼女はカードを一枚渡した。

自分の住所を走り書きして立ち去ろうとすると、「申しわけありません」と彼女はまた言った。

「ここにはいつでも来れますので」と僕は言った。

「分かりました。すぐに返事があるはずです」と彼女は答えた。

彼女はとても親切で、関心を持っているようだったので、僕は元気よく帰った。僕の不安は根拠がなく、何の理由もなかった。ここはニューヨークだ。

その後の何日かで数人の理事の秘書たちとうまく会うことができて、みんなは親切で励ましてくれた。変な目つきで見る秘書もいたが、それが敵意の表れだとは思えなかったので、僕も気にしなかった。おそらく彼女たちは、僕みたいな者がこんな偉い人の紹介状を持っているのを見て、びっくりしたのだろう、と僕は思った。たしかに見えない線が北部から南部までつながっていて、だからノートン氏は僕のことを自分の運命と呼んだのだろう……。僕は自信たっぷりに折りかばんを振りながら歩いた。

すべてがうまくいったので、朝のうちに手紙を配り、午後から市内を見物した。通りを歩き回ったり、地下鉄で白人のそばに座ったり、白人のいるカフェテリアで食事をしたりしていると（白人と同じテーブルは避けたが）僕は、夢のような、薄気味の悪い、ぼうっとした感じがした。服がぴったり体に合わないような気がした。お偉方宛ての手紙を持っているにもかかわらず、どのように行動したらいいのか、自信が持てなかった。はじめて威勢よく通りを歩いた時、故郷にいるような気分で振るまうよう、意識的に心がけた。故郷では白人のことをあまり気にしたことがなかった。親切な人もいれば、そうでない人もいて、僕はいずれの白人の気分も害さないように努めた。しかし、ここでは彼らはみんな、非個人的であるように思えた。なのに、いちばん非個人的な時でも、人込みのなかで僕にぶつかったりすると、彼らは丁寧に失礼と言って驚かせた。丁寧な時でも、彼らは僕をほとんど見ていないことが分かった。仮に熊が用事があって道を歩いていたとしても、彼らは熊のほうを見ないで、失礼と言ったことだろう。わけが分からなかった。それが望ましいことなのか、そうでないのか、はっきりしなかった。

しかし、僕の主な関心は理事たちに会うことだったのだが、市内を見物したり秘書に漠然と励まされたりして一週間以上経つと、我慢ができなくなった。すべての理事に手紙を配ったが、ただエマソン氏宛ての手紙はまだで、それは、彼が市内に今はいないことを新聞で知っていたからだ。面会の件はどうなっているのか、何度も調べようとしたが、すぐに気が変わった。いらだっている様子を見せたくなかったからだ。だが、時間は次第に少なくなっていった。すぐに仕事を見つけないと、秋までに大学に入るだけの金を稼げなくなってしまう。理事の下で働くつもりだという意味の手紙をすでに家に書いたが、これまでに受けとった唯一の手紙は、家の者たちは、それはすばらしいことだと思っているということと、**邪悪な**都市の習慣には気をつけるようにということを知らせる手紙だけだった。僕は、仕事のことで嘘をついたことを明かさずに、今さら金の無心をする手紙を家宛てには書けなかった。

とうとうお偉方に電話で連絡をとろうとしたが、結局、秘書に丁寧に断られただけだった。だが幸運なことに、エマソン氏宛ての手紙はまだ手元にあった。それを利用することにしたが、秘書に手渡さずに、僕は、ブレドソー博士からの言付けがあるのでお会いしたいという意味の手紙を書いた。たぶん、秘書のことを誤解していたのかもしれない、と僕は思った。ひょっとして秘書は手紙を破り捨てていたかもしれない。もっと気をつければよかった。

ノートン氏のことを思った。この最後の手紙がノートン氏宛てのものであったらよかったのに。あの方がニューヨークに住んでさえいれば、個人的に訴えることもできたのだが！　どういうわけかノートン氏に親しみを感じていた。会ってくれれば、彼は、彼の運命と密接な関係にあるのが僕であることを思い出してくれるだろう、と思った。今となっては、それは何年も前のことであり、季節も違うし、遥か遠く離れた土地での出来事のように思われた。実際には、あれからひと月も経っていなかった。僕は元気を出して、あなたの下で働くことができさえすれば自分の将来は限りなく違ったものになるだろうし、自分だけではなくあなたのためにもなるという気持ちを表す手紙を書いた。自分の才能の片鱗が訴えの中に滲み出るよう、とくに注意を払った。用紙を次々に破ったりしてタイプに何時間も費やし、言葉づかいに注意し最高の敬意を込めて、完璧な文章をやっと仕上げた。僕は、これが好結果をもたらすにちがいないという目もくらむばかりの確信を抱いて、急いで下りていって郵便の最終便に間に合うように投函した。返事を待って、三日間男子寮に残っていた。だが、その手紙を出したものの、何の返事もなかった。神様からの返事のない祈りと同じく、手紙も戻ってこなかった。

不安は募っていった。おそらく、すべてがうまくいっていないのだろう。翌日は一日中、部屋にいた。僕は不安を、南部にいた時よりもこの部屋にいるほうがもっと強い不安を、感じるようになった。それに、ここでは、その原因となる具体的な理由がなかったので、かえって不安が強まった。秘書たちはみんな、励ましの言葉をかけてくれた。夕方になると、僕は映画を観に行った。インディアンとの英雄的な戦闘、洪水や嵐や山火事との闘い、それに数で勝る移住者がインディアンと衝突するたびに勝利する、辺境の生活を描いた映画だ。西へ進む幌馬車隊を描写した大作だ。僕は我を忘れて（この西部劇に僕ほど感情移入した者はいないだろう）、明るい気分で暗い劇場を去った。しかしその晩、祖父の夢を見て憂鬱な気分で目が覚めた。僕は、自分が事情の分からない何らかの計画に巻き込まれているのではないかという妙な感じを覚えながら、男子寮から出た。どういうわけか、背後にブレドソー博士とノートン氏がいる感じがして、僕は何かけしからぬことを言ったりしたりするのではないかと思い、一日中口もきかず行動も起こさなかった。しかし、これはすべて幻想だと僕は自分に言い聞かせた。あまりにもイライラしすぎていたのだ。理事たちが行動を起こすのを待つことにした。おそらく、僕は一種の試練を受けているのだろう。彼らがそのルールを教えてくれなかったのは自分でも分かっていたが、試されているという感じがずっと続いていた。おそらく、僕の放浪はいきなり終わり、キャンパスに戻れる奨学金が渡されるだろう。だが、いつ、どれくらい待てばもらえるのだろうか？

やがて、何かがあるはずだ。当座をしのぐためには職を見つけねばならない。金はほとんど底を尽き、何が起こるか分からない。僕は自分に強い自信があったので、家に帰る汽車賃をとっておくことはしなかった。惨めな気分だったが、自分の悩みを誰にも話さなかった。男子寮の職員たちにさえ、打ち明けなかった。彼らは、僕が重要なポストにつくことを知っていたので、ある程度敬意を込めて扱ってくれたからだ。だから、自分の募る不安を隠そうと努めた。結局、信用貸しで金を借りねばならないかもしれないので、安心できる人物であると見せる必要があるからだ。大事なのは信用をなくさないことだ。明日になったら、もう一度はじめからやり直してみよう。明日、何かがきっと起こるはずだ。実際、そのとおりになった。僕はエマソン氏からの手紙を受けとった。

9

　僕が出かけたのは快晴の日で、暖かい陽射しが降り注いでいた。朝の青空の高い所には二、三の雪のようなちぎれ雲しかなかった。ひとりの女がすでに屋上で洗濯物を干していた。僕は歩いていて、気持ちがよかった。自信が次第に戻ってきた。マンハッタン島の遥か遠くには、いくつもの摩天楼が薄いパステル色のもやの中に、高く神秘的にそびえていた。一台の牛乳配達の車が通りすぎていった。僕は自分のいた大学のことを思った。今頃彼らはキャンパスで何をしているのだろう？　月が低く沈み、太陽はくっきりと昇ったのだろうか？　朝食を知らせるラッパは鳴り響いたのだろうか？　僕がいた頃のいつもの春の朝と同じように、大きい種牛の鳴き声は、今朝も寮の女子学生たちを目覚めさせただろうか――鐘の音やラッパの音や早朝の日常のざわめきにかき消されないで、澄んだ太い声で鳴いただろうか？　こうしたことを思い出しているうちに元気が出てきて、急ぎ足で歩いていると、僕はふと、今日は特別の日になると確信した。何かが起こるかもしれない。折りかばんをポンと叩いて、中の手紙のことを考えた。最後の手紙で、やっといい兆しが見えてきた。

　前方の縁石近くに、青い紙のロールを高く山積みしたカートを押している男が、澄んで響く声で歌っているのが聞こえてきた。それはブルースであり、彼のうしろを歩いていた僕は、故郷でこのような歌を聴いた頃のことを思い出した。ここでは、記憶が過ぎし日の田園生活をすり抜け、ずっと忘れていた昔に遡っていくようだった。僕はこうした記憶の残りから逃れられなかった。

あの娘《こ》の足は猿みたい
足は蛙みたい
けど、あの娘がおれを愛するようになったら
おれは叫ぶんだ、おおい、犬みたいな姉ちゃん！
だって、あの娘が大好きだから
自分よりもうんと……

僕がその男と並ぶと、声をかけられたので驚いた。

「おい、兄弟……」

「はい」と言って僕は立ち止まり、酔った彼の赤らんだ目を覗き込んだ。

「一つだけ教えてくれ、今朝はすげぇ晴れてるじゃないか——おい、兄弟、ちょっと待てよ。おれもそっちのほうに行くんだから！」

「何のこと？」と僕は訊いた。

「おれが知りたいのはだな、お前は**牝犬**をつかまえたかい、ってことだよ」

「牝犬って？　どんな犬のこと？」

「あのな」そう言うと彼は、カートを止めて支えを下ろした。「大事なことはだな、誰が――」彼は言葉を切ると、田舎の牧師が聖書を今にも叩こうとするかのように、縁石に片足をのせてかがみこんだ。「**牝犬を……つかまえた**のかい、ってことさ」一つの言葉を口にするたびに、怒った雄鶏のように頭をさっと動かした。

僕は神経質な笑い声を上げ、うしろに下がった。彼は鋭い目つきで僕を見ていた。「あのな、ちゃんと答えろよ」彼はいきなり怒って言った。「誰が牝犬をとっつかまえたんだ？　お前だって南部の出身じゃないか。なんでそんなこと聞いたこともないみてぇなふりをするんだ！　畜生、今朝はここにゃ、おれたち黒人以外には誰もいないんだぜ――おれに知らんぷりしやがってよう」

突然、僕は気に障《さわ》ってカッとなった。「あんたに知らんぷりをするって？　どういう意味だよ？」

「ちゃんと質問に答えろよ。お前は牝犬をつかまえたかい、そうじゃないのかい？」

「**牝犬**だって？」

「そうとも、**その**犬だよ」

僕は癪《しゃく》に障った。「いや、今朝はまだだよ」と僕が言うと、彼の顔にニヤニヤ笑いが広がっていくのが見えた。

「兄弟、ちょっと待ちな。おい、そんなに怒るなよ。おい、ったら！　てっきり、**お前が**牝犬をつかまえたと思ったもんでよう」と言うと彼は、僕の言ったことを信じていないふりをした。僕は立ち去ろうとしたが、彼はカートを押しながら横について来た。もっと腹が立ってきた。どことなくこの男は、〈ゴールデン・デイ〉のあの帰還兵に似ていた……。

「じゃあ、たぶん、逆かもしんねぇな。牝犬がお前をつかまえたんだろう」

「たぶんな」と僕は言った。

「もしそうだったら、そいつが牝犬で、お前は運がいいよ――だってさ、おい、おれなんか、熊がおれをつかまえたと思ってんだぜ……」

「熊だって？」

「ああ、そうとも。その熊だよ。熊がおれの尻を引っかいた跡が見えないかい？」

男はチャーリー・チャップリン・ズボンの尻の部分を横に引っ張って、どっと笑った。

「おい、ここのハーレムって所は熊の寝ぐらみたいなもんだぜ。だけど、これだけは言っておく」と彼は急にしらふの顔をして言った。「おれやお前みたいな者にとっちゃ、ここは世界中で最高の場所だぜ。景気がすぐによくならない時にゃ、おれ、熊をつかまえて、そいつをあちこち引っ張り回して、放さないんだ！」

「あんたのほうが参らないようにしないとな」と僕は言った。

「そんなことないさ、相棒、おれの背丈と同じ奴からはじめるつもりだから！」

僕は熊にちなんだ諺《ことわざ》で返事しようと考えたが、思い出したのは兎のジャックと熊のジャックだけだった……。これらの動物の話はとっくの昔に忘れていたが、今になって懐かしさがぐっと込み上げてきた。僕は彼のもとを立ち去りたかったが、歩いていると、どこかで、こんな朝に、こんなふうに一緒に歩いたかのような気がして、何となく慰みを覚えた。

「そこにあるのは一体何なの？」と僕は、カートに積まれた青い紙のロールを指差して、言った。

「青写真だよ、おい。ここに百ポンド近い青写真があるけど、おれなんか一軒の家も建てられないんだぜ！」

「何の青写真？」と僕は訊いた。

「あのなぁ――いろんな青写真だよ。市、町、それにカントリー・クラブ。ビルのもあれば家のもある。日本みてぇに紙の家に住めるんだったら、おれだって家の一軒ぐらいは建てられそうだけどな。誰かが設計を変えたんだろう」と彼は笑いながら言い添えた。「おれが、どうしてこれを全部捨てるのかと青写真を捨ててこいと言った男に聞いたら、その男が言うには、邪魔になるんで、新しい設計図の置き場を作るのに、時々捨てなくちゃいけないんだとさ。このほとんどが一度も使われたことがないんだぜ」

「あんた、いっぱい持ってるね」と僕は言った。

「いや、これだけが全部じゃないんだ。この積み荷の二倍はあるよ。この荷物だって一日がかりの仕事なんだ。みんな、いつも設計しては変えるんだからなぁ」

「ふうん、そうなんだ」と言って、僕は自分の手紙のことを思った。「だけど、それは間違ってるよね。計画は変えちゃいけないよ」

彼は急にまじめな顔になって、僕を見た。「お前はけっこう若そうだね」と彼は言った。

僕は返事をしなかった。僕たちは丘の頂きの曲がり角の所に来た。

「じゃあ、兄弟、南部の若い人と話ができてうれしかったよ。けど、もう帰らなくちゃなんねぇ。

ここからは、うれしい下り坂でな。しばらくは楽に行けるから、晩になってくたくたに疲れることはないんだ。このおれが、あいつらに墓場に追い立てられて、たまるもんか。そのうちにまた会おうぜ――お前も少しは分かってくれたかい？」

「何を？」

「はじめは知らんぷりしていると思ったけど、今はお前に会えてけっこううれしいよ……」

「そう願いたいね。じゃあ、のんびりやりなよ」と僕は言った。

「ああ、そうするとも。油断のならないこの町でうまくやっていくには、ちょっとばかりのインチキと、勇気と知恵がありさえすればいいんだ。おい、おれはなぁ、三つとも生まれながらにして持ち合わせている。それどころか、おれは七人目の息子の七人目の息子で目に羊膜がついたまま生まれて黒猫の骨とナルコユリと脂っこい野菜で育って――」彼は目をパチクリさせ、口を早く動かして一気にまくし立てた。「兄弟、分かったかい？」

「あんたのしゃべりは早すぎるよ」と僕は言って、笑い出した。

「ようし、じゃ、ゆっくり話してやるよ。お前のことを詩《うた》にするが悪口を言ってるんじゃねぇぞ――おれの名前はピーターー・ウィートストローー、おれ様は悪魔の養子のひとりっこ。じゃ、こいつを巻き舌で言ってみな！　お前は南部出身だよね？」と彼は言って、熊のように首をかしげた。

「ああ、そうだよ」と僕は答えた。

「じゃあ、ちゃんと聞いとけよ！　おれの名前はブルーだ。熊手を持ってお前に突きかかるぞ。フィ・ファイ・フォ・ファム。どいつもこの悪魔を撃てやしねぇじゃないか！」

僕は思わずニヤニヤ笑った。どう答えていいのか分からなかったが、この男の言葉はおもしろかった。こうした言葉遊びは子どもの頃から知っていたが、忘れてしまった。学校の裏で習ったものだから……。

「分かるかい、相棒?」彼は笑った。「ワッ、ハッ、ハッ、たまにはおれんとこに遊びに来いよ。おれはピアノ弾きの遊び人で、ウィスキー飲みでこそ泥さ。ためになる悪いことをいっぱい教えてやるから。お前にはそいつが必要だからさ。じゃあな」と彼は言った。

「さよなら」と言って僕は、彼が立ち去るのを見ていた。彼は、ハンドルにぐっと上体をもたせかけてカートを押して街角を回り、坂を登ったが、下り坂になると、今度はこもったような歌声が聞こえてきた。

あの娘の足は猿みたい
足ときたら、まるできちがい犬みたい……

あの歌はどういう意味だろう、と僕は思った。あの歌をこれまでずっと聞いてきたが、その歌の奇妙さが、ふと僕の脳裏をよぎった。あれは女のことを歌っているのだろうか、それともスフィンクスみたいに変わった動物のことを歌っているのだろうか? たしかにあの男の彼女があの歌詞の描写にぴったりのはずがないし、**どんな**女でもそうだ。それなのに、なぜあれほど矛盾した言葉で、誰のことを表現しているのだろう? ひょっとしてあの歌はスフィンクスのことなのだろうか? 汚れた尻をしたチャップリン・ズボンの男は、その女を愛していたのか、嫌っていたのか？　それとも、ただ歌っていただけなんだろうか？　いずれにしても、どういう女があんな汚い男を愛せるというのだろう？　あの歌で歌われるようないやな女だったら、あの男だって愛せるはずがない。僕は歩きだした。おそらく、誰もが誰かを愛しているのかもしれない。愛情についてあまり考えたことがなかったので、分からなかった。遠くまで旅をするには、超然としていなければならない。僕の前途には、大学に戻る長い旅が控えている。ゆったりとした足どりで歩いていると、カートの男の歌が、今は淋しげな幅広い音色の口笛になり、その口笛がフレーズの切れ目ごとに花咲いて、震えるような、憂鬱な音色の和音に変わるのが聞こえてきた。たしかにあの男は悪魔の養子だ。口笛で三つの音色から成る和音を吹くのだから……。本当に黒人はたいした人種だな、と僕は思った。誇りとも不快感とも区別がつかない感情が、ふと僕の心をよぎった。

街角まで来ると、僕は向きを変えてドラッグストアに入り、軽食コーナーのカウンターの前に座った。数人の男たちが食べ物の上に身を乗り出すようにして食べていた。丸いサイホンが青い炎の上でふつふつと煮え立っていた。カウンター係がグリルの蓋を開けて細い肉片をひっくり返し、蓋をバタンと閉めるのを見ていると、ベーコンの焼ける匂いが僕の腹の底にしみるようだった。カウンターの真正面から、ブロンドの髪の日焼けした女子大生が笑みを浮かべ、コーラはいかがですかとみんなに声をかけていた。カウンター係がやって来た。

「あなたにいい物がありますよ」と言って彼は、水の入ったグラスを僕の目の前においた。「おすすめ品はどうですか？」

「おすすめ品って、どんなやつ？」

「ポークチョップにひき割りトウモロコシ、卵一個、ホットビスケットにコーヒー付き！」彼はカウンターに身を乗り出し、「ほら、これなら食欲をそそるはずだよ」とでも言いたげな顔つきをした。僕が南部出身であることが、誰にでも分かるのだろうか？

「オレンジジュースと、トーストとコーヒーにするよ」と僕は冷ややかに言った。

彼は頭を横に振った。「それはないよ」と言って彼は、二切れのパンをトースターにばたんと入れた。「きっとお客さんはポークチョップが大好物だと思ったのに。ジュースはLサイズにするかい、それともSサイズ？」

「Lサイズにしてくれ」と僕は答えた。

僕は、オレンジを薄切りにしている男の後頭部を見ながら、おすすめ品を注文してさっさと出ればよかった、こいつは何様のつもりでいるんだろう、と思った。

ジュースの表面にできた果肉の厚い層に、種が一粒浮いていた。僕は、ポークチョップとひき割りトウモロコシを食べたかったのを我慢したことを誇らしげに思いながら、その種をすくってから、酸っぱい飲み物を飲み干した。それは自己訓練であり、自分の身に起こりつつある変化の兆しなのだ。このままいけば、経験を積んだ人間として大学に戻れるだろう。基本的には僕は以前と変わらないが、北部へ行ったことのない連中の興味をそそるくらいの微妙な変化はあるかもしれない、とコーヒーをすすりながら思った。違っていれば、みんなは僕のことを噂し、いろいろと想像することだろう。だが、北部の黒人みたいな話し方はしないように気をつけよう。連中は、そんなことはいやがるだろうから。大学では、他人と少し変わっていることはいつも役に立つし、上に立とうと思う場合は特に、そうだ。大切なのは、自分の言動にはすべて、広くて深い意味があるのだと連中に暗示させることだ、と僕はほくそ笑んだ。連中はそのほうが気に入るだろう。だから、いろいろなことをあいまいに言えば言うほど、いい。いつも連中に推測させなければならない――ブレドソー博士のことだって、連中はこんなふうに噂していた。博士は、ニューヨークへ行った時には、豪華な白いホテルに泊まるのだろうか？　彼は理事たちと一緒にパーティーに行くのだろうか？　それに、どんなふうに振るまうのだろう？

「おい、きっとあの人はすばらしい時を過ごしているにちがいないぜ。あの人がニューヨークに着いた時にゃ、赤信号でも停まらないらしいじゃないか。上等の赤いウィスキーを飲んだり上等の黒い葉巻をくゆらせたりして、この大学にいる何にも知らない黒人たちのことは、すっかり忘れちまっているらしいな。あの人は北部に行ったら、みんなに自分のことをミスター・ブレドソー博士と言わせてるって噂だよ」

　僕は、そんな噂話を思い出してはほくそ笑んだ。気分がよかった。僕は停学になって遠いニューヨークに行かされて、かえってよかったのかもしれない。以前よりもっと多くのことを学んだのだから。これまで大学での噂はすべて意地の悪い不敬なものに思えたが、今では、ブレドソー博士の強みが分かった。僕らが博士のことを気に入っていようがいまいが、彼のことを決して忘れはしなかった。それこそ、指導力の秘訣だったのだ。今頃そんなことを考えるのは妙な感じがした。僕はこれまでそんなことを考えたことがなかったが、ずっと以前から知っていたように思えたからだ。大学から遠く離れたこの地に来てはじめて、そのことが、はっきりした、たしかなことに思われたし、何の不安もなく考えられるようになった。ここでは、博士の指導力の秘訣が、先ほど朝食代としてカウンターにおいた硬貨と同じように、つかめた。朝食代は一五セントだったので、僕はポケットの五セント硬貨を手探りしているうちに一〇セント銅貨を取り出してしまい、黒人が白人に、つり銭をチップとして渡したら侮辱になりはしまいか、と思った。

カウンター係を見ると、薄いとび色の口ひげを生やした男にポークチョップとひき割りトウモロコシの料理を出しているところだったので、僕はじっと見つめていた。やがてカウンターにチャリンと一〇セント銅貨をおくと、一〇セント銅貨は五〇セント硬貨ほどには大きな音がしないことにイライラしながら、そこを出た。

エマソン氏のオフィスに着くと、彼の都合がつくまで待っていたほうがよかったのかもしれない、と僕は思ったが、そんな思いを無視して中に入った。早く来たことが、どんなにか仕事を探し、早く仕事に就きたがっていることの表れだと思ってほしい、と僕は願った。それに、その日最初に取り引きする客は歓迎されるという諺が、あったではないか。それとも、あれはユダヤ人の商売の時に限って言われていたことなのだろうか？　僕は折りかばんから手紙を取り出した。エマソンというのは洗礼名だろうか、それともユダヤ人の名前だろうか？

ドアを開けると、そこは美術館のようだった。僕は、青っぽい熱帯的な色彩で飾られた大きい応接室に入ってしまった。一つの壁には、ほとんど一面に大きな色ぬりの地図が掛けられていて、地図のそれぞれの地域からひと続きの黒檀の台座へ、細くて赤い絹のリボンがピンと張られてあった。台座の上には、さまざまな国の自然の産物が入った、標本用のガラスの瓶がおいてあった。ここは輸入会社だったのだ。驚いて、部屋を見回した。いくつもの絵画、ブロンド像、つづれ織りの壁掛がすべて、きれいに配置してあった。僕がめまいがし、呆気にとられてしまい、折りかばんを落としそうになった時、「それで、あなたの用件は何ですか?」という声が聞こえてきた。

色刷りの広告から飛び出してきたような男が僕の目にとまった。きちっとなでつけたブロンドの髪、血色のいい顔、その男の広い両肩から見事に垂れた熱帯地方のウィーブ・スーツ、くっきりとした縁の眼鏡の奥から覗いている灰色の目は、神経質そうに見えた。

僕は予約の説明をした。「ああ、そうそう。手紙を見せてください」とその男は言った。

手紙を渡す時、伸ばした彼の手のすべすべした白いカフスに、金の鎖の飾りがあることに気づいた。封筒をちらりと見ると、彼は好奇の目でふたたび僕を見て、言った。「座ってください。すぐに戻りますから」

彼が腰を振るようにして大股でゆっくりと去る様子を見ていたが、歩き方は気に食わなかった。僕は、エメラルド・グリーンの絹のクッションがあるチーク材の椅子の所へ行って座り、折りかばんをひざの上において、ぎこちなく腰かけた。僕が部屋に入ってきた時、彼はここに座っていたにちがいない。美しい盆栽を飾ったテーブルの上には翡翠《ひすい》の灰皿がおいてあり、そこから煙草の煙が立ち昇っていたからだ。そのそばには、『トーテムとタブー』という本が、開いたままおいてあった。その真向かいに目を向けると、中国風の模様の照明のついたケースがあり、中には、いくつもの精巧な馬や鳥の彫像や、小さい花瓶や鉢が、それぞれ彫刻を施した木の台座にのっていた。部屋は静まりかえっていた——やがて突然、バサバサと鳥の羽ばたく音がしたので窓のほうに目をやると、まるで鮮やかな色の布切れが突風にあおられたかのように、派手な色が飛び散ったように見えた。それは、大きい窓の一つの近くにおかれた籠の中の熱帯の鳥だった。鳥の羽ばたきがおさまると、窓からは、眼下の遥か遠くの緑っぽい湾を二隻の船が、航行しているのが見えた。一羽の大きい鳥が鳴きだすと、その鮮やかな青と赤と黄色の震える喉に、僕の目は引き寄せられた。僕は、鳥が東洋の扇子を広げたかのように、一瞬、色彩の炎を揺らめかせて羽を羽ばたかせる、ハッとするような光景を見つめていた。籠の近くに行ってもっとよく見たかったが、思いとどまった。そんなことをすると、遊んでいるように思われるかもしれないからだ。椅子に座ったまま、部屋を見回した。

ここにいる人たちは地上の王様だ！　と僕は、大きい鳥の耳障りな鳴き声を聞きながら、思った。大学の美術館にはこれほどの物はなかった——ほかの所でも、見たことがない。思い出せるのは、奴隷制時代の数点のひび割れた遺品だけだ。鉄鍋、古風な鈴、鎖のついた鉄の足かせ、原始的なはた織り機、紡《つむ》ぎ車、飲み水用の杓、（旅行中の大金持ちによって学校に寄贈された）冷笑しているような、醜いアフリカの神の黒檀の彫像、銅製の釘が打ち付けられた鞭、MMという二つの文字のついた焼印……。それらの遺品を見ることはめったになかったが、それらは僕の心に鮮やかに刻み込まれていた。感じのよい遺品ではなかったので、その部屋を訪れるたびに、それらが陳列してあるガラスのケースを避けて、その代わりに南北戦争後の初期の、盲目のバービー尊師が話してくれた時代に近い頃の写真を見るのが好きだった。かといって、そうした写真を頻繁に見たわけでもなかった。

僕はくつろいだ気分でいようと努めた。椅子は見事だったが、堅かった。あの男はどこに行ったのだろう？　僕を見て敵意を抱いたのだろうか？　最初にエマソン氏に会わなかったことを残念に思った。突然、籠から耳障りな鳴き声がしたので見ると、またもや鳥が急に自然発火したように、竹の棒に羽を意地悪そうに激しく打ちつけている様子が僕の目に映った。やがて鳥の羽ばたきがおさまったかと思うと、いきなりドアが開き、さっきのブロンドの髪の男が片手で把手《とって》を握ったまま、もう一方の手で手招きした。僕は緊張して彼のほうへ行った。僕は受け入れられたのだろうか、それとも拒否されたのだろうか？

男の目には何か訊きたげな表情が浮かんでいた。「入ってください」と彼は言った。

「ありがとうございます」と言って僕は、彼のあとから入ろうと待っていた。

「**どうぞ**」と彼は微笑を浮かべながら言った。

僕は、彼の語調に何かの兆候を探りながら、先に立った。

「二、三君に質問したいのだが」と彼は二つの椅子のあいだで手紙を揺らして言った。

「何でしょうか？」と僕は訊いた。

「教えてもらいたいのだが、君の望みは何ですか？」と彼は言った。

「仕事が欲しいのです。金を稼いで秋に大学へ戻れるように」

「君がいた大学に？」

「はいそうです」

「なるほど」しばらく彼は僕を黙って見つめていた。「いつ卒業したいの？」

「来年です。すでに三学年は終了していますので……」

「ああ、そう？　それは大いに結構なことだね。それで年はいくつ？」

「もうすぐ二〇歳になります」

「じゃあ、一九歳で三年生？　優秀な学生さんだ」

「ありがとうございます」と言うと、僕は面接を受けるのが楽しくなってきた。

「君はスポーツ選手なの？」と彼は訊いた。

「いいえ、違います……」

「つい君の体格がいいもんだから」と言って彼は、僕を上から下まで見た。「たぶん、君は優秀な走者になれますよ、スプリンターに」

「まだやったことがありません」

「君が母校のことをどう思っているのか、訊くのは野暮でしょうね？」と彼は言った。

「あの大学は世界で最高の大学だと思います」と僕は、自分の声に深い感情がこもるのに気づきながら、言った。

「よく、分かります」と彼は急に不快そうに言ったので、僕は驚いた。

彼が「ハーヴァード大学への郷愁だな」と分かりにくいことをつぶやいたので、僕はふたたび緊張した。

「もし君がほかの大学で学業を終える機会を与えられたら、どうしますか？」と彼は、眼鏡の奥で目を大きく見開いて、訊いた。彼はまたほほ笑んだ。

「別の大学ですって？」と僕は訊いた。心が動揺してきた。

「そう、たとえばニューイングランドのどこかの大学とか……」

僕は返事をしないで彼を見た。彼はハーヴァード大学のことを言おうとしたのだろうか？　それがいいことなのか、まずいことなのか？　この先、話はどういうふうになるんだろう？　「僕には分かりません」と僕は用心して言った。「そんなことは考えたことがなかったものですから。あと一年しか残っていないし、それに元の大学のみんなと知り合いだし、彼らも僕のことを知っています……」

男が諦めたように溜め息をついて、自分を見ていることに僕は気づき、まごついて話をやめた。彼は何を気にしているんだろう？　おそらく僕があまりにも素直に大学に戻ると言ったせいもあって、彼は、黒人が高等教育を受けることに反感を抱いているのかもしれない……。だけど、そもそも彼はただの秘書にすぎないくせに……それとも、彼が……？

「分かりました」と彼は穏やかに言った。「僭越《せんえつ》にも、別の大学を勧めてしまいました。おそらく、学生にとって自分の大学は、実際、父母のようなもの、……神聖なことでしょうから」

「はい、そのとおりです」と僕はあわててうなずいた。

彼は目を細めた。「だけど、君に言いにくいことを訊かなくちゃいけないな。いいですか？」

「ええ、いいですよ」と僕はイライラして言った。

「私だってこんなことを訊きたくないんだけど、これはとても大事な……」彼は心苦しそうに顔をしかめて、身を乗り出した。「教えてください、君は、エマソン氏宛ての手紙を読みましたか？　この」と言って彼は、テーブルにおいてある手紙を手にした。

「えっ、そんなことないですよ！　その手紙は僕宛てのものではないんだから、当然、開封しようなんて思ってもいません……」

「もちろん、そうでしょう。君がそんなことをしないことぐらい、私にも分かっています」と言って彼は、片手をそわそわと動かしながら、きちんと椅子に座り直した。「申しわけない。この頃では、個人とは関係なさそうなかたちで、いやな個人的な質問をされることがしょっちゅうあるけど、まあ、その一つみたいなものだと思って、忘れてください」

僕は彼の言うことが信じられなかった。「ですが、手紙は開けてあったのですか？　誰かが僕のことを調べたのかもしれません……」

「ああ、いや、そんなことはない。さっきの質問は忘れてください……。ところで、卒業後の君の予定はどうなっているんですか？」

「自分でもまだ分かりません。教員か職員として、大学に残してもらえるとありがたいのですが。そして……あのう……」

「うん？　そしてほかに何か？」

「ええ、――ええっと、本当はブレドソー博士の助手になりたいと思いまして……」

「ああ、なるほど」と言うと彼は、座り直して薄い唇を丸くした。「大変な野心家だな」

「自分でもそう思います。ですが、喜んで一生懸命に頑張ります」

「野心というのはすばらしい力です」と彼は言った。「だけど、判断力を失わせることもありますよ……。一方では、それは人を成功させることもあるし――私の父みたいにね……」彼の声には新たに辛辣さが加わり、彼は顔をしかめて両手を見下ろしたが、その手は震えていた。「野心がただ一つ厄介なのは、現実に対して人を盲目にすることがあることなんだな……。君は、こんな手紙を何通持っているんですか?」

「七通持ってました」と僕は、彼の態度の変化に戸惑いながら、答えた。「それらは――」

「七通だって!」彼はいきなり怒りだした。

「はい、そうです。博士から受けとったのはそれだけです……」

「それで、失礼だけど、何人の方に会えたの?」

僕は気が滅入った。「個人的には、まだどなたとも会っていません」

「じゃあ、これが君にとって最後の手紙というわけかい?」

「はい、そうですが、ほかの方からも連絡があると思います。秘書がそう言っていたし――」

「そりゃ、そうだろう。七人全部からね。彼らはみんな誠実なアメリカ人だから」

今では、彼の声には明らかに皮肉がこもっていたが、僕はどう言っていいのか分からなかった。

「七通ねぇ」と彼は不可解そうにくり返した。「私の言うことは気にしないでいいからね」彼は自己嫌悪の優美な身ぶりをして言った。「昨晩、かかりつけの精神科医と厄介な話をしたもんで、ほんのささいなことでもいらいらするもんだから。狂った目覚し時計みたいなもんだよ――まったく!」と言うと彼は、両手で太腿をポンと叩いた。「それにしても、これはどういう意味なんだ?」いきなり彼は興奮した。彼の顔半分がピクつき、ふくれ出した。

僕は、一体、何のことだろうと思いながら、彼が煙草に火をつけるのを見守っていた。

「世の中には、口にするにはあまりにもひどすぎることもあるのさ」と言って彼は、煙草の煙を吐き出した。「あいまいすぎて言葉や観念なんかで表せない場合もね。それはそうと、君はクラブ〈キャラマス〉に行ったことがあるかい？」

「そのクラブは聞いたことがありません」と僕は答えた。

「そうかい？　あそこはとても有名なんだよ。私のハーレム地区の友人たちはそこに行くよ。作家や芸術家や、名士のたまり場なんだ。市内にはあんなすばらしい所はないし、変わった趣向を凝らしていて、実にヨーロッパ的な味わいのある所なんだよ」

「僕はクラブには行ったことがないんです。お金を稼ぐようになったら、クラブがどんな所なのか見に行きたいと思っています」と僕は、話が仕事のことに戻ってほしいと思いながら、答えた。

彼は頭をぐいと動かして僕を見た。またもや彼の顔はピクピク引きつり出した。

「またしてもこの問題を避けようとしていたみたいだな――いつものことだ。ほら」と彼は急に大声で言った。「ふたりが、しかも以前に会ったこともないふたりがだよ、真正直に誠意をこめて話し合えるとでも、君は思うかい？」

「はあ？」

「ああ、畜生！　私が言いたいのはだね、私たちが人間同士を隔てている慣習や風習の仮面を脱ぎ捨ててさぁ、赤裸々な率直さと誠実さで、話し合えると思うかい、ということなんだ」

「おっしゃっていることがよく分かりません」と僕は言った。

「そうかい？」

「僕は……」

「当然そうだよな。うまく説明できればいいんだが！　君を混乱させたようだな。私たちの動機が不純だから、腹の底から率直にはなれないんだ。今私が言ったことは忘れてくれ。じゃあ、こういうふうに言うことにしよう——いいかい……」

僕はめまいがしてきた。彼は何年も前から知り合いであるかのように、親しげに身を乗り出して話しかけてきたが、僕は、ずっと昔、祖父からこう言われたことを思い出した。**白人には身の上話をさせるんじゃないぞ。しゃべったあと、白人は、お前に打ち明けたことを恥ずかしがって、あとでお前を憎むようになるんだから。現に、白人はしゃべっている時だって、お前に憎しみを抱いているんだから……。**

「……君にとっていちばん大事な事実を明かしたい——だけど、言っとくけど、傷つくことになるよ。いや、ちゃんと言うよ」と言うと彼は、僕のひざに軽く触れたが、僕が体を動かすと、手をすばやく引いた。

「私はやりたいことを行動に移すことはめったにないが、正直に言って、今も我慢のならない挫折に耐えていなかったら、こんなことは起きないんだ。あのね、私は精神的に打ち砕かれたんだ……ああ、畜生、また始まった。自分のことばかり考えてやがる……私たちはお互いに挫折している、分かるかい？　どっちもそうなんだ。だから、君を助けてあげたい……」

「エマソン氏に会わせてくださるということですか？」

彼は顔をしかめた。「そのことではあまり期待しないでくれたまえ。いきなり結果をもとめるなよな。僕は助けてあげたいけど、力がなくて……」

「力ですって?」僕の胸が引き締まった。

「ああ、そういう言い方もできる。助けるには、君に幻滅を味わわせなきゃいけないもんだから……」

「いいえ、僕は気にしません。一度エマソン氏に会ったら、あとは僕の責任ですから。あの方と話ができさえすればいいんです」

「あの方と話すだって」と言うと彼は、いきなり立ち上がり、震える指で煙草を灰皿でもみ消した。「誰だって、あの方と話はできないよ。あの方が話をするんだから――」いきなり彼は話を途切らせた。「もしかして、君の住所を私に教えておいたほうがいいかもしれないだろう。明朝、エマソン氏の返事を手紙でするよ。あの方は実に多忙なお方でね」

彼の態度はがらりと変わっていた。

「でも、さっきあなたが言われたのは……」と僕はすっかりうろたえながら立ち上がった。こいつは僕のことをからかっているのだろうか?「五分間だけでいいですから、あの方と話ができませんか?」と僕はお願いした。「きっと僕が仕事にふさわしい人間だと分かってもらえるはずですから。誰かが手紙の内容を書き換えたとしても、僕は自分の身元を証明してみせます……。ブレドソー博士なら――」

「身元だって! 呆れた! 今時、身分証明書なんか持っている者がいるか? そんなに単純な問題じゃないんだよ、いいかい」彼は苦悩に満ちた身ぶりをして言った。「私のこと、信用してくれるかい？」

「はい、そりゃもう、信用しますよ」

彼は身を乗り出した。「『いいかい』と彼は、顔を激しく引きつらせながら言った。「私は、君のことでいろいろと知っていると言おうとしていたんだよ——君と個人的にではなくて、君みたいな人のことをね。それはたいしたことじゃないけど、ふつうの人よりはずっと知っているさ。私は、今でもジムとハック・フィンみたいなものなんだよな。私の友人の多くはジャズ・ミュージシャンだし、私も経験をいろいろと積んできている。だから、君の暮らしぶりが分かるんだよ——どうして大学に戻りたいの？　ここには自由がもっとあるし、君にできることが山ほどある。とにかく戻ったって、探しているものは見つけられないだろうな。おそらく君には分からないことがいろいろと関係しているんだから。誤解されたくないけど、何も私は、感心させるためにこんなことを言っているんじゃない。また、一種のサディスティックな浄化を味わうためだけでもない。本当にそんなことはないんだよ。だけど、私は、君が入り込もうとしている世の中のことを知っているんだ——その長所とか言語に絶することとか——ハッ、ハッ、ハッ、そうとも、口にするのもいやなことをね。父親は私のことをどうしようもない人間だと考えていると思うよ……。私はハックルベリー・フィンなんだ、分かるだろう……」

僕がとりとめのない言葉を理解しようと努めた時、彼は冷ややかに笑った。ハックルベリー・フィンだって？　どうしてあんな少年の話をしゃべり続けるんだろう？　こんなふうな話を聞かされたことで、僕は狐につままれたようで困惑してしまった。何せ彼は、僕と仕事のあいだの、つまり大学とのあいだの仲介者だったからだ……。

「ですが、僕は仕事が欲しいだけなんです。学業に戻れる金を稼ぎさえすればいいんですから」

「もちろんさ。だけど、これにはもっとほかの問題がからんでいることに、気づきそうなもんだが。君は、物事の裏にある問題に興味はないのかい？」

「ありますが、僕の主な関心は仕事のことです……」

「そりゃそうだろう。だけど、人生はそんなに単純なものじゃないぞ……」

「ですが、どんなことであっても、ほかのことで煩《わずら》わされたくありません。ほかのことに干渉するつもりもないし、大学に戻って、できればそこに残れるだけで満足です」

「だけど、君にとっていちばんためになることをしてあげたいんだよ。失礼だけど、最善のことをね。君だって、**いちばんためになる**ことをしたいだろう？」

「そりゃもう、僕だってやりたいですが……」

「じゃあ、大学に戻ることは忘れちまいな。ほかの所へ行きな……」

「退学しろということですか？」

「そうさ、大学のことは忘れて……」

「ですが、さっきは手助けしてくれるとおっしゃったじゃないですか？」

「言ったよ。だから私は――」

「ですが、エマソン氏との面談はどうなるんですか？」

「ああ、またか！　あの方には会わ**ない**のが最善のことだと思わないかい？」

急に僕は息ができなくなった。それから折りかばんをぎゅっと握ったまま、立ち上がりかけた。「どうしてあなたは反対するんですか？」と僕はうっかり口をすべらせてしまった。「僕があなたに何かしましたか？　あなたはあの方に会わせるつもりはないんですね。たとえ紹介状を見せても。どうして？　一体なぜなんですか？　あなたの仕事を危くするつもりはないのに――」

「いや、いや、違うよ！　もちろん、そんなことないさ」と彼は叫んで立ち上がった。「誤解されたようだな。勘違いするなよ！　やれやれ、誤解されたな。君の面談を邪魔しようとしているとは思わないでくれよ――偏見からエマソン氏に会わせないとしているなんてさ……」

「だけど、そう思いますよ」と僕は怒って言った。「あの方の友人からここに遣わされたんですよ。手紙は読まれたのに、あの方に会わせようとしないじゃないですか。しかも今では、僕を退学させせようとなさるし。とにかく、あなたは何を考えているんですか？　どうして僕の邪魔をするんですか？あなたは北部の白人でしょ！」

彼は苦痛に顔を歪めた。「傷つくことを言ったようだな」と彼は言った。「だけど、君にとって最善のことを勧めようとしてるって、思ってほしいんだ」彼は眼鏡をさっとはずした。

「ですが、僕だって、自分にとって何が最善なのかぐらい、知ってますよ」と僕は答えた。「ブレドソー博士はご存知のはずです。今日エマソン氏に会えないんだったら、いつ会えるのか言ってくださいよ。そうしたら、また来ますから……」

彼は唇をかんで目を閉じると、叫びたい気持ちを抑えているかのように頭を横に振った。「申しわけない。こんなことから話を切り出して大変すまないことをした」と言うと彼は、急に落ち着きを取り戻した。「愚かにも君に助言しようとしたんだけど、君の……君の民族の邪魔をしているなんて、どうか思わないでくれ。私は君の味方なんだ。私の知っているすごく立派な人たちの何人かは黒――あのね、エマソン氏というのは私の父親なんだよ」

「あなたのお父さんですって！」

「そう、親父なんだ。違っていたらよかったんだけど。けど、そうなんだ。君を親父に会わせることだってできるよ。けど、正直言って、意地悪なことはできないんだよ。そんなことは、君にとって何の役にも立たないんだから」

「ですが、僕は働きたいんです。エマソン氏との……。これは大事なことなんですよ。僕の一生がかかっているんですから」

「けど、君にはその機会は**ない**よ」と彼は言った。

「ですが、ブレドソー博士がここに寄こしたんですよ」と僕は、ますます興奮して言った。「どうしても機会を**つかまないことには……**」

「ブレドソー博士なんて」と彼は嫌悪感をむき出しにして言った。「あいつはそっくりだよ、僕の……。あいつなんか、痛い目にあうべきなんだ！　ほら」と言うと彼は、手紙をさっと手にし、パサパサ音を立てながら僕のほうに突き出した。僕はその目を覗き込みながら手紙を受けとったが、彼は燃えるような目で僕を見返した。

「さあ、これを読んでごらん」と彼は興奮して言った。「さあ！」

「ですが、僕はそんなことをお願いしているんじゃありません」と僕は言った。

「いいから、読みたまえ！」

親愛なるエマソン氏へ

この手紙の持ち主はわが大学の元学生でして（元というのは、彼は二度と復学できないからです）、生活態度に関するきびしい規則を破るという重大な違反行為を犯したために、退学させられた者であります。

しかしながら、事情により、いずれ私が次の理事会の折にその内容について説明しますが、この青年が最終的に退学が決定したことを知らないのは、当大学にとっていちばんいいことです。と申しますのも、秋に学業のために復学することが、彼の希望であるからです。ですが、彼が私たちからできる限り遠ざかった所で、この空しい希望を抱き続けることが、私たちが献身的に打ち込んでいる偉業のためにはいちばんいいことなのです。

親愛なるエマソン氏よ、今回のケースは、私たちが大いに期待していた学生が悲しいことに正道からそれて、秋に関係者と大学間の微妙な関係を壊そうとする、まれで、むずかしい事例の一つであります。したがいまして、この手紙の持ち主はもはや当大学の学生ではないのですが、当大学との絶縁が問題なくできることが、とても重要なのであります。この元学生が地平線の如く、希望に満ちた旅人のように遥か遠くに、いつも輝きながら退いていく約束を持ち続けるよう、ご指導のほどどうぞよろしくお願い申し上げます。

敬白

あなたの卑しい召使

僕は頭を上げた。手紙を渡されてからその内容を把握するあいだに、二五年の歳月が過ぎたようだった。僕は信じることができず、手紙をまた読もうとした。信じられなかったが、この件はずいぶん昔の出来事のようだと思った。目をこすると、潤《うるお》いが急になくなったかのように、ざらざらした感じがした。

「気の毒に思うよ」と彼は言った。「すごく気の毒だね」

「僕が何をしたと言うんですか？　いつだって正しいことをしようと努めてきたのに……」

「それを私に教えてくれたまえ」と彼は言った。「博士は何のことを言っているのかね？」

「分かりません。さっぱり分からないんです……」

「だけど、君は**何か**やらかしたんだろ」

「ある方をドライブに連れていったんですが、その方の体の具合が悪くなったので助けようと思い、〈ゴールデン・デイ〉にお連れしたことはありますが……分かりません……」

僕は、トゥルーブラッドの家に行ったこと、〈ゴールデン・デイ〉に寄ったこと、それに自分が停学になったことを口ごもりながら言ったが、出来事を一つひとつ細かく説明するたびに、彼の表情豊かな顔に変化が見られた。

僕が話し終えると、彼は言った。

「そんなことはささいなことだよ。博士の気持ちが分からないなぁ。複雑な性格の持ち主なんだ」

「大学に戻って手伝いたいだけなんです」と僕は言った。

「君は戻れないね。もう無理だよ」と彼は言った。「分からないかい？　すごく気の毒に思うけど、打ち明けてよかったよ。忘れるんだね。これは私だって気が進まない助言だけど、まだましな助言だ。真実に対して盲目のままでいることはできないんだから……」

僕は呆然としたまま立ち上がり、ドアのほうへ向かった。彼は僕のうしろから、籠の中の鮮やかな色をした鳥たちが悪夢の中の悲鳴に似た、キーキーという鳴き声を上げている応接室へついて来た。

彼はうしろめたそうに口ごもりながら言った。「この件のことは誰にも言わないでくれ」

「言いません」と僕は言った。

「私は気にしないけど、親父はばらしたことを裏切りだと思うだろうから……。もう君は親父からは自由の身なんだよ。私なんかまだ親父の囚われ人だ。君は解放されたんだ、分からないかい？　ところが私はいまだに闘っているんだから」彼は泣きそうだった。

「分かりません」と僕は言った。「僕の言うことなんか、誰も信じてくれないでしょう。自分でも信じられないんですから。何か間違いがあるにちがいないんです。きっと、そうにちがいありません……」

僕はドアを開けた。

「あのね、君」と彼は言った。「今晩、クラブ〈キャラマス〉でパーティーを開くんだけど、私の客として来ないかい？　何かいいことがあるかもしれないよ――」

「いいえ、結構です。僕なら大丈夫ですから」

「私の世話係になってもらうかもしれないけど」

僕は彼を見た。「いいえ、結構です」と僕は言った。

「頼むよ」と彼は言った。「私は本当に助けたいんだ。あのね、たまたまリバティ・ペンキ会社で見込みがありそうな仕事の話を知っているんだ。親父があそこに数人送り込んだんだよ……。君も当たってみるべきだよ――」

僕はドアを閉めた。

僕の乗ったエレベーターは弾丸のように下降した。ビルの外へ出ると、通りを歩いた。太陽はもう輝いていて、歩道を通る人々は遥か遠い存在のように思えた。教会の墓地の墓石がビルの頂きのように、頭上にいくつもそびえている、灰色の塀の前で立ち止まった。通りの向かい側にある日よけの下では、靴みがきの少年が小銭を求めて踊っていた。街角へ行ってバスに乗ると、いつものようにうしろのほうへ行った。僕の前の席で、パナマ帽をかぶった黒人が歯のすき間から口笛で、ある曲を吹いていた。僕の思いはブレドソーへ、エマソンへ、そしてまた元へとぐるぐると回った。手紙の件をどう理解していいのか分からなかった。あれは冗談だ。いや、まさか冗談のはずがない。やっぱり、冗談だ……。バスがいきなりガクンと停まり、いつの間にか、前方の男が口笛で吹いている曲を口ずさんでいると、その歌詞が甦ってきた。

おやおや可哀そうに、駒鳥は羽根をすっかりむしられた
おやおや可哀そうに、駒鳥はすっかりむしり取られた

可哀そうに、駒鳥は切り株に縛られた
ああ、駒鳥の尻の羽根はすっかりむしられた
可哀そうに、駒鳥はすっかりむしり取られた

そこで僕は立ち上がってバスのドアのほうへと急いで行ったが、バスを降りたあとからでも、櫛《くし》の歯に薄い紙が当たるようなか細い口笛が聞こえてきた。縁石の上で体を震わせて立ったまま、さっきの男が、裸の尻をした駒鳥についての忘れられた古い調べを口笛で吹きながら、ドアから飛び下りるのを、見るともなく見ていた。その曲は僕の脳裏にこびついて離れなかった。地下鉄に乗っても、男子寮の自分の部屋に着いてベッドに横になってからも、その曲は、僕の頭の中で単調に響いてきた。可哀そうな駒鳥にまつわる、誰が、何を、いつ、なぜ、どこでについては、どうなっているのだろう？　駒鳥が何をし、誰が縛りつけ、なぜ羽根をむしり、なぜ駒鳥の運命を僕らが歌うのだろう？たしかにこの歌を口ずさむと、笑いたくなってくる。子どもたちはみんな笑いこけたし、かつてのエルクス楽団のおどけたチューバ奏者は、その螺旋状の楽器でこの歌をソロで演奏したものだ。おかしさをまじえて華麗に、しかも「**ルー、ルー、ルー、ルー、可哀そうに、駒鳥はすっかり**」ともの哀しいフレーズをつけて……。それにしても、駒鳥は誰で、なぜ傷つけられ、屈辱を受けたのだろう？

ベッドに横たわっていると、体が怒りで急に震えだしてきた。ヤバイことになった。僕はエマソン二世のことを思った。あの青年が彼なりの下心があって嘘をついたとしたら、どうなるのだろう？誰もが僕を利用する計画を抱いていて、その奥にもっと秘密の計画を企んでいるようだった。エマソ

ン二世の計画とは何か？――しかもその計画に、なぜ僕が加担しなければいけなかったのか？　そもそも僕は何者なんだろう？　僕は発作的に寝返りを打った。ひょっとして、僕の善意と誠意が試されているのかもしれない――しかし、そんなことはありえない、と僕は思った。嘘だ、嘘に決まっている。手紙を読んだ限り、それは事実上、僕に死ねと命じているようなものだった。じわじわと……。

「親愛なるエマソン氏へ」と僕は大声で言った。「この手紙を携えた駒鳥は元学生であります。どうか彼に死の願望を抱かせ、そこへ向かって走り続けさせてください。あなたの最も卑しく従順な召使、A・ハーバート・ブレドソー……」

たしかに手紙の主旨はこんなふうだった、と僕は思った。首すじめがけての、短くて手っ取り早い言葉による**とどめの一撃**だったのだ。エマソン氏は返事を出すだろうか？　きっとこう書くだろう。「親愛なるブレドソー氏、駒鳥に会って尻尾をそり落としてやったよ。署名エマソン」と。

僕はベッドの上に座って、笑った。たしかにあいつらは僕をハーレムへ送り込んだ。笑っているうちにしびれてきて、力が抜けていき、やがて痛み出し、たとえ何が起ころうと、僕は二度と以前の自分には戻れないことを思い知った。息切れがして笑いが止まった時、僕は大学へ戻ってブレドソーを殺してやる、と決心した。そうだ、民族と自分のために、あいつを殺さねばならない、と思った。あいつの息の根を止めてやるぞ。

やがて大胆な思いつきとその奥にある怒りが、僕を断固とした行動へと駆り立てた。僕は仕事につく必要があったので、いちばん手っ取り早いと思われる手段をとった。エマソン二世が言っていた会社に電話すると、うまい具合に連絡がとれた。明日の朝、来るように言われた。ことがあまりにも早く、うまく運んだので、一瞬、僕は面食らってしまった。あいつがこうなることを企んでいたのだろうか？　いや、そんなはずはない。僕はあいつらに二度とつかまりはしないぞ。今度は、僕のほうから動き出したのだから。

復讐を夢見るあまり、ほとんど寝つけなかった。

工場はロングアイランドにあったので、僕は、そこに行くために霧に包まれた橋を渡り、労働者の流れにまじって歩いていった。前方の大きなネオンサインが、帯状に漂う霧の中で、次のようなメッセージを伝えていた。

10

リバティ・ペンキで
アメリカをいつもきれいに

ネオンサインの下では、迷路のように建っているビルの一つひとつにいくつもの旗がそよ風の中ではためいていた。一瞬、その光景は、遠くから愛国主義的な盛大な儀式を眺めているようだった。だが、銃声はしないし、ラッパの音も聞こえてこなかった。僕はほかの人たちと一緒に霧の中を急いだ。

僕はエマソン氏の名前を勝手に使ったので心配だったが、道を探しながら人事課へ辿《たど》り着くと、彼の名前は魔法のような効果があることが分かった。僕は、マクダフィという眠そうな目をした小柄な男の面接を受け、キンブローの下で働くよう言われた。雑用係の少年が僕を仕事場に案内するために、迎えに来た。

「キンブローがこの青年を必要とする場合には、戻ってきて、彼の名前を発送部の従業員名簿に書いておけよ」とマクダフィは少年に言った。

「でっかい工場だなぁ。ちょっとした市みたいだね」建物を出ると、僕は言った。

「たしかにでっかいさ」と少年は言った。「この業界じゃ、大工場の一つだよ。政府向けに大量のペンキを作っているんだ」

僕らは建物の一つに入り、真っ白い廊下を歩いていった。

「持ち物はロッカールームにおいといたほうがいいよ」と少年が言ってドアを開けると、その部屋には、木製の低いベンチがあり、緑色のロッカーがずらりと並んでいた。いくつもの鍵穴に鍵がついたままになっていて、少年はその一つを選んでくれた。「持ち物を入れたら、鍵を取って」と少年は言った。着替えている時、僕は不安になった。少年は片足を伸ばしたままベンチに座り、マッチ棒を嚙みながら、僕をじっと見ていた。僕がエマソン氏の紹介なしで来たとでも思っているのだろうか？

「ここは、騒動が起きたばかりなんだ」と少年は、人差し指と親指のあいだでマッチ棒をくるくる回しながら、言った。彼の声には、何かほのめかすような調子が感じられたので、僕は靴紐を結び、意識的に平静さを保って、顔を上げた。

「どういう騒動なの？」と僕は訊いた。

「ああ、あのね。ずる賢い連中が正社員をクビにして、あんたみたいな黒人の大学生を入れているんだ。実にずる賢いよ」と少年は言った。「そしたら、組合の規定による賃金を払わなくてもいいからね」

「僕が大学生だったって、どうして分かったの？」と僕は訊いた。

「だって、ここにはもう、あんたみたいなのが六人くらいいるもの。何人かは見習い期間中だけど。そんなことぐらい誰だって分かるさ」

「ふうん、そのために僕が雇われたなんて、ちっとも知らなかったな」と僕は言った。

「あのな、そんなこと忘れちまいな」と少年は言った。「あんたのせいじゃないんだよ。新米には内情は分からないんだから。組合が言うとおり、事務所のずる賢い連中のしわざだよ。連中は、あんたらをスト破りに使おうとしているんだ――おい！　急いだほうがいいよ」

僕らが細長い格納庫のような部屋に入ると、片側にオーバーヘッド式のドアが、もう一方の側に小さい事務室がずらりと並んでいた。僕は少年のあとから通路を歩いていったが、その両わきには、会社の商標である雄叫びを上げる鷲のラベルが貼られた缶やバケツ、それにドラム缶が果てしなくおかれていた。コンクリートの床に沿って、ペンキがピラミッド状にきちんと山積みされてあった。やがて事務室の一つに入りかけた時、少年はちょっと立ち止まってニヤニヤ笑った。

「あれを聞いてみな！」

事務室の中の誰かが電話で激しく毒づいていた。

「あの人、誰なの？」と僕は訊いた。

少年はニヤニヤ笑った。「あんたの怖い上司のキンブローさんだよ。おれたちは『大佐』って呼んでるけど、あの人に怒られないようにね」

いやな感じがした、その声は研究所の何かの失敗のことでわめいていたので、急に不安を覚えた。あんなに怒りっぽい人の下で働くことになるのかと思うと、いい気はしなかった。もしかしたらあの人は、大学から来た連中のひとりに怒っているのかもしれない。そうであれば、あの人は僕に対してあまり好意を持たないだろう。

「中に入ろう」と少年は言った。「おれ、戻らなきゃいけないんだ」

僕らが部屋に入ると、男はガチャンと受話器をおき、書類を手にした。

「マクダフィさんがこの新人をお使いになるかどうか、知りたがっています」と少年は言った。

「使わないわけがないだろが。だから……」キンブローの声は次第にうすれていって消えた。軍人風のかたい口ひげの上の目はきつい表情になっていった。

「では、この新人をお使いになるのですか？　僕は戻って彼のカードを作らなきゃいけないものですから」と少年が訊いた。

「よかろう」とキンブローはやっと言った。「使ってやるよ。そうするしかないだろが。そいつの名前は？」

少年はカードを見て僕の名前を読んだ。

「よし」と男は言った。「すぐに仕事をはじめるんだ。そしてお前は」と男は少年に言った。「とっとと出ていきな。給料に見合う分の仕事をちょっぴりしてもらうぞ！」

「ああ、行きますよ。奴隷監督みたいだな」と言うと少年は、部屋から急いで出た。

キンブローは顔を赤くして、僕のほうを向いた。「来い。仕事にかかるぞ」

僕は彼のあとについて細長い部屋に入ると、そこには、天井から吊り下げられた番号札に沿って、たくさんのペンキが床に積み上げてあった。そのうしろのほうでは、ふたりの男がトラックから重そうなバケツを下ろし、低い積み荷用の台の上にきちんと積み上げているのが見えた。

「さあ、さっそく仕事に取りかかれ」とキンブローはぶっきらぼうに言った。「ここはてんてこまいの部門だから、おれには同じことを二度も説明する暇がないんだ。指示に従わなくちゃいけないぞ。お前の知らない仕事をすることになるんだから、最初は命令を受けたらちゃんとこなすんだぞ！　おれには、こんな所で油を売って、いちいち説明する暇なんかないんだから。言われたことをちゃんとやって、仕事の段取りを呑み込んでくれよな。分かったか？」

床の奥の男たちが手を休めて立ち聞きしていると、彼の声が次第に大きくなっていくことに僕は気づきながら、うなずいた。

「よし」と言うと彼は、道具をいくつか手にした。「さあ、こっちへ来い」

「あの人がキンブローさんだな」と荷物を下ろしている男たちのひとりが言った。

僕は、キンブローがひざまずいてバケツの一つを開け、乳白色のまじった茶色い液体を掻き混ぜるのを見守っていた。吐き気を催すような悪臭が立ち込めた。うしろに下がりたかった。しかし彼は、光沢のある白色になるまで勢いよく掻き回したかと思うと、ヘラをまるで壊れやすい道具のように持ち、ヘラの先からバケツの中にレースのように滴り落ちるのをじっと見ていた。キンブローは顔をしかめた。

「あの研究所の間抜け野郎どもが！　全部のバケツに、薬品を入れなきゃ駄目じゃないか。お前がこれからやる仕事はこれだ。**それで**、一一時半までにトラックに積めるよう、やってしまわなきゃならねえぞ」彼は、白いエナメル質の目盛り器とバッテリー付きの比重計のような道具を手渡した。

「お前の作業はだな、バケツを一つひとつ開けて、こいつを十滴ずつ入れるんだ」と彼は言った。

「それから、そいつが消えるまで掻き回せ。混ざったら、この刷毛で、これにサンプルとして塗るんだよ」上着のポケットから何枚もの長方形の小さい板と、小さい刷毛を取り出した。「分かったか？」

「はい、分かりました」しかし僕は、白い目盛り器の中を覗き込んで、ためらった。中の液体は真っ黒だった。この男は僕をからかっているのだろうか？

「どうした？」

「分からないんです……つまり、そのう、あのう、はじめから馬鹿げた質問をいろいろとしたくありませんが、この目盛り器の中身をご存知ですか？」

彼の目がギラリと光った。「知っているに決まっているじゃないか。お前は言われたとおりにちゃんとやればいいんだ！」と彼は言った。

「ただ、僕は確かめたかっただけです」と僕は言った。

「ほら」と言うと彼は、我慢しているんだというそぶりを大げさに見せて、息を吸い込んだ。「このスポイトにたっぷり薬品を入れるんだ……。さあ、やってみろ！」

僕はスポイトをいっぱいにした。

「そしたら、十滴数えてペンキに入れるんだ……そう、それでいい。あんまり急いでやるなよ。あのな、十滴より多くても少なくても駄目だからな」

僕は光沢のある黒いしずくを数えて垂らし、しずくが表面に止まっていっそう黒くなったかと思うと、パッとはしのほうに広がった。

「それでいい。お前はそれだけやればいい」と彼は言った。「ペンキの色は気にするな。それはおれの役目だ。お前は言われたとおりのことをやればいいんで、色のことは考えなくていい。五つか六つバケツが終わったら、戻ってきて、サンプルが乾いたかどうか調べるんだ……。じゃあ、急いでやりな。一一時半までにこいつらをワシントンへ送り出さなきゃいけないんだから……」

僕は、急ぎながらも慎重に作業を進めた。あんなキンブローみたいな男にかかっては、ちょっとした失敗でも面倒なことになる。だから、考えごとをしてはいけないんだ！　あのクソッタレ野郎。ただの従業員めが、北部の赤首野郎、ヤンキーの貧乏白人のくせに！　僕はペンキをしっかり掻き混ぜてから、刷毛が一様にいきわたるよう気をつけながら、小さい板の一枚になめらかにそれを塗った。

特に開けにくいバケツの蓋を苦労して開けようとしていた時、僕は、リバティ社のペンキが大学にも使われるだろうか、それともこの「光学的白色」は政府専用のためにだけ作られているものだろうか、と思った。おそらく、これは特別に混ぜた、もっと質のいいものかもしれない。そのうちに、木々やからみついた蔦《つた》に囲まれ、見事に芝生を刈り込み、新たにペンキを塗られた、春の朝にその姿を現す大学の建物が――また、秋にはペンキを塗りかえ、冬には小雪が積もったあとの、空に雲が流れ、鳥が矢のように飛ぶあの建物が――ふと僕の心に浮かんだ。これらの建物は、定期的に塗装を施される唯一の建物だけにいっそう印象的にいつも見えた。それにひきかえ、大学の近くの家々や奴隷小屋はたいてい手がつけられないままで、風雨に晒《さら》された板がザラザラしたくすんだ灰色になっていた。風や日光や雨のために板の木目からトゲが出て、羽目板がつやつやした銀色っぽい白さになって光る様子もまた、思い出されてきた。ちょうどトゥルーブラッドの小屋や、〈ゴールデン・デイ〉のように……。〈ゴールデン・デイ〉は一度白いペンキを塗られたことがあったが、年月が経った今では、ペンキが剝げ落ちていて、指でひっ搔いただけでもパラパラと落ちてしまう。あのいまいましい〈ゴールデン・デイ〉め！　しかし、人生というものはどうしてこうも結びつきがあるのか、不思議だ。ペンキが剝げた、古い荒れ果てたあの建物にノートン氏を連れていったから、今僕はここにいる。ゆっくりとバケツに落ちるが、すばやく反応するこの黒いしずくの速さと同じように、人間は鼓動と記憶をゆるめることができれば、その人生は熱っぽい夢の連続した出来事のように思えるのに、と僕は思った……。僕は物思いに耽《ふけ》るあまり、キンブローが近づいてくる足音に気がつかなかった。

「調子はどうだい？」と彼は、両手を腰に当てて立ったまま、言った。

「うまくいってます」

「見せてみろ」と言うと彼は、サンプルを一つ選んで小さい板に親指を走らせた。「これでよし。ジョージ・ワシントンの日曜日の集会用のカツラみたいに白く、バリバリのドル札みたいに完璧だ！これこそペンキだ！」と彼は誇らしげに言った。「これならどんなものにだって塗れるぞ！」

彼は、僕が疑っているのではというような顔をしたので、僕はあわてて言った。「たしかに十分白いですね」

「白いだと！　これほど純白なやつはないぜ。これ以上白いペンキは誰も作れないよ。こいつは国の記念碑向けに出すやつなんだから！」

「なるほど」と僕は大いに感動して言った。

彼は腕時計を見た。「このまま続けな」と彼は言った。「急がないと、生産会議に遅れちまうよ！　おい、もう少しで薬品が切れそうだな。タンク室に行って補充しとけ……。グズグズするなよ！　おれ、もう行かないと」

彼はタンク室がどこにあるのかも教えないで、すっ飛んでいった。タンク室はすぐに見つかったが、タンクがいくつもあるとは思っていなかった。七つあり、タンクごとにステンシルで分かりにくい符号がついていた。教えてくれないところがいかにもキンブローらしいや、と僕は思った。白人なんか誰も信用できやしない。まあ、どうでもいいや、蛇口にかけられたドリップ缶の中の色でタンクを選ぶことにしよう。

しかし、最初の五つのタンクにはテレピン油のような臭いのする透明な液体が入っていたが、残りの二つには例の薬品に似た黒い液体が入っていたものの、どっちも符号が違っていた。その中から一つを選ばなければならなかった。例の薬品の臭いに近いほうのドリップ缶のかかったタンクを選んで、僕は目盛り器をいっぱいにした。キンブローが戻ってくるまでに、無駄な時間を使わなくてよかったのでうれしかった。

今では作業はもっと速くはかどり、掻き混ぜるのも簡単だった。薬品とねばりつく油の混合物はバケツの底からずっと早く出てきたので、キンブローが戻ってきた頃には、最高の速さで作業を進めていた。「いくつ仕上げた？」と彼は訊いた。

「七五くらいだと思います。数えるのを忘れました」

「そいつはいいや。だけど、あんまり急ぐなよ。こいつをさっさと終えてしまえって、プレッシャーをかけられたよ。ほら、おれも手伝うから」

彼がぶつぶつ言ってひざをつき、バケツの蓋を開け出した時、この人、ひどく叱られたにちがいない、と僕は思った。だが、手伝いはじめたとたんに、彼は誰かに呼ばれて行った。

彼がいなくなると、僕は残りのサンプルを見て驚いた。最初のなめらかな堅い表面とは異なり、サンプルはねばねばしたものでおおわれていて、木目が透けて見えたからだ。一体、どうしたんだろう？　ペンキはさっきのとは違って白くなく、光沢もなかった。ペンキを勢いよく掻き混ぜ、ぼろ切れをつかんでサンプル用の板を一枚一枚きれいに拭いてから、バケツごとに新しいサンプルを作った。その作業が終わらないうちにキンブローが戻ってくるのではないかと思うと、僕はうろたえた。ひどくあわてながら作業を進め、何とかやり終えたが、ペンキが乾くまでに二、三分かかるので、僕は仕上げたこの二つのバケツを持って、積み荷用の台の上に運び出した。それらをドスンとおいた時、うしろから大きい声が響いてきた。キンブローだった。

「一体、どうしたんだ！」と彼は、サンプルの一つを指でなでながら叫んだ。「こいつはまだ濡れてるじゃないか！」

どう答えていいのか分からなかった。彼はあとで作ったサンプルをいくつもつかんで、それらを指でなでると唸り声を発した。「こともあろうに、こんなことが起こるなんて。腕利きの部下をみんな奪いやがってから、お前みたいな奴を寄こすとはよう。これに何をしたんだ？」

「何もしてません。あなたの指示に従ったまでです」と僕は弁解がましく言った。

僕は、彼が目盛り器を覗き込み、スポイトを取り出して臭いをかぐのを見守っていた。彼の顔は激怒のあまり青白くなっていた。

「一体、誰からこれをもらったんだ?」

「誰からも……」

「じゃあ、どこでこいつを手に入れた?」

「タンク室からです」

突然、彼は液体をバチャバチャこぼしながら、タンク室のほうへ急いで走った。ああ、畜生と僕は思った。あとについて行こうとした時、彼は逆上してタンク室のドアから飛び出してきた。

「タンクが間違っていたぞ」と彼は叫んだ。「会社の妨害をしようとしているのか? こいつは百万年経っても効き目がないんだ。これは剝離剤、しかも**濃縮**剝離剤だぞ! 違いが分からんのか?」

「はい、分かりません。同じに見えたんです。何を使っているのか知らなかったし、あなたからも教えてもらわなかったものですから。時間を節約しようと思って、間違いなさそうなのを持ってきたんです」

「こともあろうに、なんでこれを?」

「同じ臭いがしたものですから――」と僕は言いかけた。

「**臭いだと!**」と彼は怒鳴った。「この野郎、まわりにいろいろな臭いがしているのに、嗅ぎ分けられないことぐらい分からんか? おれの部屋へ来い!」

僕の心は、抗議したい気持ちと謝りたい気持ちとでかき乱されていた。すべてが自分のせいではないし、責任を負わされたくなかったが、この日の仕事を無事に終わらせたかった。僕は怒りで震えながらついて行き、人事課に電話する彼の話に耳を傾けていた。

「おい、マクダフィか？ キンブローだ。今朝お前が寄こした奴のことだがね。賃金を受け取りに行かせるから……。こいつが何をしたかって？ おれの納得できる仕事ができないからだよ。こいつの仕事ぶりが気に食わんよ……何だと、上司に報告しないと駄目だって、それがどうした？ 報告すればいいじゃないか。こいつが政府向けのペンキを台なしにしたって、言えよ――おい！ いやいや、そんなこと上司に言っちゃいかん……。いいかい、マック、ほかの奴を寄こしてくれないか？ 分かった、今のは無しにしてくれ」

彼は受話器をガチャリとおくと、僕のほうへ勢いよく振り向いた。「どうしてお前みたいな奴を雇うのか、気が知れない。ほんとにペンキ工場には向いてないよ。こっちへ来い」

僕は戸惑いながら彼のあとからタンク室に入ったが、こんな仕事辞めてやる、お前なんか地獄に堕ちやがれと言ってやりたかった。しかし、金が必要だったし、たとえここがニューヨークであっても、その必要がない限り、僕は喧嘩する気が起きなかった。ここではひとりで何人も相手にすることになるのだから。

僕は、彼が目盛り器の中身を空になるまでタンクに入れるのを見守り、SKA-3-69-T-Y の印のついた別のタンクへ行って、目盛り器にまた満たすのを、注意して見ていた。これなら、僕にも分かる。

「さあ、頼むぞ」と言って彼は、目盛り器を渡した。「気をつけて、ちゃんと仕事やれよ。そしてどうしていいのか分からない時には、誰かに訊きな。おれは事務室にいるから」

僕はバケツの所に戻ったが、いろいろな感情が次々に浮かんできた。キンブローは、台なしになったペンキの処分をどうすればいいのか、言い忘れていた。そこにあるペンキを見ると、僕は、急に怒りの衝動に駆られた。スポイトに新たに薬品を満たしてから、バケツごとに十滴ずつ垂らしては掻き混ぜて、蓋をしっかりした。こんなことは政府にさせればいいのにと思いながら、蓋の開いてないバケツに取りかかった。腕が痛くなるまで掻き混ぜ、サンプル用の板にできるだけなめらかに塗っていったが、続けていくうちに次第に慣れていった。

キンブローがやって来て見守っている時も、僕は黙って見上げて掻き混ぜ続けた。

「どんな具合だい？」と彼は、顔をしかめながら訊いた。

「分かりません」と言って僕はサンプルを一つ取り上げ、彼に見せるのをためらった。

「どうした？」

「何でもありません……ちょっとゴミが」と言うと僕は、胸がキュッと引き締められるのを感じながら、立ってサンプルを差し出した。サンプルを顔に近づけると、彼はその表面を指でなでて肌合いをちらりと見た。「こいつは、前よりよさそうだな。こんなふうにならないとな」と彼は言った。

僕はサンプルを指でなでる彼の様子を心配して見ていたが、彼はそれを渡すと、何も言わないで立ち去った。

僕はペンキの塗ってあるサンプル用の板を見たが、それは以前のものと違いがないように思えた。白色の中に灰色が混じっていて、キンブローはそれを見つけそこなったのだ。僕は何枚も調べたほうがいいのではと思いながらしばらくじっとしていたが、それから次から次へと別のものを念入りに調べていった。すべてが同じで、灰色の混じった鮮やかな白色だった。一瞬目を閉じてからまた見たが、それでも変わらなかった。まあ、これでいいか、彼が満足しているんだから……と僕は思った。しかし、どうもおかしい、ペンキよりずっと大事なことを失敗していたような感じがした。僕がキンブローをだましたのか、もしくは理事やブレドソーみたいに、キンブローがペテンにかけようとしている……と思った。

トラックがバックで積み荷台のほうへ来た時、僕は最後のバケツの蓋をしようとしているところだった――すると、僕のすぐそばに、キンブローが立っていた。

「お前のサンプルを見てみよう」と彼が言った。

僕が手を伸ばして、いちばん白いのを選ぼうとしていると、青いシャツ姿のトラック運転手たちが積み荷用のドアから入ってきた。

「どうだい、キンブロー」と彼らのひとりが言った。「積み出してもいいのかい?」

「ちょっと待ってくれ」と彼は、サンプルをじっと見ながら言った。「ほんの一分でいいから……」

僕は、彼が灰色の色合いのことで癇癪《かんしゃく》をおこすのではないかとビクビクして見守っていたが、神経質になると同時に不安を抱く自分がいやになった。何と言ったらいいものか? だが、今は彼は運転手たちのほうを向いていた。

「いいだろう、お前ら。さっさと運び出しな」

「で、お前は」と彼は言った。「マクダフィの所に行きな。お前の仕事はこれでおしまい」

僕は突っ立ったまま、彼の後頭部や、布製の作業帽の下のピンク色の首筋や、緑っぽい灰色の髪を見つめていた。それじゃ、彼は掻き混ぜるのを終わらせるためにだけ、僕を残しておいたんだ。どうすることもできず、僕は立ち去った。人事課へ行くあいだ、彼のことで腹が立っていた。この件についてペンキ発注者に手紙を書いたほうがいいのだろうか？　おそらく発注者は、キンブローがペンキの質についてこれほど関わっていることなど、知らないだろう。生産過程の事情によって、ペンキの質は混ぜる作業員によってというよりむしろ、出荷する人の判断によって**いつも**決まるのかもしれない、と思った。こんなことなんか糞くらえだ……別の仕事を探そう。

だがクビにならなかった。マクダフィは、新たな仕事のために二号館の地下へ僕を行かせた。

「そこに着いたら、ブロックウェイに、スパーランドさんがぜひとも助手をおくようにおっしゃってるって言うんだぞ。言われたことは何でもするんだぞ」

「すみません、その人のお名前は？」と僕は訊いた。

「リューシアス・**ブロックウェイ**、彼はそこの責任者だ」

その地下室はずっと下のところにあった。地下三階で、僕は「危険」と書いてある重い金属のドアを押し開け、騒々しい薄暗い明かりの部屋へ入っていった。辺りに漂っている臭いにはどことなくなじみがあり、**松の臭い**だと思ったとたんに、機械の音よりも甲高い黒人の声が聞こえてきた。

「ここで誰を探しているんだ？」

「責任者の方を探しているんです」と僕は大声で言って、声のありかを突き止めようと耳を澄ました。

「そりゃ、わしだよ。何か用かい?」

暗がりから出てきて不機嫌そうに僕を見た男は、小柄の筋張った体つきで、よごれた作業着をやけにきちんと着ていた。近づくと、彼はやつれた顔をし、縞《しま》が入った技師用のきつそうな帽子の下から綿毛のような白髪が覗いているのが見えた。彼の態度に僕は戸惑った。彼は連れてこられた僕のことを気の毒そうに思っているのか、それとも僕が失敗でもしたのかと感じているのか、分からなかった。もっと近づいた時、目を見張った。彼はせいぜい一五〇センチくらいの身長で、作業着はコールタールのかすかに浸《ひた》したかのように、真っ黒だった。

「いいとも。わしは忙しいんだ。何の用だい?」と彼は言った。

「僕、リューシアスさんを探しているんです」と僕は言った。

彼は顔をしかめた。「わしだよ――名前だけで呼ぶんじゃない。お前や、お前みたいな若造からすれば、わしはブロックウェイさんだろが……」

「あなたが……?」と僕は言いかけた。

「そうさ、わしだよ! それにしても、誰が寄こしたんだい?」

「人事課です」と僕は答えた。「スパーランドさんが、あなたにぜひ助手をつけるようにとおっしゃってるとのことです」

「助手だと!」と彼は言った。「助手なんかいらねえよ! スパーランド社長は、わしがあの人みたいに年を取ってきたと思っているんだろう。わしは何年もひとりでこいつを動かしてきたのに、今でも助手を寄こすんだから。お前は戻って、助手がいるんだったらこっちから頼むって、人事課に言っとけ！」

この人がここの責任者だと分かってうんざりしたので、一言も言わずに振り返って、階段を上りはじめた。最初はキンブロー、今度はこの年寄りの……と僕は思った。

「おい！　ちょっと待て！」

振り向くと、彼が手招きしていた。

「ちょっと戻ってこい」と彼は、火炉の轟音の中でも聞こえる甲高い声で叫んだ。

引き返していくと、彼が尻のポケットから白い布切れを取り出し、圧力計のガラス面を拭いてから、ぐいと上半身を曲げてその針の位置を覗いているのが、見えた。

「ほら」と彼は、腰を伸ばして僕に布切れを渡しながら言った。「わしが社長と話をつけるまで、お前はここにいろ。このガラス面は、圧力がどれくらい上がっているのか分かるように、いつもきれいにしとかなきゃいかん」

僕は黙って布切れを手にすると、ガラス面をゴシゴシ拭きはじめた。彼はジロジロ見ていた。

「お前の名前は何て言うんだい？」と彼は訊いた。

僕は、火炉の轟音の中で大声で名前を言った。

「ちょっと待ちな」と言うと彼は、離れていって、網の目のように入り組んだパイプのバルブを回した。すると、もっと甲高い、ヒステリーじみた音に高まったが、どういうわけか叫ばなくても聞こえるようになり、その音の中で僕らの会話はしばらく続いたが、そのうちに彼はいなくなった。

戻ってくると彼は、やつれた顔をしながらも、生き生きした黒いクルミのような瞳をした、抜け目のない血走った目で、僕を鋭く見つめた。

「ここにお前みたいな奴を寄こしたのは、はじめてだよ」と彼は、戸惑いながら言った。「だから、わしはお前を呼び戻したんだよ。いつもなら白人の若造をよこしてなぁ、そいつらは、わしを二、三日観察していろいろ訊いてから、わしの仕事を引き継ごうと考えてやがる。中には単純すぎて話もできねぇ奴もいたけどよ」と彼は顔をしかめ、追い返すような荒々しい身ぶりで手を振りながら、言った。「お前は技師なのかい？」と言って彼は、僕をチラリと見た。

「**技師**ですって？」

「ああ、そのことをわしは訊いたんだよ」と彼は挑発するように言った。

「そんな、技師じゃないですよ」

「ほんとかい？」

「もちろん本当ですよ。そんなこと、あるはずがないじゃありませんか？」

彼は安心したように思えた。「じゃ、そのことはいいよ。わし、人事課の連中を見張っておかなきゃいけなくてね。連中のひとりが、わしを追い出そうと企んでいるんだ。時間の無駄だともう気づいてるはずなんだけどな。リューシアス・ブロックウェイ様は自分を守ろうと考えているだけじゃない。**そのやり方をよく知っているんだ！**　会社の創設以来、ずっとわしがここにいることぐらい、誰だって知ってるさ——基礎工事の手伝いだってやったんだ。社長が直々に雇ってくれたんだ。だから、わしをクビにできるのは絶対に社長しかいないよ！」

僕は、なぜこんなに彼が感情を爆発させているのだろうと思いながら、圧力計を拭いていたが、彼が個人的な悪意は持っていないみたいなので、少し安心した。

「お前の通っている大学はどこだい？」

僕は彼に大学名を言った。

「ふうん？　そこで何を習っているんだい？」

「一般科目だけですよ。大学の普通課程です」と僕は答えた。

「機械工学は？」

「いやいや、そんなのはありません。一般教養だけで、理系は全然」

「そうかい？」と彼は疑わしそうに言った。それから急に、「そこの計器の圧力はどれくらい？」

「どれですか？」

「見えないかい？」と彼は指さして言った。「すぐそこのやつだよ！」

僕は調べて読みあげた。「四三と十分の二ポンドです」

「うんうん、それならよし」彼は圧力計を覗いてから、また僕を見た。「正確な読み方をどこで習ったんだい？」

「高校の物理の授業です。時計を読むようなものですから」

「高校でそんなことを習うのかい？」

「そうです」

「じゃあ、この仕事はお前に向いていそうだな。ここにある計器は一五分ごとに見なきゃいかん。

お前ならできるはずだよ」

「はい、できると思います」と僕は言った。

「できる奴もいれば、できない奴もいるのさ。それはそうと、お前は誰に雇われたんだい？」

「マクダフィさんにです」と僕はなぜそんな質問ばかりと不思議に思いながら、答えた。

「そうかい。じゃあ、今朝はずっとどこにいたのかね？」

「一号館で仕事をしてました」

「ここには建物がいっぱいあるからな。どこらへん？」

「キンブローさんの下で」

「なるほど、なるほど。今日、こんなに遅い時間に雇うはずがないことぐらい、分かってはいたけどな。キンブローはお前にどういう仕事をさせていたのかい？」

「ペンキに薬品を混ぜていたんですが、失敗しちゃいました」と僕は、こんな質問ばかりされることに戸惑い、うんざりして答えた。

彼はむっとしたように唇を突き出した。「どのペンキでヘマをしたのかい？」

「政府向けのペンキでだと思います……」

彼は小首をかしげ、考え込んだふうにして訊いた。「どうして誰もそのことを教えてくれなかったのかなぁ？　そいつはバケツに入っていたのかい、それとも小さい缶に入ってたのかい？」

「バケツです」

「ああ、それだったらたいしたことはないや。小さい缶ならやたらと手間がかかるけどな」彼は甲高い乾いた笑いを僕に浴びせた。「ここの仕事のこと、どうやって訊いたのかい?」と彼は、油断した僕の不意をつくかのように、いきなり訊いてきた。

「あのですね」と僕はゆっくり答えた。「僕の知り合いが仕事先があることを教えてくれたんです。マクダフィさんが雇ってくれました。今朝キンブローさんの下で仕事をして、そのあとマクダフィさんの指示で、あなたの所にきたんです」

彼の顔が引き締まった。「お前はあの黒人の連中に誰か友だちがいるのかい?」

「誰とですか?」

「上の研究所にだよ」

「いいえ」と僕は答えた。「ほかに何か訊きたいことがありますか?」

彼が悲しげで疑わしそうな顔をして、焼けたパイプに唾を吐いたので、ジュッと蒸気が上がった。彼は、技師用の重たげな時計を胸ポケットから取り出し、その時計を大事そうに覗いてから、振り向いて壁に光っている電気時計と見くらべた。「計器を拭いていろ」と彼は言った。「わしはスープを見に行かなきゃなんねぇ。ほら、こいつを見てみろ」と彼は計器の一つを指差した。「こいつは特に気をつけて見といてくれよ。二日前から、急に圧力が上がるようになってな。わし、ひどい目にあっているんだから。こいつが七五ポンド以上になったら、言ってくれ。大声で叫ぶんだぞ!」

彼は薄暗がりの中に戻っていき、柱のような光を伴ってドアが開くのが見えた。

ぼろ切れで計器を拭きながら、僕は、見たところ教養のなさそうなあの老人が、どうしてこれほどの責任ある仕事につけたのか、不思議に思った。たしかに彼は技師には見えないが、それでもひとりでここで仕事をしている。はっきりしたことは誰にも分からない。というのも、郷里の水道局に門番として雇われたある老人は、その人だけがすべての水道本管の位置を知っていたのだから。その老人は最初から勤めていて、記録に残っていないが、門番の給料をもらいながらも、実際には技師の仕事をしていた。おそらく、このブロックウェイ爺さんは何かから自分を守っているのだろう。結局、僕らが雇われることを、彼はよく思っていないのだ。黒人の大学教員の中には、近くの小さい町を運転している時、もめごとを避けるために、お抱え運転手の帽子をかぶり、車が白人のものだというふりをする者がいる。おそらくこの老人もとぼけているのかもしれない。だが、それにしても、老人は、何をとぼけているのだろう？　一体、彼の本職は何なんだろう？

僕は辺りを見回した。この地下は機械室だけではなかった。それが分かったのは、僕が何度も機械室に、最後には大学の機械室に行ったことがあったからだ。この部屋にはそれ以上のものがあった。一つには、火炉の造りが違っていて、火室の割れ目から勢いよく飛び出る炎はあまりにも強く、青かったからだ。それに、臭いもした。いや、彼はここでペンキと関係あるものを、たぶん汚い上に危険すぎて、白人がお金のためでもやりたがらない何かを**作っている**のだろう。ペンキではない。ペンキは上の階で作ると聞いていたし、現に僕がそこを通りぬける時、ペンキのはねたエプロンをつけた何人かの男たちが、渦を巻いている薬品でいっぱいの大桶で作業しているのを見かけた。これだけはたしかだが、あの頭がどうかしているブロックウェイに気をつけねばならないということだ。彼は、僕がここに来たことが気に入らないらしい。……ほらほら、彼のお出ましだ、階段を下りて部屋に入ってきた。

「どんな具合だい？」と彼は訊いた。

「大丈夫です」と僕は答えた。「ただ音が高まったような気がします」

「ああ、たしかにここは、ひどくうるさくてなぁ。ここはやたらとやかましい部屋で、おれはそこの責任者というわけだ……。この計器は限界圧力を越えたか？」

「いいえ、安定しています」と僕は答えた。

「なら、いいや。近頃、こいつにずいぶん手こずらされてな。タンクを空にしたら、すぐにこいつを分解して調べなきゃいかん」

おそらく彼は技師だろう、と僕は、彼が計器を見ては、いくつものバルブを調整しに部屋の別の所に行くのを見守りながら、思った。それから彼は、壁の受話器のほうへ行って、二言、三言話したかと思うと、僕を呼びつけてバルブを指さした。

「こいつを上に送り出すよ」と彼はまじめな顔つきで言った。「お前に合図を送ったら、バルブをいっぱいに開けろ。それから二度目の合図で、ちゃんと閉めるんだぞ。ここの赤いバルブからはじめて、そのすぐ先のやつに取りかかれ……」

彼が計器のそばに立つと、僕は位置について待った。

「そいつを開けろ」と彼が叫んだ。バルブをゆるめると、大きいパイプの中を勢いよく流れる液体の音がした。ブザーの音を聞いて、僕は彼のほうを見た……。

「閉めろ」と彼が叫んだ。「何を見てんだ？　さっさとバルブを閉めんか！」

「どうしたんだ？」最後のバルブを閉めた時、彼はそう訊いた。

「あなたが呼ぶのを待っていたんです」

「合図するって言ったろが。合図するのと大声で呼ぶ違いくらい、お前にゃ分からんのか？　ブザーで合図したじゃないか。もう二度とこんな失敗はするなよ。わしがブザーを鳴らしたら、言われたことをやれよ、しかも急いでな！」

「分かりました、大将」と僕は皮肉を込めて言った。

「そのとおり、わしが上司なんだから、覚えておけ。さあ、元に戻れ。わしらには、やるべき仕事があるんだからな」

僕たちは、一連のドラム缶のようなローラーとつながっていて、大きな一組のギアから成る奇妙なかたちの機械のある所へやって来た。ブロックウェイはシャベルを握り、床に山積みされた褐色のかたまりをすくい上げると、機械の上にある容器に器用に放り込んだ。

「シャベルを取って仕事にかかれ」と彼は元気よく命じた。「こういう仕事、以前にやったことあるのかい？」僕がかたまりの山にシャベルを突っ込んだ時、彼はそう訊いた。

「ずいぶん昔のことです」と僕は答えた。「この原料は何ですか？」

彼はシャベルを動かすのをやめ、僕を長いあいだ陰険そうに睨んでから、ふたたびかたまりの山のほうを向いた。彼がシャベルを床に打ち当てると、大きな音がした。

まもなく僕は汗をたっぷりかいた。両手が痛み、疲れてきた。ブロックウェイは、声を出さずにクスクス笑いながら、僕を横目で見守っていた。

「若いの、無理するなよ」と彼は穏やかに言った。

「すぐに慣れますから」と僕は言って、たっぷりとすくい上げた。

「おお、そうかい、そうかい。だけど、疲れたら、休んだほうがいい」と彼は言った。

僕は休まなかった。原料を積み上げ続けていると、やがて彼が言った。「それだけ積み上げればいいよ。もういいよ。お前は少し下がっていろ。わしがこいつを動かすから」

僕はうしろに下がって、彼がスイッチの所へ行って押すのを見ていた。機械はブルブル震えて動き出したかと思うと、突然チェーンソーのような甲高い音を出し、僕の顔にパラパラとがったものを飛ばした。僕はゆっくり避けると、彼が干しスモモのようなしわを寄せてニヤニヤ笑うのが目にとまった。やがて勢いよく回っていたドラム缶がブーンという音とともに止まりかけた時、その中の粒の原料が急に静かにゆっくりと動き出し、落とし口を通って下の丸い容器にすべり落ちた。

僕は、彼がバルブの所へ行って開けるのを、見守っていた。すると、油のつんとする新しい臭いが立ち昇った。

「さあ、こいつで料理する仕度がすっかりできた。あとはこいつに火をつけさえすればいいわけだ」と言うと彼は、石油釜のバーナーみたいな形をした物についているボタンを押した。ブーンという怒ったような唸り声がし、それからかすかな爆発音がして何かがガタガタと音を立てると、低い轟音が聞こえてきた。

「これを煮るとどうなるか、分かるかい?」

「分かりません」と僕は答えた。

「あのな、これがペンキの原料になるのさ、いわゆる**展色剤**にな。ほかの原料を加える頃には、ほんの少しになってしまうけどよ」

「でも、ペンキは上の階で作られるものと思っていました……」

「いや、あいつらはただ薬品を混ぜて、きれいにするだけさ。ここで本物のペンキが作られるんだ。わしがこの仕事をしなかったら、あいつらは何もできんし、藁《わら》なしでレンガを作るみたいなもんさ。それに、わしはペンキのもとを作るだけじゃない。ニスやいろんな油も作るんだよ……」

「そうなんですか。あなたがここで一体何をしているんだろうと、不思議に思っていましたよ」

「みんな知りたがるが、本当のことは何も分かってはいない。けど、さっきも言ったように、リューシアス・ブロックウェイ様の手にかからない限り、ペンキは一滴たりとも工場から出せないんだ」

「この仕事をされるようになってから、どれくらいになるんですか?」

「自分のやっていることが体に染み込むくらい、ずいぶん昔からだよ」と彼は言った。「それに、ここに送られてくる連中なら受けているはずの教育なんか一切受けないで、仕事を覚えたんだ。実際にやって、体で覚えたんだ。人事課はわしの仕事を評価しないが、わしがここにいて、いいペンキの原料を作らないと、リバティ・ペンキ会社は一文の値打ちもなくなるんだよ。スパーランド社長はそのことをご存知だけどな。わしが肺炎気味で寝込んで、いわゆる技師のひとりに仕事をやらせた時のことを思い出すと、笑いが止まらんよ。なんせ、工場はペンキを無駄にして、どうしていいのか見当もつかない始末だったのさ。ペンキは滲《にじ》むし、しわは寄るしで、どうしようもなかったんだから——その頃に、ペンキが滲む原因が分かったら、大金持ちになれたんだぜ。とにかく、何もかもが駄目になってなぁ。その頃だな、人事課の連中が誰かにわしの代わりをさせていて、おれが元気になっても会社に復帰できないっていう噂を聞いたのは。わしはずいぶん長いこと誠実に働いてきたのによう。いまいましく思ったけど、リューシアス・ブロックウェイ様は引退するぞ！　とだけ連中に言ってやったんだ。

そしたら、社長が直々にやって来てよう。社長は老いぼれていたもんだから、運転手に支えられて、わしのアパートの急な階段を昇ってきたじゃねえか。ハアハア息を切らして部屋に入ると、こう言いなすった。『リューシアス、お前が引退するって聞いたんだが、どうしたんだい？』ってな。『あのですね、スパーランドさん、ご存知のように、わしはかなりひどい病気だし、これまたご存知のように、だいぶ年も取ってまいりやした。それに、あと釜についたイタリア人がちゃんとやっているらしくて、わしは家でのんびりしたほうがいいやと思いましてな』ってわしは言ったんだ。

まあ、人が近くにいたら、わしが社長に悪態をついていると思っただろうよ。『リューシアス・ブロックウェイ、何ということを言うんだ。会社がお前をぜひとも必要としている時に、家でのんびりする、だって？　引退すると早く死ぬということが、分からんのか？　やれやれ、工場にいるあの男は火炉のことは何一つ分かっちゃいない。わしは、あのイタリア人が何をしでかすか、心配でたまらんし、工場を爆発させかねないもんだから、余分に保険にも入ったんだぞ。あの男にはお前のような仕事はできん。技量がないんだよ。お前がいなくなってから、会社は最高のペンキが作れなくなってな』って、社長はおっしゃったんだ。そんなことを社長が直々に言われたんだぞ！」とリューシアス・ブロックウェイは言った。

「それで、どうなりました？」と僕は訊いた。

「どうなったかだと?」と彼は、この世でいちばん愚かな質問であるかのような顔つきで言った。「決まっているじゃないか。二、三日後に社長がわしをここの責任者に戻してくださったよ。あの技師は、わしの指示で動かなきゃいけないことが分かると、カンカンに怒って次の日辞めたよ」

彼は床に唾を吐きつけて笑った。「ハッハッハッ、あのイタリア人は馬鹿だな。その一言に尽きる。どうしようもない馬鹿者だ! あいつは**わし**をこき使いたかったみたいだけど、この地下のことにかけちゃ、ボイラーやいろんなことを誰よりわしが心得ているからなぁ。なんせ、わしはパイプやいろんなものを取り付ける手伝いをした男なんだ。だからわしには、あらゆるパイプも、スイッチも、ケーブルも、電線もすべて一つひとつの位置が分かるのさ——床下だって、壁の中だって、**それに**中庭のやつだってな。ああ、そうとも! おまけに、わしはそれらの図面を頭の中に叩き込んであるから、ナットやボルトの一本だって紙に書けるんだ。工業学校へ行ったことがないし、近くを通った覚えさえないけどどな。それはそうと、お前はこのことをどう思う?」

「すばらしいことですよ」と僕は、いやな爺さんだなと思いながら、答えた。

「あのな、わしならそんなふうには言わんな」と彼は言った。「長年ここにいるんだから、そんなことは当たり前だよ。わしは、二五年以上ものあいだこの機械を動かしてきたんだ。あのイタリア人は、学校に行って青写真の見方やボイラーの点火の仕方を習ったんで、この工場のことにかけちゃ、このリューシアス・ブロックウェイ様より自分のほうが知っていると思っていたんだ。現場のことがあんまり分かっていないのだから、あの馬鹿者に技師がつとまるはずがない……ほら、忘れないで計器を見ておけ」

僕は急いでいって計器を覗いたが、圧力は安定していた。

「大丈夫です」と僕は大声で言った。

「それならよし。だけど、言っとくが、そいつらから目を離すなよ。ここじゃ、うっかり忘れただけでは済まされないんだぞ。そんなことでもすりゃ、何かがぶっ飛んじまうんだから。ここには機械がいろいろあるけど、それがすべてじゃないんだ。**わしらが機械の中の機械なんだから。**わしらが作るペンキでいちばんの目玉商品を知っているかい、会社の経営を**支えているやつ**を？」と訊いてきた。その時僕は、タンクがいっぱいになるまで臭い液体を入れる手伝いをしていた。

「いいえ、知りません」

「わが社の白ペンキ、光学的白色ペンキだよ」

「ほかの色ではなく、どうして白ペンキなんですか？」

「最初からそいつに力を入れていたからさ。わが社のペンキは世界で最高の白ペンキだよ。わが社特製の白ペンキはめっぽう白くて、石炭のかたまりにだって塗れるから、中まで白いんじゃないかと思って、そいつをハンマーで割る奴もいるくらいなんだぞ！」

彼の目に、まじめで確信に満ちた表情が一瞬浮かんだ。僕は彼のニヤニヤ笑いを見るまいとして、うつむくほかなかった。

「ビルの屋上にあるあのネオンサインに気づいたかい？」

「ええ、見逃すはずがありませんよ」と僕は答えた。

「あの標語を読んだか？」

「ずいぶん急いでいたんで、覚えていません」

「あのな、信じないかもしれんが、わしは、社長が標語を作るのを手伝ったんだよ。『光学的白色なら、正しい白さです』」彼は聖書を引用する牧師みたいに、指を一本上げて詠《よ》んだ。「わしは、そいつを考え出す手伝いをして、三〇〇ドルのボーナスをもらったんだ。今流行の広告屋の連中はほかの色のことで粋な文句を思いつこうとして、虹とか何とかと言うけど、ざま見ろ、**あいつら**にうまくいったためしなんかありゃしない」

「『光学的白色なら、正しい白さです』」と僕はくり返したが、子どもの頃の標語が頭に浮かんだ時、ふと笑いをこらえねばならなかった。

「『あなたが白人なら、あなたは正しい』」と僕は言った。

「それだよ」と彼は言った。「それに、社長がここに誰も来させないで、わしをそっとしておく理由が、もう一つあるんだ。**あの方は**、大勢の新入りたちが知らないことを知っていなさるんでな。**あの方**はご存知だが、わが社のペンキが上等なのは、油や樹脂がタンクの中に入っているあいだに、そいつらに圧力を加える方法をこのリューシアス・ブロックウェイ様が知っているからさ」彼は意地悪そうに笑った。「会社の連中ときたら、ここではすべて機械がやってくれるから、何もかも機械のおかげだと思ってやがる。あいつら、どうかしてるよ！　ここにゃ、わしがこの黒い手をつけないでうまくいってるものは、一つだってありゃしないんだからな！　機械は煮るだけで、この両手が味つけをするんだからな。ああ、そうとも！　このリューシアス・ブロックウェイ様がうまい具合に味つけするんだ！　わしが指を入れてから味加減を見るんだ！　さあ、飯にしよう……」

「ですが、計器はどうするんですか？」と僕は、彼が火炉近くの棚の所へ行き、魔法瓶をとるのを見ながら、言った。

「ああ、そばにいて目を離さないようにすればいいんだ。そんなこと気にするな」

「ですが、一号館のロッカールームに弁当を忘れました」

「じゃあ、取りに行って、ここに持ってきて食べな。ここじゃ、いつも持ち場についておかないとな。弁当を食うのに一五分あればいいや。一五分経ったら、わしが持ち場につけって言うから」


ドアを開けたとたんに、僕は部屋を間違えたと思った。ペンキのはねかかった塗装工用の帽子に作業着姿の男たちがベンチに腰かけ、鼻にかかった声で話している、結核のような痩せた男の言葉に耳を傾けていた。みんなが僕を見た。僕がドアを出ようとすると、その痩せた男が呼んだ。「遅れて来た人のためにも席はたっぷりあるぞ。こっちに来な、ブラザー……」


ブラザーだって？　僕が北部に来て何週間もたっていたとはいえ、これには驚いた。「ロッカールームを探しているんです」と僕は早口で言った。

「君はもうその中にいるよ、ブラザー。集会のことを聞かなかったかい？」

「集会ですって？　そんなこと、聞いてません」

議長らしきその男は顔をしかめた。「ほらな、親方たちは協力してくれないだろう」と彼はほかの男たちに言った。それから僕に向かって、「ブラザー、君の親方は誰だい？」

「ブロックウェイさんです」と僕は答えた。

すると、男たちはいきなり足を掻いたり、悪口を言ったりしはじめた。僕は辺りを見回した。どうしたんだろう？　僕がブロックウェイのことを**さん**づけで呼んだことが、気にくわないのだろうか？

「みんな、静かに」と男は言って、上半身をテーブルの上に乗り出し、丸めた手を耳の所に当てた。「ブラザー、今何て言ったの？　君の親方は誰なのかい？」

「リューシアス・ブロックウェイです」と今度は、**さん**を省いて答えた。

だが、このことが彼らの感情をもっと害したようだった。「こいつをさっさと追い出せ」と彼らは叫んだ。僕は振り向いた。部屋の奥にいた男たちが、「そいつを放り出せ！　放り出せ！」と叫んで、ベンチを蹴り倒した。

僕は、小柄な議長らしき男が静かにさせようと、テーブルを叩くのを耳にしながら、そろりそろりとうしろへ下がった。「おい、みんな！　このブラザーに発言の機会を与えてやりなよ……」

「だって、こいつは、おれには汚いスパイみたいに見えるんだよ。それもエナメルを塗った一流のスパイによ！」

そのしわがれた声は、怒った南部人が口にする「黒んぼう」と同じように、僕の耳にはいやな感じがした……

「みんな、**頼むよ！**」議長が両手を振っていた。僕はうしろ向きのままドアのほうに手を伸ばした時に誰かの腕に触れたかと思うと、その腕にさっと振り払われるのを感じた。僕は手を下ろした。

「議長、誰がこのスパイを集会に送り込んだのか？　こいつに訊いてみなよ！」とある男が語気を荒らげて訊いた。

「まあ、待て」と議長が言った。「そんな過激な言葉を使うなよ……」

「議長、こいつに訊きなよ」と別の男が言った。

「分かった。だけど、たしかなことが分かるまでは、人をスパイ呼ばわりするなよ」議長は僕のほうを向いた。「ブラザー、一体こんな所で何をしているのかね?」

男たちは静かに聞いていた。

「ロッカーに弁当を忘れたんです」と僕は口をカラカラにして答えた。

「君は集会に**送り込まれた**のじゃなかったのかい?」

「いいえ、集会のことは何も知りませんでした」

「まさか、こんなスパイが何も知らないだと!」

「そのいやな奴を放り出せ!」

「ちょっと待ってください」と僕は言った。

彼らの声は次第に威嚇するような大声になった。

「議長のおれの言うことを聞いてくれ!」と議長は叫んだ。「われわれの組合は民主的な組合であって、民主的な――」

「構うもんか、そいつを追い出せ!」

「……手続きを踏む。労働者と仲よくすることがわれわれの義務だ。それも、みんなとだよ。そういうふうにして、組合を強くしていくんだ。ほら、このブラザーの言い分を聞こうじゃないか。もう愚痴をこぼしたり、話の邪魔をするのはやめろ!」

僕は急に冷汗が出てきた。目つきがとても鋭くなったらしく、みんなの顔に敵意の表情がくっきりと浮かび上がった。

「ねぇ、君はいつ雇われたのかね？」という声が聞こえた。

「今朝です」と僕は答えた。

「ほらね、みんな、この青年は新入りだよ。親方が誰かということで、彼を誤解しちゃいかん。君たちの中にも、ひどい親方の下で働いた者がいるだろう。覚えてるかい？」

男たちはいきなり笑いだしたり、悪態をついたりしはじめた。「ここに仲間がいるぞ」と彼らのひとりが叫んだ。

「おれんとこにいる奴は親方の娘と結婚したがっているんだ——とんでもない若造だぜ！」

いきなり話題が変わったせいで、僕は、まるで自分が冗談の的になっているかのように、戸惑い、腹も立ってきた。

「みんな、静かに！　ひょっとして、このブラザーは組合に入りたいのかもしれない。ブラザー、どうだい？」

「はあ……？」僕はどう言っていいのか分からなかった。組合のことはほとんど知らなかったが、彼らの多くが何かに敵意を抱いているようだったからだ……。やがて僕が返事をしないうちに、もじゃもじゃの白髪まじりの太った男がパッと立ち上がり、怒って叫んだ。

「おれは反対だ！　こいつは、たった今雇われたとしても、スパイになることだってあるんだ！おれは誰も不公平に扱うつもりはない。たぶん、こいつはスパイじゃないかもしれない」と男は熱烈に叫んだ。「だが、みんな、はっきりしたことは誰にも分からないと、おれは言いたい。おれには、裏切り者のブロックウェイみたいな野郎の下で一五分以上も働く奴は誰もが、生まれながらにしてスパイ精神の持ち主だと思えるんだ！　どうだい、みんな！」と男は叫んで、静かにするように手を振った。「君たちの中にも思い知った者がいるように、君らの奥さんや赤ん坊にしてみれば悲しいことだが、スパイはこの労働組合のことを知らなくても、スパイになれるんだぞ！　スパイ精神とは何なのかだって？　おれはそいつをずいぶん研究してきたんだよ！　ちょうど色彩のセンスについて目利きの才能が生まれながらにして備わっている者がいるみたいに、そいつを生まれた時から持っている者がいるんだ。そのとおりだぜ、これは、正直言って科学的な真理なんだぞ！　スパイは組合のことを聞いたことがなくてもいいんだから」と彼は熱狂的な言葉で叫んだ。「そんな奴をこの組合に連れてきてみな。そしたら、早速そいつはスパイ活動をやるさ！」

男の声は賛成の叫び声に掻き消された。男たちは、さっと振り向いて僕を見た。息が詰まりそうな感じがした。下を向きたかったが、彼らから目をそらすことがその男の能書きを肯定することになるので、目をそらさなかった。賛成を表す喚声をつんざいて、別の声が切迫した調子で響いたが、それは、眼鏡をかけた小柄な男の口から発せられたものだった。男は、片手の人差し指を上にあげ、もう一方の手の親指を作業着のサスペンダーにかけてしゃべった。

「おれ、今ブラザーが言った言葉を行動に移したい。つまり、完璧な調査をして、この新入りがスパイかどうかを決めることを提案したいんだ。もしこの新入りがスパイだったら、誰のためにスパイ活動をしているのかを突き止めればいいじゃないか！　みんな、そうすれば、この新入りがスパイではない場合、彼に組合活動とその主旨に慣れる時間を与えることができるだろう。みんな、要するにわれわれの中には、長年にわたって労働運動に携わってきた者もいるが、そういう連中とは違って、彼みたいにたいていの労働者はそれほど教養がないことを、思い出してもらいたい。そこでおれは言いたい。労働条件を向上させるために、われわれがどういう活動をやってきたか、それを分からせる時間を彼に与えようじゃないか。そしたら、このブラザーがスパイじゃない場合、われわれは、組合に入れたいかどうか決めることだってできるんだから。仲間の組合員諸君、以上！」彼はドスンと座った。

部屋にどよめきが起きた。僕の心の中では激しい怒りの感情が募ってきた。それじゃ、僕は、彼らほど高等教育を受けてないということか！　この男はどういうつもりなのか？　彼らはみんな博士号を持っているのだろうか？　僕は動けなかった。あまりにたくさんのことが僕の身に起きたからだ。まるで部屋に入ったことで、僕が自動的に入会の申し込みをしたかのようであった——組合が存在することすら思いもせず、ただ冷たいポークチョップ・サンドイッチを取りに上がって来ただけなのに。僕は、入会するように言われるのではないかと不安になる一方で、ほとんどの人たちからすぐに断られるのではないかと思うと腹立たしくなって、震えながら立っていた。それに、何より困ったことに、彼らが一方的な条件でさまざまなことを僕に受け入れさせようとしていることが、分かっていた。僕は立ち去ることができなかった。

「よし、諸君。多数決で決めよう」と議長が大声で言った。「動議に賛成の人は『賛成』と言って……」

賛成、賛成の声が彼の言葉を掻き消した。

「賛成多数です」議長がそう言うと、数人の男たちが振り向いて僕を見た。やっと僕は動くことができた。自分が何をしに来たのかも忘れて、部屋から出ようとした。

「ブラザー、弁当を持っていきなさい」と議長が呼んだ。「さあ、君の弁当を持っていってもいいんだよ。ドア付近の諸君、彼に道を空けてやれ！」

僕の顔は、平手打ちでも食わされたみたいにヒリヒリした。彼らは僕に弁解の機会を与えないまま、決定を下した。僕は、ここにいる彼ら一人ひとりが敵意をもって僕を見ていると思った。僕はこれまでずっと敵意の中で生活してきたが、それがはじめて僕に及んだように思え、まるでほかの連中からよりも、彼らから敵意を向けられることが分かっていたかのようであった――たとえ彼らの存在すら知らなかったにしても。土曜の夜の〈ゴールデン・デイ〉では、地元の少年たちはナイフ、カミソリ、連発式ピストルといった武器を預けさせられたが、この部屋の戸口で僕の自衛手段は拒否され、剝ぎ取られ、預けさせられてしまった感じがした。僕はくすんだ緑色のロッカーまで行くあいだ、ずっと目線を落とし、「すみません、すみません」と口の中でつぶやいていた。弁当を取り出したが、もう食欲はなく、部屋から出かけ際に彼らに顔を向けたくもなく、バッグの中をいじくりながら、突っ立っていた。すみませんと言った自分に腹が立ってきて、僕は黙って彼らのそばをかすめるようにして、戻った。

出口の所に来ると、議長が声をかけた。「ブラザー、ちょっと待て。このことが君にとって個人的に不利益にならないことを、分かってほしい。ここで見たことは、この工場の現状なんだ。われわれはただ自分たちを守ろうとしているだけだ、分かってもらいたい。いつか君を正式な組合員として迎えたい」

あちこちで気乗りしない拍手が起きたが、すぐにやんだ。僕は唾を呑み込んでうつろな目をしていたが、その言葉は、赤い霧にかすんだ遠くから、かけられたかのようであった。

「よし、諸君、彼を通してやれ」という声がした。


僕は中庭の明るい陽射しの下をよろめくようにして通り抜け、芝生の上でおしゃべりしている事務員たちのそばを通り、二号館の地下室へと戻った。僕は、胃に胃酸があふれたような感じがしたまま、階段に突っ立っていた。さっきはなぜさっさと戻らなかったのだろうと思うと、僕の心は痛んだ。それに、ずっとあの部屋にいたのに、どうして何も言わず、弁解しなかったのだろう？ 僕はサンドイッチの包み紙を、歯でバリバリと引きちぎり、乾いたかたまりをろくに味わいもしないで呑み込むと、そのかたまりはきゅうくつな喉元を無理に通り抜けた。残りをポンとバッグに入れたが、僕は大きな危険から逃れたばかりのように足が震えたまま、手すりにつかまっていた。やっと震えがおさまったので、僕は金属のドアを押し開けた。

「何で長いことぐずぐずしていたんだ?」とブロックウェイは、手押し車に腰をかけたまま、強い口調で言った。彼は白いマグカップを汚れた両手でおおうように持って、何かを飲んでいた。

僕が彼をぼんやりと見ると、彼のしわの寄った額や雪のような色の白髪に、明かりが当たっていた。

「訊いたろ、**何で長いことぐずぐずしていたのかって！**」

それがあんたとどういう関係があるのかと僕は思いながら、かすみのかかったような状態で彼を眺めるうちに、自分はこいつが気に入らないし、くたくたに疲れていることに気づいた。

「あのな……」と彼が言いかけた時、僕は二〇分間しか持ち場を離れていなかったことに気づきながら、緊張した喉から自分の低い声が洩れるのを耳にした。

「たまたま組合の集会に行って――」

「組合だと！」彼が組んだ足をもとに戻して立ち上がろうとした際に、白いマグカップが床に落ちて壊れる音がした。「お前が面倒をおこす外国人の一味だということぐらい、わしは気づいてたんだ！　ちゃんと分かってたんだぞ！　出て行け！　地下室からさっさと出て行きやがれ！」

ブロックウェイは夢でも見ているかのように僕に近づくと、圧力計の針のように体を震わせ、甲高い声を上げて階段を指さした。僕は目を見張った。何かが間違ったようであった。僕の反射神経は麻痺していた。

「い、いきなり、ど、ど、どうしたんですか？」と僕は、頭の中では分かっていても、はっきりとは事情が呑み込めないまま、低い声でどもって言った。「何が悪いんですか？」

「わしの言うことが聞こえたろ。出て行け！」

「ですが、僕は事情が呑み込めなくて……」

「黙ってうせろ！」

「ですが、ブロックウェイさん」と僕は、崩れ落ちようとする何かを必死につかむようにして、叫んだ。

「このくだらん、面倒を起こす組合のげす野郎！」

「いいですか。僕は組合なんかに入っていませんよ」と僕は叫んだ。

「下劣な黒んぼめ、お前がさっさと出て行かないなら」と彼は狂ったように床を見回しながら、叫んだ。「お前を殺したくなる。神もご照覧あれ、**わしが殺してやる！**」

信じられないくらいに、事態は切迫していた。「何をするんですか？」と僕は口ごもって言った。

「**お前を殺してやるって、言ってんだ！**」

彼がふたたびこう叫んだ時には、僕から何かが崩れ落ちて、あわててこう自分に言い聞かせているようであった。相手が武骨者で馬鹿者であっても、お前は、こんな老人たちの愚かさを受け入れるよう、訓練を受けているではないか。目の前で馬鹿丁寧なお辞儀をし、手をこすり、恐れ、愛し、模倣する白人と同じように、彼らが黒人社会で権威と権力を振るうのを認め、尊敬している振りをするよう、お前は訓練されている。しかも怒ったり、悪意を抱いたり、権力に酔いしれたりして、ステッキや革紐や棒きれを持って向かってきても、お前はそれを受け入れる訓練さえ積んでいて、打ち返すことはせず、ただ人目につかないで逃れようとするだけだった。だが、それにしても、今度ばかりはひどすぎた……。彼は祖父でも叔父でも父親でもなかったし、牧師でも教師でもなかった。何かが僕の胃の中でほぐれて、僕は彼のほうに近づくと、はっきりした人間の顔というよりも、見ただけでイライラさせる黒くぼやけたものに向かって叫んだ。「**あんたがどこのどいつを殺すだって？**」

「**お前に決まってるじゃないか！**」

「あのな、老いぼれの馬鹿野郎、おれを殺すなんてほざくな！　言いわけする機会を与えてやる。

おれはどこの組合にも入っちゃいない――行って調べてみろ、さあ！」と僕は、彼の目がよじれた鉄の棒に向いていることに気づきながら、怒鳴った。「お前はおれの爺さんみたいに老いぼれちゃいるけど、その棒に触れでもしたら、そいつを噛ませてやるぞ！」

「言ったじゃねぇか、**わしの地下室からとっとと出て行けって！　ふてぶてしい野郎だな**」と彼は叫んだ。

僕が近づいた時、彼は、かがんでわきにあった鉄の棒を取ろうとして手を伸ばした。僕が飛びかかると、その勢いで彼は唸り声を上げて倒れ、床に激しくぶつかって転がった。まるで僕は、やせこけたネズミの上に乗っているようであった。僕の体の下でもがき、怒鳴ったり僕の顔を殴ったりして鉄の棒を振り回そうとした。彼の手からそれをねじり取ろうとしたとたんに、鋭い痛みが肩に走った。こいつ、ナイフで刺したな、という思いが頭をかすめた。顔にガツンと肘で一撃を食らわし、もろに当たった感じがしたかと思うと、彼の頭がのけぞった。戻ってくるところにもう一撃を加えた瞬間、何かがパッと飛んで床をすべる音が聞こえ、あれが落ちたな、ナイフが落ちたぞ……と僕は思った。彼が僕の首を締めようとするので、ひょいと動く頭にさらに一撃を加えると、鉄の棒が使えるようになり、それを彼の頭に振り下ろしたが、はずれてしまい、金属の棒は床に当たってガチャンという音を立てた。もう一度そいつを振り上げた時、彼が叫んだ。「やめろ、やめろ！　お前の勝ちだ。負けたよ！」

「脳みそを叩き出してやる！　おれを刺しやがって……」と僕は喉を嗄《か》らして言った。

「やめろ。参った。参ったと言っているのが聞こえないのか？」と彼は喘ぎながら言った。

「何だ、勝てなきゃ、やめるのか！　畜生、傷がひどかったら、お前の首を引きちぎってやるぞ！」彼を油断なく見つめながら、僕は立ち上がった。鉄の棒を捨てた時、体がカッと熱くなった。彼の顔が陥没していたからだ。

「爺さん、どうした？」と僕はイライラして叫んだ。「お前は、てめぇの年の三分の一しかない若者に喧嘩をしかけるくらい、分別がないのか？」

彼は爺さんと言われて真っ青になったが、僕は、祖父が使うのを聞いたことがある侮辱的な言葉をつけ加えて、くり返した。「ふん、時代遅れで奴隷時代の、婆や仕込みでバンダナ頭のげす野郎め、ほんとに馬鹿だよ！　どうして僕の命を奪おうなどと思ったんだい？　僕にとっちゃ、お前はどうでもいいんだぜ。ここに来たのは、上の人に言われたからなんだ。それなのに入ったとたんに、どうしてこき使うんだ？　気が変になったのかい？　ここのペンキがお前の頭にのぼったのかい？　ペンキを飲んででもいるのかい？」

彼は疲れきって喘ぎながら、目をギラギラさせていた。作業着からは大きな縫い上げが覗いていて、ひだは体中に付着したねばねばしたものでくっついていて、黒人の民話にあるタール人形だと僕は思った。だが怒りは行動から言葉へ急速に移っていった。

「弁当を取りに行ったら、誰の下で働いているかってあいつらに訊かれたんだ。僕が答えると、あいつら、スパイ呼ばわりしやがってさぁ。**スパイ**だって！　お前ら、頭がどうかしてるよ。僕が戻ってきたらすぐに、**お前は**殺してやるってわめき出すし！　一体どうしてなんだい？　恨みでもあんのか？　僕が何かしでかしたか？」

彼は僕を黙って睨んでから、床を指さした。

「取れるものなら、石でも取ってみやがれ」と僕は警告した。

「わしの入れ歯も取れんのかい？」と彼は、妙な声でもぐもぐ言った。

「**入れ歯**だって！」

彼は恥ずかしそうに顔をしかめ、口を開けた。しぼんだ青白い歯茎がパッと見えた。先ほど床をさっとすべったものはナイフではなく、入れ歯だったのだ。一瞬、僕は絶望的になり、彼を殺したい理由が少しうすれるのを感じた。急いで指で自分の肩を触ると、服は濡れてはいたが、血ではなかった。この爺、おれに**噛みついた**んだ。僕は怒っていたが、ふつうじゃない笑いがどっと込み上げてきた。こいつ、噛みつきやがって！　床の上を見ると、壊れたマグカップと入れ歯がにぶい光を発していた。

「入れ歯を拾いな」と僕は恥ずかしくなって言った。入れ歯がないと、憎々しい表情は彼の顔からいくらか消えたように思えた。だが彼が入れ歯を拾って水道の蛇口の所へ行き、それを水で洗うあいだも、僕はそばから離れなかった。彼の親指に押されて、歯が一本落ちた。入れ歯を口にはめながら、彼がぶつぶつ言うのが聞こえた。それから顎をピクピク動かすと、顔は元どおりになった。

「お前、わしを本当に殺そうとしたな」と彼は言って、それが信じられないといった様子をしていた。

「あんたが先に殺そうとしたじゃないか。僕は喧嘩をしかけるタイプじゃないんだから」と僕は言った。「弁解させたらよかったじゃない。組合員であることは規則に違反するのかい？」

「あのクソッタレ組合員め」と彼は泣きそうな声で叫んだ。「あの**クソッタレ**組合員め！　あいつらはわしの仕事を狙っているんだ！　わしの仕事に目をつけていることぐらい、こっちはとっくにお見通しさ！　あのいまいましい組合に入るのは、風呂の入り方を教えてくれた恩人の手を嚙むようなものじゃないか！　あんなのはクソ食らえだ。だからわしは、組合をここの工場から追い出すために、できるだけのことはやり続けるぞ。仕事を狙いやがって、クソおもしろくない野郎どもが！」

彼の口の両端に唾の泡がついていた。彼は憎しみで煮えくり返りそうだった。

「だけど、それと僕とはどういう関係があるんだい？」と言うと、僕はふと年をとったような感じがした。

「工場の若い黒人たちがあの組合に入ろうとしているからだよ、だからさ！　ここじゃ、白人があいつらに仕事口を与えたんだ」と彼はまるで何かの事件でも弁護しているかのように、ゼーゼーしながら言った。「あいつらを**まともな**仕事につけたのも、白人だよ。それなのに、あいつらときたらとんでもない恩知らずで、陰口ばかり叩くあんな組合に入りやがって！　わしはあんなろくでもない、恩知らずの連中なんか、見たことがねぇ。わしらにとって事態をいっそう悪くするばかりじゃねぇか！」

「分かった。謝るよ」と僕は言った。「そんなことちっとも知らなかった。僕がここに来たのは臨時の仕事につくためだったんで、本当はどんないざこざにも巻き込まれたくなかった。だけど、今の喧嘩のことは、なかったことにしてもいい——もしあんたが……」僕が片手をさし出すと、肩に痛みを感じた。

彼は無愛想な目で見た。「お前は老人と喧嘩するくらいなら、もっと自尊心を持つべきだよ。わしには、お前より年上の息子たちがいる」と彼は言った。

「あんたが僕を殺そうとしていると思ったんで」と僕はまだ手をさし伸べたまま、言った。「刺されたかと思った」

「あのな、わしだって、喧嘩やごたごたはあんまり好きじゃない」と彼は僕の視線を避けながら、言った。すると、僕の手を彼のべとつく手が握ったのが、仲直りの合図のようになった。うしろのボイラーからシュッという甲高い音がしたので、振り向くと、ブロックウェイが叫んでいた。「計器に気をつけろと言ったろが。あの大きいバルブの所へ行け、急いで！」

僕は粉砕機の近くの壁から突き出た、ずらりと並んだバルブのハンドルのほうへすっ飛んでいったが、ブロックウェイは反対方向へあわてて逃げるので、あいつ、どこに行くんだろうと思った。バルブの所に着くと、「そいつを回せ！　回せ！」と彼が叫ぶのが聞こえた。

「どのハンドル？」と僕は手を伸ばしながら、大声で言った。

「白いやつだ、馬鹿者が、白いやつだよ！」

僕は白いハンドルに飛びついて握り締め、思いきり下に引くと、それが動く感じがした。だが、甲高い音は強まるばかりで、ブロックウェイの笑い声が聞こえたような気がしたので、辺りを見回すと、彼は両手で後頭部をかばい、レンガのかたまりを空中に投げる子どものように首をうんと引っ込めて、階段を急いで上がるのが目にとまった。

「オーイ、あんた！　オーイ！　オーイ！」と僕は叫んだ。だが遅すぎた。すべての動作が鈍すぎたらしく、うまく嚙み合わなかったのだ。ハンドルは途中からビクともせず、反対に回そうとしても動かず、手を放そうとすると、ハンドルは手の平や指にくっついたうえに、指はこわばってねばついた。僕はあわてて振り向くと、圧力計の針が狂った標識塔のように激しく揺れるのを目にした。冷静に考えようと努めながら、タンクや機械の並ぶ部屋のあちこちに、それからやたらと遠くに感じられる階段に目を走らせたかと思うと、新たにつんざくような音がはっきりと聞こえた。傾斜面をあわてて駆け上がっていこうとしたとたんに、急に加速がついて、僕は湿った疾風とともに、真っ黒な空間に吹き飛ばされたが、そこはどういうわけか白い浴槽のようだった。

それは墜落ではなく、宙ぶらりんのように思える空間への落下だった。すると、ひどく重い物が僕の体に落ち、僕は壊れた機械の山の下の明るいすき間で、頭を大きな車輪に押しつけられ、体に臭くてねばねばするものをはねかけられたまま、ぶざまにも腹這いになったような格好だった。どこかでエンジンがけたたましく軋《きし》む音を立てて、猛烈な勢いで空転していたが、痛みが首のまわりに走ったかと思うと、体が少し離れた暗黒の中にはね飛ばされた末、またもや痛みが走った途端に投げ返された。そして意識がはっきりした瞬間に見開いた僕の目に映ったのは、目もくらむような閃光だった。

必死に我慢していると、近くでバチャバチャと水の中を歩くような誰かの足音が聞こえ、べらべらしゃべる老人の声がした。「だから言ったじゃねぇか、二〇世紀の若い連中はこの仕事に向いちゃいないって。お前らには根性がない。そうとも、まるっきしねぇんだから」

僕は言い返そうとして口を開けたが、また何か重い物が動いた。頭が少しはっきりしかけてきたので、また言い返そうとしたが、とたんに僕の体は重い水をたたえた湖の底に沈んでいき、取り返しのつかないほどに重要な勝利を逸してしまったという感じがして呆然とし、感覚が麻痺したまま、そこで止まったようであった。

11

僕は冷たくて白く堅い椅子に腰かけていた。ひとりの男が額の真ん中で光り輝いている第三の目で、僕を見ていた。男は手を伸ばして用心深く頭に触ると、まるで僕が子どもであるかのように励ましの言葉をかけた。男の指が離れた。

「これを飲んでごらん。効くよ」と男が言った。僕は、飲み込んだ。突然、体中の皮膚がかゆくなった。真新しい作業着を、それも妙に白いものを着せられていた。薬のにがい味が口の中で広がった。指が震えた。

椅子のはしにいる鏡をつけていたかぼそい声が言った。「どんな具合かね?」

「たいしたことはないと思うよ。気絶しただけ」

「今から家に帰そうか?」

「いや、用心のためにここに二、三日おいておこう。様子を見たいから。そのあとだったら、退院させてもいいよ」

今はもう僕は簡易ベッドに横たわっていて、第三の目を持った男はいなくなったが、あの輝く目は僕の目にまだ焼きついていた。部屋は静かで、僕の体は麻痺していた。目を閉じていたが、やがて起こされた。

「君の名前は何て言うの？」という声が聞こえた。

「頭が……」と僕は言った。

「分かってるけど、君の名前は？　住所は？」

「頭が——目は焼きつくみたいで……」と僕は言った。

「目だって？」

「奥が」と僕は言った。

「レントゲンをとるから、体を持ち上げて」と別の声が言った。

「頭が……」

「気をつけて！」

どこかで機械のウィーンという音がした。僕は、頭上の男と女が信用できなかった。彼らにしっかり押さえつけられていて、炎に囲まれているようで体が熱かったが、そんな状態でも、ベートーヴェンの『第五交響曲』の最初のモチーフがずっと聞こえてきた——三つの短音と一つの長音が、さまざまな音量でくり返し鳴り響いた。僕はもがいたり、彼らの手を振り払おうとしたり、起き上がろうとしたが、仰向けに寝かせられており、ピンク色の顔をしたふたりの男が笑いながら見下ろしていた。

「さあ、静かにして」とひとりの男がはっきりした口調で言った。「すぐによくなるからね」目を上げると、白衣姿のふたりの若い女性のぼやけた顔が僕を見下ろしていた。三人目の人が、砂漠のような熱波から離れた、コイルやダイヤルの並んだ制御盤の所に座っていた。ここはどこなんだろう？ずっと下のほうで床屋の椅子のような震動がしたかと思うと、その音と一緒に、体が上がっていくのを感じた。今ではある顔が僕の顔と同じ高さになり、じっと覗き込んで、何かわけの分からないことを言っていた。静電気のパチッパチッという音とともにウィーンという音がしたかと思うと、突然、僕の体は床と天井のあいだで押しつぶされそうになった。二つの力が腹や背中を荒々しく引き裂いているかに感じられた。何かの先端から出た熱にさっと包まれた。僕は両側からもの凄い電圧に打ちのめされ、両手にはさんだアコーディオンのように、二つの電極のあいだで体を上下に揺すぶられた。肺はふいごのように押しつけられ、やっと息をするたびに、僕は、電極のリズミカルな動きに句読点をつけるかのように、叫んだ。

「静かにせんか、この野郎」と一つの顔が命じた。「君の体を治そうとしてるんだから。さあ、じっとして！」

その声は氷のように冷たい威圧感に満ちていたので、僕は黙って痛みをこらえた。電気椅子に座る死刑囚がかぶる鉄の帽子に似た冷たい金属が頭に巻かれていることに、今になって気づいた。もがいたり叫んだりしたが、駄目だった。しかしみんなはとても遠くにいるように感じられ、痛みはすぐ近くにあった。一つの顔が明かりの輪の中を出たり入ったりし、しばらく僕を覗いたかと思うと、消えていった。金縁の鼻眼鏡をつけた、そばかす顔で赤毛の女性が現れた。つぎに、額に丸い鏡をつけた男性が――医者だった。そう、彼は医者で、女性は看護師たちだった。状況が次第に呑み込めてきた。

病院にいたのだ。彼らは僕の手当てをしていた。すべては痛みを和らげるために行われていたのだ。僕は感謝の気持ちを抱いた。

僕はどうしてここに連れてこられたのか思い出そうとしたが、何も思い出せなかった。まるで意識が戻ったばかりのように、頭はぼんやりしていた。別の顔が現れると、その厚い眼鏡の奥にある目は、僕にはじめて気づいたかのようにまばたいた。

「大丈夫だよ。心配しなくてもいいからね。ただ我慢するんだよ」という声がしたが、その声は深い隔たりがあるせいで、うつろに響いた。

僕は遠ざかっていくようだった。明かりは、暗い田舎道を疾走する車のテールランプのように、遠ざかっていった。ついていけなかった。肩に鋭い痛みが走った。仰向けになったまま体をひねり、目に見えない何かと闘っていた。しばらくすると、視力がはっきりしてきた。

今では男は、僕に背を向けて座り、制御盤のダイヤルを操作していた。彼に声をかけたかったが、『第五交響曲』のリズムに悩まされた。彼はあまりにも落ち着いた様子であり、遥か遠くにいるように思えた。僕らのあいだに光り輝く金属の棒があって、力をこめて首を回した時、自分は手術台の上に横たわっているのではなく、蓋がつっかい棒で開く、ガラスとニッケル製の一種の箱の中にいることに気づいた。どうして僕はこの中にいるんだろう?

「先生！　先生！」と僕は呼びかけた。

返事はなかった。たぶん聞こえなかったのだろうと思って、もう二度呼びかけたが、またもや機械の刺すような振動を感じ、体が沈んでゆき、もがいているうちに浮き上がってきたかと思うと、頭のうしろのほうで話を続ける声がした。電気の音は静かな唸り声になった。日曜日に演奏されるような音楽の音色が遠くから聞こえてきた。僕は目を閉じほとんど息をつかないで、痛みをこらえた。その声は調和した低い声で続いていた。聞こえてくるのはラジオからだろうか――蓄音機からだろうか？　それとも、どこかに隠されたパイプオルガンのヴォックスフマーナ（人間の声に似た音を出す音栓）からだろうか？　もしそうであれば、どんなオルガンで、どこにあるんだろう？　僕は穏やかな気持ちになった。赤い野バラの花でまぶしいばかりの緑の生け垣が目に浮かんできて、それはゆるやかな曲線を描いて、何もない無限の空間へ、澄んだ青い宇宙へと伸びていった。夏に木陰になった芝生の光景が流れるように消えていった。制服を着た軍楽隊が、どの楽隊員もポマードできちんと髪をなでつけて、礼儀正しく並んでいるのが心の目に映った。かと思うと、弱音器をつけたらっぱの一団をバックにして、遠くから反響してくるかのように、甘美な音色のトランペットが『聖なる都』を演奏しているのが聞こえてきた。それに頭上には、モノマネドリのからかうような助奏。僕はめまいを感じてきた。空中には小さな白いブヨが群がっているように思え、僕の目を埋め、それがあまりにも密集して舞い上がるので、黒い姿のトランペット奏者は金色のらっぱの先からそれらを吸い込んだり吐き出したりして、よどんだ空気に生き生きした白い雲と音色を混ぜ合わせた。

僕は意識がだいぶはっきりしてきた。人の低い声は頭上でまだ続いていたが、気に食わなかった。どうして彼らは立ち去らないのだろう？　やけに気取った連中だ。ああ、先生、あなたは朝食の前に小川を歩いて渡ったことがありますか、と心の中で訊いた。それとも、砂糖きびをかじったことは？　あのですね、先生、秋の同じ日に、猟犬が縞《しま》の服を着て鎖につながれた黒人たちを追いかけるのを見たことがあるし、お婆さんが僕のそばに座って目を輝かせながら、こんな歌を歌ってくれたことがあるんですよ。

全能の神さまが猿を造られた
全能の神さまが鯨を造られた
そして全能の神さまがワニを造られた
ニキビだらけの尻尾のあるやつを……

それとも看護師さん、あなたがピンクの薄い生地の服に羽根飾りのついたつば広帽子をかぶり、シロップみたいにねっとりした言葉で恋人とささやきながら、クチナシの木のあいだを散歩している時、黒人の子どもたちが、やぶの中に隠れて聞いてはおれないくらいの大声で、はやしたてたのを知っていますか?

ミス・マーガレットがお湯を沸かすのを見たかい?
あのね、びっくりするくらいの蒸気の柱らしいよ
一七マイルと四分の一の高さのな
あのね、蒸気のせいであの娘の鍋が見えないのさ……

だが今や音楽は、明らかに女性の痛みをテーマにした悲嘆の曲に変わった。僕は目を開けた。ガラスと金属が頭の上でゆらゆらしていた。

「君、気分はどうかね？」という声がした。

二つの目が、コカコーラの瓶の底を想わせる分厚い眼鏡ごしに覗き込んだが、その目は突き出ていて、ぼんやり光り、血管が浮き出ていて、まるでアルコール浸けにした古い生物の標本のようだった。

「窮屈なんですけど」と僕は怒って言った。

「ああ、でもこれは、治療に必要なんだよ」

「ですが、もっと広くないと。体が締めつけられて」と僕はしつこく言った。

「君、心配しないでいい。すぐに慣れるから。おなかと頭の具合はどうかね？」

「おなかですって？」

「そう。それに頭は？」

頭のまわりや体の敏感な表面のほかは、何も感じないことに気づいて、「よく分かりません」と僕は答えた。感覚は研ぎ澄まされているように思えた。

「頭の感覚がないんです」と不安になって、泣きそうな声で言った。

「エヘン！　どうだい！　僕の開発した装置は何でも治してくれるぞ！」と彼は勝ち誇って叫んだ。

「さあ、どうだか」と別の声が言った。「まだ手術のほうがいいと思うけどね。それに、特にこの患者の場合には、こうした、ええ……事故の場合には、単純な祈りが効き目があるかもしれないけどね」

「そんな馬鹿な、これからはこの機械に祈るんだな。治療法を教えてやるから」

「よく分かんないけど、ええ……原始的な事例に通用する解決策が――つまり、治療が――もっと病状が進んだ時みたいに、ええ……同じように効果があると考えるのは間違いだと思うけどなぁ。もし患者がハーヴァード大学出のニューイングランド出身だとしたら？」

「おい、おい、君は政治問題を言いだすのかよ」と最初の声がからかうように言った。

「まさかそんな。だけど、これは問題だよ」

僕はぼやけてささやき声になっていく会話に耳を澄ましているうちに、次第に不安になってきた。頭の中に広がる多くの考えと同じことが、ふたりの単純な言葉でも、何かほかのことに触れているように思えた。ふたりが話しているのが自分のことなのか、誰かほかの人のことなのか分からなかった。いくぶん歴史に触れているように聞こえた……。

「この機械はメスの悪影響なしで、前頭葉切除と同じ効果をもたらすんだ」とその声は言った。「いいかい、前頭葉を一つだって切開しなくても――僕らの話は全体構造についてなんだけど――神経を支配する中枢部に適度な圧力を加えることができるし、人格の完全な変化をもたらすこともできるんだよ。血なまぐさい脳の手術をして犯罪者を動物的存在に変えるという、有名なおとぎ話みたいにね。おまけに、患者は肉体的にも精神的にも無傷のままときているしさ」とその声は勝ち誇って続けた。

「けど、心のほうはどうなる？」

「そんなことはまったくとるに足りないことだよ！」とその声は言った。「患者は生きていかなきゃならないのだから生きていくさ。それも完全な健全さを保ってね。それ以上のことは何も望めないいさ。

患者は葛藤を経験することはないだろうし、幸いにも、社会がそのせいでトラウマをこうむることもないだろうしね」

しばらく言葉が途切れた。ペンで紙に走り書きする音がした。すると、「どうして去勢が駄目なんですか、先生？」と言うおどけた声がしたので、僕はぎくりとして、引き裂かれるような痛みが体を走った。

「ほら、また君の流血好きが始まった」と最初の声が笑った。「外科医に関するあの定義はなんだったっけ、『心やましき屠畜者』ってか？」

彼らは笑い声を上げた。

「そんなにおかしいことじゃないよ。この、症例を定義しようとするほうが医学的だよ。これは、およそ三百年前から進められてきたんだから――」

「定義って？　君、馬鹿な。そんなこと分かりきってるさ」

「じゃあ、もっと電流を流せばいいじゃないか？」

「それを提案するわけ？」

「するよ。いいじゃないか」

「だけど、危険じゃないのかい……？」とその声は次第にうすれていった。

彼らの立ち去る音が聞こえ、椅子の軋《きし》む音がした。機械がウィーンという唸り声を立てた。僕は、彼らが僕のことを話し合っていたことがはっきり分かり、電気ショックに備えて体を鋼鉄のようにしたが、それでも凄まじい衝撃を受けた。脈拍が速くなって、もっとドキドキして、体が電極のあいだで激しく揺すぶられた。歯がガチガチ鳴った。僕は目を閉じ、唇を嚙んで悲鳴を押し殺した。生ぬるい血が口の中をいっぱいにした。まぶたのあいだから、円形に並ぶまぶしい光の中にいくつもの顔や手が見えた。何人かはカルテに走り書きしていた。

「見てごらん、踊っているよ」と誰かが大声で言った。

「まさか、本当かい?」

脂ぎった顔が覗き込んだ。「黒人には実にリズム感があるよね。おい! もっとやれ! もっと踊れ!」とその顔は笑いながら言った。

すると突然、僕の狂乱状態は止み、怒りたくなった。人を殺したいくらいに怒りたくなった。だが、体を突き抜ける電流の脈動が怒りの感情を抑えた。それはどこかで断ち切れてしまった。というのも、僕は怒りや憤激をあらわにすることはめったになかったが、そうした感情を持っていたのは間違いなかったからだ。そこで畜生呼ばわりされた場合には、怒っていようといなかろうと、喧嘩すべきだというこことを心得た人みたいに、僕は自分が怒っているのを**想像しよう**としたが——結局、他人ごとのような感じがいっそう強まっていくことに気づいた。怒ることができず、戸惑うだけだった。僕のすぐ上にいる連中はそのことに気づいているようだった。電気ショックは避けようもなく、僕は激しい電気の波にもまれているうちに、暗黒の中に沈んでいった。

気がつくと、まだ明かりがついていた。僕は体がしぼんでいく感じがしたまま、ガラス板の下に横たわっていた。手足がすべて切断されたように思えた。箱の中はとても暖かかった。頭上にはぼんやりと白い天井が遠くまで伸びていた。目には涙があふれていた。なぜ涙が出てくるのか、自分でも分からなかった。そのことが僕を悩ませた。注意を引くためにガラスを叩こうとしたが、体が動かなかった。望んだだけとも言えるちょっとした努力も僕を疲れさせた。僕は肉体の漠とした変化を味わいながら、横たわっていた。正常な感覚をすっかり失ったようだ。自分の体がどこで終わり、澄んだ白い世界がどこから始まっているのだろうか？　さまざまな思いが僕から逃れて、病室の広さの広大な空間の中に隠れてしまい、自分の体はうすれゆく灰色だけでその白さとつながりを持っているようだった。体内をゆるやかに流れる血液の音のほかは、何の物音もしなかった。目を開けておくだけで、とても疲れた。異次元の世界にたった独りぼっちでいるようだった。しばらくすると看護師がかがみ込んで、生ぬるい液体を僕の口の中に無理やり入れてきた。僕は喉が詰まりそうになって飲み込み、その液体がおなかのあたりへゆっくり流れていくのを感じた。虹色の大きな泡に体が包み込まれたようだった。やわらかい手が目の上で動き、記憶の漠然とした印象が残った。僕は生ぬるい液体で洗われ、やわらかな手が限界のはっきりしない肉体の表面を動くのを感じた。殺菌された重さのないシーツに包まれた。体がはずんだかと思うと、ボールが屋根の向こうのもやの中に投げられ、壊れた機械の山の背後にある隠れた壁にぶつかるように、飛んでいってはね返るような感じがした。どれくらいの時間が経ったのか、分からなかった。だが今や、動く手の上のほうから、親しみやすい声が聞き覚えのある言葉を口にするのが聞こえたが、その言葉は僕にとって何の意味も持ちえなかった。熱心に耳を澄ましていると、文句の形と動きに気づき、また、質問する音の進行とその質問に答える音の進行とのあいだに、リズムの微妙な違いがあることが分かった。だが、やはりそれらの意味は、僕自身が埋もれている広大な白さの中に消えていった。

別の声がした。いくつもの顔が僕のすぐ上に浮いていて、まるで得体の知れない近眼の魚が、水族館のガラスの壁ごしに覗くようだった。それらの顔は僕のすぐ上で静止していたが、やがて二つの顔が、最初は頭、ついでヒレみたいな指先の順にふわふわと漂い、夢の中のようにケースの上から離れていった。そして実に不可解なことに、ゆっくりと引いては寄せる大波のように、現れたり遠ざかったりした。僕は、その二つの顔が口を激しく動かすのを見ていた。わけが分からなかった。彼らはふたたび口を動かしたが、依然としてその意味が理解できなかった。不安な気持ちになった。走り書きしたカルテを僕の上にかざすのが見えた。アルファベットの文字がすっかりごたまぜに書かれていた。彼らは激論を交わした。どうやらそれは僕のせいだと思った。もの凄い孤独感に襲われた。彼らは神秘的なパントマイムを演じているように見えたし、それに、この角度からふたりを見ていると、心が乱されたからだ。ふたりがどうしようもない馬鹿者に思え、僕は気に食わなかった。そんなふうに思うのはいけないことだった。ひとりの医者の鼻に煤《すす》がついているのが見えたし、ある看護師はたるんだ二重顎をしていた。ほかにいくつもの顔が現れて口を激しく動かしていたものの、何も聞こえなかった。だがそれにしても、僕もこの人たちも人間なんだと思ったが、なぜそんなことを考えたのか自分でも不思議だった。

黒い服を着た男が現れ、長い髪の男だったが、熱心な親しみやすい鋭い目つきで、僕を見下ろした。彼は覗き込んだりカルテを見たりしていたが、ほかの者たちは目に心配そうな表情を浮かべて、そのまわりをうろついていた。やがて、彼は大きなカードに何かを書き込み、それを僕の前に突き出した。

君の名前は何て言うの？

身震いがした。まるで彼が、頭の中に漂っていた漠然としたものに名称を与え、それを体系づけたかのようで、すぐに恥ずかしさに打ちのめされた。もはや自分の名前も知らないことに気づいた。目を閉じると、悲しくなって頭を振った。今はじめて僕と話し合う暖かい試みがなされていたが、自分のほうができそうもなかった。僕はもう一度やってみようとして、心の暗黒の中にもぐり込んだが、無駄だった。痛みのほかは何もなかった。ふたたびカードを見ると、彼が言葉を一つひとつゆっくりと指した。

君の……名前は……何？

僕は必死に努力しようとして暗黒の中にもぐり込んだが、とうとう疲れて気が抜けてしまった。まるで血管を切開され、気力をサイホンで吸い取られたかのようだった。ただ黙って見つめ返すことしかできなかった。すると彼は、イライラしたようなすばやい身ぶりで、別のカードを示して書いた。

君は……誰？

体の中の何かがゆるやかな興奮を帯びて反応した。この質問の言葉づかいが、火花を散らしては消える、一連の弱い遠くの明かりに点火させたようだった。自分は誰なんだろう？　と自分に問うた。だがそれは、体のだらけた血管を流れる一つの細胞を突き止めるようなものだった。たぶん僕はこの暗黒と迷いと痛みそのものなのかもしれないが、そんな表現はふさわしい答えというよりも、どこかで読んだ文句に似ていた。

カードがふたたび出された。

君のお母さんの名前は？

母さん、母さんは誰だろう？　子どもが苦しんでいる時に悲鳴を上げる母親――だがその名前は？　こんなことは馬鹿げている。子どもはいつだって母親の名前を知っている。叫び声を上げるのは誰だっけ？　その叫び声のような音はこの機械の音のようだった。ということは、機械が母親か？……明らかに僕は気が変だった。

彼は質問を浴びせた。**君はどこで生まれたの？　自分の名前を思い出してごらん。**

思いつくままにいろんな名前を考えてみたが、どの名前も合っているようには思えなかった。それでも、まるで僕がそうしたすべての名前に関係していて、それらの名前の中にどっぷり沈んで行方不明になっているようであった。

君は思い出さなきゃいけない、というカードの言葉が読めた。それでも、やはり無駄だった。そのたびによどんだ白いもやの中へ戻り、自分の名前が指先のすぐ先にあるような気がした。僕が頭を振ると、男はしばらくいなくなり、同僚を連れて戻ってきた。それは学者風の小柄な男で、ぼんやりした表情を浮かべて僕をじっと見た。彼は子ども用の石板とチョークを取り出すと、書いた。

君のお母さんの名前は?

彼を見てすぐにいやになり、おれは悪口ゲームをしているんじゃないぞ、あんたのおふくろさんは元気かい?　と冗談半分に心の中で訊いた。

考えろ

僕は目を見張った。彼は顔をしかめ、長いあいだ何かを書き込んでいた。石板は意味のない名前でいっぱいになった。

僕は、彼の目に困惑の表情がはっきりと浮かぶのを見て、ほほ笑んだ。さっきの親しみやすい男が何かを言った。新しい男が、ビックリして目を見張るような質問を書いた。

兎のバックアイは誰?

頭はすっかり混乱してしまった。いったい、なぜ彼は**そんなこと**を思いついたのだろう?　彼は質問の文字を一つひとつ指差した。僕は、自己発見の喜びとそれを隠しておきたい希望とで目がくらみ、腹の底で笑った。どうやら僕がウサギのバックアイというわけか。でなきゃ、子どもの頃に埃だらけの通りで、裸足で踊ったり歌ったりした時の名前だったというわけだ。

兎のバックアイ
揺すれ、揺すれ
兎のバックアイ
壊せ、壊せ……

とは言え、そのことをどうしても認めるわけにはいかなかった。あまりにも滑稽すぎたし――それに、なんだか危険すぎたからだ。彼に昔の身元をたまたま見つけられて迷惑だったので、僕が頭を振ると、彼は口をすぼめ、鋭い目つきで睨んだ。

君、兎どんとは誰のことだ?

それは母親の間男のことだと僕は思った。ふたりが同一人物であることは誰もが知っている。とても若くて、大きな無邪気な目の奥に自分を隠しておきたい時には「バックアイ」であり、もっと年を取ってきた時には「兎どん」なのだ。それにしても彼は、なぜこんな子どもっぽい名前のことで遊んでいるのだろうか？　こいつらは、僕が子どもとでも思っているのだろうか？　どうしてそっとしておいてくれないんだろう？　この機械から出してくれたら、すぐに思い出すのに……。手の平がガラスをピチャッと叩いたが、こいつらにはうんざりだった。それでもさっきの親しみやすい顔に視線を集中させていると、彼はうれしそうだった。そのわけは分からなかったが、たしかにニコニコして、新しい助手を連れていなくなった。

ひとり残されると、自分の身元のことでやきもきした。僕は実際には自分を相手にゲームをしていて、こいつらも参加しようとしているのではないかと思った。いわば戦争ごっこといったところだ。本当は彼らも気づいているが、自分としてはどういうわけか、知りたくなかった。イライラするゲームだったので、自分がずるくて抜け目がないような感じがした。すぐにこの謎を解いてやろう。いたずらをした子どもをつかまえる老人みたいに、頭の中で思いをめぐらす自分を想像しながら、僕は誰なんだと思った。またしても無駄だった。自分が道化師のように思えた。犯罪者と刑事の二役をひとりでできるはずがなかった――もっとも、なぜ自分が犯罪者なのか分からなかったけれど。

僕はこの機械をショートさせる方法を企みはじめた。二つの電極が接触するように、もしかして体の位置を移したらどうだろう――駄目だ、動かす余裕がないばかりか、そんなことをすると自分のほうが感電死してしまう。身ぶるいがした。僕が誰であろうと、旧約聖書に出てくるサムソンではない。たとえこの機械を壊したとしても、自分の身まで滅ぼしたくなかった。欲しかったのは自由であって、自滅ではなかったからだ。このことで精神的にくたくたになってしまった。というのも、たとえ僕がどんな企みを抱こうと、絶えず一つの欠陥が――自分という問題があったからだ。この点は逃れようがなかった。自分の身元を思いつくことができないのと同様に、逃れることができなかった。おそらくこの二つの事柄は互いに関連があるのだろうと思った。自分が誰なのかということに気づいたら、僕は自由になれるだろう。

まるで僕の逃亡の思いが彼らを用心させたかのようだった。僕は上を向いて興奮したふたりの医者とひとりの看護師を目にし、逃亡はもう遅すぎると思い、汗のヴェールに包まれながら、彼らが機械を操作するのを見守っていた。電気ショックで体が引き締められたが、何も起きなかった。その代わり、彼らの手が蓋に触ってボルトをゆるめるのが見えたかと思うと、反応しないうちに、蓋が開いて僕は引き上げられた。

「どうしたんですか?」と看護師が手を休めて僕を見るのを目にしながら、言いかけた。

「えっ?」と彼女は言った。

僕の口は動いたが、声にならなかった。

「さあ、言ってごらん」と看護師は言った。

「ここは何の病院ですか?」と僕は訊いた。

「工場の付属病院よ」と彼女は答えた。「さあ、じっとして」

今では彼らはまわりにいて、僕の体を調べていた。工場の付属病院とは何だろうと思いながら見守っているうちに、次第にまごついてきた。

おなかをぐいと引っぱられる感じがしたので下を見ると、医者のひとりがおなかにつないだコードを引いたので、僕は前のめりになった。

「これは何ですか?」と僕は訊いた。

「ハサミを取ってくれ」と医者が言った。

「そうだな。さっさとやってしまおう」と別の医者が言った。

まるでコードが自分の体の一部であるかのように、内心ではひるんだ。やがて彼らがコードを取りはずすと、看護師がおなかのバンドをハサミで切って重そうな電極をはずした。僕は口を開けて話そうとしたが、医者のひとりが頭を横に振った。彼らはてきぱきと動いていた。電極を取り除くと、看護師が僕の上に身を乗り出して体をアルコールで拭いた。それから僕はケースから出るように言われたが、ためらって、みんなの顔という顔を見回した。というのも、今は解放されるようだったが、それが信じられなかったからだ。もしこれよりも痛みを伴う機械に移されたらどうしよう? ケースの中に座ったまま、頑として動かなかった。こいつらと喧嘩しようか?

「腕を抱えてやれ」と彼らのひとりが言った。

「自分でできます」と言って僕は、こわごわとケースから出た。

立っているように言われ、そのあいだ彼らは身を乗り出して体を聴診器で調べた。

「関節はどうだい?」とカルテを持った医者が、僕の肩を調べている医者に訊いた。

「正常だね」と彼は答えた。

肩が張った感じがしたが、痛みはなかった。

「意外と、驚くほど丈夫そうだよ」ともうひとりの医者が言った。

「ドレクサルを呼ぼうか? こんなに丈夫なのはかなり異常だよ」

「いや、カルテに書き留めるだけにしといて」

「分かった。看護師さん、彼に衣服を渡して」

「どうするつもりですか?」と僕は言った。看護師はきれいな下着と白い作業着を手渡した。

「気にしないで、大丈夫よ」と彼女は言った。「なるべく早く着て」

機械の外の空気はひどく希薄に思えた。かがんで靴の紐を結ぼうとした時にめまいがしたが、どうにかこらえた。ふらふらしながら立ち上がると、彼らは僕を上から下まで見た。

「ねえ、君、すっかりよくなったみたいだね」と彼らのひとりが言った。「君は生まれかわったね。ちゃんと回復したよ。一緒に来たまえ」と彼は言った。

僕らは部屋からゆっくり出て、長くて白い廊下を歩いてエレベーターに乗り、さっと三階で下りると、幾列もの椅子の並んだ待合室へ来た。正面には、すりガラスの付いたドアと壁のある診察室らしき部屋がたくさんあった。

「ここに座って」と彼らは言った。「じきに重役さんが会ってくださるから」

僕が座ると、彼らはしばらく診察室の一つに入ってから現れ、一言も言わずに僕の前を通りすぎていった。体は木の葉のように震えていた。本当に自由にしてもらえるのだろうか? めまいがした。僕は自分の白い作業着に目をやった。さっき看護師が、ここは工場の付属病院だと言ったけど……どうして、ここがどんな工場なのか思い出せないのだろう? しかも、なぜ**工場**の付属病院なんだろう? そう言えば……工場であることは何となく思い出した。たぶん 僕はそこに送り戻されるんだろう。たしかに案内してくれた医者はさっき院長とは言わないで、重役さんと言ったっけ。院長と重役が同一人物なんだろうか？　ひょっとして僕はすでに工場の中にいるのかもしれない。僕は耳を澄ましたが、機械の音は聞こえてこなかった。

部屋の向こう側の椅子に新聞がおいてあったが、僕は自分のことが心配で、それを取りに行けなかった。どこかで換気扇がブーンと回る音がしていた。やがて、すりガラスのついたドアの一つが開いて、白いコートを着た背の高い、きびしい表情の男が、カルテで僕を手招きするのが見えた。

「こっちに来たまえ」と彼は言った。

僕は立ち上がり、**さあ、これで分かるぞ、これで**と思いながら、彼の前を通って質素な家具を備えつけた診察室に入った。

「座って」と彼は言った。

机のそばの椅子にゆっくりと腰かけた。彼は穏やかな医者のまなざしで、僕を見た。

「君の名前は？　ああ、ここに書いてあるな」と言って彼は、カルテをじっくり見つめた。僕の中の誰かが黙っておけよと言おうとしているかのようだったが、すでに彼が名前を呼んでいた。僕は、頭がズキンと痛んだとたんに「おお！」と思わず叫んでしまい、さっと立ち上がって狂ったようにあたりをキョロキョロ見回した。それから座り、何かを思い出しながら立ち上がり、急いでまた座った。どうしてこんなことをしたのか分からないが、彼が熱心に見ているのにふと気づいて、今度は腰かけたままでいるようにした。

彼がいくつか質問をした時に、僕はすらすらと答えることができた。もっとも内心では、高速で逆回しにするサウンドトラックのように、悲鳴を上げたかと思うとおしゃべりをするといった具合に、目まぐるしく変わる自分のイメージで頭がクラクラしていた。

「あのね、君、君は治ったよ。君を解放するよ。どう思うかい？」

突然のことで、どう答えていいのか分からなかった。聴診器のそばにある会社のカレンダーと小さい銀色のペンキ用の刷毛に気づいた。彼は病院から解放すると言ったのだろうか、それとも仕事からか……？

「あのう？」と僕は言った。

「私は、そのことをどう思うかいって訊いたんだけど」

「分かりました。また仕事に戻れるのがうれしいです」と僕は自分のいつもとは違う声で言った。

彼は顔をしかめてカルテを見た。「君は解放されるが、仕事のことではがっかりするんじゃないかな」と彼は言った。

「どういう意味なんでしょうか？」

「君はひどい事故に遭ったんでね」と彼は言った。「まだ工場のきびしい仕事ができそうにもない。今は休んで回復期間をとってもらいたい。体調を整えて体力を回復する必要があるんで」

「ですけど――」

「急ぎすぎちゃいけないよ。解放されるのがうれしいんだよね、そうじゃないかい？」

「ええ、それはもちろん。ですが、僕はどうやって生活していけば？」

「生活するって？」彼の眉毛が吊り上がったかと思うと、下がった。「別の仕事についたら」と彼は言った。「何かもっと楽で静かな仕事にさ。もっと君に向いた仕事に」

「僕に向いた？」僕はこの男も例の件に関わっているのだろうかと思いながら、彼を見た。「どんな仕事でもやるつもりです」と僕は言った。

「君、そんなことは問題じゃないんだよ。君は今は、わが社の労働の条件の下での仕事ができそうもないだけなんだ。あとではいいだろうが、今は無理だね。それから忘れないでほしいのだが、君が事故にあったことに対しては十分な補償金が出るから」

「補償金ですか？」

「ああ、そうだ」と彼は言った。「わが社は進んだ人道主義政策をとっているから、すべての従業員には自動的に保険がかけられるんだ。君は二、三枚の書類にサインするだけでいい」

「どんな書類でしょうか？」

「会社の責任を解除するという供述書が必要なんだ」と彼は言った。「君のはむずかしい症例だったから、専門家をたくさん呼ばなきゃいけなかった。どんな新しい仕事にも危険はつきものなんだ。危険は成長の一部だし、いわば順応過程のようなものだからね。人は誰もが冒険をやるんだが、うまくいく者もおれば、そうでない者もいる」

僕はしわの寄った彼の顔を見た。この男は医者だろうか、会社の重役だろうか、それとも両方だろうか？　分からなかった。彼は椅子にゆったりと座ってはいたが、今は体を前後に揺すっている姿が僕の視界に入った。

言葉が僕の口からひとりでに出てきた。「ノートンさんをご存知ですか？」と僕は言った。

「ノートンだって?」彼は眉をひそめた。「その人、どんな人?」

するとまるで僕が訊ねたのではないかのようだった。その名前は奇妙に聞こえた。僕は目をこすった。

「すみません」と僕は言った。「あなたならご存知かもしれないと思ったものですから。以前僕が知っていた人です」

「ふうん、そう」——彼はいくつか書類を手にとった——「じゃあ、君、そういうわけだから。しばらくしたら、わが社も何かしてあげられるだろう。よかったら、書類を持っていってもいいよ。会社に郵送するだけでいいから。受け取り次第、君に小切手が送られるから。しばらくは、好きなだけ自分の時間を持つんだね。わが社がまったく公平だということが君にも分かるだろうよ」

僕は折り重なった書類を受け取り、長すぎると思えるくらいに彼を見ていた。彼の体は揺れているようだった。やがて僕は声を上げて、思わず言った。「あなたはあの方を知っていますか?」

「誰のことだい?」

「ノートンさんですよ。ノートンさん」と僕は答えた。

「えっ、そりゃ、知らないよ」

「ご存知ないですよね。名のある方だっていうことは誰も知らないし、それにずいぶん昔のことですから」と僕は言った。

彼は顔をしかめたが、僕は笑った。「可哀そうに、駒鳥は彼らに羽根をすっかりむしられたんです」と僕は言った。「ひょっとしてブレドソーさんをご存知ですか?」

彼は、頭を傾けて僕を見た。「その人たちは君の友だちなのかい？」

「友だち？　ええ、そうです。僕らはみんな親友です。ずっと昔からの仲間ですよ。ですが、利害関係がかみ合わないみたいで」

彼は目を大きく見開いた。「そう。かみ合ってないみたいだね。だけど、親友というのは貴重だよ」

僕は気が軽くなって笑いかけたが、彼の体はまた揺れているようだった。エマソンのことも訊いてみようと思ったが、彼は今は咳払いをして、もう話は終わったことをほのめかしていた。

僕は重なった書類を作業着の中にしまい込むと、部屋を出ようとした。幾列にも並んだ椅子の向こうのドアが遥か遠くにあるような気がした。

「お大事に」と彼は言った。

「あなたも」と僕は、もう帰る時間だと思いながら、言った。

僕がいきなり振り向いて弱々しい足どりで机に戻ると、彼は相変わらず医者のまなざしで、見上げた。儀礼的な別れの挨拶を交わしたかったが、ふさわしい決まり文句が思いつかなかった。そこで笑いたい気持ちを咳をしてこらえ、ゆっくりと手を差し伸べた。

「お話しできて、とても楽しかったです」と僕は言って、自分の言葉と彼の返事に耳を傾けた。

「うん、そうだね」と彼は言った。

驚きの表情も不快感も示さず、まじめに僕と握手を交わした。下を見ると、彼はそのしわの寄った顔と差し伸べられた手に本当の気持ちを隠していた。

「お話はこれで終わりなんですね。さようなら」と僕は言った。

彼は手を上げ、「さようなら」と当たり障《さわ》りのない声で言った。

彼と別れ、ペンキの臭いのする外へ出ると、僕は、自分がさっき度を越したしゃべり方をし、いつもの自分と違う言葉を用い、いつもと違う態度を示した上に、心の奥底に宿る異質の人格に支配されていたような気がした。ちょうどそれは、以前に心理学の講義で読んだことのある女中に似ていた。その女中は、恍惚の状態に陥った時、仕事中のある日に立ち聞きしたギリシャ哲学を何頁も暗唱したのだった。そのように、まるで常軌を逸した映画の一場面を演じているようだった。僕は新たな自分に目覚め、これまで抑えてきた感情を言葉で表現したのかもしれない。歩道を歩きながら、自分はもう怖がらなくてもいいと思った。立ち止まって、陽射しと日陰が織りなす縞模様の、明るい通り沿いに建ち並ぶいくつものビルを眺めた。もう怖くなかった。有力者たちも、理事たちも。というのも、彼らに期待できるものは何もないことがいま分かって、怖がる理由はなくなったからだ。そのせいだろうか、めまいがし、頭がガンガン鳴っていたのは。僕は歩き続けた。

歩道に沿っていくつものビルが同じような形をして密集して、そびえていた。もう一日の終わりであり、あらゆるビルの屋上ではためいていた旗は下ろされ、取りはずされていった。やがて僕は倒れそうになりながらも、吹きつけてくる風の流れに逆らって歩いた。工場の敷地から通りへ出ると、来た時に渡った橋が目にとまったが、橋のてっぺんを横切って走る電車に通じる階段はめまいがするほど急で、手すりにつかまって上がることも、軽やかに上がることも、駆け上がることもできそうになかったので、僕は地下鉄に乗ることにした。

まわりでいろいろなことがあまりにも速い速度でくるくる回った。心はゆっくりとうねる波のように、明るくなったり、うつろになったりした。僕ら、彼、彼ら――僕の頭と僕自身――それぞれがもはや同じ輪の中を動いてはいなかった。体だってそうだ。駅の明かりがさざ波のように過ぎていく光景の中で、線路の向こう側のプラチナブロンドの髪をした若い女性が、赤いデリシャス・リンゴをかじっていた。電車は勢いよく走った。僕は轟音の中で、めまいがして頭にぽっかり穴があいたような気分で、夕方近くのハーレムへと吸い込まれていった。

12

地下鉄を出ると、レノックス街が酔っぱらいみたいに傾いたまま遠ざかっていくように見えた。僕は頭がガンガンするのを感じながらも、ゆらめく光景に興奮した幼子のような目で焦点を合わせようとした。腐ったクリームのような顔色のふたりの大柄な女が、花柄模様のズボンを穿いたお尻を今にも火がつきそうに揺らしながら、どっしりした体と闘うようにして通りすぎていった。ふたりが歩道を歩いている時、空にオレンジ色の夕日が輝いていた。その時僕は足が萎えて倒れるのが分かったが、頭はやけにはっきりしていて、まわりに人だかりができる光景が脳裏には焼き付いていた。そのまま通りすぎる者もいた。

　すると、あんた大丈夫？　どうしたの？　と浅黒い肌をした大柄な女のしゃがれた低い声がした。大丈夫です、めまいがしただけですからと言って、立ち上がろうとする。みんな、うしろに下がってこの人に一休みさせたらどうなの？　どいてよ、という彼女の声がしたかと思うと、今度は、さあ動いた、止まるんじゃないぞ、とやじ馬に向かって言う警官の声。それから片側から女が、もう一方から警官が僕を助け起こす時に、大丈夫かい？　と警官に声をかけられ、はい、めまいがして、一瞬倒れただけです、でも、もう大丈夫ですから、と僕。警官が離れるように群衆に命じると、警官と大柄の女のほかはいなくなり、警官が、ほんとに大丈夫なのかいと訊き、僕は、ハイとうなずく。あんた、どこに住んでるの？　ここら辺なの？　という女の質問に、僕が男子寮ですと言うと、女は頭を振りながら僕を見て、こう言う。男子寮だって、男子寮は、あんたみたいに弱っている人の住む所じゃないわ、あんたにはしばらく面倒を見てくれる人が必要なのよ。だけどもう大丈夫ですからと言っても、僕を信用しない。するとその女はこう言う、たぶん大丈夫かもしれないし、そうじゃないかもしれないでしょ、わたし、この通りをちょっと行って曲がった所に住んでるの、わたしの所に来て、元気になるまで休んでいったらいいじゃない、わたしが男子寮に電話してあんたのいる所を伝えておくからさぁ。あまりにも疲れすぎて断りきれないでいると、もう彼女は僕の片腕を抱え、片方を持ってよと警官に指図していた。内心では拒みつつも彼女に言われたとおりにし、両側からふたりに肩を支えられるようにして歩き出す。ふたりの話し声が聞こえてくる。心配しなくてもいいんだよ。わたしがあんたを介抱してあげる。ほかに何人も介抱したことがあるんだよ。わたしの名前はメアリー・ランボー。ハーレムのここら辺じゃわたしのこと、みんな知ってるよ。あんた、わたしのこと聞いたことがないかね？　すると警官の声、知ってますよ、おれ、ジェニー・ジャクソンの息子なんです、ミス・メアリー、あなたもご存知のはずですよ。そして女の声、ジェニー・ジャクソンだって、まあ、それじゃ、わたしとあんたは他人同志じゃないじゃない、あんたラルストンでしょ、あんたのお母さんにはほかにふたり子どもがいて、息子さんがフリントで、娘さんはローラ・ジーンって言ったでしょ、だったら、あんたとは親戚みたいなもんじゃない――わたしとあんたのご両親は昔――。そこで、もないだろうな、あんたは見た目よりもずっと具合が悪いにちがいないんだから、と言ったかと思うと、僕を引っ張ってこう言う、ほら、ここがわたしの家さ、階段を上がらせて中に入れるから手伝っておくれ、あんた、心配することはないからね、以前にゃ見かけたことはないけど、そんなこと、関係ないことさ。わたしのことどう思ってても気にしないけどさぁ、あんたは体が参っていて、ろくに歩けやしない、おまけに、腹が減ってるみたいだしね、わたしが困ってる時にこのメアリー婆さんがしてもらいたいようなことを、やってあげるだけさ、お金は一銭ももらうつもりはないし、あんたのわけありにちょっかいを出すつもりもない。わたしゃ、休まるまで横になってもらいたいだけなんだよ、そしたら、帰ったっていいさ。警官もその話の穂をついで、こう言う、君はいい人に介抱されるよ。メアリー婆さんはいつも誰かを助けているんだ、君には助けがいる、君はおれみたいに色が黒いはずなのに、白人がよく言うシーツみたいに青ざめているんだから——足もと気をつけて。階段を少し上がり、それからもう少し上がると、僕の体からいっそう力が抜けていった。両側のふたりは力をこめて僕を支え、ようやく涼しい暗い部屋に入ったかと思うと、話し声が聞こえてくる。ほら、ここにベッドがあるから寝かせてやって、そう、そう、それでいい、ラルストン、さあ、足を持ち上げておくれ——布団カバーのことは気にしなくたっていいから、台所へ行って、水をコップ一杯ついできてくれるかい、冷蔵庫にボトルが入ってるから。警官が出て行ったあと、彼女は僕の頭の下に枕をもう一つおいてから言う、これでよくなるさ、元気になったら、どんなに弱ってたか分かるだろう、さあ、水を飲んで。水を飲んでいると、光るグラスを持つ老婆の萎《しな》びた褐色の指が目にとまる。懐かしい、忘れかけていた安堵感が込み上げてきて、彼女のくり返す言葉のように、お前は弱っていないとでも思っているのか、ぶざまな格好を見てみろ、と僕が自分に問うているうちに、やがて爽やかな涼しい眠り。

目が覚めると、老婆は部屋の向こうで鼻先に眼鏡をかけて、熱心に新聞を読んでいるのが見えた。眼鏡は下を向いていたが、目は新聞ではなく僕の顔に向けられていて、ゆるやかな笑みで輝いているのが分かった。

「気分はどう？」と彼女は訊いた。

「ずいぶんよくなりました」

「だろうと思った。台所に用意しといたスープを飲めば、もっと元気が出るよ。ずいぶん長いこと眠っていたね」

「そうですか？　今何時ですか？」と僕は訊いた。

「一〇時頃かな。眠り具合からすると、あんたに必要なのは休養だけだね……。駄目、まだ起きちゃ。スープを飲んでからね。そしたら行ってもいいよ」と言うと彼女は台所へ行った。

彼女はトレイに椀をのせて戻ってきた。「これは精がつくよ」と彼女は言った。「男子寮ではこんなサービスはないよね？　さあ、そこに座ってゆっくり飲みなさい。わたしゃ、新聞を読むこと以外、何もすることがないんでね。だから、わたしだって話し相手がほしいのさ。あんた、朝は急がなきゃいけないのかい？」

「いいえ、僕は病気だったものですから。でも、仕事を探さなきゃいけないんです」

「あんたが具合がよくないことぐらい、わたしゃ知っていたよ。どうしてそれを隠そうとするのさ?」

「誰にも迷惑をかけたくなかったものですから」と僕は言った。

「誰だって、**誰か**に迷惑をかけるんだよ。それに、あんたは病院を出たばっかりだしさ」

僕は顔を上げた。彼女は揺り椅子に前かがみに座り、エプロンをつけたひざの上でゆったりと腕を組んでいた。彼女は僕のポケットを調べたのだろうか?

「どうして分かったんですか?」と僕は訊いた。

「あんた、疑ってるみたいね」と彼女はきびしい口調で言った。「それだから今の世間はよくないんだよ。誰も他人のことを信用しないんだから。病院の臭いがするんだよ。この服についたエーテルで犬一匹が眠っちまうよ!」

「僕が入院していたと言った覚えがなかったもので」

「話してはいないけど、訊くまでもなかったよ。その臭いがしたのさ。あんた、この町に親戚はいるのかい?」

「いいえ、南部にはいますけど。僕、学費を稼ぎにここに働きに来たんですが、病気になりまして」

「そりゃ、可哀そうに!　でも、すぐに元気になるさ。あんたは何になるつもりかね?」

「まだ分かりません。僕は教育者になりたくてやってきたんですが、これから、どうなることやら」

「何かあったの?」

僕は熱くておいしいスープをすすりながら、考えてみた。

「いや、別に。ただ、ほかの職業に就きたいなぁと思いまして」

「まあ、それが何であっても、黒人にとって名誉あるものであってほしいね」

「僕もそう願っています」と僕は言った。

「願うだけじゃ駄目だよ。実際そうならなきゃね」

達成しようとした目標や、そのために苦しむはめになったことを考えながら彼女を見ると、彼女は揺り椅子にどっしりともたれていた。

「世の中を変えていくのは、あんたら若い人たちだよ」と彼女は言った。「あんたらみんながそうなんだ。あんたらが指導者になって闘い、わたしたちをもうちょっと高いところに引き上げてくれないと。それからもう一つ言っておきたいんだけど、それができるのは南部の黒人たちなんだよ。南部の黒人たちは情熱の炎を知っているし、いかにその炎を燃えあがらせるかを忘れたことがないからね。ところが、この北部に住んでいる黒人たちときたらほとんど忘れちまってさぁ。連中は何とか暮らせるようになると、社会の底辺にいる黒人たちのことを忘れてしまうのさ。ああ、連中の多くは口先じゃいろんなことを言うけど、本当は忘れちまったんだよ。とにかく、覚えていて指導しなきゃいけないのは、若い人たちの務めだからね」

「分かりました」と僕は言った。

「それに、あんたは体を大事にしなきゃいけないよ。このハーレムの罠にはまっちゃ駄目だよ。わたしゃニューヨークにいるけど、ニューヨークに飲み込まれているんじゃないんだから。言ってることが分かるかい?　堕落しないようにすることだね」

「そうはなりません。てんてこまいで、そんな暇はないだろうから」

「それならいいね。わたしにゃ、あんたはちょっとした人物になりそうに見えるよ。だから、気をつけるんだよ」

僕が立ち上がって出ていこうとすると、彼女は椅子から体を持ち上げて、戸口の所までついて来た。

「男子寮以外のどこかよそに部屋を借りたくなったら、わたしの所においで」と彼女は言った。「手ごろな家賃だからさ」

「覚えておきます」と僕は言った。

意外と早く彼女の言葉を思い出すことになった。男子寮のガヤガヤした明るいロビーに入ったとたんに、孤独感と敵対心に襲われてしまった。着ていた作業着のせいでジロジロ見られながら、もうここには住めないし、こうした生活は終わったことを思い知った。ここのロビーは、僕の頭からブーメランのように飛び去ったばかりの幻影にいまだに捕われているさまざまな人たちの落ち合う場所だった。南部の大学に戻ろうとして働いている大学生たち。黒人の実業界の建設というユートピア的な計画を抱いて、民族の進歩を唱える年輩の人たち。自分以外の宗教団体から任命されたわけでもなく、教会や会衆も持たず、キリストの血と肉の意の、パンとぶどう酒による儀式も行わない牧師たち。支持者のいない地区の「指導者たち」。分離すれども自由という、南北戦争後の夢にいまだに取り付かれた六〇歳以上の老人たち。自分たちは紳士であるという夢のほかは何も持たず、つまらない仕事につくかわずかな年金をもらって生活しているくせに、名も知らない企業であっても、大企業で働いているふりをし、或る種の南部の国会議員の上品ぶった態度を好み、そばを通りすぎる時には裏庭の老いぼれた雄鶏さながらに、腰をかがめてうなずく、見るからに憐れな人たち。夢を見て幻滅した人は、夢を見ているという自覚のない人たちに対して軽蔑の念を抱くものだが、それに似たような軽蔑を僕が抱いた若者たち——南部の大学のビジネス専攻の学生たち。彼らは、ビジネスはノアの箱舟みたいに時代遅れのルールのある、あいまいで抽象的なゲームだと思いながらも、ビジネスに酔いしれている。そのほかに、似たような憧れを抱いている年上の連中、「正統派キリスト教徒」、想像の世界だけでブローカーになった気分を味わう「俳優たち」。稼いだ給料のほとんどを、ブルックスブラザーズの服に山高帽、イギリス製の傘に、黒い牛革の靴と黄色い手袋といった、ウォール街のブローカーたちのあいだで流行している衣類につぎこむ門番や配達人たち。彼らときたら、どのワイシャツにはどのネクタイをするのが礼儀にかなっているとか、スパッツにはどの色合いの灰色が正しいかとか、ある季節の行事に英国皇太子はどんな服装をするだろうかとか、双眼鏡は左肩にかけるべきか右肩にかけるべきかといった具合に、月並みなことを熱心に論じ合う。おまけに、経済面など読みもしないのに『ウォールストリート・ジャーナル』を定期購読し、それをゆったりとした正確さで左手で握りしめて——その手はいつもマニキュアを施し、天気がよかろうと悪かろうと、手袋をはめているのだが——左脇にしっかりと抱え（ああ、彼らにはスタイルがあった）、右手で、堅く巻いた傘を計算された角度で前後に振って歩くのだった。流行にきちんと合わせて、チェスターフィールドのコートに山高帽とか、ポロ用のコートにチロル帽とかを身につけて。

僕は彼らの視線を感じてみんなを見渡すと、出世の見込みがなくなったことがいずれ彼らに知られてしまうだろうと予感できたし、すでに出世と誇りを失った大学生である僕に彼らが抱きそうな軽蔑感も見てとれた。僕はそれら全部を感じとったし、ここの職員や老人たちまでもが、まるで僕がブレドソーの世界の中で自分の居場所を失って彼らを裏切ったかのように、軽蔑するに決まっていると思った……。彼らが僕の作業着を見た時に、それが分かった。

エレベーターのほうへ歩きかけた時に笑い声まじりの大きな声がしたので、振り返ると、あのブレドソーがロビーの椅子に座って人たちに意見を述べている姿が見え、しわの寄った、生えぎわの後退した短い髪の頭と、うなじの脂肪のたるみが僕の目にとまった。僕はあいつだとてっきり勘違いし、思わず前かがみになって、きたないものでいっぱいの黒光りした自分のアレをもろに出し、大股で二歩前に出たとたんに、褐色の透明な小便をその頭に浴びせかけた。ロビーの向こうにいた誰かに注意された時には、もう遅すぎた。その男がブレドソーではなく、有名なバプティスト派の牧師であることが分かった時にはすでに手遅れで、牧師は思いもよらない突然の出来事に激怒し、目を丸くして飛び上がった。そこで僕は、誰もが気がついて止めないうちに、くるりと回って、ロビーをあわてて飛び出した。

誰もあとを追いかけてくる者はなく、僕はしでかした行為に自分でも驚きながら、通りをさまよい歩いた。あとで雨が降り出し、男子寮の近くへこっそり戻り、あの噂を聞きつけておもしろがっている門番を説得して、自分の持物をそっと出してもらった。その時、建物の出入りを「九九年と一日間」禁じられたことを知った。

「おい、あんたはここに戻ってこれないよ」と門番は言った。「だけど、あんなことをしでかしては、話の種は尽きないだろうな。なんせあんたは牧師に洗礼を施したんだから！」

こういうわけで、その晩僕はメアリー婆さんの家に戻り、凍てつく冬がくるまで、狭いながらも快適な部屋で過ごすことになった。

それは平穏な期間だった。会社からもらった補償金で食いつなぎ、彼女との生活は指導力と責任についてしょっちゅう聞かされるほかは、楽しかった。彼女の話にしても、僕が下宿代を払える限り、まんざらでもなかった。しかし、もらった補償金はわずかだった。数ヶ月後に持ち金がすっかり底をつくと、僕はふたたび職を探すようになった。その頃には、彼女の話を聞いていてすごくいらだたしく思えた。それでも彼女は下宿代を催促することはなく、いつものように食事の時には食べ物をたっぷり出してくれた。「あんたは今試練の時期を迎えているだけなんだから」彼女はよくそう言ったものだ。「有能な人には誰でも試練の時期というものがあって、あんたが偉くなったら、ここでの辛い時期がずいぶん役立ったと思うようになるから」

僕はそうは思わなかった。方向感覚を失ってしまったのだ。職探しに出かけない時には、自分の部屋で、図書館から借りてきた本を次々に読んで過ごした。まだ持ち金があったり、ボーイのアルバイトをして数ドル稼いだりした時には、外食したり、夜遅くまでいくつもの通りをさまよい歩いたりすることもあった。僕にはメアリー以外の友だちは誰もいなかったし、また欲しいとも思わなかった。メアリーのことをただの「友だち」とは考えなかった。それ以上の存在――一つの力であり、それも僕があえて直面する勇気もない未知の世界へ飛び込んでいくのを止めてくれる、僕の過去から来たような、安定したなじみのある力だった。というのも、メアリーのことをただの僕の立場はとても苦痛に満ちたものだった。というのも、メアリーを見ていると、指導的な行動とか、新聞種にふさわしい業績とか、何かが自分に期待されていることをいつも思い出し、彼女への反感と、漠然とした希望を生かし続けてくれている彼女への愛情とのあいだで、心が引き裂かれていたからだ。

いずれ僕は何かができることは確信していたが、それにしても何を？　どうやって？　コネは何一つなかったし、何も信じていなかった。それに、工場の付属病院でふくらんだ自分の身元への妄念が、復讐心を伴って甦ってきた。自分は誰で、どういう人間になるのか？　たしかに大学を去った頃と違う人間になることは避けられないことだったが、今では、新たな苦痛に満ちた、相反する声が心の中で大きくなり、その声の求める復讐とメアリーの暗黙の働きかけのあいだにはさまれ、僕の心はうしろめたさと戸惑いでズキズキ痛んだ。安らぎや静寂や平穏がほしかったが、はらわたはあまりにも煮えくり返っていた。これまでの生活条件によって頭の中に作り出された、感情も凍てつく氷のどこか下のほうに、一点の黒い怒りが燃え、絶対温度の提案者ケルヴィン卿がその存在に気づいたら、考えを改める必要に迫られたほどの激しさで、熱くて赤い光を放つのだった。どこか遠くで、おそらくエマソンの事務所か、夜にブレドソーの学長室で爆発が起きたせいで、万年氷の頂きが解け、ほんの少し動いた。だが、ほんのわずかな動きが取り返しのつかないものだった。たぶん、ニューヨークへやってきたことは昔の冷凍装置を動かし続けようとする無意識の試みだったかもしれないが、それがどうもうまくいかなかった。熱湯がその装置のコイルの中に入ってしまった。おそらくほんの一滴だろうが、それが洪水の最初の波をもたらすきっかけになった。ある時は献身的な自分を信じ、燃える石炭の上にでも喜んで横たわり、大学での地位をいずれ得るためには何でもするつもりだった——ところが、いきなりプチッ！　僕の夢は踏みにじられ、すっかり消えてしまった。今では、それを忘れることだけが問題だった。頭の中で叫んでいるあらゆる矛盾した声が、落ち着いて、一斉に一つの歌を歌ってくれさえしたら。それが何の歌であろうと、構わないのだが。それらの声が不協和音を出さないで歌い、しかも不安になるくらいに外れた音程を発さない限り、構わない。しかし、何の救いもなかった。僕は憤りで気も狂わんばかりだったが、それでいて、「自制心」に、あの凍りついた美徳や、あの凍えるほどの悪徳にあまりにも支配されていた。それに、激怒すればするほど、演説をぶちたいという以前の衝動がぶり返してきた。通りを歩いていると、言葉が自分でもほとんど制しきれないつぶやきとなって、口からこぼれ出るのだった。何をしでかすのか、自分でも怖くなった。実際、一切のものが心の中で波のように揺れていた。僕は故郷が恋しくなった。

そして、溺れてしまいそうな洪水になろうとして、氷が解けていくある日の午後、目が覚めると、自分にとってはじめての北部の冬が来たことに気づいた。

13

最初は僕は、窓から目を離して本でも読もうとしたが、思いは以前の問題にふらふらと戻ってばかりいた。もう我慢ができず、ひどく動揺していたものの、熱い思いからどうしても逃げたくて、メアリーのアパートから冷たい大気の中へ飛び出した。

入り口で或る女にぶつかって口汚くののしられ、そのせいでもっと足早に歩いた。数分後には次の大通りのある繁華街に来ていて、メアリーのアパートから数ブロック離れた所にいた。通りは氷と煤《すす》でよごれた雪でおおわれていて、太陽の弱々しい光がもやの中に射し込んでいた。僕はうつむいて、刺すような冷気を感じながら歩いたが、それでも体内の熱で燃えるように熱かった。やっと目を上げた。滑り止めチェーンをつけてザクザクという音を立てながら走る一台の車が、氷の上で一回転したかと思うと、今度は注意して曲がり、ふたたびザクザクという音を残して走り去った。

僕は冷気の中でまばたきし、いまだに続く激しい葛藤で心はぼんやりしたまま、ゆっくりと歩き続けた。ハーレム全体が、渦巻く雪の中にバラバラに崩れてゆくかに見えた。迷子になった自分を想像すると、一瞬、不気味な静寂に包まれた。積もった雪の上に雪の降る音が聞こえてくる思いだった。

これはどういう意味だろう？　果てしなく続く床屋、美容院、菓子店、軽食堂、魚料理店、豚の臓物専門店などに目を凝らしながら歩いた。ショーウインドーのそばを歩いている時、雪片が僕とショーウインドーのあいだに先を競うようにして舞い飛び、ヴェールのようなカーテンをつくったかと思うと、それが落ちた。クリスマス用品がたくさん飾ってあるショーウインドーの赤や金色のきらめきが僕の目をとらえた。すると、霜の薄い膜でエッチングを描いたような窓の奥に、マリアとイエスの大胆な色彩を施した二つの石膏像が見え、そのまわりに夢占いの本、媚薬、**神は愛である**というサイン、お金を引き寄せる油、それにプラスチックのサイコロがおいてあった。裸のヌビア人奴隷の黒い彫刻が、金色のターバンの下からニヤニヤ笑いかけているようだった。別のショーウインドーに移ると、そこには針金みたいな人工毛のかもじで飾りつけをされた、黒い肌を美白にするという奇跡を生む証明書つきの軟膏が陳列してあった。広告には、「あなたも本当に美しくなれます。美白の肌でいっそうすばらしい幸福をつかんでください。黒人仲間のあいだで注目の的になってください」と書いてあった。

ショーウインドーを拳で突き破りたい怒りの衝動を抑えながら、先を急いだ。風が出てきて、まだ雪がパラパラと降っていた。僕はどこへ向かっているのだろう？　映画館？　そこで眠れるのだろうか？　今ではもうショーウインドーには目もくれないで歩いていると、またも独り言をつぶやいていることに気づいた。やがて、ずっと先の街角に、ひとりの老人が奇妙な形をした荷車の側面に両手をあてて暖まっている姿が目にとまった。荷車のストーブの煙からは薄い煙が螺旋《らせん》状に出ていて、さつま芋の焼ける匂いがゆっくり漂ってきたので、ふと郷愁を感じた。僕は銃に撃たれでもしたかのように立ち止まってその匂いを深く吸い込み、いろいろ思い出しているうちに、思いは過去へ、過去へと波のように揺らいでいった。故郷にいた頃には、さつま芋を暖炉の熱い石炭の中に入れて焼き、冷めたやつを昼食がわりに学校へ持ってゆき、『世界地理』のどでかい本で教師から隠れ、柔らかい皮から甘い中身をしぼり出しながら、こっそりと食べたものだ。また、さつま芋でキャンディを作ったり、パイに入れて焼いたり、練り粉にくるんでたっぷりのラードで揚げたり、あるいは表面が脂肪ですっかり狐色になってつやが出るまで、豚肉と一緒にあぶり焼きにしたりしたやつが、好きだった。生でかじったこともあった――さつま芋をそんなふうにして食べたのも、ずいぶん昔のことだ。時は、すべての思い出の遥か彼方に果てしなく広がり、螺旋状の煙のように薄く伸びていったが、さつま芋を食べたのは、実際より昔のことのように思えた。

僕はまた歩き出した。「カロライナ産の焼きたての熱いさつま芋はいかが?」と老人は大声で呼びかけていた。街角のその老人は軍隊用のコートに身を包み、足を麻袋でおおい、頭に手編みの帽子をかぶった格好で、紙袋の束をパタパタさせていた。荷車の火床で真っ赤に燃える石炭の熱がまともに当たるところまで来ると、荷車の側面にさつま芋と書かれた雑な文字が見えた。

「さつま芋はいくら?」と僕は急に腹が減ってきて、訊いた。

「一〇セント、甘いぞ」と彼は老いぼれて震える声で言った。「ここにはまずいさつま芋は一つもないよ。こいつは本場物だし、甘くて黄色いさつま芋なんだぞ。いくついる?」

「一つ」と僕は言った。「そんなにうまいんだったら、一つで十分だろう」

老人は鋭い視線を投げかけた。片方の目のはしに一粒の涙が浮かんでいた。老人はクスクス笑って間に合わせに作ったかまどの蓋を開け、手袋をした手を用心深く伸ばした。さつま芋は、汁がふき出て表面に泥がついているものもあったが、真っ赤に燃える石炭の上の針金の網棚に並んでいて、その石炭は、隙間風を受けていきなり青白い小さな炎を上げた。暖気がさっと僕の顔を赤く染めた時、老人はさつま芋を一つ取り出して蓋を閉めた。

「ほらよ」と老人はさつま芋を袋の中に入れながら言った。

「袋はいらない。今食べるから。ここで……」

「ありがとう」そう言って、老人は一〇セント銅貨を受けとった。「そいつが甘くなきゃ、もう一つただであげるよ」

割る前から、このさつま芋が甘いことは分かっていた。褐色の汁の泡が皮を破って出ていたからだ。

「さあ、そいつを割ってみなせぇ」と老人は言った。「今すぐに食べるんだったら、バターをつけてごらん。たいていの人は家に持って帰るが、家にはバターがあるからな」

割ってみると、砂糖でできたような中身から湯気が、冷気の中に立ち昇るのが見えた。

「そいつをここへ出してくんなせぇ」そう言うと老人は、荷車の側面からつぼを取り出した。「ほら、ここへ」

僕はさつま芋を差し出し、老人がスプーン一杯の溶けたバターをさつま芋にかけてくれ、バターがしみ込んでいくのを見ていた。

「ありがとう」

「いいってことよ。もう一つ言っておきたいことがある」

「何ですか？」と僕は訊いた。

「久しぶりにこんなうめぇものを食うな、とあんたが思わないいんだったら、金は返すからな」

「そこまで言わなくてもいいよ。僕だって、見ればうまいことぐらい分かるんだから」

「そうだけど、うまそうに見えても、全部がうまいとは限らんからな。けど、こいつは」と老人は言った。

ひとかじりすると、昔食べたように甘くて熱いさつま芋だったので、僕はどっと込み上げてくる郷愁の思いに圧倒されてしまい、自制心を失うまいとしてその場を離れた。さつま芋をムシャムシャ食べながら、歩いていった。すると突然、強烈な解放感を味わった――それは単に、食べながら通りを歩いていたからであった。爽やかな気分だった。誰に見られているとか、何が礼儀正しいかなどと、もう気にしなくてもよかった。そんなことはクソ食らえだ。そう思うと、さつま芋は実に甘く、この解放感は御神酒《おみき》を飲んだ時のようだった。大学や郷里の知り合いが通りかかって今の僕を見つけてくれたらいいのだが。あいつらは肝を抜かしてしまうぞ！　あいつらを路地に押していって、さつま芋の皮で顔を真っ黒にしてやるのに。僕らは何という一団だったんだろう、と僕は思った。好きなものを突きつけるだけで、最大の屈辱を与えることができるのだから。**みんな**がというわけではなかったが、たいていの者がそうだった。昼間の明るい時間に、連中に近づいて、つながった小腸とか茹であがった豚の内臓とかを、目の前で揺らすだけでよかったのだ！　それだけですごく仰天するぞ！　僕は男子寮の人で混み合ったロビーで、ブレドソーに近づいてゆき、謙遜したふりをするあいつの化けの皮を剝がしてやり、あいつがそんな格好で突っ立っている場面を想像した。あいつを見つけたと思っているとと、あいつもこっちを見るが、僕のことを無視する。そこで頭にきて、生の洗っていない、床にねばねばしたものが丸く滴り落ちるような一、二フィートもある小腸をあいつの目の前にいきなり突き出し、それを振り回しながらわめいてやる。

「ブレドソー、お前は小腸を食う恥知らず野郎じゃねぇか！　ハッハッハッ！　お前が豚の臓物好きだってこと、知ってるぞ！　人に見られていないと思うと、**こっそり**そいつを食ってるじゃねぇか！　ほんとに臓物好きだろが！　ブレドソー、お前にはきたねぇ癖があることを言いふらしてやるぞ！　ブレドソー、臓物をここから持っていけ！　みんなが見ている前で、さっさと持っていきやがれ！　みんなに言いふらしてやるぞ！」するとあいつは、何ヤードもあるそいつを、カラシナや、豚の耳や、ポークチョップや、どんよりした咎めるような人の目を想わせるサザゲ豆と一緒に引きずって行く。

この光景が目の前に広がった時、僕は常軌を逸した笑い声を発し、もう少しでさつま芋で喉が詰まりそうになった。なんせ、こんな仕打ちは、九〇ポンドの……片目がつぶれた上に足の悪い婆さんを強姦したかどであいつを告発する場合よりも、もっとひどいことになるのだから！　あいつの地位はバラバラに崩れ、しぼんでしまうことだろう。恥ずかしさのあまり、深いため息をついて、がっくりうなだれることだろう。社会的な面目を失うにちがいない。さぞかし週刊誌もあいつを批判するにちがいない。それも写真付きで、**著名な教育者、野良仕事の黒んぼう根性に逆戻り**という見出しでだ！　あいつのライバルたちは若者たちに悪影響を及ぼすと言って非難することだろう。新聞の社説は、あいつが記事を否定するか、さもなくば公務から引退すべきだと要求するだろう。南部では、白人たちがあいつを見捨て、いろいろな所で論議の的にするだろうし、理事全員の金をつぎこんでも、失墜しかけた威信を支えることはできなくなる。結局、あちこちの食券式食堂の皿洗いの仕事をするに決まっている。南部では、肥取《こえ》り車の仕事にすらつけないだろう。

こんなことはまったくとりとめもない子どもじみた話だが、好きなものを恥じるなんてことはクソ食らえだ、と僕は思った。そんなことはいやだ。ありのままの自分でいい！　さつま芋を飲み込むと、急いであの老人の所に戻って、二〇セントを渡した。「あと二つくれ」と僕は言った。

「あいよ、ここにあるやつは好きなだけあげるで。若いの、あんたが根っからのさつま芋好きってことぐらい、分かりやすよ。すぐに食べなさるかい？」

「すぐに食べる」と僕は答えた。

「バターをつけやすか？」

「ああ、つけて」

「やっぱ、そんなふうに食うのがいちばんだからな。あいよ」そう言うと、老人はさつま芋を渡した。「あんたは昔ながらの食べ方をなさるお人だねぇ」

「これは体の一部みたいなもんよ。なんせ、芋食って今みたいな体になったんだから！」

「それじゃ、あんたはサウスカロライナ生まれにちがいねぇ」と老人はニヤニヤ笑いながら言った。

「サウスカロライナどころか、僕の生まれ故郷の連中は本当にさつまが芋が大好きなんだ」

「もうちょっと食べなさるんだったら、今晩か明日また来なせぇ」と老人はうしろから呼びかけた。

「うちの婆さんが揚げ立ての、熱いさつま芋パイを作って来るでな」

揚げ立ての熱いパイかぁ、立ち去りながらそう思うと、僕は悲しくなった。それを食ったら、たぶん消化不良を起こすだろう――今はもう昔からの好物を恥ずかしいとは思わなくなったとは言え、そんなにたくさん食えるものではなかった。自分でやりたかったことではなく、他人から期待されているることだけをやってきた揚句、僕は何を、どれほど失ってしまったのだろうか？　なんという浪費、なんと無意味な浪費であることか！　だが、自分が本当に嫌いなものについてはどうだろうか？　この場合は他人から好きだと思われていないからではなく、嫌いなことが洗練された教育ある人の印だと考えられているからでもなく、自分が本当に嫌いなのだから。これにはホトホト頭を悩まされた。そんなことは好みの問題と関わってくるのだから、分かるはずがない。僕は判断する前に、いろいろなものを慎重に秤《はかり》にかけねばならないだろう。中には、ちょっと面倒なことになるものもあるかもしれない。もともと、非常に多くのものについて個人的な意見を持ったためしがなかったのだから。僕は世間の常識を受け入れてきただけに、人生は単純なものだと思っていた……。

しかし、さつま芋の場合は違う。それについてはなんの疑いも抱いてなくて、いつだって、どこだってその気になったら、さつま芋を食べるだろう。さつま芋を食べる生活を続ければ、生活は甘いものになるだろう――もっとも、いくらか黄色っぽいものになるが。それなのに、僕がニューヨークにやって来る際に期待していた自由に比べれば、通りでさつま芋を食う自由などちっぽけなものだった。最後のひとかじりをすると、今度はまずい味が口の中に広がり、それを通りに投げ捨てた。霜にやられていた。

風に吹き流されるようにして路地に入ると、少年たちの一団が荷作り用の箱を一つ燃やしていた。

灰色の煙は低く垂れ込めていたが、僕がうつむいて目を閉じ、煙を避けながら近づくにつれて、濃くなっていくように思われた。肺が痛くなりだした。やがて、煙の中から出て、目をこすったり咳きこんだりしている時に、箱につまずいて転びそうになった。それは搬送されるのを待つガラクタの山であり、歩道や通りにはみ出て、縁石の上にごたごたと積み上げられていた。その時、不機嫌そうな表情を浮かべた群衆が或る建物を見ているのが目にとまった。建物からふたりの白人の男が、老婆の座っている椅子を運び出そうとしていた。見ていると、老婆は拳で男たちを弱々しく叩いていた。母親らしい老婆は頭をハンカチで結び、男ものの靴に男ものの厚ぼったい青いセーター姿だった。びっくりするような光景だった。群衆が黙って見つめる中、ふたりの白人の男は拳をよけながら椅子を運び、老婆は顔から怒りの涙を流して、叩こうとしていた。僕には信じられない光景に思えた。何か予感めいたものが、いやな感情がたちまち心を満たした。

「わたしたちを放っといてくれ！　邪魔するな！」と老婆が叫んだが、男たちは拳が当たらないように頭を引っ込め、老婆をいきなり縁石に座らせると、建物の中へ急いで引き返した。

一体どうしたんだろう、と辺りを見回しながら思った。一体どうしたというんだろう？　老婆はすすり泣きながら、縁石沿いに積み上げられた家財道具を指差した。僕のほうをじっと向いて、「あいつらの仕打ちを見ておくれ。ちゃんと見ておくれな」と老婆は訴えるように言った。てっきりガラクタの山だと思っていたのが実は使い古しの家財道具であることに気づいた。

「あいつらの仕打ちを見ておくれ」と老婆は涙ぐんだ目で僕の顔を見て言った。

僕は困惑して顔をそむけ、みるみる増えてくる群衆を見つめていた。上のほうの窓から、いくつもの怒った顔が覗いていた。すると、さっきのふたりの白人が使い古した箪笥《たんす》を運んで階段の上のほうに現れたかと思うと、三人目の男が出てきて、片方の耳を引っ張りながら、群衆を見渡した。

「お前ら、急いでやれ。早くしないと、日が暮れちまうぞ」と男が言った。

それから男たちが箪笥を抱えて下りてきた。群衆が不機嫌そうに道をよけると、男たちはその中をフーフー言いながら通り抜け、箪笥を縁石の上においてから、わき目もふらずに建物の中に戻っていった。

「あれを見てみなよ」とそばにいたほっそりした男が言った。「あの白人どもを叩き出してやんなきゃな！」

僕は黙って顔を覗き込んだ。冷気の中で引きしまった灰色の顔をしていて、目は階段を上がる男たちのほうへ向けられていた。

「そうだよ。あいつらを止めなきゃな」ともうひとりの男が言った。「けど、ここにいる連中にはそんな勇気はねぇんだよ」

「勇気ならしこたまあるさ」とほっそりした男が言った。「必要なのは、誰が最初にしかけるかだよ。そういう奴がいればね。要するに、お前にはそんな勇気はないっていうこと」

「何を？　おれのことを言ってるのか？」ともうひとりが言った。

「ああ、お前のことだよ」

「見ておくれ。見ておくれな」とさっきの老婆が言った。顔はまだ僕のほうを向いていた。僕はわきに避け、ふたりの男のほうへにじり寄った。

「あの連中は何なんですか?」と僕はもっと近くに寄りながら、訊いた。

「連邦執行官か何かだろう。誰だって、構うもんかい」

「執行官だと、とんでもない」ともうひとりの男が言った。「運び出してるあいつらはただの囚人だよ。仕事を終えたらすぐに、またぶち込まれるのさ」

「誰だって構やしねぇが、年寄りを歩道におっぽり出す権利なんかないぞ」

「じゃあ、あいつらは婆さんたちをアパートから追い出しているんですか? このニューヨークでもそんなことができるんですか?」

「おい、お前はどこの出身なんだい?」とその男は僕のほうへくるりと向いて訊いた。「婆さんたちはどこから追い出されているみたいに見えるんだ、汽車の豪華な寝台車からかい? 立ち退きを食らってんだぞ!」

気まずい思いがした。ほかの人たちが振り向いて、じっと見た。僕は今まで立ち退きの現場を見たことがなかった。誰かがクスクス笑った。

「そいつはどこから来たんだい?」

体がカッと熱くなり、振り向いて、「あのな、あんた」と言ったが、言葉に棘《とげ》があるのが自分でも分かった。「僕は丁寧に訊いたんだよ。答えたくなかったらそれでも構わんが、なにも馬鹿にすることないだろ」

「馬鹿にするだって? 世間知らずの奴は誰でも馬鹿にされるんだ。一体、お前は誰だい?」

「誰だっていいじゃないか。くだらん話をぐだぐだするな」と僕は、そいつに覚えたばかりの文句を投げつけた。

ちょうどその時、白人たちのひとりが荷物を腕いっぱいに抱えて、階段を下りてきた。すると、さっきの老婆が「わたしの聖書から手を離せ！」と叫びながら手を伸ばしているのが見えた。群衆がどっと押し寄せてきた。

白人は興奮した目で群衆をさっと見渡した。「お婆さん、どこにあるのかね？　おれは聖書なんか見てないよ」と白人は言った。

老婆は聖書を彼の腕からさっとひったくったかと思うと、それをぎゅっと握りしめて、金切り声を上げた。「わたしの家にづかづか入ってきて、好き勝手なことをしやがって。わたしの家に踏み込んで、生活を根こそぎにしてさぁ！　けど、こいつは最後の頼みの綱なんだから。聖書にだけは手を出させないよ！」

その白人は群衆をジロジロ見た。「あのな、お婆さん」と彼は老婆にというよりも、ほかの僕らに話すように言った。「おれだって、こんなことはしたかねぇさ。仕方なくやってるんだよ。仕事をやるために、ここに派遣されたんだ。おれの思いどおりになるんだったら、あんたらは、地獄に氷が張るまでここにいたっていいんだけど……」

「この白人たちときたら、主よ、この白人たちときたら」老婆が空を見上げて嘆いていると、ひとりの老人が僕を押しのけて、近づいていった。

「婆さん、婆さんや」と彼は、彼女の肩に片手をおきながら言った。「立ち退きは代理業者のせいじゃよ。この人たちじゃねぇ。あいつが張本人なんだぞ。銀行が関わってるみたいに言うが、あいつが張本人だということぐらい、婆さんも知っとろうが。なんせわしらは二〇年以上も家賃を払っているんだからな」

「そんなこと言わないでおくれ」と老婆は言った。「白人たち全部だよ、ひとりだけじゃねぇ。白人はみんなわたしら黒人の敵なんだよ。鼻もちならない下劣な白人は、みんな」

「婆さんの言う通りだぞ。婆さんは正しい。あいつらは**みんな**敵だ！」と、しわがれた声が言った。

内心では何かが激しく掻き立てられ、一瞬、僕は群衆のことを忘れてしまった。群衆が自意識を抱いていることが分かった。まるでみんなが立ち退きの現場にいあわせているのを恥ずかしく思い、恥ずかしい出来事にあまり立ち入りたくないかのように。だから、縁石に沿っておかれた家財道具に触ったり、あまりジロジロ見たりしないように心がけた。というのも、僕らはお互いの恥辱感にもかかわらず、恥辱を通じて耳にする老婆の心を突き刺すような泣き声にもかかわらず、好奇心を誘われ心を惹きつけられはしたものの、見たくないものの目撃者であったからだ。

老夫婦を見ていると、僕は目が燃えるように感じ、喉が締めつけられた。老婆のすすり泣きには心に妙に響くものがあった――両親の涙を見て、不安と同情を掻き立てられて泣く子どものように。僕は、自分の恐れていた暖かくて暗い、高まる感情の渦によって老夫婦に引き寄せられていくのを感じ、つい顔をそむけた。歩道で泣いているふたりを見ているうちに、心に込みあげてくる感情に慎重になった。その場を離れたかったが、格好が悪くてそうもできなかったし、出来事に急速に巻き込まれて立ち去りにくかった。

わきを向いて、ふたりの白人が歩道にごたごた積み上げた家財道具の山を見た。そして群衆に押された拍子に下を見ると、若かりし頃の老夫婦の肖像画が、こわばった悲しげな表情の中にも威厳をたたえて、卵形の額縁から見つめているのが目に映った。ふと奇妙な記憶が目覚めてきて、暗い通りでつかえながら発するヒステリーじみた声のように、僕の頭の中で反響しはじめた。一九世紀当時ですらほとんど期待していなかったような顔をして、しかも幻想を持たず、不屈の誇りをたたえて見返しているふたりの肖像画を見ると、いきなりそれが咎めているようであり、警告しているようにも思えた。雑な彫刻を施し、磨いた一対の骨の「ノッキングボーン」にふと気づいた。地方のダンス音楽の伴奏や黒い顔のミンストレルショーの時に使われるものだった。叩くと、強音の出るカスタネットか(あの老人はミンストレルショーの楽団員だろうか?)、ドラムセットのウッドブロックみたいな音を立てる、牛か鹿か羊の平たいあばら骨。蔦《つた》、カンナ、トマトといった緑の草木を植えた鉢が汚れた雪の中にいくつも並べてあったが、どう見ても寒さで枯れそうだった。バスケットの中を見ると、すき櫛《ぐし》や、人工毛のかもじや、カール用アイロン、それに暗赤色のビロード地に、「神よ、わが家に祝福を授けたまえ」と銀の文字で書かれたカード。箪笥の上には、征服者ハイ・ジョンの石ころとされる幸運の石がいくつか散らばっていた。白人たちがバスケットを下におくのを見ていると、その下には、氷砂糖と樟脳《しょうのう》がいっぱい詰まったウィスキーの瓶や、エチオピアの小さい国旗や、エイブラハム・リンカーンの色褪せた鉄板写真や、それに雑誌から切り抜いたハリウッド・スターのほほ笑む写真があるのが目にとまった。枕の上には、ひどいひびの入った数枚の薄い陶器、セントルイス世界博覧会を祝う記念の皿……。僕はぼうっとした感じで、突っ立ったまま、黒玉と真珠層をちりばめた古いレースのたたんだ扇子を見ていた。

白人たちが戻ってくると、群衆はどっと押し寄せて、引き出しを一つひっくり返してしまい、その拍子に中身が僕の足元の雪の中に落ちた。僕はかがんで品物を元の所に入れはじめた。フリーメイソンの曲がったバッジ、一組の変色したカフスボタン、三つの真鍮の指輪、幸運に恵まれるよう紐で足首につけられるように、釘穴を通した一〇セント銅貨、子どもっぽい字で、「おばあちゃん、だいすき」と走り書きしてある凝ったグリーティングカードが一枚、楽譜の一小節と、「わが懐かしの丸太小屋の家に帰る」という文句の下に、小屋の戸口に座ってバンジョーをつまびく、顔を黒く塗った白人らしき人の写真つきのもう一枚のカード、使えなくなった吸入器、留め金のくもった、一つなぎのキラキラ光るガラス玉、魔除けのお守りのウサギのうしろ足、何年も前の勝ち負けを記録した、キャッチャーミットみたいな形をしたセルロイド製の野球のスコアカード、古びて黄ばんだゴム玉のついた、昔の母乳吸い出し器、使い古した赤ん坊の靴、色褪せてしわくちゃになった青いリボンで結んだ、埃《ほこり》だらけの幼児の髪。僕は吐き気がした。手に握ったのは、「無効」というミシン目入りのシールを貼った、失効した三通の生命保険証書、それに「**マーカス・ガーヴィー国外に追放さる**」という見出しつきで、黄ばんだ新聞に載っている大柄な黒人の写真だった。

　僕はわきを向いてかがみ、ほかに見おとした物はないかと、よごれた雪の中を探していると、凍った足跡の中にある何かを指でつまんだ。それは、古びてぼろぼろになりかけている薄い一枚の紙切れで、黄色く変色した黒インクでこう書いてあった。**解放証明書。当家の黒人プリマス・プロヴォは、一八五九年八月六日付で自由の身になったことを、全員に告ぐ。署名、ジョン・サミュエルズ、メイコン**……僕はその紙を素早く折りたたみ、黄ばんだ紙面の上で雪が解けて光る一滴の水を拭き取って、引き出しの中へ戻した。手は震え、まるで長距離を走ってきたか、往来の激しい通りでとぐろを巻いた蛇に出くわしたかのように、息はゼーゼーいっていた。こんなことは以前からあったし、ずっと昔から起きていたと自分に言い聞かせたが、そうではないことも分かっていた。僕は箪笥の中に引き出しを戻し、ふらふらとした足どりで箪笥を縁石のほうへ押した。

だが、箪笥は動かず、ただ苦い胆汁が僕の口の中にあふれ、老夫婦の持ち物にだらりと落ちただけだった。振り返ってまたガラクタを見つけたが、もはや目の前にあるものを見ないで、内面的にも外面的にも、通りを曲がって暗い、遥か彼方のずっと昔の、自分の記憶というよりも、思い出す言葉や、家で耳を澄ましていないのに聞こえてくる言葉の結びついた反響やイメージを、覗き込んでいた。僕までが、失うには耐えがたい、苦痛に満ちてはいるが、貴重な何かを奪われるようだった。虫歯を抜かれる時の短く激しい痛みを我慢するというよりも、限りなく耐えているような、いやな何かを失う感じがした。この感じとともに、漠然とした認識の痛みが生じた。みすぼらしいいくつもの椅子、重そうな時代遅れのアイロン、それに底のへこんだ亜鉛の洗濯だらい——これらすべてが、当然あったはず以上の意味を帯びて、心の中で脈打った。どうして僕は群衆の中に突っ立ったまま、風の吹く寒い日に、それも湯気がうすくなる前に、暖かい衣類が凍りつき、物干し綱にカチカチになるくらい寒い日に洗濯物を干す母の姿や、スカートをあおる風の中で白っぽい、すりむけたその手や、黒ずんだ空にむき出しになったその白髪まじりの頭を、幻影のように心に浮かべるのだろう——なぜそれらが、本来の意味をはるかに越えて、僕の心に不安をひき起こすのだろう？　しかもなぜそうした光景を、狭い通りの冷たい風にあおられて、めくれ上がりそうなヴェールの陰にでもあるかのように、思い浮かべるのだろう?

「わたしゃ中に入るよ!」という金切り声を聞いて、僕はくるりと振り向いた。老夫婦は、今は階段の所に立っていた。老人が老婆の腕をつかまえ、白人たちは上から前かがみになっていて、僕は群衆によってもっと階段の近くへ押しやられた。

「お婆さん、入らせるわけにはいかないんだから」と白人は言った。

「わたしゃ祈りたいんだ!」と老婆は大声で言った。

「仕方ないんだって、お婆さん。外でお祈りをしてもらうしかないな」

「入るよ!」と老婆は叫んだ。

「駄目だって、言ってるじゃないか!」

「わたしたちゃ、中でお祈りをしたいだけなんだから」と老婆は聖書を握りしめて主張した。「こんな通りで祈りを唱えるなんて、間違ってるもんさ」

「すまないけど、できないんだ」とその白人は言った。

「おい、そのお婆さんに中でお祈りをさせてやれ」と群衆の中から叫ぶ声がした。「家財道具を歩道に全部放り出しやがって――ほかに何がほしいんだ? 血でも吸いとるつもりか?」

「そうだ、そうだ、年寄りに祈りをあげさせてやれ」と別の声。

「それがおれたち黒人のよくないところだよ、いつだってお祈りなんだから」とさらに別の声が叫んだ。

「あのな、あんたらは戻れないんだって」と白人が言った。「法的に立ち退きにあったんだから」

「けど、入って床にひざまずきたいだけなんだよ」と老人が言った。「わしらは、ここで二〇年以上も暮らしてきたんだ。分からんな、ほんの数分間だって入ることができないとは……」

「あのな、さっきから言ってるじゃないか」と白人は声を荒らげた。「おれは命令を受けてるんだ。時間を無駄にさせないでくれよ」

「中に入るぞ！」と老婆は大声で言った。

それは急に起きたので、僕は目で追うのがやっとだった。老婆が聖書を握りしめて階段を駆け上がり、老人もあとから続き、白人がその老夫婦の前に立ちふさがって腕を広げるのが見えた。「刑務所にぶち込んでやる、絶対にぶち込んでやるからな！」と白人は怒鳴った。

「お婆さんから手を放してやれ！」と群衆の中から誰かが叫んだ。

それから階段のてっぺんで、老夫婦が白人を押しているうちに、老婆がうしろに倒れるのが見えたかと思うと、ついに群衆が怒りを爆発させた。

「あの白人野郎をつかまえろ！」

「あいつ、お婆さんをぶったわよ！」と西インド諸島出身らしい女が僕の耳のそばで金切り声を上げた。「卑劣な人でなしめ、ぶったわよ！」

「下がりやがれ、でないと、撃つぞ」と白人が銃を抜いて興奮した目をギラギラさせて叫んだので、ふたりの囚人は腕いっぱいに荷物を抱えてまごつきながら、戸口のほうへあとずさりした。「本当に撃つぞ！　お前らが何をしでかすのか知らんが、撃つと言ったら撃つぞ！」

群衆はためらった。「そいつには弾が六発しか入ってないじゃないか」と小柄な男が叫んだ。「弾がなくなったら、どうするんだい？」

「そうだ、隠れることなんか絶対にできねぇぞ」

「忠告しとくが、手出しをするんじゃない」と白人が大声で言った。

「ここまで来て、おれたちの女を殴れるとでも思ってんのか、この馬鹿野郎」

「つべこべ言わずに、あいつに突撃だ！」

「考え直したほうがいいぞ」と白人が怒鳴った。

彼らが階段を上がり出すのを見て、僕は突然、頭が割れそうな感じがした。その白人を襲おうとしているのが分かると、恐れと怒りを、同時に不快と魅力を覚えた。僕もそうなるのを望んでいて、その結果を恐れてもいたし、自分の目で見たものに激しい怒りを感じながらも、心には不安な感情が渦巻いていた。それは、あの白人や襲撃の結果への不安ではなく、暴力を目のあたりにして、うちにひそむ何かが解き放たれはしまいかという不安だった。そうした感情の奥では、僕が今までに学んできた、雰囲気を和らげるような言葉が、フツフツと沸き上がっていた。暗黒の大きい穴の縁でよろめいているような感じがした。

「そんなことは駄目だ、いけないよ」と僕は思わず叫んでいた。「黒人たち！　兄弟たち！　黒人の兄弟たち！　そんなことは人の道に反することだよ。われわれは法律を守る人種なんだ。法律を遵守する冷静な人種なんだから……」

僕は群衆を素早く押し分けて進み、階段に立って先頭にいた連中と向かい合うと、考えもしないで、自分の感情のままに早口で話した。「僕らは法律を守る、冷静な人種なんだ……」彼らは足を止めて聞いていた。あの白人でさえ驚いていた。

「そうだけど、おれたちはもう頭にきたぞ」と叫ぶ声がした。

「ああ、あんたの言うとおりだよ」と僕は大声で言い返した。「頭にきたけど、賢くなろうよ。そうなろうじゃないか、つまり……先日の新聞で、賢明な行動が報道されたような、あの偉大な指導者に学ぼうよ……」

「どういう人なの、誰なの、その人は?」と西インド諸島の出身らしい女が大声で言った。

「さあ行け! こんな若造の言うことなんか放っとけ。加勢が来ないうちにあの白人野郎をやっつけようぜ……」

「ちょっと、待てよ」と僕は大声で言った。「指導者に従おうよ。組織を作ろうよ、**組織するんだ**。僕らには、みんなも読んだような、アラバマのあの賢明な指導者みたいな人が必要なんだ。あの人には自分の感情を抑えて、賢明な行動を選ぶ力強さがあった……」

「おい、誰だい、その人は?」

しめたと僕は思った。みんなが聞いている、熱心に耳を傾けている。誰も笑わなかった。みんなに笑われたら、殺されてしまう! 僕は腹に力を入れた。

「あの賢明な人だよ」と僕は言った。「みんなも読んだだろう。あの逃亡者が、暴徒から逃れて保護を求めて学校へ駆け込んだ時、あの賢人は、力強い信念を持って合法的なことを、法を守る行動をとって、その身柄を法と秩序の番人に引渡し……」

「そうだよ」という声が鳴り響いた。「そうさ、そいつをリンチにするためにな」

ああ、しまった、これではいけない。テクニックもまずいし、自分の意図したこととはまったく違う。

「あの人は賢明な指導者だった」と僕は大声で言った。「あの人は法律の範囲内にとどまったんだ。あれこそ賢明な行動ではないだろうか?」

「ああ、あの人はたしかに賢明だったさ」とさっきの男は腹立たしそうにせせら笑いした。「さあ、そこをどきな、あの白人野郎をとっちめるんだから」

群衆はわめいたが、僕は自分でもうっとりしたかのように、笑って応えた。

「それにしても、あれは人間的な行動だったと言うべきじゃないだろうか? 結局、あの人は自分も守らなきゃいけなかったんだ、だって――」

「あいつは白人に、ペコペコするスパイだったのよ!」とひとりの女が、軽蔑で煮えくり返るような声でわめいた。

「そう、あんたの言うとおりだよ。あの人は賢くて弱虫だったけど、じゃあ、われわれはどうなんだ?」と僕は叫んだものの、その反応が急に怖くなった。「あの白人を見てみろ」と大声で言った。「そうだ、あの男を見てみろ!」と山高帽をかぶった年輩の男が、まるで教会の牧師の説教に応えるかのように叫んだ。

「そして、あの老夫婦を見ろ……」

「そうだ、あのシスター・プロヴォとブラザー・プロヴォはどうなんだ?」とその年輩の男は大声で言った。「こんなことは、ひどい屈辱だぞ!」

「それに、歩道にすっかりまき散らされた老夫婦の家財道具を見てみろ、雪にまみれた持ち物を見ろ」と僕はわめいた。「お爺さん、あなたはいくつですか？」

「わしゃ、八七歳だよ」とプロヴォ老人は、低い困惑したような声で言った。

「何歳だって？ 冷静なわれわれの同胞が聞こえるように、大きい声で」

「**八七歳だよ！**」

「皆さん、聞きました？ このお爺さんは八七歳なんですよ。八七歳の老人が、八七年かかって集めた家財道具を雪の中に、ニワトリのはらわたみたいにばらまかれているのを、見てください。われわれは、毎日のように右の頰をぶたれれば左の頰を出すくらいの、法を守る冷静な人種です。何をしようとしていますか？ 皆さんは、何をしたでしょうか？ また**僕や老人は何をすべきでしょうか？** われわれが賢明な行動を、それも法律を遵守した行動をとるよう、提案します。あのガラクタを見てください！ ふたりの老人がこんなガラクタの中に、きたない部屋に閉じ込められて暮らすべきでしょうか？ そんなことはとても危険なことで、火事になる恐れもあるんですよ！ 皿は古びてひび割れ、椅子はガタガタときている。そうだ、そうなんです！ あのお婆さんを見てください。誰かの母親であり、誰かの祖母であるかもしれません。われわれはああいうお婆さんを『ビッグ・ママ』と呼んで、甘えてきました――**皆さん**は知ってるでしょう、覚えているはずです……あの人のキルトや履き古した靴を見てください。あの人が誰かの母親であることは分かっています。だって僕は、古い母乳吸い出し器が雪の中に落ちているのを見たんですから。また、あの人が誰かの祖母であることも知っています。現に僕は、『おばあちゃん、だいすき』と書かれたカードを、この目で見たんですから……けど、われわれは法を守る人種です……バスケットの中を覗いた時、いくつかの骨が、首の骨ではなく肋骨、ノッキングボーンが僕の目にとまったのです……この老夫婦は昔ダンスをしていたことが……分かったんです」僕は老人に大声で聞いた、「お爺さん、あなたはどんな仕事をしているんですか?」

「わしゃ、日雇い労務者だよ……」

「……日雇い労務者、皆さん、聞いたでしょ。はらわたみたいに雪の中にばらまかれた家財道具を見てください……この人の労働の成果はどこへ行ってしまったんでしょう? この人は嘘をついていますか?」

「とんでもない、嘘なんかついていないさ」

「嘘じゃないぞ!」

「それじゃ、この人の労働の成果はどこへ行ったんですか? このお爺さんの古びたブルースのレコードや、お婆さんの植木鉢を見てください。この人たちは明らかに南部の出身なんです。すべての物がガラクタみたいに放り出され、八七年間が竜巻に吹き飛ばされたんですよ。八七年間というものが、暴風に鼻で笑われたみたいにパッと消えた! この老夫婦を見てください、僕の母親や父親にそっくりなんです。それに、僕は皆さんに似ているし、皆さんは僕にそっくりじゃないですか。この人たちを見るのはいいですが、われわれが法を守る賢明な集団であることを忘れないように。皆さんが戸口を見上げて、四五口径の拳銃を持ってあそこに立っている法の番人を目にする時、そのことを忘れないでください。青い鋼鉄の拳銃を手にし、青いサージの服を着て立っているあの白人を、あるいは四五口径の拳銃を見てください。その時、皆さんは、僕ら一人ひとりに対して一〇人を、一〇丁の銃を、一〇着の暖かい服を、一〇の肥った腹を、一千万の法律を目にしているのです。法の番人、南部では彼らのことをそう呼ぶんですよ！　法の番人だと！　われわれは賢明な、法律を守る人たちです。この使い古した聖書を握りしめたお婆さんを見てください。お婆さんはここから何を持ち出そうとしていますか？　この人は宗教を頭で受けとめていますが、宗教は心のためのものであって、頭のためのものでないことは、僕らはみんな知っています。『心の純粋な者は幸いなり』と聖書にありますが、頭の悪い人については何も書かれていません。お婆さんは何をしようとしていますか？　頭脳の明晰さはどうなんですか？　そして、目の澄み具合、一つの嘘も見逃さないほどはっきりと見える、氷水のような視力の持ち主とは？　引き出しが大きく開いたあそこの簞笥を見てください。簞笥を満たすのに八七年かかった。しかもガラクタばっかりですよ。それなのに、お婆さんは法律を破ろうとしている……この人たちの身に何が起きたのですか？　この人たちはわれわれの人種であり、皆さんの人種でもあるし、僕の人種でもあります。皆さんの両親でもあるし、僕の両親でもあるんですから。一体、どうしたんですか？」

「おれが教えてやろう！」と重量級の大男がわめきながら、顔を怒りで真っ赤にし、群衆を押し分けて出てきた。「クソッ、この人たちは何もかも剝奪されたんだぞ！　この愚か者め、そこをどきやがれ！」

「剝奪されたって？」と僕は片手を上げて叫んだが、その言葉には、自然と喉の奥から発する口笛のような甲高い響きがあった。「そりゃいい言葉だ、『剝奪された』というのは！　『剝奪された』と言うけど、じゃあ、八七年間の末に何を奪われたんですか？　この人たちは何も**手に入れた**ことがないし、何も**手に入れる**ことはできません。何一つ手に入れ**なかったんですよ**。それじゃ、誰が剝奪されたのですか？」と僕は怒鳴った。「われわれは法を守る者たちです。じゃあ、誰が奪われたというんですか？　僕らがですか？　この老夫婦は雪の中に放り出されてはいますが、われわれが一緒にいるじゃありませんか。家財道具を見てください。ひそひそ話をする寝床もなければ、ニュースを大声で伝える窓もないけど、われわれがすぐそばにいます。この年寄りたちを見てください。祈るための家もないし、ブルースを歌う路地もないんですよ！　この人たちは銃を向けられており、われわれも彼らと一緒に銃を向けられています。この人たちが望んでいるのは世界ではなく、イエス・キリストだけです。イエス・キリストだけなんです。それも敷物のない床にひざまずいての、イエス・キリストに捧げる、たった一五分間の祈りを切望しているのです……。ミスター・法律、その点についてはどうなんですか？　われわれにキリストとのほんの一五分間を持たせてもらえますか？　あなたは世界を所有していますが、イエスとの時間を持たせていただけないでしょうか？」

「おい、おれは命令を受けているんだ」とその白人は冷笑し、拳銃を振り回しながら叫んだ。「お前は話し方がうまい。だから、手を出さないようにみんなに言いな。これは合法的なことだから、いざとなったら、撃つぞ……」

「でも、祈りはどうなんですか？」

「あのふたりを家の中に入れるわけにはいかん！」

「どうしてもですか？」

「ああ、どうしてもだ」と白人は言い張った。

「あの白人を見てください」と僕は恐れる群衆に向かって大声で言った。「青い鋼鉄の拳銃を持ち、青いサージの服を着たあの人を。皆さん聞いたでしょ。あの人は法の番人なんです。われわれは法を守る人種なのに、あの白人はわれわれを撃つぞと言っています。そうなると、剝奪されているのはわれわれなんです。おまけに、彼は自分が神だと思っています。両側に囚人を従え、柱を背にしているあの格好を見てください。皆さんは冷たい風を感じないですか？　風がこう訊くのが聞こえませんか、『お前たちは重労働の成果をどういうふうに使ったのか？　何に費やしたんだ？』ってね。八七年間かかっても何一つえられなかった現実を目のあたりにすると、皆さんは恥ずかしくなって――」

「みんなに言うがいい、ブラザー。わしらは人間じゃないみたいな気持ちにさせられる、ってな」

「そうなんです。この老夫婦は夢占いの本は持っていたのですが、当たりくじの数字を教えてくれなかったので、その本は価値がなくなったのです。それは千里眼とか、体系的な夢占いの本とか、アフリカの秘法とか、エジプトの英知とか呼ばれていたけど、その本を持っている意味がありませんでした。それは、まるでやぶにらみの大工が白内障にかかって、まともに鋸《のこぎり》もひけないのと同じようなものです。われわれに残されているのは聖書だけですが、この法の番人は、その聖書も駄目だと言う始末。それじゃ、われわれはどこへ行けばいいんですか？　一つの鍋も持たないで、ここからどこへ――」

「おれたちゃ、あの白人野郎をやっつけるぞ」とさっきの重量級の男が叫んで、階段を駆け上がった。

誰かに押された。「ま、待ってください」と僕は大声で言った。「さあ、そこをどいてくれ」

僕は体当たりされ、一発の銃声を耳にしながら、群衆の押しかける足やオーバーシューズの渦の中にうしろ向きに倒され、踏みにじられた冷たい雪に両手をついた。袋がはじけるようなもう一発の銃声が響いた。やっと立ち上がった時、階段のてっぺんに、拳銃を握りしめた手が群衆のひょいひょい動く頭の上のほうに押し上げられるのが見えたかと思うと、次の瞬間には群衆が、その男を雪の中に引きずり下ろした。そして低い張りつめた声を次第に高め、唸り声を発しながら、左右からその白人の執行官を殴った。唸り声は、憎悪で煮えたぎる、低い無数の罵《ののし》りへと変わった。ひとりの女が、くぼんだ黒い目のうつろな仮面のような顔をして、ハイヒールのかかとで狙っては蹴り狙っては蹴って、血を噴き出させながら、その白人のそばを走っていくのが、見えた。今はその白人は引っぱり起こされていたが、両側から鞭打ち刑のやり方でパンチの嵐を受けていた。一対の手錠がキラキラ輝きながら空中に弧を描き、通りを越えて飛んでいくのが、ふと僕の目にとまった。ひとりの少年が執行官の粋な帽子をかぶって、群衆の中から飛び出してきた。執行官はあちこちに引きずり回されてから、すばやいパンチの雨を浴びながら通りを動いていった。僕は興奮のあまり、われを忘れていた。群衆は、図体のでかい男が狭苦しい場所で体の向きを変えるように、どっとあとを追っていった——彼らの中には、笑う者もいれば、悪態をつく者もいて、ひたすら黙っている者もいた。

「あの人でなしったら、あのやさしいお婆さんをひどい目に合わせたのよ、可哀そうに！」と西インド諸島の出身らしい女が歌うように言った。「みんな、あんなひどい仕打ちを見た？　あいつは紳士なの、それとも人でなしなの？　みんな、あいつに仕返ししておくれ。千倍にして仕返ししておくれ！　三代や四代に至るまで、仕返ししておくれな。わたしたちのすてきな黒人たち、あいつをぶん殴っておくれ。黒人の女たちを守っておくれな！　あのひどい男に三代四代に至るまで、仕返ししておくれ！」

「われわれは剝奪されたんです」と僕は、あらん限りの声をふりしぼって叫んだ。「奪い取られたが、祈りたい。中に入ってみんなで祈りましょう。盛大な祈禱会を開こうじゃないですか。だけど腰かけるための、……ひざまずいた時によりかかる椅子がいります。椅子が必要です！」

「椅子ならここにあるわ」とひとりの女が歩道から叫んだ。「この椅子を中に持っていったらどう？」

「そうしよう」と僕は大声で言った。「すべて持って行こう。何もかも持っていって、この家財道具を隠そうよ！　元あった所に戻しましょう。通りや歩道をふさいでいるし、これは法律に反することなんですから。われわれは法を守る者たちなんだから、通りの家財道具を片づけましょう。目に見えない所において、あの老夫婦の恥や**われわれの**恥を隠そうじゃありませんか！」

「みんな、来て」と僕は叫ぶと、階段を駆け下りて椅子を一つつかんで戻ろうとしたが、もはや自分の行動に抵抗を感じなかったし、考えてみることもなかった。ほかの者たちもあとからついて来て、家財道具を持ち上げては建物の中に運び込んだ。

「もっと早くこうすべきだったんだ」とひとりの男が言った。

「たしかにそうだな」

「わたし、とってもいい気持ちだわ。とってもいい気持ちよ！」とひとりの女が言った。

「みんな、あんたらを誇りに思うわ」とさっきの西インド諸島出身らしい女が金切り声をあげた。

「誇りによ！」

われわれは腐りかけたキャベツの臭いのする暗くて小さい部屋に駆け込み、荷物をおくと、ほかの物を取りに引き返した。男も女も子どもたちも、荷物をつかみ、叫んだり笑ったりしながら、部屋の中に急いで入った。僕はふたりの囚人を探したが、ふたりとも姿をくらましたようだった。だが、通りに下りようとしている時、ひとりを見かけたように思った。彼は椅子を部屋に運び入れていた。

「なんだ、あんたも法律を守る人なんだね」と僕は大声で言ったが、結局、人違いであることが分かった。白人ではあったが、まったくの別人だった。

その男は僕を見て笑い、そのまま部屋に入っていった。やがて通りに出ると、数人の男や女たちが何もしないで立って、家財道具が運び込まれるたびに拍手をした。まるでお祭りのようだった。僕は、あんな所に彼らに立ち止まってもらいたくなかった。

「あの連中は誰なんだい？」と僕は階段で大声で訊いた。

「どの連中のこと？」と誰かが訊き返した。

「あいつらだよ」と僕は指さして言った。

「あの白人たちのことかい？」

「そうそう、何の用事なんだろう？」

「おれたちは庶民の味方だよ」とその白人たちのひとりが叫んだ。

「どの庶民の味方なんだい?」と僕は、その男が「お前ら庶民の」と答えでもしたら飛びかかるつもりで訊いた。

「あらゆる庶民の味方さ。手伝いに来たんだよ」とその白人の男は叫んだ。

「おれたちは兄弟愛というものを信じているんだ」ともうひとりの白人が大声で言った。

「じゃあ、そのソファーを持ってついて来てくれ」と僕は叫んだ。僕は彼らのいることに不安を感じていたのだが、彼らが群衆に加わって立ち退きを食った荷物を室内に運び戻した時には、ホッとした。こういう連中のことは聞いたことがなかった。

「おれたち、行進をやろうじゃないか」と白人たちのひとりが、すれ違った時に言った。

「そうだ、行進をやろうよ!」と僕は考えないで、歩道に向かって叫んだ。

彼らはその言葉にすぐに応じた。

「行進しよう……」

「そいつはいい考えだ」

「みんなでデモをしようよ……」

「行進だ!」

サイレンが聞こえたかと思うと、同時にパトカーがこのブロック内にさっと入ってくるのが見えた。

警官だ! 僕が群衆を覗き込んで、目の焦点を彼らの顔に合わせようとしているうちに、「警官どもが来るぞ」と誰かが叫ぶのが聞こえた。すると「来るなら来てみろ!」とほかの者たちが応えた。

警官たちが何台もの車から勢いよく飛び出して、駆けよって来た瞬間に、ひとりの白人が建物の中に駆け込むのを見て、これからどうなるんだろう、と僕は思った。

「どうしたんだ?」と金色のバッジをつけた警官が階段の上へ向かって叫んだ。

群衆は黙っていた。誰ひとりとして答えなかった。

「どうしたのかと言ってるんだぞ」と警官はくり返し、「お前だ」とまっすぐに僕を指して、怒鳴った。

「われわれは……歩道から家財道具を片づけているところです」と僕は、内心緊張して言った。

「どういうことだい?」と警官は訊いた。

「これは清掃キャンペーンなんです」と僕は吹き出したくなるのをこらえながら、大声で答えた。

「この老夫婦が荷物を歩道に散らかしたもんだから、われわれが通りをきれいにしたんです……」

「立ち退きの邪魔しているわけだな」と叫ぶと、警官は群衆を押し分けて進み出した。

「この人は何もしちゃいませんよ」とひとりの女がうしろから大声で言った。

辺りを見回すと、うしろの階段はさっきまで屋内にいた人たちでいっぱいになっていた。

「おれたちはみんな一緒だぞ」大勢の人たちがまわりに近づいてきた時、誰かがそう叫んだ。

「通りを片づけろ」と警官が命じた。

「だから、おれたちがやってるじゃないか」と群衆のうしろにいた誰かが怒鳴った。

「マホニー!」と警官はもうひとりの警官に向かって叫んだ。「暴動が起きたと知らせろ!」

「どんな暴動なんだい?」と白人たちのひとりが警官に向かって叫んだ。「暴動なんか起きてないじゃないか」

「おれが暴動だと言ったら、暴動なんだ」と警官は言いはった。「お前ら白人たちがハーレムのこんな所で何をしてるんだ?」

「おれたちは市民なんだから、好きな所に行くさ」

「おい! もっと警官が来るぞ!」と誰かが叫んだ。

「来るなら来てみやがれ!」

「警察長官だって連れてこい!」

事態は僕の手に負えなくなった。すべてが僕の手から離れてしまった。こんなことになるなんて、僕は何を言ったのだろう? 階段にいた大勢の人たちのうしろへ下がり、通路へとあとずさりして行った。自分はどこへ行っているのだろう? 急いで老夫婦の部屋へ行った。だが、ここには隠れることができないと僕は思って、階段のほうへ引き返した。

「駄目よ、そっちには行けないわ」と呼ぶ声がした。

くるりと振り向いた。白人女性がひとり、戸口に立っていた。

「こんな所で何をしてるんですか?」と僕は、不安を通り越して熱っぽい怒りを覚えながら、怒鳴った。

「あんたを驚かすつもりじゃなかったの」と女は言った。「ブラザー、あんたの演説、とっても素晴らしかったわ。終わりのとこしか聞かなかったけど、たしかにあんたの演説が彼らを行動へと駆り立てたのよ……」

「行動だって」と僕は言った。「行動――」

「ブラザー、謙遜しなくてもいいのよ」と彼女は言った。「わたし、ちゃんと聞いていたんだから」

「あのね、われわれはここを逃げ出したほうがいいよ」と僕は喉の震えをやっと押さえながら言った。「一階には警官がいっぱいいるし、あとでもっと来るんだから」

「ええ、そうよね。あんたは屋根づたいに逃げたほうがいいわ。でないと、きっと誰かに見つかっちゃうわよ」と彼女は言った。

「屋根づたいにだって？」

「簡単なことよ。この建物の屋根に上がって、ブロックのはずれの家まで渡っていくだけでいいんだから。あとはドアを開けて、用事で来たみたいに下りていけばいいじゃない。急いだほうがいいわ。あんたが警察に知られないでいればいるだけ、効果があるんだから」

「効果だって？」と僕は奇妙に思った。彼女は何を言いたいのだろう？　それに、「ブラザー」と呼ぶのはどういうことだろう？

「ありがとう」と僕は言って、階段へと急いだ。

「さようなら」彼女の声が背後で優しく響いた。僕は振り向いて、暗い戸口の薄暗い明かりの中に白い顔をちらりと見た。

僕は一足飛びに階段を駆け上がり、用心深くドアを開けた。すると突然、太陽の光が屋上でまぶしくゆらめき、冷たい風が吹いてきた。目の前には建物を隔てる雪のかたまりがついた低い壁が、ハードルみたいにブロック全体にわたって街角まで延々と並んでいて、何も干してない物干し綱が風に震えていた。風で彫刻を施されたような雪の中を、すばやく、しかも用心して、屋根から屋根へと進んでいった。遠い南東の飛行場から、いくつもの飛行機が飛び立っていた。今は僕は走っていたが、すべての教会の尖塔が上がったり下がったりし、煙を吐き出しているいくつもの煙突がひどく傾いて空に寄りかかっているように見え、眼下の通りでは、サイレンの音や叫び声がしていた。僕は急いで逃げた。それから壁を一つ乗り越えた時に振り返ると、ひとりの男が何度もすべりながら、息を切らし、あわてた足どりで屋根の低い仕切り壁を越えて、あとを追いかけてくるのが、目にとまった。向き直って僕は、自分と男のあいだを幾列もの煙突でさえぎるようにして逃げながら、あの男はなぜ「止まれ！」と叫ぶこともしなければ、わめくことも、銃で撃つこともしないのだろうかと不思議に思った。逃げてエレベーターの囲いのうしろにさっと隠れたかと思うと、今度は次の屋根へと走って、転んで、両手には冷たい雪がつき、ひざはぶつかり、爪先で踏んばるようにして立ち上がり、また走った。振り向くと、まだ追いかけて来る小柄な黒い服の男が見えた。街角は一マイルも先にあるように見えた。僕は、まだ越えねばならない屋根の数を数えようとした。七つまで数えた時、わめき声やさらに多くのサイレンの音を耳にした。走りながら、うしろを振り向くと、男が短い足をしきりに動かして、まだ追いかけてきていた。依然として追ってくるので、僕は階段を駆け下りようと建物のドアを開けようとしたが、ドアが動かないのが分かり、雪の中をジグザグに、足の裏にザクザクという小石を感じながら、また走り出した。男がまだ追いかけてくるので、仕切り壁をさっと飛び越えて、大きい鳥小屋のそばを通りすぎた拍子に、白い鳥の群れが狂ったようにおびえ、すぐ目の前で羽を激しくばたつかせた時には急にコンドルみたいに大きく見え、群れはまぶしい太陽の光を浴びて舞い上がり、勢いよく滑空して飛び回った。僕はふたたび駆け出し、うしろを振り向くと、あの男の姿がほんの一瞬消えたと思ったが、もう一度見ると、体をひょこひょこ動かして追ってきていた。あの男はどうして銃で撃たないのだろう？　なぜだろう？　あらゆる家の人を知っている故郷にいた時みたいに、顔立ちや名前、家系や経歴、屈辱や誇り、宗教などで相手の正体が分かりさえすればいいのに。

そこは絨毯を敷いた廊下だった。心臓をドキドキさせながら下りていく時、最上階の部屋にいた犬が恐ろしく吠えた。それから体の内部がガラスででもできているかのようにビクビクしながら、すばやく動き、一段の縁から縁へと飛び越しながら階段を下りた。階段の吹き抜けを見下ろすと、ずっと下の戸口の窓から淡い明かりが洩れていた。それにしても、あの女はどうしたというのだろう？　あの男に僕のあとを追わせたのだろうか？　あんな所で何をしていたんだろう？　僕は飛ぶようにして階段を下りたが、誰にも呼び止められなかった。玄関に立ち止まると、大きく息を吸って、あの男が屋上のドアを開ける音がしないかと耳を澄ましながら、服の埃をはらって身だしなみを整えた。やがて映画で見た人物をまねて何気ない顔をして、通りに出た。階段の上のほうから物音は聞こえなかったし、敵意に満ちた犬の吠える声すら聞こえてこなかった。

そこは長いブロックで、僕は何丁目ではなく、何番街と呼ばれる大通りに面した建物に下りてきたのだった。騎馬警官隊がさっと街角を曲がり、雪の中にドサッドサッという鈍い音を立て、鞍の上で上体を高く浮き上がらせ、わめきながら駆け抜けていった。僕は足を早めながらも走らないように注意して、その場を離れた。恐ろしいことになってしまった。こんなことになるなんて、一体僕は何を言ったのだろう？　どういう結果になるのだろう？　誰かが殺されるかもしれない。銃の台尻で何人もの人が頭を殴られるだろう。街角に立ち止まり、刑事らしきあの追いかけてくる男の姿を捜し、それからバスを見つけようとした。長く伸びた白い通りには人影はなく、おびえた鳩たちがまだ上空を円を描いて飛んでいた。あの男が下を覗いているのではないかと思って、屋上を見つめた。わめき声は相変わらず高まる一方で、さらに緑と白に塗りわけた一台のパトカーが、サイレンを鳴らして角を曲がり、僕の前を勢いよく走ってさっきの長いブロックへ向かった。或るブロックを通り抜けようとしたが、そこには一二軒近くの葬儀屋があって、すべて古いレンガ造りの建物に店を構え、ネオンサインで飾り立ててあった。凝った作りの霊柩車が縁石沿いに何台も並んでいて、一台はゴシック様式のアーチみたいな形の窓をした鈍い黒塗りの車で、中を覗くと、棺の上に葬儀用の花が積み上げられていた。僕は道を急いだ。

短い階段の下にいたあの女の顔が、まだ目に浮かんでくるような気がした。それにしても、屋根をわたって追いかけてきた男は、一体何者だったのだろうか？　僕を追跡していたのだろうか？　なぜあの男は黙ったまま、ひとりで追いかけて来たんだろう？　それに、なぜ警察はパトカーを派遣して、僕を捕らえようとしなかったのだろうか？　葬儀屋の並ぶ通りを抜け、まぶしい太陽の光で雪の解けた大通りへ出ると、今はぶらぶら散歩しているように足どりをゆるめ、少しも急いでいないといった印象を与えようとした。僕は考えることも演説することも全然できない馬鹿者のふりをして、歩道の上で足を引きずって歩こうとしたが、こっそりうしろを見たあとはいやになってやめてしまった。すぐ目の前で一台の車が止まり、医者のかばんを持った男がさっと飛び下りた。

「先生、急いでください。もう陣痛が始まっているんですから！」と玄関口から大声で呼ぶ男の声がした。

「そいつはいい。いよいよ始まったか」と医者は叫んだ。

「そうなんですが、陣痛は思いがけない時に始まったんですよ」

僕は、ふたりが玄関の奥に姿を消すのをじっと見ていた。一体いつ生まれるのだろう、と思った。

街角で信号待ちをしている数人の人たちの中にまぎれ込んだ。うまく逃れられたとやっと確信した時に、「あれは見事な演説だったね、ブラザー」と僕の横で静かな、よく通る声がした。

内心ではきつく巻いたぜんまいのように急に緊張して、ゆっくりと振り向いた。もじゃもじゃの眉毛をした、風采のあがらない小柄の男が、穏やかな微笑を浮かべて立っていたが、警官のようにはまったく見えなかった。

「どういう意味ですか?」と僕は、ものうげなよそよそしい声で訊いた。

「驚かなくてもいいよ。おれは友だちなんだから」と彼は言った。

「あなたからそんなことを言われる筋合いはないし、それに、あなたは僕の友だちでもありません」

「それじゃ、君の崇拝者だとでも言っておこう」と彼はうれしそうに言った。

「崇拝者って、何の?」

「君の演説のさ。聞かせてもらったよ」と彼は言った。

「何の演説ですか? 演説なんかしていませんけど」と僕は言った。

彼は心得顔にほほ笑んだ。「君って、ずいぶん練習を積んだね。おいで、こんな通りで一緒にいるところを見られちゃまずい。どこかでコーヒーでも飲もうよ」

何かが断れと僕に告げたが、興味をそそられたし、内心では喜んでいたのかもしれない。誘いを断れば、罪を認めたものと思われるだろう。おまけに、彼は警官や刑事のようには見えなかった。黙ってブロックのはずれ近くのカフェテリアまで一緒について行くと、彼は窓ごしに室内を覗いてから中に入った。

「ブラザー、テーブルを取っておいてくれ。向こうの壁の近くにね、あそこならゆっくり話ができる。おれはコーヒーを持ってくるよ」

僕は、彼がはずむような、腰を揺さぶるような足どりで床を歩いていくのを見守ったあと、テーブルを見つけ、座って彼を見つめていた。カフェテリアの室内は暖かかった。もう夕方近くで、テーブルには数人の客がパラパラといるだけだった。彼は慣れた素ぶりで食べ物のカウンターへ行き、注文していた。（明るい照明のついたケーキ棚を覗く時の）動作は、活発な小動物、羊の胸肉みたいな形をしたケーキを見つけることだけに興味を持った子犬、といったところだった。なるほど、彼は僕の演説を聞いていたんだ。それじゃ話を聞いてみようと思いながら、彼がすばやい、腰を揺さぶるような、跳びはねるような感じの足どりでやって来るのを見ていた。そんな歩き方を意識的にしているかのようで、彼がどういうわけか演技しているような気がした。彼にはどことなく現実味のないところがあった——もっとも、その日の午後はずっと現実味のない感じがしていたので、すぐにその考えを頭から払いのけた。彼は、このテーブルを取ってくれるものとはじめから思っていたかのように、僕を見ようともしないで、テーブルのほうにまっすぐやって来た——空いているテーブルはたくさんあったのだが。彼はそれぞれのコーヒーカップの上にケーキのお皿をのせていて、上手にそれらをテーブルの上におき、椅子に座ると、片方を僕のほうに押した。

「君はチーズケーキが好きだろうと思ってね」と彼は言った。

「チーズケーキですか？　そんなケーキ聞いたことがありません」

「おいしいよ。コーヒーに砂糖は？」

「お先にどうぞ」と僕は言った。

「いや、君から先に、ブラザー」

彼を見てから、スプーンで三杯の砂糖を入れると、砂糖入れを彼のほうに押しやった。僕はまた緊張してきた。

「ブラザー」と呼ばれることに文句を言いたい衝動を抑えて、「ありがとう」と言った。

彼は微笑を浮かべ、フォークでチーズケーキを切って、大きすぎる一切れを口の中に押し込んだ。ずいぶん行儀の悪い食べ方だなと僕は思い、当てこすりのつもりでチーズ風味の小さい一切れを取って、上手に口に入れることで、内心だけでも相手を不利な立場におこうとした。

「あのさ」と彼はコーヒーをぐいと一口飲んで、言った。「おれは、或る組織に入ってから——長いこと、あんな効果的な演説は聞いたことがなくてね。君はすぐに群衆を行動に駆り立てたけど、どうしてうまくいったのか、分からないんだよ。**おれたち**の弁士の中に聞いていた奴がいたらよかったのに！　ほんの少しの演説で、群衆を行動に駆り立てたんだから。ほかの連中だったら、くだらない長話で時間を無駄にしただろうよ。実にためになる経験をさせてくれて、お礼を言いたいんだ！」

僕は黙ってコーヒーを飲んだ。彼のことを信用していなかったからだけではなく、どこまで安心して話したらいいものか分からなかったからだ。

「ここのチーズケーキはおいしいね」と彼は、僕が答える前に言った。「実にうまい。ところで、君は演説の仕方をどこで習ったのかい？」

「習ってません」と僕はすぐに答えた。

「それじゃ、君には本当に才能がある。生まれつきの名人だよ。信じられないなぁ」

「僕は怒っていただけです」僕は相手が何を打ち明けようとしているのかを知るために、これだけは認めることにした。

「それじゃ、君の怒りはうまく抑制されていたよ。雄弁だったもの。なぜだったの？」

「なぜって？　気の毒に思ったからなんです――自分でもはっきりしたことは分かりません。たぶん僕は演説したくなったのかもしれません。群衆が待っていたものですから、少し話しただけです。あなたは信じないと思いますが、自分で何を言おうとしているのか分からなかったんです……」

「頼むよ」と彼は、知っているよと言わんばかりに微笑を浮かべて言った。

「どういう意味ですか？」と僕は訊いた。

「小馬鹿にしたような言い方をするけど、おれは君のこと見抜いているんだよ。あのさ、君の言っていたことをずいぶん注意して聞いていたんだから。君は自分でもすごく感動してたよ。感動であふれていたな」

「自分でもそう思います」と僕は言った。「おそらく群衆を見ていて、何かを思い出したのかもしれません」

彼は身を乗り出し、まだ唇に微笑を浮かべながら、僕を熱心に見つめた。

「ああいう光景を見て、知り合いの人たちを思い出したのかい?」

「そうだと思います」と僕は言った。

「分かるような気がするなあ。君が見ていたのは、死――」

僕はフォークをおいた。「誰も殺されなかったですよ」と僕は緊張して言った。「一体あなたは何をしようとしてるのですか?」

「『都会の路上での死』――これは、どこかで読んだ探偵小説か何かの題名なんだけどね……」彼は笑って、「おれは喩《たと》えて言ってるだけなんだよ。彼らは生きちゃいるけど、死んでいる。生きた屍というか……両極端なものの一致というか」

「ああ、なんか裏のある話し方じゃないですか?」と僕は言った。

「あの老夫婦は百姓タイプなんだよ。産業の発展にひきつぶされてさぁ。ゴミの山に放られて、捨てられるんだ。君は実にうまい言い方をしたね。『八七年間の労働の末に、その成果を示すものは何もない』って言ったけど、君は絶対に正しかった」

「ああいう人たちを見て、とても気の毒に思ったんです」と僕は言った。

「ああ、そうだろう。だから、効果的な演説をしたんだね。だけど、個人に対して君の感情を無駄に使っちゃいけないよ。個人はとるに足りないんだから」

「誰がとるに足りないんですか?」と僕は訊いた。

「あの老夫婦だよ」と彼はきびしい表情をして言った。「たしかに悲しいことだけど、彼らはもう死んでいて故人となった者たちなんだ。歴史から見捨てられてしまっている。不幸なことだが、してやれることは何もない。彼らは、木が新しい実をつけるように、切り落とさねばならない枯れた枝みたいなものだし、そうじゃなくても、歴史の嵐に吹き落とされる者たちなんだ。むしろ嵐にあったほうが――」

「だけど――」

「まあ、おれに言わせてくれ。あの人たちは年寄りだ。人間は年老いていくし、人間のタイプも年老いていく。あの人たちはずいぶん古いタイプなんだ。残されているのは宗教しかない。考えられるのは宗教だけなんだ。だから、彼らは捨て去られる運命にあるんだよ。もう死人だね、だって、歴史的な状況の必要に応えることができないんだから」

「でも、あの人たちが**好きです**」と僕は言った。「好きだし、あの人たちを見て、南部にいる知り合いを思い出したんです。そんな気持ちになるには長いことかかったけど、あの人たちは僕にそっくりなんです。ただ、僕は学校へ行きましたが」

彼は赤い髪をした丸い頭を振った。「いや、そうじゃない、ブラザー。君は勘違いしているし、感傷的になっている。君は彼らとは違うさ。おそらく、かつてはそうだったかもしれないが、今はもう違う。でなきゃ、あんな演説はしなかっただろう。たぶん以前はそうだったかもしれんが、それはすっかり過去のものだし、死んだも同然さ！　今は気づいていないかもしれないが、君の古い部分はもう死んでいるんだ。その自分を、古い農業タイプの自分を完全には捨ててはいないが、それは死んでいるのだから、君はそれをすっかり捨て去り、何か新しい自分として生まれ変わるだろう。頭の中では、**歴史**がもう生まれたんだから」

「あのう」と僕は言った。「あなたが何のことを話しているのか、分かりません。僕は農家で暮らしたことがないし、農業を勉強したこともありません。だけど、なぜあんな演説をしたのか自分でも分からないんです」

「じゃあ、なぜ?」

「ああいう年寄りが路上に追い出されるのを見ていて、頭にきたからです、あなたがそれをどう呼ぼうと構わないけど、腹が立ってきたんです」

彼は肩をすくめた。「それについては論じないことにしよう」と彼は言った。「君がまたああいう演説ができると思っている。たぶん、おれたちと一緒に働く気になってくれるだろう」

「誰のためにですか?」と僕は急に興奮して訊いた。この人は何をしようとしているのだろう?

「おれたちの組織でさ。おれたちには、この地区に有能な弁士が要る。民衆の不満をはっきりと代弁できる人がね」と彼は言った。

「だけど、民衆の不満を気にする者なんか誰もいませんよ。仮にはっきり代弁したとしても、それを聞いて関心を持つ者はいませんよ」と僕は言った。

「関心を持つ民衆はいるさ」と彼は心得顔に微笑を浮かべて言った。

彼の言い方には――何を話しても――どことなく不思議で、いやに気取ったところがあった。この白人はやけに自信たっぷりだな、と僕は思った。僕が怖がっていることさえ気づかなかったが、それでもずいぶん自信たっぷりに話した。僕は立ち上がって、「すみませんが」と言った。「仕事があるし、自分の不満ならともかく、他人の不満なんかに興味はありませんから……」

「だけど、君はあの老夫婦に関心を持っていたじゃないか」と彼は目を細めて言った。「あの人たちは親戚かい?」

「そうです、僕らはお互いに黒人ですから」と言うと、僕は吹き出したくなった。

彼は熱心なまなざしを僕の顔に向けて、ほほ笑んだ。

「マジで訊くが、あの人たちは君の親戚なのかい?」

「そうですよ。黒人は同じ釜で焼かれて黒くなったんですから」と僕は答えた。

効果はてきめんだった。「君ら黒人はいつだって人種の面からばかり話をするんだから!」と彼は燃えるような眼をして、きびしい口調で言った。

「それじゃ、あなたはほかの面を知っていますか?」と僕は戸惑って訊いた。「彼らが白人だったら、僕があそこにいたと思いますか?」

彼は両手を上げて、笑った。「今はこのことは論じないようにしよう」と彼は言った。「君は実に効果的に彼らを助けた。君が見せかけているほどの個人主義者だとは、おれには信じられないなぁ。黒人たちに対する義務を心得ていて、それをうまく成し遂げた人物のように思えたけどねぇ。どう考えようと、君は黒人たちの代弁者だったわけだし、彼らのために働く義務があるよ」

彼は理解しがたい人物だった。「じゃあ、コーヒーとケーキ、ご馳走さまでした。僕はあの老夫婦にも、あなたの仕事にも興味がありません。ただ演説したかっただけです。演説するのが好きなんです。その結果については、分かりません。あなたは、選ぶ人間を間違いましたね。警察にわめき出した連中のひとりを呼び止めればよかったのに……」

「ちょっと待ちたまえ」と言って、彼は一枚の紙切れを取り出して、何かを走り書きした。「気が変わるかもしれないからな。警察にわめき出した連中のことなら、おれはすでに知っている」

僕は、差し出した手の中の白い紙切れを見た。

「おれを信用しないのは賢明なことだな」と彼は言った。「おれが誰だか知らないのだから、信用できないんだね。そりゃ当然だ。だけど、おれは望みを捨てちゃいないよ。だって、いつの日か自分のほうからおれを訪ねてくるだろうし、その時には君は用意ができていて、事情が違うだろう。この番号に電話して、ブラザー・ジャックに会いたいと言うだけでいい。名前を言わなくてもいい、今日の話をするだけでいいから。もし今夜のうちに決心がついたら、八時頃に電話してくれ」

「分かりました」と言って、僕は紙切れを受けとった。「これが必要になるかどうか分かりません。先のことですから」

「じゃあ、考えといてくれたまえ、ブラザー。今は大事な時期だし、君はえらく憤慨しているみたいだから」

「演説したかっただけですから」と僕はまた言った。

「だけど、君は怒ってもいたよ。それに、個人の怒りと組織による怒りの違いは、犯罪行為と政治的な行動の違いくらいになることもあるからね」と彼は言った。

僕は笑った。「それがどうしたんですか？　僕は犯罪者でもないし、政治家でもありませんよ、ブラザー。というわけで、あなたは、選ぶ相手を間違っていましたね。コーヒーとチーズケーキ、ご馳走さまでした――**ブラザー**」

顔に穏やかな微笑を浮かべて座っている彼のもとを去った。大通りを横切った時に、カフェテリアの窓ガラス越しに、彼がまだ腰かけているのが見えた。屋根づたいに追いかけてきたのもあの男だ、と僕はふと思った。彼はあとを追っていたのではまったくなく、同じ方向に逃げていただけなんだ。彼が自信たっぷりに話したということだけは分かったが、話の内容はあまり理解できなかった。とにかく、僕は逃げるのが上手だった。たぶん、あれは一種のトリックだったのかもしれない。彼は、たくさんのことを知っていて、言葉の表面下にあるもっと深い知識をもとに話していたという印象があった。おそらくわざと僕と同じ道筋を通って逃げたのかもしれない。それにしても、彼は何を怖がっていたんだろう？　演説をしたのは僕であって、彼ではなかった。アパートの所にいた女は、僕が見つからずにいればいるほど効果的だと言ったけど、それはたいして意味がなかった。だが彼はそのために、逃げたんだろう。彼は警察に見つからずにいて、効果を上げたかったのだ。それにしても、何に対する効果だろう？　明らかに彼は、僕を見て笑っていた。屋根の上をすっ飛んでいく僕の姿は愚かに見えたにちがいないし、白い鳩が僕のまわりで飛び立った時には、幽霊におびえた黒い顔のコメディアンそっくりだったのだろう。あいつなんかクソ食らえだ。彼はあんなに自信たっぷりの態度を示さなくてもよかったのだし、僕だって、彼の知らないことを知っている。誰かほかの人を探してもらうことにしよう。僕を何かのために利用したかっただけなんだから。誰もが他人を何かの目的のために利用しようとしている。それにしても、なぜ彼は弁士としての僕を望んだのだろう。自分で演説すればいいではないか。僕は、彼の頼みをきっぱり断ったことで、次第に満足感を味わいながら、下宿先へ向かった。

辺りはもう暗くなっていて、ずいぶん寒かった。経験したことのないような寒さだった。一体なぜわれわれ黒人は、暖かい穏やかな気候の故郷を離れ、こんな寒い土地に来たのか、実現しそうな希望も、凍てつく寒さに耐えるだけの値打ちも、立ち退きのような苦労を味わったあとの幸福など何もなさそうなのに、なぜ黒人は二度と故郷に帰らないのだろうか、と僕は吹きつける風にうつむきながら、物思いに耽《ふけ》った。悲しい気持ちになった。ひとりの老婆が、買い物袋を二つ抱え、雪解けの歩道に目を落としながら通りすぎた時、ふと、立ち退きにあったあの老夫婦のことを思い出した。あの立ち退きはどのような結末を迎え、ふたりはどこにいるのだろう？　そんなことを思うと、とても恐ろしい感情に襲われた。あの男ならそれをどう呼んだだろうか――都会の路上での死とでも？　あのようなことは何度も起きているのだろうか？　あの男ならメアリー婆さんのことをどう言うだろう？　彼女は死んではいないし、ニューヨークによって圧《お》しつぶされてもいない。それどころかここでの暮らし方を、大学で教育を受けた僕よりもずっとよく知っていた――教育！　**ブレドソー化**、むしろこの言葉がふさわしい。圧しつぶされそうなのは僕であって、メアリーではなかった。彼女のことを思うと、元気が出てきた。僕には、メアリーが立ち退きを食らったあの老婆みたいに無力な人間であるとは、想像がつかない。アパートに着いた頃には、憂鬱な気分はうすらぎかけていた。

著者紹介
ラルフ・エリスン　Ralph Ellison
1914年、オクラホマ・シティに生まれる。黒人大学のタスキーギ学院で作曲を専攻するが、在学中に現代アメリカ文学に傾倒、ニューヨークへ移住してハーレムで働きながら彫刻と写真を学ぶ。知遇を得た黒人文学の先駆者リチャード・ライトに小説家になるよう勧められ、短篇や評論、書評を雑誌に発表し始める。第二次大戦後に執筆を開始した長篇『見えない人間』が1952年に発表されるや絶賛を浴び、全米図書賞を受賞、一躍文壇の寵児となった。その後、各地の大学でアメリカ文学とロシア文学を講じながら、評論集『影と行為』（64。邦訳南雲堂フェニックス）、『領土へ行く』（86）を刊行。第二長篇『ジューンティーンス』の執筆を続けたが、結局、未完に終わった（没後出版）。1994年、ニューヨークの自宅アパートで膵臓癌のため死去。邦訳短篇集に『ラルフ・エリスン短編集』（南雲堂フェニックス）がある。

訳者略歴
松本昇（まつもと・のぼる）
1948年、長崎県生まれ。アメリカ文学者。明治大学文学部卒業、同大学院博士後期課程満期退学。現在、国士舘大学名誉教授、口之津歴史民俗資料館長。編著に『記憶のポリティックス——アメリカ文学における忘却と想起』（共編、南雲堂フェニックス）ほか多数。訳書にラルフ・エリスン『影と行為』（共訳、南雲堂フェニックス）、ゾラ・ニール・ハーストン『彼らの目は神を見ていた』（新宿書房）、ヘンリー・ルイス・ゲイツ・ジュニア『シグニファイング・モンキー——もの騙る猿／アフロ・アメリカン文学批評理論』（監訳、南雲堂フェニックス）、ヒューストン・A・ベイカー・ジュニア『ブルースの文学——奴隷の経済とヴァナキュラー』（共訳、法政大学出版局）などがある。

編集＝藤原編集室

本書は2004年に南雲堂フェニックスより刊行された。

白水uブックス　231

見えない人間（上）

著　者　ラルフ・エリスン
訳者©　松本昇
発行者　及川直志
発行所　株式会社 白水社
東京都千代田区神田小川町3-24
振替　00190-5-33228　〒101-0052
電話（03）3291-7811（営業部）
（03）3291-7821（編集部）
www.hakusuisha.co.jp

2020年11月15日　印刷
2020年12月5日　発行
本文印刷　株式会社精興社
表紙印刷　クリエイティブ弥那
製　　本　加瀬製本
Printed in Japan

ISBN978-4-560-07231-8

乱丁・落丁本は送料小社負担にてお取り替えいたします。

白水uブックス

u188 第三の警官（アイルランド） オブライエン／大澤正佳訳
u189 ユニヴァーサル野球協会（アメリカ） クーヴァー／越川芳明訳
u193 ウッツ男爵―ある蒐集家の物語（イギリス） チャトウィン／池内紀訳
u194 スウィム・トゥー・バーズにて（アイルランド） オブライエン／大澤正佳訳
u195 文盲―アゴタ・クリストフ自伝（フランス） クリストフ／堀茂樹訳
u196 ピンフォールドの試練（イギリス） ウォー／吉田健一訳
u197 ある青春（フランス） モディアノ／野村圭介訳
u198 裏面―ある幻想的な物語（オーストリア） クビーン／吉村博次、土肥美夫訳
u199 クローヴィス物語（イギリス） サキ／和爾桃子訳
u200 彼らは廃馬を撃つ（アメリカ） マッコイ／常盤新平訳
u201 第三の魔弾（オーストリア） ペルッツ／前川道介訳
u202 死を忘れるな（イギリス） スパーク／永川玲二訳
u203 ミス・ブロウディの青春（イギリス） スパーク／岡照雄訳
u204 けだものと超けだもの（イギリス） サキ／和爾桃子訳
u205 南十字星共和国（ロシア） ブリューソフ／草鹿外吉訳
u206 ケイレブ・ウィリアムズ（イギリス） ゴドウィン／岡照雄訳
u207 冬の夜ひとりの旅人が（イタリア） カルヴィーノ／脇功訳
u208 天使の恥部（アルゼンチン） プイグ／安藤哲行訳
u209 ギリシア人男性、ギリシア人女性を求む（スイス） デュレンマット／増本浩子訳
u210 不在の騎士（イタリア） カルヴィーノ／米川良夫訳
u211 木のぼり男爵（イタリア） カルヴィーノ／米川良夫訳
u212 まっぷたつの子爵［新訳］（イタリア） カルヴィーノ／村松真理子訳
u213 ビリー・ザ・キッド全仕事（カナダ） オンダーチェ／福間健二訳
u214 平和の玩具（イギリス） サキ／和爾桃子訳
u215 劇場（ロシア） ミハイル・ブルガーコフ／水野忠夫訳
u216 四角い卵（イギリス） サキ／和爾桃子訳
u217 ペンギンの島（フランス） フランス／近藤矩子訳
u218 マンゴー通り、ときどきさよなら（アメリカ） シスネロス／くぼたのぞみ訳
u219 黄泥街（中国） 残雪／近藤直子訳
u220 カフカの父親（イタリア） ランドルフィ／米川良夫ほか訳
u221 ドーキー古文書（アイルランド） オブライエン／大澤正佳訳
u222 カッコウが鳴くあの一瞬（中国） 残雪／近藤直子訳
u223 カモメに飛ぶことを教えた猫（改版）（チリ） セプルベダ／河野万里子訳
u224 蒼老たる浮雲（中国） 残雪／近藤直子訳
u225 ヴィレット上（イギリス） ブロンテ／青山誠子訳
u226 ヴィレット下（イギリス） ブロンテ／青山誠子訳
u227 サンアントニオの青い月（アメリカ） シスネロス／くぼたのぞみ訳
u228 旅に出る時ほほえみを（ロシア） ソコローワ／草鹿外吉訳
u229 フラッシュ　或る伝記（イギリス） ウルフ／出淵敬子訳
u230 赤死病（イギリス） ロンドン／辻井栄滋訳